中国艺术研究院基本科研业务费项目

（项目编号：2024-2-25）

主　编　秦兰珺

副主编　陈凌宇

　　　　王肖帆

青年
文艺
论坛

时代旋律
与文艺新变

文化艺术出版社

Culture and Art Publishing House

图书在版编目（CIP）数据

青年文艺论坛. 时代旋律与文艺新变 / 秦兰珺主编.
北京：文化艺术出版社，2025. 6. -- ISBN 978-7-5039-
7773-2

Ⅰ. Ⅰ206.7-53

中国国家版本馆CIP数据核字第2024KX1902号

青年文艺论坛·时代旋律与文艺新变

主　　编　秦兰珺

副 主 编　陈凌宇　王肖帆

责任编辑　赵　月

责任校对　董　斌

封面设计　赵　蠡

出版发行　文化艺术出版社

地　　址　北京市东城区东四八条52号（100700）

网　　址　www.caaph.com

电子邮箱　s@caaph.com

电　　话　（010）84057666（总编室）　84057667（办公室）
　　　　　　　　　　84057696—84057699（发行部）

传　　真　（010）84057660（总编室）　84057670（办公室）
　　　　　　　　　　84057690（发行部）

经　　销　新华书店

印　　刷　国英印务有限公司

版　　次　2025年6月第1版

印　　次　2025年6月第1次印刷

开　　本　710毫米×1000毫米　1/16

印　　张　20.25

字　　数　280千字

书　　号　ISBN 978-7-5039-7773-2

定　　价　78.00元

编者前言

　　青年文艺论坛自创办起，就确立了三个宗旨：一是直面当代文坛现状，加强评论介入现场的能力，努力推动评论与创作良性互动；二是为马克思主义文艺理论研究提供鲜活经验，在实践中提升理论活力，推动理论创新；三是搭建学术平台，联系各方面学人，特别是青年学人，力求使论坛成为砥砺思想、研讨学术、交流知识的学术思想车间。

　　一直以来，青年文艺论坛都致力于通过"文艺"这一中介，去倾听、感受、捕捉时代的脉动。本书收录了2021—2023年相关主题共六场论坛的文字整理稿。总的来说，"艺术何以乡建，乡建何以艺术""石一枫的创作与新时代文学""快递小哥：生命经验及其文化表达"这三场，展现了文艺与"时代旋律"的丰富互动；"现实主义游戏——游戏可以把握和改变世界吗？""主旋律文艺与文化强国""科幻电影：工业标准和艺术星空"这三场，展现了"时代旋律"下文艺自身的多元发展。故而，我们将这六期论坛编为《青年文艺论坛·时代旋律与文艺新变》一书，以期为"时代和文艺"留下几张虽非全面但却生动的"快照"。

　　青年文艺论坛刚创办的那几年，针对青年学者的学术平台较少，学术活动也不多，而现在的学术平台剧增，学术活动也频繁，以至于有时去哪里、参加哪个学术活动也要纠结一番。因此，我们尤其要感谢这些年来始终支持论坛成长的各位领导、师长、同道和朋友。青年文艺论坛影响力不断扩大，这绝不只是中国艺术研究院马克思主义文艺理论研究所这个小集体的工作成绩。论坛日常工作和成果结集出版，更离不开中国艺术研究院科研管理处、文化艺术出版社等部门的支持、帮助，在此一并致谢。最后需要注明的是，由于出版所需，我们对现场老师的发言和观众的提问做了部分删减，还请各位朋友宽宥。

2024 年 3 月

目　录

第八十七期

现实主义游戏

—— 游戏可以把握和改变世界吗？

主持人：秦兰珺（中国艺术研究院马克思主义文艺理论研究所）

对话人：杨葛一郎（《中国式家长》制作人）

邓卜冉（椰岛游戏《完美的一天》制作人）

刘梦霏（北京师范大学艺术与传媒学院）

时　　间：2021年3月18日（星期四）14：30—18：00

地　　点：北京市朝阳区来广营西路81号中国艺术研究院103会议室

主　　办：中国艺术研究院马克思主义文艺理论研究所

中国艺术研究院团委

编者的话

2020年，中国游戏产业的总收入约人民币2787亿元，接近青海省一年的GDP；游戏玩家达到6.7亿人，近一半的中国人都是玩家。然而，和这种巨大的经济影响力和人口基数相比，中国游戏的文化影响力却远没有如此显著。一个重要的原因可能是，在大多数人印象里，游戏不过是一种亚文化，玩游戏即使不是玩物丧志，也至少意味着逃避现实。但长久以来，其实都存在着这样一类作品游戏：它们力图以游戏的方式去把握和改变现实，让游戏成为一种承载现实关切的表达。

我们希望通过"现实主义游戏"这一主题，让这类经常被消费游戏的浪潮掩盖的游戏能得到社会各界，特别是知识界的关注。我们的问题是：现实主义游戏在当下的游戏产业格局中能否存活？当游戏要表达现实关切时，与其他媒介相比，有哪些区别性特征，又有哪些表达上的优势和难点？最终，我们可否想象这样一种游戏：一种作为社会思考、社会评论、社会实践之形式的游戏？为此，游戏业界和学界又能做些什么？

本期论坛，我们邀请了《中国式家长》与《完美的一天》的游戏主创以及推行"游戏 x 社会"开发活动的学者共聚一堂，就上述问题展开讨论，感谢大家参加。

秦兰珺（中国艺术研究院马克思主义文艺理论研究所）：欢迎大家参加第八十七期青年文艺论坛，我们今天的题目是"现实主义游戏——游戏可以把握和改变世界吗？"，这个问题提出来，我自己都觉得心虚。我确实不太清楚"现实主义游戏"究竟是什么，毕竟"现实主义"本身就是一个很难说清楚的概念，"游戏"似乎是比"现实主义"更难说清楚的概念，当我们把这两个都这么难说明白的概念放在一起的时候，我们究竟在表达什么呢？好在我们是研究文学艺术的，当一个概念说不清楚的时候，我们不妨来讲一个故事。今天就请允许我作为主持人用一个故事开头，通过这个故事向大家介绍我们今天想要表达的是什么，我们究竟为什么要问这个问题。

大家可能都玩过《大富翁》，这款游戏来自经典棋盘游戏《地产大亨》（Monopoly），其实英语就是"垄断"的意思。我要讲的就是这个游戏的设计，还有它的发展和传播的故事。要说明白这个问题，首先要说的是一个经济学模型。我首先请出的这个人是一位名叫亨利·乔治（Henry George）的经济学家。他是和马克思同时代的人，他在1879年写的一本书叫《进步与贫困》，他试图回答这样一个问题：为什么社会越发展，穷人越多？这个问题其实和马克思的问题是类似的，只不过他给出的经济学模型和马克思的很不一样。

在劳动力、资本和土地三个重要的经济要素当中，他比较看重的是土地这个要素，经过一番推理演绎，他得出这样一个结论：社会财富之所以分配不平均，主要是因为地权分配不平均，所以说，他认为应该让土地变成公有财产。但他给出了非常奇特的药方，他认为如果把土地收为公有肯定会引起社会动荡，更重要的是，还要发明一个新的政府机构管理它，这无疑会产生很多成本，并且有可能会产生贪污腐败等各种问题。所以他脑洞大开，认为不需要把土地收归国有，只需要把地租收归国有。而地租数量巨大，所以整个国家只需要收地租就够了，其他人都不用交税了，只要把地主的地租收回来当国库的税就可以了，这个著名的运动叫"单一税收运动"（single tax movement）。不难想象，这个"单一税收运动"一方面解决了一部分社会问题，另一方面又没有引起巨大的社会革命，所以在很多国家是有信徒的。

在美国，亨利·乔治也有一帮信徒，他们成立了各种各样的委员会来支持"单一税收运动"。其中有一个女孩子叫伊丽莎白·麦琪（Elizabeth Magie），她是当时的华盛顿女性单一税收俱乐部的秘书长，为了在美国推行"单一税收运动"，她开发了一个游戏。

她把当时那些经典棋盘游戏（用两个骰子掷出数字，让棋子走到不同的格子里，有的格子"倒霉"，有的格子"幸运"）和地租规则、借贷规则融合在一起，做了一个叫作《大地主》（*The Landlord*）的游戏。她希望通过这个游戏，让每一个玩家都可以看到他们那个时代的土地系统的不公平。

与此同时，她还设计了此款游戏的另外一组规则，麦琪把她所信奉的亨利·乔治的"单一税收"规则加了进去，她希望大家看到"单一税收"是对社会问题的有效解决方案。《大地主》游戏曾经在一个叫阿尔登（Arden）的地方发行，这是什么地方呢？其实就是践行"单一税收"进行地税改革的实验区域。当时在这个实验区域还有一个叫作斯科特·聂尔宁（Scott Nearing）的经济学家——他是一个社会主义活动家，写过

《黑色美国》（*Black America*）和《生而自由》（*Born Free*）这样的书——用这个游戏教他的学生什么叫作"地租杠杆"，他觉得这是很好的教学工具。他当时也不知道这个游戏叫什么名字，于是另起了一个名字：《斗地主》（*Anti-Landlord*）。

不得不承认，"单一税收运动"后来在美国失败了。这个运动销声匿迹了，但是麦琪制作的《大地主》游戏仍然流传了下来。1904年，麦琪为《大地主》游戏注册了版权，她希望有公司可以出版，但是她找了一圈，也没有公司愿意出版。一个原因是这个游戏政治性和现实主义色彩太强，有政治危险。另外，当时的棋盘游戏都比较简单，这个游戏把复杂的地租规则、借贷规则放进去，大众一般吃不消，所以没有出版。尽管出版印刷不了，但是桌游却可以通过手绘在民间流传，所以很多人以手绘的方式在民间传播这个游戏。在流传的过程当中，这个游戏经过了很多变体。1932年，在这个以《金融》（*Finance*）为名注册了版权的《大地主》变体游戏中，所有的政治属性已经被过滤掉了。这个游戏的注册者对该游戏的描述是：这个游戏是现代商业交易体系的模拟，它给了每一个人实现美国梦的机会。

1933年，有一个叫达罗（Chas B. Darrow）的人在经济大萧条中失业了，失业后没事干，就在家玩游戏。这个游戏最初是朋友介绍给他的，他觉得特别好玩，就把这个游戏加上它的规则注册了版权，然后把这个游戏卖给了著名的桌游公司帕克兄弟（Parker Brothers），这个游戏终于出版了。当时刚刚经过大萧条，很多美国人都失业了，他们在游戏当中度过了失业的艰难困苦期。非常有意思的是，每当美国和全世界发生经济萧条，桌游的销售率就会上升，大家借助桌游度过这些痛苦的时期。

有一本关于桌游简史的书——《棋盘游戏简史》（*It's All a Game: A Short History of Board Games*），书中说其实美国人以前不喜欢买房，他们喜欢租房，但是"二战"后他们开始买房，不喜欢租房了。当然，原因主要是各种税收和房地产政策的调整。此外，还有一种猜想：这款游戏在每个人心中种下了一颗种子，就是说，要拥有私有财产，才能过上幸福美满的生活。

因此，这个游戏在推广到全世界的过程中，在古巴的时候曾经被禁。当时卡斯特罗是这么描述这款游戏的："这款游戏是资本主义系统和帝国主义系统的一种象征。"最早麦琪希望通过这款游戏模拟当时社会的土地政策，让大家感觉到这个政策的不公平，从而改变它。她甚至为此创造了加了"单一税收"政策的版本。但是，在流传过程当中，大家其实看到的不是这款游戏让大家感受到的社会的不公平和不正义。相反地，每个人都希望在不公平的游戏规则当中成为欺负人的那一方，成为赚钱的那一方，然后就变成了模拟现代商业系统的一种交易游戏。直到卡斯特罗时期，它已经变成了号称资本主义的象征了。

今天，《地产大亨》累计卖掉了约 2.5 亿套。《地产大亨》有各种各样的游戏版本，经常会和迪士尼等大 IP 结合在一起，当我们在玩这种游戏的时候，恐怕早已经忘记了它曾经的现实主义游戏起源。帕克兄弟在出版这个游戏的时候，曾经对游戏的版权做过调查。该公司发现，这个游戏的第一个创造者是麦琪，帕克兄弟用 600 美元从麦琪的手中把《大地主》买了过来，麦琪只有一个要求，她希望他们按照它最初的样子出版这款游戏。帕克兄弟公司确实履行了诺言，在 1939 年的时候出版了《大地主》，当时制作了 10000 份，但是因为卖不出去，所以几乎全部销毁了。

在这样的故事当中，我想大家已经了解到，游戏可以与我们的现实发生各种各样丰富的碰撞：无论是解释现实，把握现实，还是试图去改变现实。与此同时，它传播和改编的历史和现实也可以和现实发生丰富的互动——无论是它的一个版本的繁荣昌盛，还是另一个版本的销声匿迹，其实都与我们的现实有着丰富和充满意味的互动。

当然，我讲这个故事不是在怀旧，我只是觉得当时麦琪试图用游戏做的事情、提出的问题，或许我们今天可以继续提出，或许在人类游戏发展史上，我们也从来没有试图停止提出这些问题。只不过在今天比较复杂的游戏设计和产业格局当中，我们需要继续不断地提出这样的问题，这也是我们做这个论坛的意义。

今天非常高兴，我们请到了来自游戏产业的两位非常优秀的游戏设计师，他们的游戏带有非常明显的和社会互动的维度。同时也请到了一直主张游戏应该和社会发生互动的研究者。现在我们就请杨葛一郎——《中国式家长》的制作人，给大家分享他的思考。杨葛一郎从事游戏研发11年，他追求的是趣味创新的游戏，目前致力于独立休闲品类游戏的开发。欢迎杨老师。

杨葛一郎（《中国式家长》制作人）： 当时做这个游戏是在2017年年底，我跟我的搭档刘祯浩两个人一起做这个游戏。我们是想做一个模拟养成类的游戏，其实就是以家长为主题，以养孩子为主题，中间掺杂很多关于我们"80后""90后"从小到大的一些事，也是为了让它更具趣味性，以这么个基调去做的。做的时候其实没有太想把教育和启迪的东西放到里面，都是基于现实的一些逻辑去做的，就做成这个样子了。

在我们这个游戏还没做出来的时候，就有网友在某个网站上开始宣传了。其实大家当时没有玩过，所有的玩家留言大概都只是看到过宣传片而已。在下面大概有一千多条评论，有的在宣泄，有的在吐槽，有的在诉说自己的各种经历。所以我们觉得游戏以前比较追求玩法，现在更多地会追求题材，比如现在一些超休闲游戏就是以题材取胜。我觉得游戏作为一种娱乐方式，可能会更泛娱乐一些。

展开讲的话，关于这个主题，像一般类游戏，玩家取胜的条件是赚更多钱或者得第一名。像刚才提到的《大富翁》和《地产大亨》，玩家取胜的条件就是要使其他竞争对手破产才能赢。这反映到现实生活中也是，在商业社会，企业都是基于现实去构建的经济系统。游戏是虚拟的，但是游戏必须基于现实去设计才能让玩家玩得懂，不然可能新手引导部分就跳过了，所以我觉得游戏更多的是一种启迪。

最开始我们玩游戏，常常认为它是一种娱乐，但我觉得现在很多游戏也能达到启迪的作用，这个作用其实比较美妙。发展到后面还会有很多关于现实的游戏，比如说，去说服的、去表达的、去治疗的，如腾讯开发了专门模拟盲人体验的游戏《见》；还有将中国传统文化中的建筑工艺作为题材的游戏《榫接卯和》，这个就比较高级了。但不得不说，大多数的游戏还是更偏重大众喜好，如果单为小众开发，可能受众就不是很广了。但是总体感觉，再大众，游戏还是比较小众。你看，像电影《夏洛特烦恼》《你好，李焕英》，它们很火就是很火，但是如果哪个游戏很火，我们就会说"游戏出圈了"。可能父母那代人不常玩游戏，而且一些高品质的游戏需要一些设备才能玩，所以游戏还是比较小众的。

跟现实相关的游戏分两种：一种偏模拟类，如农场、切菜、开卡车。有一款欧洲卡车司机游戏，所有的地图都是欧洲的场景；还有《微软模拟飞行》，玩家基于地图，可以全球飞行。它们娱乐性更少一些，会更多地让你去体验不一样的东西。另一种会跟现实相连，带有一些批判性质，如 Steam（蒸汽，全球运营的数字游戏平台）上有一款游戏叫《请出示证件》(*Papers，Please*)，你扮演海关人员模拟海关工作，很多人用假的或者是真的证件想要偷渡，这里就有一些移民问题，等等，可以触发你的思考；或者像《北京浮生记》这样来增加代入感。大概就是这样子，我可以根据大家的讨论来继续探讨。

秦兰珺： 杨老师说的东西很少，但他想表达的东西是通过游戏表达出来的，而玩游戏的人也都感受到了这个表达。我觉得这也是艺术家或者一个制作人最想达到的效果，他的表达通过他的游戏呈现给了可以理解他的人。

今天杨老师单独分享先到这里，下面我们有请邓卜冉老师。邓卜冉老师来自椰岛游戏，他做过一款叫作《完美的一天》的游戏，主题发生在 20 世纪 90 年代。一个游戏如何表达 90 年代？通过表达 90 年代究竟是想表达什么？这样一个游戏在当下的游戏生态当中是怎样定位的？邓卜冉老师又是怎么思考做这样一款游戏的？我们想听邓卜冉老师分享一下。

邓卜冉（《完美的一天》制作人）：大家好，我是椰岛游戏的邓卜冉，我做了一个游戏，叫《完美的一天》。这个游戏还没有上线，但是放了一些视频，有一些试玩，引起了大家一些讨论，所以各位老师叫我过来分享一下。

我主要想谈这么几点。第一点，这次论坛题目是"现实主义游戏"，什么是现实主义游戏？我不知道大家有想过这个问题吗？说实话我不知道什么是"现实主义游戏"，因为这是个新词，从来没有出现过。我们知道现实主义文学、现实主义电影，从来没有过"现实主义游戏"的想法。但刚才秦兰珺老师提到《大富翁》，《大富翁》看起来好像可以归到"现实主义游戏"的范畴里，但这个概念还是很模糊。

我先大概介绍一下这个游戏。《完美的一天》讲述的是中国 20 世纪 90 年代的故事，游戏的故事发生在 1999 年 12 月 31 日这一天，地点是一个北方小城振华。这一天小学突然放假了，主角是一个小学生，六年级，凭空获得一天假期，游戏的主要内容就是玩家作为小学生要安排这一天怎么度过。我想聊的是什么？"现实主义游戏"这个概念，其实我们无法脱离一些既有的媒体去谈，所以要往现实主义文学或者现实主义电影去靠。什么是现实主义文学？恩格斯说过，现实主义文学是在描写一个典型环境里的典型人物，我们首先要有一个典型环境，其次要有一个典型人物。其实在制作这个游戏的时候，没有考虑那么多，但它的典型环境大家知道，就是 1999 年的中国，典型人物是一个小学生，所以我觉得它应该是一个现实主义游戏。从现实主义电影的层面来说，主要是在游戏画面上会采用一些相对写实的画风，相对那些幻想游戏而言要显得真实一些。结合这两个层面，我姑且称《完美的一天》为现实主义游戏。

第二点，关于这个游戏，我想谈两个在场性。其一，就是"历史在场性"。我先解释一下为什么做这个游戏：我是"80后"，其实年纪挺大了，突然有一天发现我自己长大了。长大了之后，我开始回忆小时候的一些事情，会发现小时候的父亲或者母亲，以及小时候听到的同学和老师说过的一些话，在我长大之后再想的时候，有不一样的意思，这个非常有趣。当你长大之后重新解读曾经一件旧事，有新的解读，这就是我说的在场性，我突然觉得自己融入真实的历史之中了。在学校的生活，包括受到的一些传统教育，以及在传统的大众媒体的熏陶之下，我渐渐地发现，我好像跟历史没关系了，我好像在一个构建中的环境里漂流，但当有那么一天我回想自己的过去时，突然发现其实真实的历史是存在的，这个历史就是从你出生开始，从你的父亲、母亲第一次叫你名字开始，从你第一次喝牛奶开始，你的历史就开始了。

思考了这些问题之后，其实就会意识到你是在历史当中的，你是在这个历史当中的一个见证人，这是一个"历史在场性"。于是，我开始从回忆着手，做20世纪90年代的东西。因为我的成长环境是90年代，我重新做回一个小学生，以小学生的角度重新看一次自己的父亲，重新看一次自己的母亲，重新看一次那个时候跟自己要好的伙伴，他们遇到的挫折、困难，他们是不是在为自己当时不理解的东西而苦恼，遇到一些过不去的坎儿。这些东西是非常动人的，所以我要回到过去，在那个历史中在场，这是个人的小历史。

但是做游戏的时候会发现，其实不是。如果你要谈90年代，不研究80年代的话是没有办法谈下去的。因为90年代事情的发生都是有原因的，正是因为80年代发生的那些事情才导致90年代有那个样貌。所以我在个人小历史的在场性之下，再往前研究，研究更大的"历史在场性"。当然，80年代我还没有出生，我没有办法自己亲眼去见证，只能用研究历史的方法去研究80年代，通过这样的方式，让80年代一定程度上地弥合进来，试图让自己在场。一个是 80 年代的在场，这个是想象中的在场，历史的在场。还有一个是 90 年代的在场，这个是真实的在场。通过这两个在场，去想到做这么一个游戏。

（用 PPT 图片示意）那时候大家都穿这样的校服，会有这样的老师、会有这样的黑板，还有黑板上的国旗，这个大家都经历过。这是我们这代人的共同记忆，所以说从这个在场出发，是 1999 年最后一天，这天看起来是那么的不可思议，看起来那么的特殊，但实际上又很普通。从这个角度做这个游戏，这是第一个大的"历史在场性"。

其二，关于叙事游戏的在场性。我不知道大家有没有遇到过一些困惑的时候，就是你们玩游戏的时候很矛盾，特别是玩带有故事情节的游戏的时候，当这个故事在进行着的当下，实际上游戏会有一些别的目标，有可能是机制产生的，也有可能是故事的支线产生的，你在那一刻实际上会很迷茫，在那一刻脱离出来。举个简单的例子，比如说《刺客信条》，很多人玩过这个游戏，当你在房檐上飞檐走壁的时候，你已经没有在扮演那个角色了，实际上很容易脱离出来。这是关于叙事游戏的问题，它一方面想让玩家玩到某个东西，另一方面又想让玩家感受到某个东西，其实二者是有矛盾的，如何调和这个矛盾，变成了我做游戏时在思考的问题。这就是我们接下来要谈的叙事游戏的在场性。

从文学的角度来说，大家在读第一人称的文学作品时，可以跟着文中的"我"，就是主角，去受限地经历一些事情，去看到一些问题，甚至可以读到一些心理活动，这是一般的文学作品的表达方法。但如果是游戏的话，这个"我"其实就变成了真实的我，这个"我"就是玩家代入的我，玩家真正代入"我"里面，分享游戏中提供给你的一些经验，我把这个叫作生成经验，还有一些经验是融合了玩家玩游戏之前自身的经验。举个例子，比如说玩这个游戏之前我是"80 后"，我应该带着"80后"的共同记忆玩这个游戏。当游戏给我的经验和我的前置经验结合在一起，我就会发现，我在这个游戏里面会在场。在场之后，当然就不能再有过多自由的东西了，因为如果过于自由的话，一定会打扰这样的在场性，也就是说，我们要有一些规则设计，就是玩家不会意识到他可以这样做，但玩家可能真的就是无意识地不能那样做，能做到这点，玩家就可以代入里面。

我最终选这样一个游戏的机制，特别简单，就是文字游戏，冒险类游戏（AVG）。所有人一听到都会觉得没有任何技术含量，但其实我是有考量过的。因为它是足够简单、足够不让人生疑的机制。如果游戏过于复杂、过于自由，其实玩家就会提出疑问，如果是这样的形式的话，玩家其实自然而然地不会提出太多的问题，玩家不会知道他不能做什么。

基于这两个在场性，我就聊这么多，这也是我关于现实主义游戏以及叙事游戏的思考。除此之外，我还想提出来另外一个观点，我觉得在场的大家可以讨论一下。之前我有读过一篇很有名的小说，大家可能多少有所耳闻，就是博尔赫斯的《小径分岔的花园》。博尔赫斯通过文学的方式构建一个文学的迷宫，后来我经过很长时间的思考，觉得博尔赫斯的迷宫现在已经可以实现了——实际上就是叙事游戏生成的迷宫，这个迷宫是真实存在的，只不过现在的问题是，这个迷宫是否设计得足够精巧，精巧到可以被称为一个叙事迷宫。这是我后面将要抛出来的观点，谢谢大家。

秦兰珺： 杨葛一郎和邓卜冉为我们讲了两种游戏，一种是通过游戏机制表达现实，一种是通过互动叙事表达现实，给我们展开了关于所谓的"现实主义游戏"的两种面向。下面请刘梦霏给大家系统地分享一下她对现实主义游戏的思考。她一直在做的是游戏和社会的互动，因为我知道现在国内做游戏研究的人也很多，有的人可能研究的是电子竞技，比较偏重的是游戏的经济面向；有的人研究的是游戏和哲学、游戏和艺术表达，研究的是游戏自身的问题。刘梦霏的研究路径是游戏和社会，当然这个可能更加复杂，很多时候也更加地出力不讨好。她将在下面的分享当中,把她这些年来在游戏和社会方面实践的思考做一个梳理。我觉得杨葛一郎和邓卜冉都是很有思考的,但可能系统化地去呈现一个概念或者一个问题,这是一个学者更加擅长的事情,下面请刘梦霏给大家分享她的想法。

刘梦霏(北京师范大学艺术与传媒学院): 今天这个活动特别感谢在座的各位老师、业界的各位朋友们能够来到现场,支持我们。因为其实像我们这样,学界和开发者坐在一起,大家能一起讨论的场合非常少。我们在以前也没有试过这种混合场的活动,以往虽然有很多商业游戏的大公司,可能会有一些游戏论坛,但讨论的很多问题都是开发向的。像今天这样,我们讨论一个概念、一个和实践相关的主题,还是挺罕见的。谢谢主办方,谢谢中国艺术研究院,谢谢各位朋友们给我们这个机会。

今天我的发言可能比大家想象的时间长一点,因为我做了一个60页的PPT,而且我错误地以为我会第一个讲,所以刚刚在邓老师说没有定义"现实主义游戏"的时候,我坐在旁边很尴尬,因为我准备了PPT但是没有到我发言。

今天讨论的主题是"现实主义游戏——游戏可以把握和改变世界吗?"。

首先给大家看一个我们在过去6个月里做的社会实验,也会跟大家说一说,接下来我们还会继续做的扩大版的实验情况。后半部分大家会发现,PPT上的观点会越来越尖锐,这就是打算借由今天线下的活动说一点点实话,引起一点点思考。"游戏能改变世界吗?一次社会实验和反思。"

我先给大家讲讲背景吧,社会实验其实是由一个非常独特的机会来开启的,大概在去年年中的时候,探索亚洲频道(Discovery Asia)的一个摄制组找到我,希望做一个纪录片系列,讨论游戏和更严肃的社会议题的结合,主题是能不能把沙漠治理这个听起来非常严肃、非常重大的主题，和游戏这个年轻人都喜欢的新鲜对象结合起来。节目组原来是拍各种线下纪录片和真人秀节目的，其实并不是非常了解游戏。他们之前看过我的"造就 Talk"的演讲，讲的是游戏产业虽然发达，但是游戏并没有变成我们期待的更好的样子，而是向着更坏的现实无可避免地滑落。

他们看了很"丧"的演讲之后，竟然还产生了兴趣，所以当时我们一聊，说看看有没有可能大家一起来合作一下，看看纪录片怎么拍。我觉得拍这个纪录片是非常难得的机会，其实游戏产业非常缺正面宣传的机会。这是一个正面而中性的宣传机会，不是为了向世界鼓吹我们的游戏产业，也不是为了给游戏产业正名，反过来，它讨论的是我们都应该讨论的问题，就是我们都相信游戏能改变世界，而且我们都知道中国现在的游戏产业巨大，但我们并没有真的看到游戏积极地改变了世界。

我在节目组最初的定位非常单纯，就是一个专家，就是给他们提供一些关于游戏的专业知识，让他们能够更好地把节目做下去。但是我们聊完以后，整个节目都开始向着一场社会实验的方向发展。节目组早期还挣扎过，做真人秀还是做纪录片，因为它是五集的片子，还涉及别的开发者团队，其实是把开发者带到当地，和当地人接触。但最后我们商讨出的结果，这应该是一个没有固定答案的片子，这应该是开放的社会实验，就是一直在问：游戏能不能改变世界？

我自己也从单一的专家身份，又有了新的一重身份，就是我变成了节目里的第三组。节目里其实会有两个大家能看到的组，他们都是有作品的国内的开发组，是非常出色的两组，我相当于和他们并立的第三组。我的使命不是说我自己能开发什么东西，而更像是一个魔术师，拿着游戏的魔术棒四处点，让普通大众也能关注游戏，加入这个事件里面来。所以大家看到"现实主义游戏"这个概念，其实是这个节目的一部分，在去年年底的时候，一次独立游戏的聚会上，我们宣布说"游戏 × 社会"的开发活动启动了。在启动这个节目的过程当中，我们就在说，其实现有的概念实在是太少了，以至很多时候我们甚至不知道怎么来表达结合社会关怀游戏这样的主题。

在这个背景下，为了实践，才在当时尝试着提了"现实主义游戏"这个概念。所以邓卜冉老师说没听过这个概念，非常正确。这个概念我第一次听到还真和杨葛一郎老师有关，当时在开发者活动上我跟杨葛一郎聊，我说你想做什么游戏，他说还是想做现实题材的游戏。我准备这个活动材料的时候，想到杨葛一郎说的话，我想要不我们索性再激进一点，用一个稍微有点煽动性和让人不太舒服的主题，就用"现实主义游戏"吧，所以它其实不是作为一个学术概念提出来的，今天的活动也不是为了推这个概念，而是得有这么一个抓手，我们才能思考相关的问题。

纪录片会在今年年中的时候上探索亚洲频道，应该是个英文片，这就是为什么我觉得这个事情还挺有意义的。

2020 年 11 月 15 日，上海"WePlay 文化展"展会期间有一个微光凝聚游戏人聚会，今天在座的如果有独立游戏的朋友应该当时也在现场。其实当时也发起了一个倡议，也许像这样围绕着社会议题的游戏应当更多，也许游戏界是需要一场现实主义运动的，所以这个相当于今天核心概念的一个背景。

《游戏星球》这个纪录片——它的背景——去的是中国自己的沙漠，叫作腾格里沙漠，它横跨宁夏、内蒙古、甘肃这三个省（自治区）的交界地带，我们真正做的是带了两家有作品，而且作品还不错的工作室到沙漠里去，和治沙人接触，通过一系列的活动和规则引导他们思考怎么样以游戏来表达治沙。其实节目组本身的定位也在说，说这是一场治沙人与游戏人的碰撞，双方都是对彼此没有任何了解的。我在后面会给大家多分享当时我们在现场拍的东西。

我在宁夏当地的一个小学做社会实验。我前面也说了，节目里是把游戏作为一种工具，带给所有玩它的人和可能不太理解它的人。这些孩子都是四年级，我们只要求了性别平衡，这些孩子里确实有一半是不玩游戏的。

后面我们还会讲到小朋友做游戏，现在给大家重点看当地人——治沙人，其实就是农民，他们真的不玩游戏，他们对于整个游戏的世界也真的没有了解。因为需要沙漠治理的地方比较贫困，人在特别穷的时候，肯定会先解决生计，不会想到更高的文化消费。开发组以当地人为原型开发了一些游戏，要展现给当地人看。当他们开始放 PPT 的时候，没有人在看，可是当有一个可玩的游戏原型出现的时候，能看到有两个小孩开始对游戏感兴趣。这两个组当时开发的时间非常短，只有一个晚上，不到 10 个小时，而且他们从零开始，开发者们肯定知道，这是非常高强度的开发，一个新的主题，又要在 10 个小时里做出来。它其实就是做了可玩的原型，就在安卓系统的平板电脑上面，他们只做了 5 分钟的内容，但是这两个孩子玩了 15 分钟，就是不停地玩，而且对其他的一切都不感兴趣，一直在玩。不只他们，还有总导演、执行导演、编剧。

一个 5 分钟的内容他们能玩这么久，其实是很有意思的。我前面展现的，放 PPT 的时候当地人既不认真看也不听，一旦有可以玩的东西出现的时候，大家可以全情投入去享受它。这在当时不仅对我们造成了冲击，对导演组也造成了冲击。他们之前一直担心说治沙人会不会不接受游戏，或者当他们看见在游戏里面出现自己的时候，他们会很开心，但是其他人会不会不感兴趣。

从现场的状况来看，刚才玩的小胖孩，他的爷爷在游戏里，他就在不停地玩，一直在戳他爷爷。后来我们问他："你觉得这个游戏怎么样？"小胖孩说："我觉得爷爷能在游戏里出现是一个奇迹，我从来没有想过爷爷会在游戏里出现，游戏是很远的东西，爷爷是很近的东西，但是突然在游戏里看到爷爷，我就很感动。"他爷爷其实是一个普通的治沙人，但确实被央视报道过好多次了，是非常著名的治沙人。这个孩子并不是没有在屏幕上看到过爷爷，但他感觉在游戏里看到爷爷的时候，他们的距离是更近的，这是我们在现场看到的非常有意思的现状。

我们在现场真的看到了这些人不管玩过游戏或者没玩过，他们都可以享受它，也都能被吸引。但我觉得我们花这么长时间做一个实验，重点不是为了证明游戏对所有人都有吸引力，我们想探索的是游戏能不能作为普适性的表达方式？对于可能以前没有玩游戏的经验、没有过开发经验的这些人，在有适当工具的时候，他们能不能通过游戏表达？

我们做了一个小型的工作坊，因为节目拍摄的时间真的非常紧张，去年大概只有一个月在沙漠，而且这一个月里包括前期跟导演组一起踩点，参与所有后续的工作，所以我们并没有很多时间去辅导当地的小朋友们。我跟当地的小朋友们在一起的时间总共只有两天半，我用半天时间给他们做了讲座，包括这个简单游戏制作的小任务。这是他们自己现场手绘出的，完成沙漠之路小游戏的图。我觉得有一点特别有意思，可能在进行这个实验之前，我们知道成年人设计游戏的时候，很多时候先想好你要做什么，然后再去执行，你不会一边玩一边设计。

但这些孩子真的一边玩一边设计，我们给了孩子们故事骰子，让他们用故事骰子掷出三条沙漠之路的方向，他们一边扔一边玩一边编。他们会把自己玩的过程画在图上，等他们玩完以后，三条沙漠之路也就设计完了。我觉得这个特别有意思，接近我们在研究游戏时候的设定，游戏叙事有预设叙事和生成叙事，但他们连整个游戏的设计过程都是在玩的过程中做的，而且你能看到他们三个人，既是设计师也是玩家的混杂的奇特身份，这种奇特的身份在做这个游戏以前，我们从来没有在其他地方见过。

他们在现场设计这么一个东西之后，孩子们就比较有信心了，所以我们一开始问他们玩不玩游戏的时候，半个班都说不玩，这是有视频证据的。在最开始我们问他们："你觉得游戏能改变世界吗？"孩子们特别大声地说："不能。"但他们开发完这个小游戏的时候，我们再问他们："你们觉得游戏能改变世界吗？"孩子们就充满信心地觉得可以，因为他们开始觉得自己可以用游戏来做出一点东西。他们做出的这点东西，可能改变他们自己，也可能改变他们的爸爸妈妈，如果能够改变这些人的话，也许就能改变世界。我估计剪出来的《游戏星球》最终成片，大家说不定能看到这两幕。

这部分很有意思。后来我们让他们做了现场的桌面游戏以后，又给他们设计了一个造句游戏，让他们通过造句来设计一个简单的游戏机制。孩子们肯定没学过编程，我们当时也考虑到了游戏制作工具的问题，我们找到了《罗布乐思》(*Roblox*)。在游戏圈的朋友们应该知道，它先在美国占据了应用商城的高峰，然后现在再回到中国来。它就是面向11—15岁孩子的，很像《我的世界》，可以多人同时在线，编程做关卡，做游戏的工具。因为它面向的群体、年龄和我们要的孩子们刚好一致，所以我们找了他们来义务帮忙。当时也是本着这个，就让孩子们设计一个简单的游戏机制。

（用PPT图片示意）这些都是我们直接拍的现场的造句游戏。这是一个全是女生的组，你可以看到她们想做的游戏挺有意思的。她们想做一个以魔法为主角的游戏，在游戏里主角会通过做龙卷风达到打败怪兽的目标，主角会遇到垃圾的阻碍，通过努力来克服困难。主角有队友，可以通过互相帮助来保护人类，在游戏的最后人们会有欢声笑语。我觉得这个真的非常符合我们对于小女孩之间的社交状态的认知，就是当她们设计的时候，她们没有设计非常竞争性的游戏，而是设计团结合作的游戏。而且她们之前画游戏地图的那张纸也非常多彩，非常和谐，很有意思。

这是男女混合组，还是有三个男生的组，就非常有小男生特点，想做人类射击游戏，主角一开始自选武器，不知道为什么觉得选了武器就能拯救沙漠，还要打"僵尸"，这组叫《沙漠生化危机》。因为小游戏是可玩的，一会儿能看到这几个游戏的小视频。

这个我们觉得很有意思，我们并没有引导他们说"你们应该做种树的游戏"，但他们自己写了想做创造沙漠绿洲的游戏，要把沙漠种满树，这组最后真的把游戏做出来了。

当时在活动现场我收到这些设计的时候，我觉得很开心。因为最开始我们做这个开发活动的时候，心里是提着一口气的，就是不知道结果会变成什么样，不知道孩子们会不会配合，不知道他们能不能设计。但从他们开始画地图的时候，我们已经有点儿信心了。这个我尤其喜欢，这是男女混合组，说想制作《走向太阳》的游戏。这种走向太阳的宏大目标，要我设计游戏，我现在可能想不出来，但也许孩子们是想得到的。总之，他们的在场其实给我们非常大的惊喜，让我们觉得不管他之前玩不玩游戏，也许都可以在有工具的情况下设计游戏，特别是孩子们。

这有三个小视频，是他们三组做的游戏。这组就是你要先去矿山找各种各样的资源，在这过程中你还得跟你的队友分工合作，因为会有敌人来攻击你，最后你采集到的资源，就可以在这里搭一条到天上的路，然后你爬上去，就会到天空岛，天空岛上面就有一个绿色的东西，你碰了以后就会开始下雨，沙漠就会变成绿洲。你们应该能看出来这是刚才前面两组的融合。

这个就是《沙漠生化危机》，他们后来还是调整了一下，就叫《沙漠危机》。最开始先是沙尘暴，目的是拯救沙漠里对抗沙尘暴的研究员。当然，为了解救研究员，总得和邪恶的人对抗，所以他们的生化危机就体现在这里。这个游戏我也挺喜欢的，因为它是这三个游戏里唯一做了沙尘暴的，而且在沙尘暴里面应该用什么样的防护工具，包括研究人员的重要性都体现出来了，就挺开心的。顺便说一下，这三个小游戏的制作时间是两天，周末的两天，而且这些孩子必须遵守 8 小时标准工作制，所以没有熬夜，不是极限两天，就是周末的正常两天。

最后还有一个游戏，是这三个游戏里我最担心不能完成的，就是因为太难了。这是三个小女孩做的《沙漠迷宫》，真的难得不行。总之，玩家要在里面走迷宫，要建设一些东西，最后会见到当地地标性的建筑，并在那个地方找到解开沙漠绿洲的钥匙。这个游戏的上手难度非常高，执行导演后来一直在幕后玩，一直不断地失败，后来我们研究出在墙上绕过大多数障碍的方式。

这些游戏全是孩子们自己开发的，我们并没有在他们开发游戏的过程中进行任何指导，我们没有帮他们开发，也没有按着他们开发。但是调试的工作是罗布乐思（Roblox）的工作人员做的，这话得说，要不然两天时间孩子们做不完，或者即使他们能做出来，但是不一定能够让它流畅地运行。另外，小视频也是罗布乐思的小伙伴帮忙整理合拍的。所有这些游戏都在罗布乐思上面查得到，这三个游戏应该都可以玩。

我觉得这个实验帮助我们达到一个阶段性的结论，就是我们确实相信游戏是一种普适性的表达方式，它通过改变我们而改变这个世界，而当我们改变以后，其实沙漠也就改变了。然后在小朋友实验成功以后，我们就在想，小朋友算是一个小规模试点，就是在比较安全可控的环境下，使用比较安全可控的工具，他们都能表达的话，那我们就是时候向社会来征集一些方案了。最开始说的，我们今天讨论的主题"现实主义游戏"这个概念，其实就是去年年底的时候，我们在独立游戏、游戏化和腾讯游戏开发者大会（TGDC）上面都有向开发者和社会各界发布"游戏 × 社会"的活动，这个活动当初只要求大家提出提案，我们在提案里加以选择，专家委员会给出意见建议，最后再把它做出来。

接下来，我让我的学生牛雪萤来介绍一下活动的流程。

牛雪萤（北京师范大学艺术与传媒学院）：大家好，我是刘梦霏老师的学生，我叫牛雪萤。

我们这个活动通过小组内部进行了一个提案评分的指标设计，这个指标设计是没有任何可供参考的，所以我们需要先把它们进行归类。一级指标是通过主题性、作品性、表现性、功能性、批判性这五个方面去进行的。从这五个大方面中，又细分了一些小的方面，通过这些的评分去进行总体的提案打分。我们一共收到了二十几份提案，从中选择了 14 份，提案汇总是我们针对其中的一些要点进行分析。这个汇总表也是我们在召集社会上的这些评委老师们的时候使用的，他们通过这张表进行打分。

有几个好一点的提案的简要概述，其中《来自沙漠的家书》和《奇迹沙丘》是得分比较高的。在评分之后，我们根据参与者提案评分与标准分数进行折线图的对比，这样能比较直观地看到大家的不足、可以改进的地方以及大家的优势。我们整个活动的流程是，前期通过各组的提案讲解，接下来是"独立之光"的熊攀峰老师进行纸上游戏工作坊，整个效果下来非常好，大家都通过纸上游戏工作坊做出了一些比较有趣的游戏。

刘梦霏： 我最喜欢的是有小朋友参与的那个游戏，因为这次开发活动也有小朋友参加。有位家长带着小朋友到现场，这个孩子大概上六年级或初一，他和他妈妈在现场，和另外一个人临时组队做了一个游戏，他们的游戏我非常喜欢，其实相当于你和对方扔骰子，对方可以拿走你身上的一个东西。他猜的这个东西，其实是要画出来给另外一个评委看，如果评委能猜出来这个东西是什么，就可以把它拿走。当天下午在做纸上游戏工作坊的时候，攀峰老师身上有一个限量版徽章，他连扔了六把骰子都输给我，所以徽章被我拿走了，我特别开心。这个孩子和妈妈设计的游戏，虽然竞争性是挺强的，但它是唯——个会从现场玩家身上拿走什么东西的设计，我觉得很有意思。其他人设计的游戏效果也很好，但当天令我印象最深的反而是有小朋友参与的，因为他们真的有些时候思路是相当不一样的，尽管他们在开发经验和对游戏的理解上是欠缺一些，但是并不妨碍只要有游戏设计的机会出现，他们总会出彩。

牛雪茧： 同时，我们通过 MIRO 和现场的腾讯会议号召没有办法到场的参与者进行参与，也有通过街道参与进行的纸上游戏工作坊的开发想法。最后，我们根据评分指标得出评选结果，进行奖项的颁发。

刘梦霏：做完以后效果还是非常好的，当时我们的提案本身就是面向普通人，我们收到非常多的学生提案，也有很多可能是以前开发的商业游戏，希望开发者做点有意思的东西。这里面反而没有商业大组参与，真的是我们想针对的那种普通人的设计，我们本来想最后会不会变成独立游戏争来争去的东西，但完全没有。通过这个机会，让大家能够迅速了解游戏相关核心的概念，包括反思他们自己对游戏的理解，这个其实相当于辅导性的、教育性的工坊。

在那之后我们大概给了他们两个半月快三个月的时间，现在我们还在收提案，我们收到了非常漂亮的桌游，漂亮到我们想留下来，已经不想还给他们的地步。都是关于沙漠主题的游戏。另外，现在已经有几组交了可以玩的电子版游戏，我们过一阵儿都会放在"游戏 × 社会"网页上，也欢迎关注这方面的朋友都去试玩和在网页上提意见。因为纪录片还差最后一集没拍完，最后我们会再回一次沙漠，会把所有游戏带回到沙漠，给治沙人玩，然后再听一听治沙人的意见，包括当地的治沙专家、当地的农民，还会有别的职业的人。我觉得这是一个挺有意思的事，这个是我们去年搞的社会实验。

虽然刚才说起来大家觉得形势一片大好，但今天是说实话的场，我们也说实话。这个过程当中有特别多艰难的地方，最主要的是通过游戏来表达社会主题和社会议题非常不容易。我们发现了至少三个问题。因为我们有小朋友的赛道，这些孩子差不多就是 10—15 岁，他们本身可能对于这个沙漠的议题是没有深度思考的，所以他们最后做出来的可能就是一些非常刻板印象的东西，我们当时发起这个"游戏 × 社会"沙漠的开发活动，是希望大家更多地去了解沙漠，去了解我们国家的沙漠治理，但到最后，像刚才说的《沙漠生化危机》游戏里对抗的思路，这种人与天斗的思路，其实正好是刻板印象，而且这样的刻板印象还不少。按理说我们的活动是破除这个刻板印象，但是我们确实拿到了不少表现刻板印象甚至强化刻板印象的游戏，这是我们遇到的第一个问题。

第二个问题，这句话是《斯坦福社会创新评论》的中文版编辑刘新童老师教我的，她说，当你为了一个社会议题，或者为弱势群体设计的时候，应当"design with someone, not design for them"（和某人一起设计，而不是为他们设计）。但是我们进行沙漠议题的赛道的时候，没有特别多地考虑到这点，所以就造成很多时候没有和利益相关者站在一起，不足够熟悉这个事情背后的逻辑，所以不能通过游戏的规则表现。我们确实有一些游戏，只有背景是在沙漠，完全没有任何和沙漠治理相关的逻辑，或者是任何表达人与自然深层次关系的逻辑。我觉得是因为以前我们真的很少去思考游戏应当表达严肃的社会议题这件事，以至当我们开始做这方面活动的时候，就会发现好像各个方面的东西都有点缺，不管是概念的工具，还是大家开发的经验、开发的心态，其实都有挺多的问题。

第三个问题，它还是变成了"presentation and representation"（演示和代表）。我们希望它是一个"problem solving"（解决问题）的过程，因为其实你在去查治理沙漠相关的经验，你在思考怎么把它提炼成规则层面做一个游戏的时候，你对这个问题是有思考和了解的。所以我们本来的期望在此基础上是，你设计出的游戏机制也许是解决方案的一部分。但实际上我们想得太多了，并没有这么理想。我们能够收到的最好的游戏，也就只是展现了沙漠的特性，或者展现了沙漠治理的成果，我们还没有发现那些能够为现在的沙漠治理带来新思路的游戏。

这三个问题都是实际存在的，也是我们自己觉得稍微有点难过的，因为毕竟要做这种主题的开发活动，不是为了单纯交一个命题作文，我们还是希望能够在这个过程当中稍微推进一点点，对于游戏能表达什么和游戏适合表达什么这样的思考。

这个其实是我们之前总结的一些经验，因为这个实验到今年 4 月或者 5 月该结束了，正好还有一个新的机会，我们又有机会再做一个扩大版的实验。因为之前在《斯坦福社会创新评论》上，我也开了一个游戏正向社会价值的专栏，我只写了一个刊首语，其他文章都是由各位老师写的，这个专栏取得的反响很好，《斯坦福社会创新评论》背后的基金会也愿意资助我继续进行扩大版的社会实验，会延伸到弱势的玩家群体，包括青少年、女性、残障人士、银发族（老年）等。我们在方法论上又迭代了一下，因为之前在做"游戏×社会"开发活动的时候，我们真的没有把社会议题的讨论和深度批判性思考放在里面作为一个部分，我们其实现在也更多地想，至少是三个环节的事，当然，最后落实的时候会发现其实三个环节不一定就对。这是我们现在想的一个模型，总归还是要先和这些重要的利益相关方坐在一起，去理解到底发生了什么，然后我们把发生的事情提炼为游戏的规则。接下来我们再做反规则的游戏，力图打破刻板印象。最后才是我们之前做过的简单的开发环节。这个思路还是比之前进化了一点，但是效果怎么样我们还不知道，可能会在今年4月或5月，先从容易的青少年做起。因为这里面有几个主题是特别难做的，比如说老年人、残障人士，这些都需要我们做非常多前期工作，才能保证我们做出来的东西没有冒犯性，不会强化刻板印象。在这个过程当中，我们仍然非常欢迎社会各界的参与，如果大家有合适资源，或者有想做的方向，我们都可以来商量怎么样把扩大版的实验做好。

刚刚前面的社会实验说完，后面我就想说一说现实主义游戏，还有通过游戏表达与影响社会的一些我自己的思考。

首先有一个前提，要区分作为消遣的游戏和作为意义的游戏。每次我们要把游戏和严肃的社会议题相连的时候，都会有人说，这是不可能的，你就让我好好玩不行吗？你为什么一定要把玩赋予更多的意义？我觉得这是两种关于游戏的意识，一种游戏是我们生命的间奏，是消遣，是让我们爽和愉快的东西，是一种无心的乐趣，不需要有更多承载的东西。另外，有人更倾向于认为游戏可以载道，游戏可以承载一些有意思的东西，它可以表达，也可以造成影响。

今天在座的有很多行业里的人士肯定比我更清楚行业主流是什么样

的，最赚钱的游戏是什么样的。他们绝不是把游戏作为意义，也绝不是通过游戏来表达，而是把游戏作为服务业，通过游戏让你爽，通过让你付钱来完成心理爽感的奖励。我觉得在这两种观点之间，我们其实还是应当有更多的思考。一次性付费的游戏，我开始管这种游戏叫"作品游戏"，不叫"单机游戏"，因为连《刺客信条》都联网了，其实已经不能用"单机"这个词来概括"作品游戏"。我管它叫"作品游戏"，是因为它的商业逻辑特别直接，开发者开发一个作品，像杨葛一郎老师或者邓卜冉老师这样的开发者，他们的游戏放到 Steam 上，你买了游戏，开发者最终还是能收到钱，越多人买这个游戏，开发者就有越多的动力开发下一个游戏。

在这个背景下，也许就是像作品迭代一样的逻辑，开发者有动力去优化游戏，去做得好，像《刺客信条》《女神异闻录》这样的游戏，它们都不是由特别巨型的厂商做的，但能够持续地做下去，是因为其付费模式决定了玩家只要在游戏里面花心血，就能看得到这个心血，也能收回来成本，我觉得这是创作作品的逻辑，所以叫"作品游戏"。但我们市面上更主流的是消费游戏，也就是免费下载（free play），道具付费的这类游戏。我管它叫"消费游戏"，因为我觉得其核心根本就不是游戏内容的表达，它的核心是那套消费系统，它是什么主题根本不重要，你是"三国"还是"西游"都不重要，重要的是一个消费体系不断地在里面给你"挖坑"，让你花钱来消除这些痛苦和不便，最后我赚到钱，你得到了爽感。但本质上它是消费深度文化内容的过程吗？它不是。这类游戏里真正值钱的应该是"挖坑"设置的付费点，让你愿意付钱跳过这个"坑"。在这个背景下，这类游戏肯定是赚钱的，但我认为我们不应该只有这类游戏。

比它们更恶劣的是"赌博游戏"，这类游戏核心只是抽卡。你花钱买的甚至是一个概率，你也不能靠技巧赢。我觉得"赌博游戏"很容易造成社会矛盾。社会主流认为，游戏是不断地在造成消极影响，而且只能造成消极影响，这个责任一大部分应该由"赌博游戏"来承担。

我去谷歌搜索了一下"中国游戏流行题材"这几个字，下面搜出来中国玩家最喜欢的十大游戏题材，如武侠、仙侠、科幻、魔幻、"三国"、传奇、奇迹、军事等。玩家自己开始反思为什么中国游戏的题材非常贫乏。最喜欢的十大游戏题材里，除"三国"是历史题材、军事是现实题材以外，剩下的不管是武侠、仙侠、科幻、魔幻、传奇还是奇迹，其实都是幻想题材，也就是说，在中国流行的游戏题材里面，幻想是主要的题材。

我查了去年7月和10月应用市场手游收入排行榜中经常上榜的游戏，做了一个表分析了一下。这个表里，基本上列了它的机制类型和题材类型，你会发现在这里除军事题材的游戏会比较强调现实性以外，其他所有的类型都和幻想有关系。我又去找由 Game Refinery 做的调查，他们调查了中国、美国、日本三个国家的游戏画风，还有题材表现，然后得出了这么一个结果：在美国可能写实题材占主流，日本也占了很大一部分，但在中国本身偏写实题材只有很小的一块，最主要的是幻想的主题。另外，中国市场上主流类型还是中重度游戏，而这样的游戏里幻想题材占 60%。

也就是说，幻想主题其实在中国流行游戏里是非常常见的。我也想了想，为什么幻想的主题这么受青睐？可能是因为版权便宜或者不存在版权问题。创作空间比较大，容易和流行 IP 进行联动或者更容易模仿现有的流行 IP。当然，用户的门槛低也是一个重要的点，因为很多时候你的主题越现实，或者越写实，可能玩家接受成本就越高。比如，有些复古游戏，如果不生于 20 世纪 70 年代，更往后的玩家很难对复古游戏产生精神上的共鸣。

幻想主题这么受青睐，难道我们现在的游戏真的表现了斑斓的幻想或者伟大的冒险吗？我觉得其实并没有。我觉得实际上国产游戏是有幻想的主题，但是没有幻想的精神。而且我觉得很多时候可能画面真的非常美，看起来是一个异世界，但你进去以后，干的永远都是一件事，很多时候它的机制千篇一律到令我觉得困惑，我觉得这种游戏经常就是世界无限广大，但我就是打怪、跑路、升级的工具人。我自己是喜欢幻想游戏的，熟悉我的朋友会知道，我的博士论文做的是"德鲁伊 DND"，我是一个奇幻玩家，平时也喜欢看科幻小说，我自己的品味是偏幻想的。但正因为是这样，所以我不能享受中国现在的游戏，因为它完全没有浪漫主义的精神。在这些游戏里没有，都不说顶天立地的人了，我觉得这种游戏连正常的人都找不到，动不动每一个人都是某某魔尊之子、仙尊之子，非得是伟大人物的后代才能活，你要没有点儿超能力就不配当主角，你要是身上没背点儿国仇家恨你就不能走出来。

普通人的地位呢？普通人去哪儿了？而且都这么幻想了，能不能奇幻瑰丽一点，就像《银河尽头的小饭馆》，那是我最喜欢的一个作家写的科幻小说。你能不能搞点儿真的能够启发我们对人性的认识，或者扩展我们对世界认识的游戏，而不是说不管你是什么古风主题、仙侠主题、魔幻主题，还是别的什么主题，你都把里面活动搞成一模一样的。我觉得它一点不幻想，而且不仅不幻想，在游戏里大多数动作都是单调、平庸、日常的，就像大家看玄幻小说，同一件事情，说起来是非常奇幻瑰丽的东西，但实际上是非常单调无聊的一个东西，它是将单调、无聊、日常和幻想相结合，是一种非常没有现实感的幻想。

另外，哪怕是历史题材，我觉得我可能都不需要讲，你们就知道我要说什么。左边是阿轲，右边是荆轲，阿轲是《王者荣耀》的英雄，荆轲是历史上真实存在的刺客。这个事两年前引起非常大的社会争议——荆轲怎么能是女的呢？《王者荣耀》对历史英雄的抹黑扭曲这些事情，我们不多说。我想说的是，我觉得《王者荣耀》特别典型，中国当代流行游戏，特别是"消费游戏"中出现的人物形象与历史背景，基本上都是"借尸还魂"的符号游戏。它其实不试图表达对于真实存在历史的认识，它可能也觉得自己没有这个使命，更多时候我们收到的是一些披着古人的皮，在做当代人的事的这么一种东西。

但这个也是由"消费游戏"的核心导致的。因为前面我们说"消费游戏"的付费模式决定了它的核心是消费体系，也就是说它其实是服务业，它是服务你的，所以玩家爱看什么，它就要做什么，它的创作者不一定有表达的权利和想法。我觉得我们还是要按照马克思主义的经济体系来看问题，"消费游戏"的经济基础就是服务性的经济，它肯定是没有表达的，这也是我们为什么讨论现实主义游戏的意义。我请的两位开发者都是开发"作品游戏"的开发者，因为我觉得我们应当有另一条路，我知道"消费游戏"赚钱，"赌博游戏"更赚钱，但我们不能只有这种游戏。虽然它们肯定会长期存在，因为有社会基础，但是我们不能只有这些，我们应当往另外一个方向考虑和布局。

这个就是当时我写的一段话："如果我们游戏历史中始终没有出现普通人，始终没有出现我们脚下的土地，始终没有出现我们每一日所关心和所爱的事物，游戏就不能成为普通人的表达工具，而只能成为一种驯化的工具，一种将我们由自由人异化为消费对象的资本的帮凶。"然后我在下面发挥了从历史系毕业的专长，把它和某个历史潮流连起来，实际上现实主义这个事，本来也是为了抵抗浪漫派"无视自己的时代，企图从往昔的岁月里掘出僵尸，再给他们穿上历史的俗艳服装"的做法。（现场展示 PPT，略）这页 PPT 放在《王者荣耀》PPT 后面绝对不是没有理由的，这句话非常鲜明地说明了前一页 PPT 想说的事，而且这个是现实主义的起源，它最开始就是为了和社会问题的产生根源与解决方案相关联。所以，我认为我们也应当开始在游戏界思考，我们是不是也需要开始发起这样的现实主义运动。

而且我想说的是，这可能不是一场新的运动，这可能是一个复兴，因为我们曾经有过这个精神。在 20 世纪 90 年代的时候，我们的单机游戏有过很多普通人，而且是有过时代的普遍状况的。比如说《中关村启示录》，你看它的界面，你看它的定位，它是一个非常普通的经营游戏，而且还挺好玩的，但它表现的就是现在在中国已经不可挽回的、丧失了的中关村历史。我们都是发展的见证人，但我们现在去中关村只能见到结果了，我们见不到过程。它其实就像一个时光胶囊一样，会把你带回中关村蓬勃发展的时代。这个我觉得就是现实主义的游戏，它表现的就是当时的普通人的生活，比如中关村的普通小商贩。我特别喜欢它的这种从下向上的角度，我也觉得我们现在的游戏需要更多自下而上的角度。

　　比如《武林群侠传》，这可能是中国曾经存在过的自由度最高的武侠角色扮演游戏之一。在这个游戏里面，你是可以对诗的，它会真的教你下象棋，然后它会让你把中医的穴位图记住，在游戏里面，你要直接给人诊病。像这样的游戏，其实是非常好地传播了传统文化的，而且它把传统文化门槛降得很低。很多开发者都觉得很有压力，觉得这样就会剥夺游戏的游戏性，因为传统太重了，游戏太轻了。可是《武林群侠传》并没有被传统压垮，相反，传统文化成为游戏里面额外有趣的点，我真的在里面记住了穴位图。我觉得如果不通过这个游戏，我可能不会有动力去记穴位图，我们任何一个普通人都不会闲着没事干，跑去记中医的穴位图。像这样的游戏，它把传统文化从封闭的展柜里拿出来，拿到你手上跟你说，你是可以跟它互动的。这是我们需要的东西，这是我们应当通过游戏表达的东西。游戏——非常低的姿态和非常自由的、民主的、让所有人能够普遍地去体验的特点，恰恰是为什么我们应当关注游戏表达的现实与过去的重点。因为我们不需要曲高和寡的、没有人能够接触的文化，我们需要的恰恰是记住穴位图，好帮人看病这样的文化。《武林群侠传》非常现实，表达了对我们这个文化和我们这个文化过去的理解。

　　《大唐诗录》这个游戏我在所有场合都要"吹"它，就是因为太多人忘记它了。这个游戏由三联书店发行，代表我们在 20 世纪 90 年代的时候存在着文化机构对游戏的重视。这个游戏你可以看到它的界面，它的整个体验很高级，主要就是与破解唐诗相关的谜题，对诗，也能遇到各种各样的诗人。这样的游戏，前面在杨葛一郎老师讲到家长和孩子的问题，有那么多家长起来问他问题。如果家长和孩子一起玩这样的游戏，我觉得他们彼此都能有一个美好的体验，这可能既是美好的文化体验，也是一个亲子共同体验的开始。

再比如涉及西夏历史的《幽城幻剑录》。《幽城幻剑录》最近手游版上线了，还挺热的，但《幽城幻剑录》的手游其实是"消费游戏"。我前两天体验了一下，我并不能享受。但它本来的游戏是表达了我们可能平时甚至都不熟悉的一个题材——西夏史。我觉得这个是游戏可以表现的东西，我们国家的历史有过这么多丰富的面向，通过游戏来表达它，对玩家来说这是新鲜的题材。玩家是求新求变的，你可以去表现一些我们文化里有过非常有意思的、非常吸引人的，但普通人没有意识到的历史。就像西夏史。《幽城幻剑录》是我们国家存在过的单机游戏中一个非常奇幻瑰丽的游戏。

其他游戏没有更多的时间讲，像目标在线开发的《秦殇》，我国的第一个以秦朝历史为主题的动作角色扮演游戏，系统是仿《暗黑破坏神》的。其实我们有过非常多的宝贵的游戏遗产，只是我们现在都忘了，就很可惜。

《中国式家长》很有意思的点是，这是所有现实主义游戏里离我们最近的、最新的游戏，而且它确实表达了中国普通人的现实生活，我们小时候都是中国式的孩子，我们每个人都遇到过中国式家长，这样一种现实关怀的题材，当然应当有更多开发者去做。

《中国式家长》这个游戏刚出的时候，当年我们的游戏研究会议就收到了关于《中国式家长》的论文，也算是引起了学界的联动和讨论。像这样一出来就碰到某个社会议题，因此被大家广泛讨论的游戏，我真的希望有更多，而不是我们所有游戏都在搞很没有意思的异世界的冒险。

大英图书馆有做非常多游戏保护的事情，他们也有把数字文化遗产和游戏结合起来，这是他们做的项目，英文史诗《贝奥武甫》（*Beowulf*）做成的冒险游戏，让小朋友们在这里面配音，小朋友还可以再编辑其中的一些关卡。能看到他们的设计是挺聪明的，因为没让他们从零开始，而是在已经有的东西上添砖加瓦。在这个过程当中，小朋友就会产生新的兴趣，也会熟悉英文长诗《贝奥武甫》。因为史诗都是要读的嘛，正好让小朋友去配音，他就会更熟悉这个音律。再比如，他们几年前也有让小朋友们用《我的世界》这个游戏搭建出英国湖区的地理环境，他们还做过一些我觉得更有意思的东西。今天我看到在座也有腾讯的朋友，你们之前和敦煌研究院合作，有点儿看图说话，我觉得特别难过。大英图书馆当时和游戏公司的合作，他们把大英图书馆18世纪、19世纪没有版权争议的图片拿出来，作为游戏开发的基础材料，开发的时候本来也是要做图像和视觉材料的不是吗？如果有18世纪、19世纪非常高清的地图，或者当时的画，其实能做出非常多有意思的东西。我觉得这个思路就很好。我们国家的图画资源比英国少吗？我们的文物比英国少吗？并没有。但是到现在为止，所有的文保部门和游戏公司的合作都没有生成非常有意义而且让普通人能够享受的成果。

普通人完全是可以参与开发活动的，他们能开发出东西，他们不是被动的，必须得坐在那儿，你做一个东西给他看，不是这种。更多的时候我们应当去思考怎么通过降低游戏开发门槛，利用各种各样的工具，让普通人能够加入游戏的表达队伍里，这样我们才能有更多表现他们自己的游戏。

最后说几个可能会引发的误解。一个是现实主义游戏只能忠实地再现现实或忠实地再现历史，而不能有艺术的加工，产生的就是一种像报告文学一样的游戏。另一个是现实主义游戏就要牺牲游戏性去迎合正儿八经的主题。这是可能会产生的两种误解，我觉得可以通过几个案例的解释，来破除这些误解。

比如说，中国传统文化是怎么通过游戏来表现的呢？像四大名著这样的主题，我专门查了审批结果，从我们国家自己生产的合法的游戏里看了一下，四大名著里大家可以猜猜，表现最多的是哪一部名著？《三国演义》最多，爆发性的多。我查到《三国演义》有 500 多条，《西游记》173 条，《水浒传》27 条，《红楼梦》只有 3 条，而且这 3 条都很奇怪。可能从"三国"的主题我们会看到，好像历史题材还挺受青睐的。那它到底怎么表现的呢？我选了近年来评分比较高、评价比较好，也比较赚钱的几个"三国"主题的游戏，比如《放开那三国》。这个是孙坚在不同的版本里的几种形态，乍看还挺像样的，是非常英武的将领。我觉得有意思的是和孙坚同等的英雄还有祝融，你就觉得很奇特，这是历史主题的游戏，为什么会冒出祝融来？他不是火神吗？按理说以真实存在过的人物为主角的游戏里，突然蹦出一个神来，说明哪怕是历史游戏，也不是单纯的历史，而是加入了幻想成分。

再比如《率土之滨》。在策略类的历史游戏里，拟真度会高一些，意思就是说它不会特别离谱地远离历史现实，包括给人物配属性和特性的时候，都会更严谨一些。但我觉得很有意思的是，这样的游戏里还是有幻想性成分的，大家注意一下孙策的衣服，看起来跟齐天大魔王似的，特别是和关羽的风格对比一下，你一眼就能认出这是关羽，因为这是非常正常的风格。但是如果我让没玩过这个游戏的老师来认，我保证没有一个人能认出来那是孙策。我们历史游戏也不是向历史 + 真实的方向走，而是向着历史 + 幻想方向走的。

众所周知，"三国"类主题游戏做得最好的不是中国，而是日本。光荣的《三国志》系列游戏一直以来做得都很好，我的父亲都天天在家拿着我的 PS4 玩，根本停不下来。他作为一位曾经的军官都很享受在这里面排兵布阵的感觉，而且他觉得历史也没有什么问题。拿它来讨论历史游戏是最好的了，它是一个顶峰了。但是在这种情况下，我觉得它仍然存在两个不可避免的问题，比如孙权、孙策和太史慈，这三个人都是吴国的武将，没问题。但是问题在哪儿？太史慈是一个变化的人，他早期是孔融的人，后来向刘备借过兵，曾经和孙策打了一架，过了很久以后，他才成为他们阵营的一分子。但是，在游戏里看不到人物的变化和转换，你看到的就是一个结果，你感觉好像太史慈自始至终就是在那里的，就是在那边的。另外，哪怕是在这么严谨的人物的再现都没有什么问题的游戏里，因为现在有手游了，你仍然可以通过氪金抽五将卡，来让历史上敌对的武将在同一个阵营，并且并肩作战。哪怕是这样的游戏，你也不太可能完全沿着表达现实或者真实的这条线走，最后总是要有一点幻想空间的，这也是由游戏特点决定的。因为游戏就是要让你造成改变，所有都像历史写定的一样，那就没得可玩了。

我想请今天在座的没玩过《王者荣耀》的老师来猜，这一屏上您能认出谁来？这一屏全是"三国"英雄，我想问问在座更年长的，1985年往前的老师们能认出谁来？只有关羽是明显的。我反复让孙策出现，就是因为他的形象没有统一过，一会儿拿着大刀，一会儿拿着弯刀，一会儿拿着矛，他的形象自始至终没有统一过，下面马超和诸葛亮也都很难认。我想通过它说的就是，刚刚我们看到所有"三国"主题的游戏都非常有意思，因为他们都触及了游戏表达现实关怀的时候不可避免的问题。

历史也好、现实也好，实际上都是一种一直在变化的时间和空间的流动体，但是当它们要在游戏里出现的时候，特别是当这个游戏的机制不能表现出时间和空间持续性的变化的时候，我们往往就会注意到人物变得更"扁"，人物的特性更突出，而且是更接近刻板印象的状况。而游戏特别复杂的一点是它要能够被玩，玩家要在里面能够对游戏内的进程造成改变，最后就会造成复杂的社会议题和内容，变成一种任人打扮的状况，历史就会变成一种道具，一种玩具。又扁平又玩具化的状况，会造成一个新的问题。因为互动肯定会导向认同，如果我们老在《王者荣耀》里频繁使用某个英雄，我们势必会对这个英雄产生感情，比如说马超。马超是少女心"收割机"，是许多女生理想的男朋友，当你一直玩这种角色的时候，肯定会对马超产生兴趣。一方面你心目中的马超是你认识的历史上的马超，另一方面和你每一局使用他的时候，或者和使用马超的玩家一起游戏的时候的这种经历密切相关。比如，我们在百度搜索赵云，第一条是汉末历史人物赵云，中间这些图全部和游戏里的赵云相关，而且都是和《王者荣耀》的赵云相关。我想说的是，我们通过搜索引擎能够看到的是，我们这个时代在层累地创造对历史人物认识的证据，而这种认识是混杂的。

不是说玩家分不开历史和现实，玩家分得开，玩家绝对分得开他操控的赵云和历史上的赵云。但问题是，当提到赵云这个文化符号的时候，我们现在对他的认识就是混杂的。这个是不是意味着我们如果通过游戏来表达社会议题，一定会导向一个扁平的玩具化的状况？我觉得也不是。

我想用《女神异闻录5》作为我演讲收尾的点。我觉得如果要去判断通过游戏表达社会议题是不是一定会导向扁平化和玩具化的状况，最好的就是看看反例，看看有没有游戏能够成功地权衡这两点，能够完美地表达它想表达的东西。我选的就是《女神异闻录5》。这个游戏很有意思，男主角穿着囚服，是一个青少年，他和他的伙伴都是普通的学生，他们在遇到各种社会压迫的过程当中觉醒了一些力量，他们可以操纵自己内心的人格面具，去跟社会上各种各样邪恶的人在内心世界作战。在这个游戏里面还有一层设定，就是所有对现实造成的扭曲的大人物，他们都会有一个自己的心之城堡，这个城堡就是被他们扭曲的现实的形象。这个是大致的背景。

游戏刚开始的时候，男主角的心之城堡是监狱，他是一个囚徒。他和他的伙伴都是普通的高中生，而且他们在成长过程中都遇到很多问题。在这个游戏里有非常多现实的要素，比如说对他们造成伤害与压迫的可能是体罚学生的老师，可能是不把人当人看的高利贷者，可能是把法律当成一种赌博的检察官。他们是进到社会大人物的内心世界和扭曲现实进行对抗。这是一张图，他们去公司社长的心里，公司社长把所有员工都当工具人，特别有现实感，他们跟他打斗，由此来更改他的心。我们可以看到这个议题设定非常有意思，因为它本身是把幻想世界实体化，通过让你去不同大人物的内心世界，让你理解不同角度扭曲的现实。

而在他们改变这些大人物心灵的过程当中，他们又得到了其他很多人的帮助，这些人可能都是普通人，像有永远也选不上议员的政客，有游戏厅里的小学生，也有在胜利之路上卡住的棋手，这些普通人都会有受到社会扭曲的地方，他们也会有自己的愤懑和不平。是他们这些普通人和主角团的接触，逐渐赋予了主角团对现实新的认识，也给了他们力量，在游戏里相当于社群之力，每个都会化成切实的游戏里的福利。你能看到在人物设定，包括它想表达的社会认识之间是怎么做平衡的。

作为王牌检察官，她认为法院是赌场，认为正义是随机的，所以主角团就要去改心。这个过程当中，当你在她心中法院的大迷宫里不断作战的时候，你也在不断反思什么是正义，我们平时认识到的正义是什么样的。能够看到，这个游戏是怎么把它的游戏过程、它的叙事线和更多的社会问题的反思结合在一起。

这个非常有意思，这个 BOSS 是图上的这个头，这个就是党魁。他下面所有金灿灿的都是人民，由普通人的人头垒成的金字塔把他一个人托在上面，只为了支持他一个人的生活。可以看到这是他们在打 BOSS 的过程，在那个人的心目里社会中的其他人就是这样的。游戏里也有一个放高利贷的金城润矢的迷宫，他的迷宫里面在街上走的人都是移动的取款机，这是他心目中的世界。这样的展示特别有意思，因为突然间，你开始可以明白，在现实当中我们见过的不公平、很多扭曲，其背后真正反映的是对人的认识是什么样的。这个游戏在 BOSS 战的时候也没有让你停止思考，而且它变了好几种形态。每一次形态变化在视觉上都是冲击，每一次视觉冲击都会让你反思为什么这样。而且它甚至通过金字塔的形象，让我们想到本身描写金字塔的那首诗："万人的辛苦劳作，只为一人死后长眠。"在很多意义上，这个游戏的结合真的很有趣。

这个游戏如果单纯是少年对抗大人物，也不值得放在这里说，对抗大人物的游戏有很多。但我觉得它真正的亮点是这里，这一坨不明物体上写的是："如今的民众之心，已经被欲望吞没，化作了监牢。"在这个游戏的最后，你发现其实你真的要对抗的根本不是扭曲的大人物，你要对抗的是所有普通人心中的愿望，因为普通人不想为自己负责，也不想明天，希望有人来下决策，所以到最后他们的集体意识就以监牢的形式出现了。这也是一重回文，让我们想起主角最初的监牢。你能够看到在这样的游戏里，最后把主角团和本来恶人们的战争，变成了一个人与每个人的战争。而且在这个意义上，游戏本身也变成了社会批判和自我反思，每个人玩这个游戏的时候内心非常惊悚，一个是你以为 BOSS 战打完了，后来发现还没有；一个是你忽然意识到，你也是普通人，你也可能会把自己关在牢狱里，和这些人一样。这个游戏的意义在这里变得特别高，到头来主角团也在对抗他们自己，他们也在对抗人的惰性，他们也在对抗人的软弱。

到最后，他们打破普通人的欲望象征的圣杯以后，你会发现他们自己失去的希望也被关到牢狱里，最后他们出来的时候，要和所有人内心里怠惰化成的恶神再来一次象征性的对抗。他们出发之前的最后一句话是："已经做好了准备去迎接恶神，夺回现实中的容身之处了吗？"

我特别喜欢这句话，我觉得这也是今天的重点，我们刚刚前面讲了在中国本身幻想这个主题非常流行，但是这些幻想是平庸的、日常的、没有冒险内核的。《女神异闻录5》正好是它的反面，当我们在更流行的中国游戏里做流水线上的工具人，通过消费变得更强的时候，《女神异闻录5》的主题看起来实在太神神道道了，但它的重点却非常现实。

我没有给大家看它的战斗界面，这个游戏里可以收到很多神、魔鬼作为你的人格面具来对战，所以它是一个非常神神道道的主题。但是在这么神神道道的主题下，它进行的整个冒险是非常有现实关怀的，在非常有现实关怀的冒险的过程当中还传递了更多的现实的知识。实际上，这个游戏只是打扮成幻想主题而已，它还是一场现实主义之旅，而且通过游戏里矛盾激烈的世界，玩家能够对现实世界有一个更真实的认知，真实的认知是主题传达的一点。另外，游戏里主角都是学生，所以他们要上课，上课过程当中和游戏进程的现实知识也输送给玩家，比如四种扑克牌分别象征着什么，比如"鸟"和"乌"的区别是多出来的一点，那其实是眼睛，再比如还有一些其他现实中的知识，你上课时是要记住的，因为最后是要考试的，当然考试考得好也会对主角心灵的成长有帮助。你能够看到这个游戏虽然表面是幻想，但从来没有试图把自己跟现实撇开过关系。

除这个真实的知识之外，我觉得格外有意思的就是在游戏里表现出真实东京的地景。邓卜冉老师也讲了在场感这个词，其实《女神异闻录5》这个游戏特别好地体现了在地性。你能看到游戏地图中的涩谷、四轩茶屋、苍山一丁目，这些都是符合东京地铁图的。它不仅表现了真实空间，还表现了在东京真实生活的人群，包括落魄的政客，包括算命的，包括各种在游戏厅沉迷游戏的小学生，等等。在这里面出现的全部都是真实的普通人，对真实人群的表现和真实地景的表现，会吸引玩家对东京产生兴趣，也就是说他的兴趣会回到现实。这是特别值得我们重视的一点，很多时候我们知道游戏是虚拟世界，是另一个空间发生的，更多的时候其实我们应当想到，如果要发挥现实的影响，就得有从虚到实的过程，我们就得把它拉回来，但是很少有游戏能真的拉得回来。所以我觉得这是为什么现实主义表达的游戏是有趣的，而且甚至也有盈利的可能性，在利用现实题材的时候，往往你也会有新的盈利点，比如和旅游业相关联。

这个网页上面写的是"《女神异闻录5》圣地巡礼"，这是发在一个旅游网站的帖子，就是一个普通的玩家喜欢这个游戏，然后专门跑去东京玩，去游戏里有的场景，去当地看和拍照。接下来我展现的都是他在当地拍的照片和我在游戏里截的图。这是东京涩谷中央大街，大图是游戏里的，小图是现实中的。可以看到真的就是这个感觉。下一页这个是涩谷站的站前广场，他拍的照片和游戏里的截图几乎是同一个角度，所以它其实真的很像。再比如这个也是站前广场，这个站前广场有三个要点，这个是游戏里的绿色的火车、彩票售卖机，还有忠犬八公雕像。这是现场拍的绿色火车、彩票贩卖机和忠犬八公雕像。你能够看到当游戏表达现实中地景的时候，它的玩家会到现实中，跑到当地看一看。

实际这种圣地巡礼不只《女神异闻录5》有，之前有一个《方根书简》游戏也是日本做的，是由日本出云市出资去做的一个游戏，那个游戏促进了出云市旅游业的发展，它本身就是为了发展当地的旅游业才做的。故事发生在出云当地，跟所有的景点都有关联。最后的结果是当这个游戏发售的时候，并没有卖很多份，但是真的有很多人跑到出云去旅游了。我觉得这也是现实主义游戏可以考虑的未来潜在的盈利方式，以游戏化的方式盈利。《怪物猎人》其实也跟日本温泉村做过合作和联动，游戏里面把温泉村的地景做出来了，玩家能在游戏里玩到温泉村，因此愿意去那里，也可以去到游戏村，发现《怪物猎人》这个游戏。像这样潜在的合作，是只有表现了现实的这类游戏才能有的，这也相当于它的力量。

玩家在"《女神异闻录5》圣地巡礼"的最后，找了一个餐厅吃饭，然后在结尾说："虚拟与现实的界限并不是很远。"这是这个玩家写的，这个玩家没有听过我的演讲，他跟我没有一点关系。但我们是同一个游戏的玩家，最后得到类似的结论，就是虚拟与现实的界限并不是很远。很多时候我们以为是虚的东西，可能实际上是实的，游戏不完全是虚的，它可以是实的，而且当它是实的时候，可以带来更多的东西。

通过游戏反思社会，我们可以看到《女神异闻录5》是一个非常好的例子，好玩，但同样也表达了更多东西，而且也不沉闷。这个游戏从开头玩到真结局可能要80—100个小时，这么长的游戏时间，给了它空间，让你能做深度的体验。我觉得它可能也是非常难得的例子，就是叫好又叫座。

我们从它回到今天前面讲过的，作为"消遣游戏"和作为"意义游戏"的这一点，我认为很多时候我们觉得游戏不应该承载更多的东西，恰恰是因为我们看低了它，因为我们没有正确认识它。实际上，我们每个人玩的时候都是严肃的，哪怕是作为消遣的游戏，你说你玩个麻将，打个消消乐之类的，看起来是一个非常休闲的过程，但也很少只是玩一玩，你总是不可避免地会把自己带到游戏里去。所以，我觉得追求爽感是对的，但是游戏真正对玩家起作用的点并不在于爽感，而在于意义感。也是在这个基础上，我们通过游戏来反思社会和反思人性，本来就是很自然的一件事，它不应该是扭着的事，它应该像《女神异闻录5》这样，《中国式家长》或者《完美的一天》这样，当它经过良好的设计以后，应该是非常自然的过程。

《女神异闻录5》是通过真实的知识、真实的地景、真实的人群，在一个幻想的领域里传递现实感，但又没有牺牲自己的游戏性。其实历史主题和《女神异闻录5》表达的现实主题一样，在游戏中也可以得到强烈的表现，比如说在《刺客信条》里，我们能看到从现代东京到金字塔、到文艺复兴时期的佛罗伦萨、到古希腊时期的奥德赛，我们能够看到游戏不仅可以表达现实，而且历史上的这些主题也并没有什么不可以表现的。反过来，游戏表达的主题越有现实关怀、越有历史纵深，它的体验就越有深度。我认为《刺客信条》系列游戏卖的就是历史，如果我们现在看《刺客信条》，它的游戏已经很少发生大的变化了，真正在变的就是场景和背景。它去年背景是在古希腊，今年是在维京的背景下。而且我去它的官方网站看的时候，官方网站上并没有特别多地介绍游戏，反而在没完没了地介绍维京文化，就是怎么酿酒、卖酒，怎么编一个维京式的胡子，怎么编一个小辫，怎么做维京的食物。你可以看到，对于这样的大厂来说，文化和历史是卖点。我们现在讨论现实主义游戏本身的时间节点也很合适，从前一阵儿《戴森球计划》《鬼谷八荒》等游戏的流行，其实能看到国产独立游戏和作品游戏现在取得了越来越多的关注，当然还有万众期待的《黑神话：悟空》。我觉得现在正好是历史钟摆要往另外一边摆的时候，我们也应当为此准备好。

通过前面讲的所有一切，我们应当已经意识到，今天我们需要讨论现实主义游戏，不是因为现实主义游戏多到形成了潮流，而是恰恰相反，它们没有形成潮流，而且现在主流根本不是这类游戏。但是，我们不能让游戏再不可避免地朝着虚的方向发展下去，我们不想要一个《头号玩家》。不知道大家有没有注意到《头号玩家》的社会形态，虽然所有人都在绿洲里幸福地生活，但它的现实是极端贫富分化的，严峻到更穷的人只能通过玩游戏来体会到平等和自由感，这种社会形态是非常不健康的。《头号玩家》的世界是游戏可能塑造得最惨的世界。如果我们完全不考虑现实主义，到最后，我们可能就不能避免地向这个方向发展。

我们今天在这里说现实主义游戏，讨论这个概念，说到底不是为了推销这个概念，而是为了更多地思考我们怎么样通过游戏来表达现实，怎么样通过游戏来改变和塑造现实。

欢迎大家加入讨论，并通过切实的努力，把游戏往现实这一端再稍微拉一点点。最后还有一些我想跟开发者们讨论的问题，但我觉得大家应该休息了。我的演讲就到这儿，谢谢大家！

提问： 我是来自字节跳动创意游戏部门的，我想问几个问题。首先刚刚刘梦霏老师的演讲当中提到了纪录片，关于防沙治沙的小游戏，现在采用 UGC（用户生成内容）的方式，基本都是普通用户而非专业开发者开发这个游戏，有没有考虑跟 UGC 流量比较大的平台合作，比如橙光，我觉得他们也非常乐于做这样的活动，基于某一个主题开发游戏，如果能够合作的话，能够达到比较好的效果，让更多人参与到这样的活动中。有没有考虑再加一个赛道，因为我们字节跳动也有创意游戏工作室，让一些做游戏的人针对这个课题进行开发，刚刚讲到大众做这个游戏的时候，通常有几个问题，如不够审慎、刻板印象，能不能让一些比较专业的游戏团队，专门针对这几个问题开发一些更审慎的现实游戏？

刘梦霏：特别感谢你的提问，第一个问题，我们真考虑过橙光，后来没选它核心的要点是因为橙光上的游戏出来的版权都是橙光的，我们希望出来的游戏版权是用户自身的，我们选择的是从橙光出来自己做独立引擎的 iFAction，做出的游戏独立打包出来，而且都属于做游戏的人，关键是这个引擎非常之便宜，所以我们觉得没有什么理由不用它。包括我们选择 Roblox，当时我们选择它是因为它面向青少年市场，而且它自己也是一个平台。我们真的希望能有更多的合作方，所以不管是你们平台或者是其他的感兴趣的朋友们，我们都很希望能一起做这个事。

提问：在游戏化这个领域里，有没有形成产业化，它的市场空间等这些，您对这些方面有什么看法？宏观一点的。

刘梦霏：今天这个主题不可避免地牵涉到游戏化，游戏化国内现在都是大厂在做，其实不应该完全这样。国内现在做得最好的是阿里、腾讯和拼多多。我只能这么说，去年年底的时候，游戏化专业委员会成立了，所以接下来也许会有更多游戏化领域自己的发展和活动。在我自己的理想世界里，我认为游戏化应当是一个普适性的工具，由所有普通人掌握而不是由巨头垄断，但现在我们的现状不是很乐观，而且接下来会有越来越多的巨头垄断。在座的各位虽然都很年轻，但你们父母不是用拼多多就是用蚂蚁森林，大家可能都在使用游戏化产品而毫无知觉，这个状况其实很危险。我来强行推销一下这本《游戏研究读本》，有一个游戏化专区，里面有一些文章讨论了游戏化现状。今天在现场或看直播的观众，我推荐大家再去看一看这个方面的成果。因为毕竟现在国内关于游戏化的书还是商业的书比较多，学术的书比较少，而且学术的书全部集中在教育游戏化方向。去年和今年的游戏化也是以商业公司操作为主，我也觉得这个现状不太健康，我觉得游戏化应该有更多的公益关怀和更多的公益实验，也非常欢迎各位游戏化设计师加入我们的实验中来。

我还想到一个有意思的事，刘新童老师今天带着桌游来的。虽然我们"游戏 × 社会"的沙漠主题收到了一些桌游，但我没带来现场。刘新童老师他们之前做更严肃的社会议题的时候，做过一些桌游，具体是什么我也不知道，这个要捐到档案馆的，一会儿休息的时候大家都可以看看。

刘新童（《斯坦福社会创新评论》编辑部）： 我们机构做了一个桌游，尝试着用游戏化的方法集结利益相关方，看看如何把相关方带到发展议题当中。它其实更像是工作坊，用了游戏化的机制，所以这是为什么说它可玩性不高，但它是一个工具。我想回应一下刚才字节跳动那位提到了一点，当我们设计某一类特定人群的游戏时，如何去解决我们对他们的资料都是二手的，都是从文字或者一些作品中做信息收集。这也是我们为什么想和刘梦霏老师把这个事情扩大的原因。因为我们在非常前期的阶段就用集合影响力的方式把各个相关方拉入讨论中来，不是我为你隔岸观火地设计，而是我和你站在一起，面对面地对话，听你的困难，分享你的雀跃和开心，我们可以一起塑造这个游戏，不管它是游戏化的表达、是严肃游戏，还是在某一个平台上的东西，这是我的一点回应。

秦兰珺： 我觉得不如我们利用这个机会，问一问在场的两位开发者，刘梦霏老师比较感兴趣的问题，在现在中国做现实主义游戏有哪些特别困难的地方？

邓卜冉： 我觉得特别难，各方面都很难。第一点，最难的其实还是审核的问题，这是现实存在的问题，很多东西你想象不到会碰到什么障碍，不知道边界在哪里。游戏参照电影审核已经做了一些自审，发现不行，游戏审核标准和电影审核标准差很多，电影已经很严了，但游戏更严，这是第一点。

第二点，在场表达的问题，这个实际上也很困难，这是一个技术性的问题。你怎么样把现实的东西做成游戏，它不能枯燥，必须有趣，要找到合适的方法，这个方法要找到很难，不像一些幻想的东西直接照搬，一些成熟的机制可以直接拿来用。但现实主义游戏不是这样，因为如果直接拿来用的话，可能就不匹配，就会出戏，让人接受不了，一旦玩现实主义游戏，实际上你对现实的敏感性会自然而然提高，提高之后，会发现不太适合，这种不适合会被放大，放大到让你觉得不行。

第三点，人才的问题。因为做这种类型游戏的人很少，具备这样能力的人很少，找到同样的人是很困难的，能找到就已经走大运了，还能跟你一起走下去，走大大运，最后能做出来真是上上签，真是很困难。

第四点，你要找到一个稳定的资金支持。这个其实可以参照文艺电影，因为文艺电影是比较成熟的，它有成熟的创投会，有很多电影节，只要你剧本是好的，只要你的想法是好的，你可以给他们提意见或者提东西，人家会审核。游戏不太一样，有点撞大运，挺难的。

刘梦霏： 我想补充一个我最近注意到的点。确实，如果和兄弟行业——电影行业对标的话，游戏行业的现状真的挺奇怪的，因为电影行业有一些面向纪录片的奖和扶持，或是面向实验电影的奖和扶持。但国内的游戏产业，特别是在作品游戏或偏现实游戏里，我们没有产业发展资金。可能不像邓卜冉他们，邓卜冉他们有一个特别好的大后方，就是椰岛游戏。我最近也知道另外一些，比如说开发中国传统文化主题，真的努力在做的小型游戏团队，可能游戏马上就要开发出来了，但是就差最后一步，没有地方去融资，也没有产业发展资金帮助这样的开发者更好地表达。其实很多时候真是最后一口气，可能最后一个月、两个月，融到一点点钱就能够上市了，游戏就能做出来了，但一般团队就是在这个时候散的。最近我自己还帮助了这样一个团队。因为我们现在产业的缺失，让创业者在最后一口气的时候喘不上来，那真是挺大的损失。

秦兰珺：杨老师，你觉得在中国做现实主义游戏有哪些困难？

杨葛一郎：第一，和邓老师一样，审核。游戏更偏向青少年，所以审核比较难。第二，选题比较难。现实主义题材一抓一大把，比方加班可以做，手术可以做，现在国外连涂指甲油也可以做成游戏。但怎么让它游戏化，特别有目标感、有反馈、有奖励，比较难。比如说防风治沙，怎么样让它玩起来，需要很强大的设计。

刘梦霏：我觉得整个知识阶层和现在游戏开发者之间的断裂，可能也是一个问题。理想的专业关系应当是学界和开发者能够像今天一样，大家坐在一起携手并进考虑这个事情怎么做。因为历史原因，很多游戏研究者在游戏研究这个领域处于研究"网瘾"的阶段。现在我们本身作为年轻研究者，希望和产业有更好的关系，在游戏方面学界和业界到底应该是什么关系，这个问题也还有很多需要再发展和研讨的地方。在这个意义上，不管是"游戏×社会"活动，或者今天我们这样的活动，都是良性开始的探索。我觉得本身在对游戏的制作和分析上，我们应当向产业学习，产业是走在我们前面的。但是另外一些方面，比如说哪些主题适合通过游戏的方式来表现，或者是什么样的表现手法、什么样的切入点，也许是可以参考的。这些有很多是我们在大学里面可以研讨和做的，我希望将来在这些方面能够有合力形成。

秦兰珺：今天我们开始一个概念叫作"现实主义游戏"，其实到现在我还不知道什么是"现实主义游戏"，不过我想没有关系，因为它首先是一种运动，一种实践，我们最后明白这个概念就可以了。大家也讨论了，做这个很难。首先如何提炼现实，其次提炼的现实如何表达成游戏语言，表达游戏语言做成游戏怎么过审，过了审、上了市怎么卖得出去，每一步都有一个"坎儿"。不过没有关系，大家志同道合在这里沟通。今天估计大家感受到了来自学界的刘老师特别擅长表达，两位开发者虽然表达较少，但他们能干。大家可以相互取长补短，一起来把握、改变我们的现实。谢谢大家！

第九十二期
主旋律文艺与文化强国

主持人：秦兰珺（中国艺术研究院马克思主义文艺理论研究所）

对话人：冯　静（中国评剧院）

闫光宇（中国青少年新媒体协会）

李玥阳（中国传媒大学文法学部）

刘　卓（中国社会科学院文学研究所）

何　威（北京师范大学艺术与传媒学院）

马薪蕊（博纳影业）

郭　超（《光明日报》文艺部）

张　成（中国艺术报社）

鲁太光（中国艺术研究院马克思主义文艺理论研究所）

王玉玊（中国艺术研究院马克思主义文艺理论研究所）

叶　青（中国艺术研究院马克思主义文艺理论研究所）

时　间：2021年12月9日（星期四）14：00—18：00

地　点：北京市朝阳区来广营西路81号中国艺术研究院706会议室

主　办：中国艺术研究院新时代文艺思想研究中心

中国艺术研究院马克思主义文艺理论研究所

编者的话

　　如果把主旋律文艺当成建设和承载一国核心价值观的文艺，那么，综观世界上不同形态的文化强国，它们大多有着强大的主旋律文艺：法国启蒙文学和思想将"自由""平等""博爱"的价值观播撒向世界，美国好莱坞电影将"个人英雄主义"推向了全球，日本动漫在全世界粉丝心中种下了"热血""友情"与"奋斗"。正是这些不同国家的主旋律作品，在获得国内外承认的同时，也将它们承载的该民族的核心价值观贡献给了世界。

　　中国的主旋律文艺经过了多年发展，已经在2021年的持续"出圈"中见证了新的自我突破。如果在世界文化视野中反观今天中国的主旋律文艺，我们又会看到怎样新的风景，遇到哪些新的困境，提出哪些新的问题？我们又该如何在世界文化格局中定位、理解和想象中国的主旋律文艺？最终，中国的主旋律文艺又是否能在"建设文化强国"的愿景中，发生新的迭代，创造新的可能，为人类贡献价值？

秦兰珺（中国艺术研究院马克思主义文艺理论研究所）：首先，非常感谢大家在新冠疫情期间参加我们这样的线下活动。我们坚信面对面的实体空间，有助于大家更加真诚和真实地表达，尤其针对今天这样一个话题。

一般来讲，作为主持人，开场是这样说——"在阳光明媚的日子里"，但今天恰恰就是天昏地暗，所以我觉得对于很多话题我们还是需要真正面对现实，对于我们这样一个主题也是如此。

今天这个主题的第一个词叫作"主旋律"。大家看我们微信公众号就知道，我们并没有把"主旋律"当作一个成就来看，相反是把它当作一个问题来看，更确切地，我们把它当作可以不断提出问题以激发我们思考和实践问题的切入点。这不仅仅是因为今天已经是 2021 年年尾了，前几个月，在庆祝中国共产党成立一百周年活动中，已经不缺少各种各样关于"主旋律"伟大成就的话语，更重要的是，我们觉得只有把"主旋律"当作一个问题，才能够推动主旋律文艺以说服我们自己和说服我们后代的方式，来真正面对现实和面向未来的发展。

这就来到了第二个关键词，就是"文化强国"。我们的愿景是在2035 年建成文化强国。大家知道，如果我们去综观世界范围内大大小小、或新或旧的文化强国，他们都有一个强大的主旋律文艺，比如说法国的自由、平等、博爱——写在他们文化部的网站上的——恰恰也是法国文学和思想试图带给世界的;再来看看好莱坞电影,在我们中国看来是商业文化,而在美国,它们是承载着英雄主义并将它传播给世界的主旋律文艺;我们当作亚文化的日本动漫,恰恰是把日本"友情""击败""热血"的主旋律带给世界的、承载着日本价值的文化形态。

在这样的视域下,我们再反观今天"主旋律文艺与文化强国"这样的命题,我们肯定会看到很多新的问题,陷入很多新的困惑。如何在新的问题、困惑和愿景当中重新想象、定位和期待主旋律文艺呢?这是我们今天要探讨和面对的问题。大家知道其实这个问题很需要各个艺术门类、行业和研究界共同的跨界对话,所以我们请来了十一位嘉宾,各个艺术门类,跨越产业和行业都有。

我先按照传统文艺到新兴文艺的顺序来介绍一下在座的各位嘉宾。

首先是刘卓,来自中国社会科学院文学研究所,她是研究中国现当代文学非常出色的青年学者,她刚刚在我们杂志上发表了关于柳青的文章,她对"深入群众"这样的特别老的问题有着特别新兴的思考,今天她带给我们她对扶贫文学的观察。

我们这里还有一位编剧——冯静老师,来自中国评剧院。冯静老师是《谷文昌》的编剧,在参加完我们的活动后,马上要去云南,深入群众采风创作关于农民院士题材的剧作,所以刘卓老师和冯静老师可以在"农民题材、扶贫文艺"这样一个话题以及这个话题后面所承载的"共同富裕"问题上面有非常丰富的探讨。

接着是提出"主旋律文艺"或者"主旋律"这个概念的电影电视行业。首先是来自博纳影业的马薪蕊。大家知道从《智取威虎山》到《中国机长》到《烈火英雄》,再到战胜了《战狼》、票房登顶的《长津湖》,都是博纳做的大片,博纳老总于冬多次提出要在"文化强国"这个事情上履行他们博纳的企业社会责任。在座的还有李玥阳老师,是研究中国电影史的非常出色的老师。除此之外,她还在电影工业美学上有着专业的见解，并且她的很多研究和文章都提到了博纳的作品。还有中国艺术报社的张成老师，他将从现实主义和电影镜头美学的角度带来他对主旋律文艺和文化强国的思考。相信这三位老师可以把主旋律文艺在电影电视这一艺术门类的丰富维度，通过跨越行业和产业，通过美学和电影史角度给大家展示出来。

下面是新兴文艺领域。我最初拜读闫光宇老师的文章是在团中央新媒体部的时候，闫老师对"新兴主旋律"这个问题的接触是和青年工作结合在一起的，致使他的视野一上来就和动画、漫画、游戏等新兴的、青少年喜闻乐见的表达方式融合在一起。还有北京师范大学艺术与传媒学院的何威老师，他在新闻传播和中国动画方面做了非常有建树的研究，这两年何老师在游戏研究以及游戏研究的生态组织方面做了很多工作。因为这两年游戏研究外部环境不是很好，所以何威老师希望发挥游戏的正向价值，他在游戏承载中华优秀传统文化方面做了很多很多研究和思考。相信闫光宇老师和何威老师在新兴文艺为主旋律文艺与文化强国可以带来哪些维度这个方向，能够展开非常丰富的思考。

《光明日报》文艺部的郭超老师，主要从主流媒体角度，带来这个问题的媒体视野的思考。

还有我们所里的两位同事：王玉玊和叶青。我刚才多次提到了日本动漫和美国电影，她们将借由这两个他山之石大概给我们讲一讲：为什么我们看来是商业文化和亚文化的这种艺术形式恰恰是主旋律，恰恰让我们重新思考"主旋律"概念的维度，或者说一种可能性。

最后由我们所的所长鲁太光老师来做总结，他在主旋律文艺方面有丰富、深度的思考和批评。

现在开始大家的精彩发言，先从刘卓老师对扶贫文学的思考开始。请刘卓老师发言。

刘卓（中国社会科学院文学研究所）： 谢谢青年文艺论坛和秦兰珺

老师的邀请，很荣幸与会讨论，很高兴认识新朋友。

兰珺刚才提到扶贫工作的思想宣传，扶贫文学其实就有类似的作用。精准扶贫是大家在实际生活中或多或少都有涉及的，不过就它的全貌、实际工作中的曲折历程以及它的历史脉络等，并不见得有感性的认识，它和我们的生活不直接相关。这正是问题所在：如何理解当前社会生活中的这个重要变革？扶贫文学，或者说，广义上的扶贫文学，是以传记、长篇小说、报告文学、纪录片、影视作品、短视频等为形式的，是承担着这个功能的——向国内民众、国际社会讲述精准扶贫的意义。这一创作的动因，需要回溯到 2014 年文艺工作座谈会之后引领的关注现实、关注时代重大问题的脉络中来。今天讨论扶贫文学还是从一个相对窄的视角，以此为线索回看这几年在文学创作上的变化，以扶贫题材为线索来看主旋律问题脉络的扩展。

在扶贫题材的相关评论中最常出现的词是"现实主义"。在扶贫题材的文艺创作中，有作协、文联系统和宣传部门等持续的、长时间的关注和资金投入。这次的扶贫题材的动员组织中既有作协系统和宣传部门有组织的下乡调研，也有其他社会力量的田野调查等多种方式，今天的"深入群众"在主体和形式上要做扩大的理解。以往在讲主旋律发挥作用的时候，多强调依靠艺术表现的力量来获得认可。这是问题的一个层面，不过问题还有另外一个层面，也就是基本生产和传播路径。两个层面不能混淆，不然再好的艺术作品，不进入今天的渠道之中也是没有办法被看到的。主旋律的提倡不能仅仅是内容的建设，同样需要在整体性的渠道上做构建。讨论文学创作与时代的关系，不是仅仅以作品为基本单位，还要考虑到在构建自己的作者队伍、出版发行渠道等方面的时代变化。

扶贫题材的创作中有大部分是长篇小说创作，这让人很容易联想到农村经典题材的延续，不过，看过大部分之后很难有乐观的看法。与同样的扶贫题材的影视类作品相比，大致而言，长篇小说的接受度不如纪录片（如《无穷之路》）、影视剧（如《十八洞村》《花繁叶茂》《山海情》

等）。其中的一部分原因是影视剧的表达方式更有接受度，不过更多的原因应该还是扶贫题材长篇小说创作的内在困境。就人物描写、语言功力而言，很多作品中都不乏精彩之处，但扶贫题材长篇小说的挑战不在于艺术技巧，而在于对扶贫工作的认识。对今天的农民、农村题材写作来说，扶贫工作其实提供了一个相对坚实的叙事依托，使得今天农民身处其中的诸多关系和社会变化得以显形。不仅仅是以普通的家庭、生活关系为故事讲述的主要领域且没有社会关系上的充分展开，即便是以农民为主要的视角、平等的状态，也不能够充分地抵达今天农民在社会生活中的真实位置，非虚构写作中的主要问题即在于此。写出今天社会关系中的农民的真实位置，也是现实主义创作的意义所在。

在扶贫工作中，基层干部起到了非常大的作用，这也带来了扶贫题材创作中的一个重要部分：关于共产党员形象的写作。扶贫文学中的共产党员呈现出特别复杂多面、鲜活生动和有烟火气的形象，突破了以往从牺牲等角度来塑造共产党员的刻板印象。这个变化的出现与当下的观众接受有关，要从平凡的生活中来塑造真实的共产党人，不然会被认为是不真实的。扶贫文学中探索了一种不同于 20 世纪 80 年代以来的个人主义叙事的路径，在叙事中很好地将个人和家国、和大的运动联系起来，既不失掉真实的经验基础，也能够呈现出极高的精神境界，同时也入情入理。与此同时，也能够发现其中有当下流行的大众文化叙事套路。简单地讲，是将带领脱贫的叙事讲成了致富的模式，把第一书记、村支书或者乡村企业家讲成致富的能人。脱贫模式与致富模式之间有着很细微但是很重要的差别，致富的叙事更注重带头人的个人才能，而脱贫更重视的是这一过程中对群众的带动和适应成长。扶贫文学在叙事上之所以出现这样的不足，原因之一仍要归结为对于扶贫工作的认识不足：把握不住对象，才会将现有的叙事套路挪用到现实情况上。

扶贫工作的进程具备着双重特征，一方面是经济发展，另一方面是社会主义意义上的保障、托底。扶贫政策的首要目标是发展，不过中国的扶贫、脱贫的进程并不完全沿用经济的逻辑来解释。比如说，边远贫困地区的路、电、网等基础设施建设，投入大，回收慢，如果仅从经济效益的角度来看，这些设施一开始就不会被立项。长篇小说中面临的困境，换一个角度来看，其实是中国发展道路的特殊性给阐释上带来的挑战。比如脱贫攻坚中的发展和生态的矛盾，一般路径中往往会从生态保护、保护文化多样性的立场批判发展主义，这些批评的声音一直伴随着脱贫攻坚的进程。不过，从一个长时段的历程来回看，能够看出一个相对不一样的探索，在发展与生态、发展与少数民族等问题上，对发展主义的原有路径中被认为不可解的困境有所突破。如何阐释扶贫工作的意义，随着对于整个工作的复杂性把握，能够突破现有的文学写作方式，不仅是突破依托于个人主义的叙事方式，也是在形成对社会关系的一个整体性、历史性的观照视角。

扶贫题材的长篇小说中常用的情节取自现实经验中的一部分，比如产业计划、驻村第一书记与村民之间的矛盾、基层干部的形式主义等，这些是基层治理中一直就有的问题。不过，脱贫攻坚中是有着时间表的，在压力层层传递下这些问题会更为突出，文学创作上怎么理解这些情节的复杂性？无论是简单地批判或者说美化都是不准确的。《山海情》相对而言就体现了这样的一些历史纵深，在贫困问题的解决过程中产生的不仅仅是致富，还有基层治理，也有新的科技进步和理念上的更新，能够看出改革开放以来中国的变化。在这一点上，扶贫题材的长篇小说确实需要重新思考现实主义的真正挑战，借助这个题材的脉络纵深探索一个新的历史叙事。同时有一个问题，长篇小说中所呈现出来的叙事困难只是一个部分，从过去的文学发展脉络来看，扶贫题材的创作还要面临另外一些挑战，主要是来自新媒体——短视频。在主流渠道的影视、文学，包括网络文学中，农村、农民等很少被触及，不过在新生的短视频中则是大量出现，其呈现出来的社会关系、对于时代的感知等，都与围绕扶贫题材的相关思路有很大的不同。它与长篇小说等文学创作之间的差异，不能用严肃与娱乐、精英与大众这样的对立式的框架来理解，我对这部分了解非常少，不过如果能够将扶贫题材的系列写作安放到今天的大众文化，特别是与其中青年的自我表达的多种样态相比较的话，或许能够得到一个更为全面一些的图景。

回顾扶贫文学的创作，它的表层是连续性的，不过分析下去会看到原有的现实主义写作方式和文学已经发生的改变。这里面有一个落差，实际的创作过程中已经做出了很多变化和调试。这些变化需要在理论表述层面做出进一步的发展，用以概括当下文艺生产领域的突破以及准确地理解它的局限。

秦兰珺：非常深刻的反思。当我们的资源不再够用的时候，我们的扶贫文学如何跳出贫困，摆脱贫困这样的初始设定，如何摆脱由于资源匮乏不得不借用大众文化成功学的叙事，如何在这个过程中触及生活的实感。这里坐着一位创作者——冯静老师，她马上去云南进行扶贫话剧《农民院士》的创作，她也是《谷文昌》的编剧。《谷文昌》是非常优秀的话剧作品，冯静老师可以用她的创作实践经验直面和回答这样一个问题。

冯静（中国评剧院）：我先就我准备好的这些话题来说，再谈"扶贫文学"的概念，因为我在《农民院士》里面有这个体会和您有对应。

先说一下我眼里的主旋律文艺，因为这么多年创作主要都是以此为主的。我去年在我们剧院写了一个小剧场，其他基本都是"主旋律"。刚开始接触《谷文昌》这个题材时我还是有点排斥，看了资料以后被这个人打动了。

在1950年解放福建东山地区的时候，他在那当组织部部长，一开始是第一区的区委书记。他是河南林县（修红旗渠的那个地方，今林州市）人，其实他在林县的时候已经是第七区的区长了，到了福建以后并没有升官，就是怀着解放全中国的梦想。这是我在看到他的传记包括他的孩子们跟我说起他时，这个人给我留下的最深印象。

福建东山原来是一个文化很昌明的地方，鸦片战争以后国运衰败，成为一片荒漠，国民党溃逃之前的几个月，把那个地方的树全砍了，抓了4700多个壮丁。所以这个地方成为只有女性、51岁以上男性和11岁以下小男孩的状态。当地还有寡妇村，很有名的寡妇村叫铜钵村。郑成功收复台湾是从东山出发的，在这里训练水师。我看到资料，郑成功当年从铜钵村征集了40个男丁去收复台湾，几百年之后铜钵村男丁统统被抓走，成为国民党的壮丁，这两个时代的对比非常强烈。

谷文昌当组织部部长以后，他提出抓壮丁是一场兵灾，不能把壮丁的家属都算成"敌伪"家属，一定要给这些人平等的待遇。其实抓壮丁现象在当时是全国普遍的现象，只有东山，只有谷文昌做了这样一件事。而且当时东山已成为一片荒漠，沙尘暴来的时候叫"沙虎"、"猪上房"（房子被沙子埋住了以后，猪挣扎着上房）。老百姓生活穷困至极，一个大姑娘出嫁之前都没有吃过米饭，一条完整的裤子都没有，一担水可以换一个大姑娘。在这样的环境中，谷文昌给兵灾家属解决了政治待遇问题，他们可以参加互助组，可以参加劳动。同时，他开始植树治沙，我们现在去东山看，山上的木麻黄还是谷文昌种的。谷文昌在那待了14年，一直做到县委书记。他家里面从来不用木头家具，都是用竹子，特别注重保护林木……在这些事情中，给我触动最大的是谷文昌去世前反思自己在工作中存在的问题，他认为自己不是好干部，在党的路线方针出现问题的时候没有坚持原则挺身而出，而是随大溜。这点特别打动我，我决定写这个戏。

在上海的"壹戏剧大赏"颁奖时，评价这个戏打开了同类题材的格局。我想所谓"打开格局"就是我们作为创作者在主旋律作品创作中要深入人物内心，表达对人的体贴、对人的关怀。谷文昌是一个有温度的人，体现在他和妻子、孩子相处之中，他的孩子当中有两个是他前妻生的女儿，剩下的三个孩子是他收养的，这些情感可能是最后赢得观众的最主要的原因。尤其是兵灾家属这个问题，他胸怀宽阔，国民党溃败的时候在全中国抓丁，"敌伪"家属的存在是普遍现象，但是谷文昌为这些人争取了平等的政治权利，他做这样的事，特别了不起。《谷文昌》的创作，让我重新思考主旋律题材还是要写共性的东西，人类共通的东西，不是说非要歌功颂德，不用把人物架得那么高，他就是普通人，就是有血有肉的人，我们写人和观众唤起共情的东西，我后来对主旋律的感受有所改变，是从《谷文昌》开始的。

主旋律也不都是写当代、现代的题材，包括历史剧也是主旋律内容。但是写历史剧一定要以今天的眼光来看历史剧，历史的故事要让今天人能看得懂，能看明白，能接受。我在西藏自治区话剧团写的《共同家园》，故事背景是 1840—1842 年鸦片战争的时候英国人打到了宁波，道光皇帝调了几支军队，我们写到藏族将士从大金川走了两个月来到宁波驰援，还有黑龙江的鄂伦春族军团、陕西的回族军团等。

我当时看资料很难过：这支藏族军队大概近 3000 人。当时英国蒸汽机已经是第三代了，但我们藏族将士拿的还是梭子枪、打猎的铁砂枪，有一个支架趴在地上打，还有投石器（所谓"投石器"，就是绳子拴一个套，装上石头扔出去，打个野猪、兔子之类的），拿着这样的工具或者叫"武器"跟英国人打仗，结局全体殉国。他们的辫子被埋在了宁波，现在还有辫子坟。当然，我们话剧最后的结局是带着辫子回到了西藏。这是很让人痛心的一个故事，我们把它写成了历史剧。我们之前对于藏族同胞一直是援藏的角度，这个戏写的是藏援——藏族同胞一直在中华民族大家庭里面，是中华民族共同体的概念的重要组成部分。

还有一个戏是我在云南写的《白鹭归来》，也涉及刘卓老师说的扶贫文学的概念。《白鹭归来》写的云南大理洱源的故事，洱源是洱海的源头，这个地方已经脱贫了。这里有个村子叫郑家庄，是汉族、白族、藏族、纳西族、傣族、傈僳族、彝族 7 个民族混居的地方，有 700 多年的历史了。在元朝的时候有两个姓郑的指挥使带着 300 人在这里屯军，他们驻扎之后，索性就在这里落地生根了，所以这个村子叫作郑家庄。

这个村子的村民开始是以汉族、白族为主体的。1959 年国家安置游牧民族，把其他的 5 个民族安置在这儿，藏族多一些，纳西族就一户。藏族村民在茶马古道做买卖，他们把马和做生意的一些货物卖了以后进入这个村子，他们其实不太善于农耕，当地的白族、汉族村民教他们学习农耕。这个过程中 7 个民族相处得很好，郑家庄的书记是何国祥，带着大家做中草药生意致富了，把这个小村子治理得井井有条。他有一个"人人为我，我为人人"的管理方式，每个人都要值周，每个家庭都要为这个村子做一些事情，所以这个村子很和谐。他也善于宣传，把这个村子一些理念宣传出来，周边的村子都跟他学习，我们去周边的梨树村采访过。

这个戏，我们一开始是想写成扶贫戏，我甚至写了一稿，2018 年春天写出来了。宣传部负责这个戏的领导说："全国都在写扶贫戏，这样会造成题材雷同，我们写绿水青山吧。"但是有好几场戏非常好看，马院挺舍不得的，我也舍不得，哪个编剧愿意大改自己的作品呢？但是主题都不一样了，怎么可能不大改呢？原先很好的戏在新的构思里面不好看了。我说："马院，你要对我有信心，你要相信我能写出比那个更好的桥段，把那个推翻了，就写绿水青山。"

它也是有依据的。原先为了让大家致富弄了很多农家乐——确实那个地方也很美，你会很愿意去那个地方游玩、住宿，真的像梦境一样。那里有一个梨树村，中间有一大片水域叫茈碧湖。梨树村到郑家庄走陆路要翻山越岭，但是从这个湖上面划着船就能去了。有一个报告文学说梨树村村支书来郑家庄"取经"的时候从水的深处划着船就出来了，像仙境一样。我看了茈碧湖，确实很美，我们也看到了白鹭。为什么叫《白鹭归来》呢？因为白鹭对生存环境要求特别高，如果环境不好白鹭就飞走了。当时的确飞走了，因为他们的治理，白鹭又飞回来了。

这里建了好多农家乐，但为保护洱海，大片的农家乐都拆了。我们那个戏只写了农家乐，其实那个地方发展，一个靠烤烟，还有一个靠种大蒜。当地农民种下了大蒜，大蒜是需要施肥的，这个对水有危害。因为洱海源头关乎到下游 1000 多万人口用水生存的问题，就把所有的大蒜全铲了，农民就没有收入了，补贴也是极其微薄的。铲了已经发芽甚至已经长起来的蒜苗，重新种其他不影响水源的作物，又要买种子、付出辛苦，最后等到收获的时候到底什么样子，真的不知道，农民真的很可怜。这给我们很强烈的冲击，所以我们写了《白鹭归来》，大家刚刚脱贫，刚刚靠着农家乐过上好日子，真的很怕返贫，他们对贫穷真的很恐慌。

主人公是白鹭村的书记，我们还是以何国祥为原型。他叫扎西，是一个藏族书记，是很简单很冲动的一个人，他意识到现在农家乐虽然带来了金钱，但是同时可能毁坏这里的生存环境，在国家发文件之前他就预感到。他主张通过拆农家乐，重新退还湿地的方式解决这些问题。我们戏写完的时候正好是云南在治理洱海整个流域，洱海周边拆了 1084 家酒店、民宿，正好赶在这个点，我们写了《白鹭归来》。现在情形有一些变化，我们现在有演出了，在"学习强国"上有这个戏，我们准备还要进一步深挖，还要融入生活继续改这个戏，这是后面要做的事情。

我觉得舞台剧有个好处，就是能够不断在生活变化中修改提高一个作品。我们跟一个院团合作一个戏，我们希望能够让这个院团靠这个戏走得更长久一些。尤其是我们中国评剧院，它是一个企业，要靠作品吃饭，不但要给员工发工资，还要上交给国家。我们的《母亲》等作品就是靠着较高质量赢得市场认可的，这也是主旋律作品中的一个好的范例。

跟云南省话剧院合作的另一部戏《农民院士》是地地道道的扶贫戏，为扶贫而写的。我在 2019 年 12 月 9 日去云南采风，走了很多地方包括整个普洱那一带，在云南省境内走了 3000 多公里。2019 年的时候，朱有勇院士刚被评为"时代楷模"，我们采访他是在澜沧拉祜族自治县竹塘乡蒿枝坝村。拉祜族是有 640 多万人口的一个民族，我们对这个民族不熟悉，有一个电影《芦笙恋歌》的插曲大家可能多少知道一些——《婚誓》，"阿哥阿妹的情意深"这首歌就是拉祜族民歌。

当时去的那个村子叫蒿枝坝，是朱院士定点扶贫的地方，我们一大堆人采访他，问他一些问题。他教他们种冬季马铃薯，一般来说冬天是不种马铃薯的，我们春天吃到的马铃薯都是反季的，朱院士带领团队研究了这个冬季马铃薯。朱院士不是做这个的，他是植物病毒专家，他的成果是治水稻的稻瘟病，他的研究成果拯救了全世界 3 亿亩农田，冬季马铃薯属于他随手做的事。

澜沧这个地方特别在哪儿？这个地方属于亚热带，终年无霜无雪，土地面积广大。澜沧乡亲人均 10 亩田、20 亩山林，但生活在这里的民族是游牧民族，从原始社会一步跨越千年直接进入社会主义社会的，叫作"直过民族"。他们开始生活在青藏高原，靠着游猎，一步一步迁徙了上千年，最后落根到云南。他们还有一个别名叫"猎虎民族"，靠打老虎生存的，而且坚持平均主义，一家打到老虎全村都有吃的。他们没有自己的文字，用刻磨记事。我采风的时候采访过布朗族王子苏国文老师，他 17 岁当老师，教拉祜族学生"1+1=2"这个题，怎么比画也教不会，最后他在黑板上写上"1+1="的公式让孩子们填，结果他们说"1+1=6"，因为他们是用数道道的方式来记数的。这给我一个触动，你不能说他错了，他们是从刻磨记事角度来的，同时可见民族文化教育上的落后。

朱院士 2016 年带着团队给他们扶贫的时候，这个地方 30 岁以上的人不会说汉语，初中毕业的都很少。这个民族有一个特别大的问题就是爱喝酒，自己家拿苞谷、高粱做蒸馏酒，每天睁开眼睛第一件事就是喝酒。朱院士说我这有两套茶具，一套是喝茶的，一套是他们来了喝酒的。工程院派出去的第一书记跟我说，这条街家家户户门口摆着酒，路过说我喝口酒，没有问题，有的时候招呼你来喝口酒，随处可能倒着哪个人，喝多了就地一倒，有一个民谚其实很可爱的，"哪里有酒哪里醉，哪里有床哪里睡"，这是人家的生活。

还有一个特别有意思的地方是他们能歌善舞。他们这个民族性格很内向，但是他们靠着歌舞度过那些很贫苦的日子。有时候没有太意识到这种贫苦，采一筐野果背到山外去，以前要走三四天才能出去，卖了2元，他会花1.8元买点肉，买不了什么好肉的，都是人家剩下的那些肉，剩下的0.2元一定买酒喝掉，酒是不能离的。拉祜族人会说话就会唱歌，会走路就会唱歌，而且他们有一个寨子叫作老达保，靠唱歌跳舞参加演出脱贫了，是全国为数不多靠文化脱贫的。他们成立了公司，有一个女歌手叫李娜倮，她是党的十八大代表。她父亲是这个村子里面很聪明的老人，能歌善舞。他们俩每个人带着一支队伍出去演出，在北京、上海、广州等大中城市演出，也去国外演出。每个人演出完之后从每场收入中拿出大概50元作为运营资金。我问李大爹："你们这么能喝酒，演出的时候喝不喝？""照样喝。""演出的时候喝多了怎么办？"他说："躺下了。"我问："然后呢？"他说："抬出去。"我问："现在呢？"他说："现在我们演出多了跟人家签了合同，不能那样干了，就不喝了。"他们在脱贫过程中改变了一些习惯，改变了生活方式和精神面貌。

朱院士去蒿枝坝的时候，给他安排的是最好的房子，但是依然挨着牛圈，条件很差。这个民族的生活长期封闭，大山里面也没有路，去一次县城赶集三四天，雨季不出门。我们第二次采风是去年七八月间去的，眼看天晴了，没等挪脚呢，又下雨了，雨季不出门，经济必然落后，这样的环境下村民没有养成好的生活习惯。所以朱院士在扶贫过程中办培训班，要复制千千万万朱有勇，培训当地的技术员，为当地留下扎根乡村的技术人员。他招生的时候第一个问题就问"你们想不想致富"，第二个问题是"你们能不能听得懂我说的话"，第三个问题是"会不会唱歌跳舞"。为什么问第三个问题？要有精神生活，不能光是干活。还有他让这些农民都穿上迷彩服，因为穿着生活服装显得懒懒散散的，他说要统一来上课，教他们农业技术。

冬季马铃薯这个技术很严谨，他作为农民科学家，租了地先做试验田，试验田成果很好，他才推广，推广当中也不是那么容易的。我为什么要渲染一下喝酒这个事情？因为乡亲们所有的标准要按照喝酒来，你要跟我谈事？先喝赢我。我们问乡亲们能喝多少？一个老乡跟我们伸一个指头。我们问："一杯？一壶？一桶？"他说："一直喝！"他能从头喝到尾，从睁开眼睛喝到闭上眼睛，所以这个地方没有早上起来干活的习惯，都是9点、10点。所以朱院士和老乡谈事一定是先喝酒的，跟老乡们一家一家喝下来的。后来朱院士说，他是靠着这种方式喝赢的，乡亲们认他。

冬季马铃薯一亩地产2000公斤算达标，高产3000公斤，1公斤卖3元，他基本上一个冬天就可以完成脱贫任务了。他考虑到这个东西不是长远发展的，所以他后来种林下三七。那个地方有4万亩的山林，为什么他要种三七呢？文山等地种三七的土壤出现问题，影响三七的种植，这关乎着几百万种三七农民的生计，省委找到朱院士的团队来解决这个问题。为什么后来大家说三七吸地力，种完了不能再种田了呢？就是因为给的营养太多了，所以他在思茅松下种三七，一滴药都不打。为什么我们中药效果越来越坏？是因为我们在逐利过程中不断加农药，把中药弄坏了。这个地方让乡亲们种这个，其实是一个长远发展，不仅仅着眼于扶贫，更多为它长远产业化的发展考虑。现在如果买三七粉，每个上面都有一个绿码，你可以扫码看这个三七是哪片地出品的，都是专业化来做。而且，给他们建了酒厂，出三七花酒，出苞谷酒。我们《农民院士》前面写扶贫，后面写的是长远发展。

我们不想把《农民院士》简单地当扶贫任务来完成，更想写知识分子在这里面的担当和思考。朱院士说："我给他们扶贫以后，他们有钱了就买摩托车和手机等现代化的东西，我把他们欲望闸门打开了以后是好是坏？"这个问题触动了我们写这个戏的欲望。城市发展过程中我们不断向农村索取，我们今天去扶贫，我们应该对农村是回报，而不是居高临下地救济，这个心态要调整过来。所以我们带着这样的思考写这样的戏，不是简简单单写一个故事。在舞台呈现上我们也融入了拉祜族的歌舞以展现他们的民族文化、民族风情以及民族性格。

　　我跟云南省话剧院合作中创作的作品涉及多个民族的生活和民情风俗，反映的是多民族相融相生的故事，这也形成了云南省话剧院"多民族戏剧风格化"的剧目创作方向。其实"多民族戏剧风格化"是从《独龙天路》开始的。《独龙天路》也是这样的故事，就是刚才说的从高山迁下来的情景，不是高山，而是在深山里。怒江高黎贡山里面有一个独龙族，国家想把他们迁出来整体移民，他们不愿意，他们书记高德荣说："我们这个民族人数太少了，如果迁出来融入其他民族，我们这个民族可能就不存在了。"国家尊重民族的独特性，花几千万元修路进去，保留他们的生活形态，包括刚才的拉祜族，也有人说，我们现在扶贫改变他们的生活状态，是不是把田园牧歌的生活破坏了？我不同意这种说法，我们不要隔着屏幕去看，也不要看那个画面，我们想一想那个人在那个环境中到底是怎么生活的，想一想他们隔绝在大山里面的困苦。有位李大爹跟我说，他这辈子一分钟的书没有念过，7 岁开始每天要去种地，原先那个寨子离他种的地往返有 10 公里，他说的时候脸上挂着笑，但是眼里含着泪。我心里非常刺痛，后来我把他对我说的话放在了戏里，观众看了后也非常难过。那样的生活状态绝不是田园牧歌式的美好状态。所以只有这些深山中的乡亲们生活富裕了，才能谈得上乡村振兴、共同富裕。

　　当然，作为省级院团，"多民族戏剧风格化"不是它唯一的创作内容，但是他们这样的思考其实和我们的主旋律题材、扶贫题材都是紧密相关的。可以说"多民族戏剧风格化"的创作既是主旋律创作的重要内容，也是"中华民族共同体"这一概念的艺术化的表达与体现。因为云南确实很特殊，25 个少数民族，绝大多数少数民族处于文化经济相对落后的状态，所以扶贫结束以后道路怎么走，如何实现共同富裕等，都是可以深入探讨的话题。

秦兰珺：作为主持人，我特别不舍得打断冯静老师，因为我知道冯老师作为编剧，她讲故事的时候其实是在回应问题和进行思考，她讲的一系列戏剧是在塑造共产党好干部、好知识分子。

我们主旋律影片不仅能出口海外，也很能赚钱。下面有请来自博纳影业的马薪蕊老师分享她的思考。

马薪蕊（博纳影业）：综观近些年正能量的主旋律大片，我本人觉得它们的成功之处主要归结为以下几点。

第一，主要是真实性。很多都是真人真事的改编，拍摄时也需要演员提前去体验生活，以便更好地进入拍摄最佳状态。例如，电影《烈火英雄》《夺冠》《紧急救援》等。

第二，情绪化推动。这些主旋律大片在高潮和结尾处总能起到很振奋的情绪推动作用，打造一个又一个燃点，或激情澎湃，或热泪盈眶，总之最终都是把气氛推到极致。

第三，迅速捕捉突发事件的能力，以及根据特殊事件与原型人物迅速改编并协助拍摄的能力。例如，电影《中国机长》《中国医生》等。

第四，高概念电影的工业化拍摄体系，如何运用现代化的工业拍摄手法（类似于好莱坞的强情节、强动作等）讲出中国好故事的能力。

第五，优秀的主旋律电影如何做到三个价值（即影片认可度的最大体现）：社会价值＋商业价值＋传承价值，从而吸引更多年轻人走进电影院，达到主旋律电影的商业化表达，特别是让行业主旋律大片（如《中国机长》《中国医生》《夺冠》等）成为行业的示范、楷模的引领，将行业精神在各行各业发扬光大，最大限度地达到辐射和外溢等社会效果。

首先来谈原型人物取材的真实可信，还原最朴实的百姓生活。

　　暑期档热映的电影《中国医生》其中的一大突破，当数它的真实质感。影片中的人物是在打磨剧本时，通过大量采访获得的真人真事并从中提取出的最有代表性和说服力的典型人物。除张院长和文主任等特定人物外，更多原型都是普通百姓。比如，欧豪饰演的外卖小哥是武汉骑手"凡人英雄"老计与"90后"外卖小哥赵彬的合体；孕妇在真实事件里生下的宝宝叫壮壮；失去双亲的女孩叫朱竹青，她立志要好好活下去，也把父母的"那份"活好。最让人泪奔的还数医院楼下的便利店老赵，原型叫林红军，最终也没能等到一张床位。正是他们，让我们重温了那段特殊岁月里，只属于平凡人的悲欢离合。

　　其次，真实性还表现在诸多细节上，让观众时刻感受到生死时速的紧张情节。

　　医护们把握手改成胳膊肘对碰；手术室里则是头碰头的庆祝；为插管不能说话的病人做各种题字板。在驰援武汉申请书上，他们写下"不计报酬，无论生死"，并捺下手印。护士们为了更方便地去护理病人，剪去长发。张院长还要关心病人和医护的饭菜是否营养均衡。对于抢救无效的去世患者，医护们鞠躬行礼，表示对生命的敬畏和对死者的尊重。他们摘下口罩时，"毁容式"的勒痕与疲惫身影……只有这样的写实创作所营造出的无修饰真实感，才让这部完全依靠眼神来传递感情和信息的电影获得了受众的绝对信任。相信这样一部全程防护服武装、口罩遮挡面孔的电影，在中国甚至是世界电影史上也是极为罕见的，更是这部行业主旋律大片的难能可贵之处。

　　下面来谈影片中的"情绪化推动"。

　　医护人员的坚强与必胜信念带动我们一起成长：一边在极力克服恐惧争分夺秒地救人，一边承受着身心的极限挑战。小羊医生从不会插管到熟练完成任务，不断有病人去世，身边的伙伴也在倒下，他们也曾被击倒、经历无奈与压抑直至自我调整修复，积蓄能量，最终全力以赴。正是这些医护人员在国家有难时率先成为国家战士，并瞬间凝聚成一股强大的中国力量，汇成抗疫最强音，带给全国人民必胜的信念。

医护人员的无私大爱与大无畏精神："他的生命才刚刚开始，而我的生命早已进入倒计时……"这是张院长在看到新生儿出生时所发出的感慨，身患渐冻症的他从没时间顾及自己身体和已被感染的妻子是否有床位。他在电话里对憔悴的妻子说道："你可别丢下我啊，我还等着你以后照顾我呢，我这辈子可就赖上你了。"这段话看哭无数人。李晨饰演的医生把自己离家之前写给孩子的遗书给了失去双亲的女孩。当然，无私奉献的还远不止这些，医药人员、医学研究人员、捐献病患者遗体的家属、运送医药器材的运输者、捐献抗体血清的康复者和各地志愿者等，大家齐心协力，保驾护航。

如果说，电影《中国机长》是全民在呼叫"四川 8633"，那么这次的《中国医生》则是全世界在呼叫"武汉 8633"，呼唤"武汉重启"。影片结尾，外国专家问我方："我就是很好奇，你们是怎么做到的，让几千万人居家，万人空巷。"中方的回复："这不难啊，我们中国人向来都具有集体主义、利他精神。"没错，不仅如此，从 2003 年"非典"到这次新冠，我们还能做到"一方有难，八方支援"。国家把家底拿出来，从最开始的救治只是降低死亡率，到最后能成功地做到让患者康复出院。

在这次论坛的开场白上，我们主持人说，西方的很多好莱坞大片非常注重个人英雄主义的塑造，更多体现的是个人大无畏的拯救。相反，在我们中国，更多时候都是体现在"团结一致，万众一心"，在灾难和险情面前，我们永远都是依靠集体智慧、团队力量去营救，正因有这种"一方有难，八方支援"的协作性，才让我们在每次救援中完成一次次的成功突破。

再拿电影《长津湖》来举例说明，一个一穷二白的国家，一群在零下 40 摄氏度穿着单薄棉衣、脚上裹着破布、啃着冻坏土豆的军人，居然打赢了。到底是什么样的精神，支撑着这个伟大民族，战胜当年无敌的美国精锐部队？电影《长津湖》给出了一个令观众满意的答案。电影

《长津湖》持续火爆，不断刷新各项纪录。因为影片不只是一部战争片，更是一部讲述残酷战争下人的精神与生存状态的电影，带来的是民族精神的光芒，能带领我们继续前进。

生死较量中，拼的是战争武器，更是战斗精神！人在某一刻确实是需要强大的精神感召才能赐予无限力量。很多时候，战争输掉的一方都是在火力上最占优势的，可最后为什么还是输了？是因为在精神上垮掉了。为不暴露行踪，中国人民志愿军从不生火取暖，没有一口温热的食物和热水，完全是靠铁的意志在坚守。美军侦察机的多次巡查，压根儿未在白雪茫茫的高原上发现中国大军团丝毫的运动轨迹。还有那个生平炸过无数敌人工事的爆破高手，年仅 28 岁的杨根思在火线战场，眼看弹药用尽，抱起 10 公斤的炸药包，拉响导火索，纵身冲向敌群，与 40 余个美军同归于尽，英勇捐躯，吓得在场美军一时手足无措，不敢开枪。

其中，少年伍万里的战争成长史是片中一直暗含的隐线，"一只蛋，如果从外面被敲开，注定只能被吃掉。如果从里面啄开，说不定是只鹰"。观影中，我们见证了这个迅速被战争催熟的野孩子，如何"把蛋壳啄开"的过程。他认清了战争的残酷，理解了军人的信念，从最初只是活下来到最终变成投弹精准的一线战士。伍家三兄弟也象征着红色基因在中国军人中的永久传承。

从战术上看，长津湖天寒地冻、地形险恶，但只有在这里，我军才能把美国最大的重武器优势转化为弱势。曾经不可一世的美国将领看到如此恶劣的作战环境，信心满满地判断，"成吉思汗也不敢在冬季朝鲜的北部大山里打仗"。没承想，中国人民志愿军则大胆地实施夜战、近战、分段包围、穿插突袭、迂回等美军难以想象的战略战术，多次将美军步兵和坦克切断联系，并组织小分队直扑敌人指挥部和炮兵阵地。最终，我军凭借着中国人的勇敢、智慧和毅力与发扬自我特长专攻敌人弱势的战略方针获胜。

电影《长津湖》的热映仿佛为观众打开了一个通道、一扇大门，让我们在这个世界中看到了久违的中国人的坚忍不拔与激情斗志。这更是一个让人精神上扬的穿越隧道，它所表现出的真实力量，是在这场艰苦卓绝的战争中孕育出的伟大的抗美援朝精神！

下面来谈在主旋律电影创作中，捕捉突发事件与原型人物的能力。

在创作《烈火英雄》时，我们才知道消防员的帽子里有不为人知的秘密，他们临死前通常都会把帽子扔向远方，因为帽子里有他们事先写好的遗书和遗物等，这是留给亲人们的最后一点念想；在创作《中国机长》的采访中，我们得知能飞行"高高原航线"的机长所必须具备的"特异功能"，当突发险情时，他能在 0.5 秒回到中位原点，用超强的心理素质急速处理紧急情况；电影《紧急救援》让我们知道了中国有这么强大的捞救队和海上救援系统，以及他们的救援精神：把生的希望送给别人，把死的危险留给自己。以上这些都是在剧本创作阶段，在实际体验的生活环境和亲临的真实场景中，通过大量的采访与案例得知的。所以说，逼真性也都是建立在确有其人、确有其事的基础上，经过二次加工的再创作、再加工和再升华获得的。

从《中国医生》到《中国机长》的热映，带给受众的远不止一部主旋律电影这么简单。它无形中从侧面反映了我们在应对突发事件时，如何迅速捕捉、快速有效地改编真实事件与原型人物，助推中国电影能够快速形成一套完善成熟的工业拍摄体系，讲好中国故事，精心打造出具有中国气派、中国风格、中国特色的同时深受世界人民喜爱的电影"高峰"作品。

经历过 2020 年的我们，既是整个事件的目击者、亲历者，也是全程的参与者，集体回味并重新感受着命运的安排。敢把这样的反复争吵、内心挣扎、痛苦无助摆在台面上讨论，应该说是电影《中国医生》在制作上真实升级的一大进步，更是中国电影在故事格局上的一大突破。

综观最近上映的几部主旋律大片，它们都有一个共通特征，就是都从普通人的情感故事为切开视角，影片中所流露出的关于伦理、亲情、道德、宗教等情感，使得更多观众自觉参与到电影里的人生和普遍人性的讨论中来，微观中带来一次人性光辉的精神洗礼，使得影片不断呈现出更深层次的人文关怀与哲学思辨。在叙事结构上，早已摒弃从前那种通过塑造伟大人物来拔高影片政治高度的手法，取而代之的是从更加民主、平等的小视角出发，发掘出当时人物的切身感受，表现片中人物在特定时期的"主体性"位置，从而契合了当前社会主流群体的心灵诉求，做到和观众零距离贴合。

不仅如此，这些新主旋律大片也都成功打造出平凡人物成长为英雄的故事，同时彰显出"英雄人物"背后支撑的国家力量，从而有效起到把电影潜移默化地上升到国家意识、激发出民众爱国热情的作用。当然，这些年新主旋律大片对中国电影市场最明显的贡献，当数让更多的青年群体走进电影院观看主旋律电影，增加青年一代对自己国家的认识，帮助他们树立正确的世界观、人生观、价值观，增强民族自豪感与凝聚力。

下面来说主旋律电影的工业化拍摄进程。

或许你从未在电影院看到过如此长的演职人员字幕，《长津湖》片尾字幕滚动长达 7 分钟，谈及该片的大场面、大制作，总绕不开那几组大数据：拍摄近 200 天，前期工作人员 7000 多位，剧组总人数 12000 多名；影片后期特效由中国、韩国、英国、俄罗斯等全球 80 多个特效团队共同完成；3 位大导带领 16 组同时开拍；片长 176 分钟，近 3 小时……前期筹备拍摄人员加上后期，参与电影的人次达到了 1.2 万，群众演员更是达 7 万人次；单仁川登陆短短一场戏特效就制作了 10 个月……堪称是"中国影史最贵电影"。不可否认的是，如今影院里所呈现出的视觉冲击力和感官刺激若没有这些工业化的电影制作流程和繁复工艺，确实很难实现。

战争片是考量一个国家的电影制作工业、电影产业发展等综合水平的重要因素。随着近些年新主流大片的兴起，当下国产战争片也处在不断解构与重构的调整中整装待发。中国电影在很长一段时间内由于资金短缺，导致高科技视觉效果荧幕呈现不佳，从而倡导用强化情节来弥补短板。但随着我国电影工业化程度的不断增强，"中国式大片"越来越被观众认可，尤其是被在世界级大制作影片中浸染下成长起来的青少年观众接受，其中，硬核科技的贡献功不可没。值得关注的是，"新主旋律大片"等在技术上努力靠近国际一流水准的同时，并未背离自身的故事表达方式，而是在坚守自我传统文化前提下，不断强化中国的主流价值。主旋律电影创作在近些年的新开拓当属对"类型电影"这一概念的精确落实，用世界性语言讲述中国故事，并在中国故事里创造出"世界新景观"的重磅电影。类似电影《长津湖》等国产军事题材电影唯有采取超级大片的创作与运作模式，才能占领当下电影市场的制高点，从而实现自身的可持续发展。

近十年来，我所在的公司博纳影业，似乎也摸索和研发出了一套自己的"新主旋律"大片系列，最早的《十月围城》算是一个初探的尝试，2015—2017 年的"山河海"三部曲：《智取威虎山》《湄公河行动》《红海行动》；2018—2019 年的"中国骄傲"三部曲：《烈火英雄》《中国机长》《决胜时刻》；2020—2022 年的"中国胜利"三部曲：《中国医生》《长津湖》《无名》以及后续还在陆续筹备的"中国英雄"三部曲，其中有一部断臂少年的英雄故事已拍摄完成，正在后期剪辑中。

最后一点谈行业主旋律大片的示范、辐射与外溢效应，从而实现社会效应和商业票房的双丰收，达到利益最大化，最终完成"传承价值"的文化输出。

几年前，在《中国机长》热映时，川航 3U8633"中国民航英雄机组"的"英雄机长"刘传健、乘务长毕楠应邀来到华为公司总部参加了座谈；华为总裁任正非也在其签发的总裁办电子邮件中转发了华为员工对电影《中国机长》的观后感。一部行业片与一家世界五百强企业之间产生的化学反应，引发了本人关于行业片如何能够产生社会效益及其影响力边界的思考。

电影是来源于生活的艺术。《中国机长》精准还原民航运营细节，让观众熟悉了整个机场的建构与运营，并了解到每张机票背后涉及的劳动附加值。平日里，只要天上有飞机飞行，地面同时就配备有交通管制员和服务人员，监控指挥。早晨 6 点，载着 100 多名乘客的第一架航班起飞前，需要至少有 1000 名工作人员在各自岗位上工作，除基本的机组航前检查外，从凌晨三四点开始，跑道检查、加油加水、保洁备餐、货运分配、安检分配、驱鸟等涉及安全隐患排查的工作都在同时进行。这条非常严格且有条不紊的全产业链流水作业，环环相扣，一丝不苟。当险情发生时，需地勤、塔台、空域、救援、军方等多方配合，提前安排的迫降准备、救援的无缝衔接以及拼死拯救的整个环节，让观众惊心动魄之余，更是感慨与感动。所以，观众通过行业的规范，看到的是"中国机组"甚至是"中国民航"，而不只是"中国机长"，通过行业各细节与局部的叠加，更激发出观众对职业精神的崇尚、对行业整体力量和结构的想象，同时对其他行业产生整体与局部结构关系的联想，这是影片为其他行业树立"示范效应"的基础。

行业片通常在故事发展中会着重展现当代社会从业群体所具备的专业知识和敬业精神，通过展现主人公（某职业代表）的个人情感和职场成长历程，呈现其必备的专业理念与职业特点，塑造从业人员真实的精神面貌。与此同时，行业片还需融合专业技巧和其所涵盖的工作内容，这就要求职业人物不仅要承担矛盾冲突的发展功能，更要融合其职业的生存状态与艰辛付出，并在剧情递进中充分体现一个逻辑：主角是如何用职业所需的生存技能解决其正遭遇的职业困难，进而展示主角作为职场人的价值所在。此外，职场人在特定的人际关系中和在偶遇突发事件时，所表现出的道德修养与人性光辉，也是行业片折射的正能量。展示专业特点、融合生存状态、凸显职业价值，这样才能让来自各行各业的观众认识到，在自己的工作和生活中，无论遭遇什么样的大风大浪，都要和影片中的职场人一样，意志坚韧地挺过去，从而助力个体提升。

行业片依靠"真实性",通过人物展示某种职业的必经之路,关联其所处的社会关系与外部环境,引发观众的共鸣。2019年暑期档热映的《烈火英雄》,让我们目睹消防员冲进火海的一幕幕,了解到消防员每天穿着60斤重的防护服,进行魔鬼般高压训练,和时间赛跑、与死神较量的职业要求。而且更了解到消防员家属在那些漫长等待中的煎熬与绝望,还有那不为人知的消防员帽子里藏着的秘密等,一个个"普通人过节,消防员过关"的真实案例,使观众从"你太不了解消防员了",转变为意识到有人用血肉之躯守护你我,从而在心中树起青铜塑像般的英雄形象。观众的眼泪释放了情感,对自身以外的世界倍加感恩与珍惜,最终把个人、家庭和社会凝聚起来。而且,观众增强了安全防火意识并恶补救火知识,绝不能给消防员找麻烦的意识深入人心。

行业是家国叙事中不可或缺的元素。在影片《我和我的祖国》的"前夜""护航""相遇"与"回归"等章节中,也都或多或少有相关工作的展示。影片中的人物为了祖国的事业,排除万难只为确保万无一失,无私奉献着自己的青春、汗水、热泪与爱情。包括前些年的影片《警察日记》《警察故事2013》,也让观众深入了解到,人民警察不仅有平凡岗位上的奉献,更有危急时刻大显身手,为保护人民群众及财产安全,用自己身躯竖起一道保护屏障的大无畏精神。

当下的主旋律电影根据真人真事改编,运用好莱坞式拍摄手法与特效、行业片范畴、挑战人类极限等艺术创作技巧后,更赋予了作品一种能够在社会中密集传播和渗透释放的能力。诚然,英雄机组的职业精神与许多企业以客户为中心的价值观不谋而合,但《中国机长》将心力贯注于一个行业,却能够辐射到更为广阔的空间范围的原因在于把握住了职业精神是中国精神的一个缩影。

行业片之所以受关注,是源自观众的好奇心,通过银幕可以尽可能了解某行业的特性。而影片所凸显出的精神气质,能够在银幕上用"示范效应"将某一行业楷模的职责担当辐射至全领域,引发社会中的辐射效应，并且，能够发酵般地在社会中产生持久的"外溢现象"。

所谓社会的辐射效应是以中心力量发挥作用为根本，通过向外围和周边扩散影响，逐步实现整体和谐与进步。行业片与其他商业片在电影的功能方面有共性，即感动观众并产生共鸣与共情。但优质的行业片是让观众在享受艺术感染力的同时，更能获得社会认知和励志向上的精神力量。影片巧妙地把职场精神与人性温度杂糅，从而迸发出积极的进取意识与人格光辉，而这两者均具有社会辐射的效能。优质的行业片将职业楷模彰显着的中国力量、豪情万丈的气魄、凝聚着中国精神并感天动地的行动镌刻在银幕上。由此观众会意识到，来自各行业的英雄好汉在社会建设中默默无闻地组成一道道保护墙与荣誉榜。

我们从中也能看出，曾经宣教式的主旋律电影，而今早已变成"根据真人真事改编＋商业化包装＋好莱坞式的拍摄与特效手法＋行业剧范畴＋挑战人类极限"的创作法则，行业精神在影片中的渗透，使得主旋律电影商业化在取得社会认可与高票房回报的同时，更赋予作品附加的"传承价值"，并能吸引各年龄层群体的审美接受。在仿佛目击现场、惊心动魄、再现此情此景的叙述框架下，大银幕颇具仪式感地展示出个体与群体、拯救与被拯救，以及社会与人性的实况转播真情境，从而最大限度地还原和弥补了那些没有温度的新闻，更让中国电影富有世界性意义。行业主旋律大片在彰显"示范效应"的同时，更能瞬间引发办公室的"饮水机效应"（辐射效应），以及将行业楷模的职责担当辐射到各行各业，并发酵般产生持久的"外溢现象"。这些影片再现了普通人成为时代英雄的真实故事和敬业精神，并充分展示出这个时代伟大的精神图谱。为时代人物画像、立传和明德，并通过行业个体的"自转"有效带动国家、社会及各领域的"公转"，从而实现主流价值观的有效表达与传播。当然，在我看来，只有实现了社会价值和商业价值的好口碑和高传播度，才能最后实现终极效果——"传承价值"。

最后用电影《紧急救援》的台词作为结尾，也同样适用于《中国医生》《烈火英雄》等行业主旋律大片，因为他们都是离死亡最近且最能拯救灾难和生命的伟大职业。

> 有人问我，当你一次次闯入危险里救人时，有没有想过会死在那里？答案是想过，无数次想过。生活里常有突如其来的灾难，人生充满挫折和挑战，难关一个接着一个，不愿屈服，只能反抗。当我们为生命拼搏到最后一口气，那一口气，就是勇气。

作为中国电影人，我们用电影在抚慰创伤、给予观众重建信心的同时，更要创作出为时代放歌、为人民创作的好作品，用电影记录时代、致敬英雄，这是每个电影人的社会责任与使命担当。

以上发言的内容，均来自我这几年发表的影评，有些是有感而发，有些是在反思工作中的不足，有说得不到位的地方，烦请各位前辈和老师海涵。

秦兰珺：薪蕊姐是北京大学艺术学院毕业的，很有理论知识并且有更多实践经验。说实话，我觉得你们博纳在做很酷的事情，听你的分享我慢慢理解了你们为什么能够做到这样。这两个问题后面其实是两个电影传统：一个是主旋律传统，一个是大片传统。这两个传统怎么融合和结合呢？对于这个问题，我们在座的李玥阳老师，来自中国传媒大学文法学部，她有非常精彩的研究，可以与你刚才的发言形成一个非常好的对话。

李玥阳（中国传媒大学文法学部）：非常感谢马老师刚才的发言，非常有意思，行业的主旋律大片是一个很好的突破，是一个突破困境很好的路径。《长津湖》让我想起来 20 世纪 80 年代那些讨论，今天我接到的任务是说说"主旋律"历史的发展，还有它在整个历史当中发生的各种讨论，所以可能没有各位老师的发言有创意，只是要回到历史来讲述一下历史，当然我觉得历史当中的变化也是很有启发性和反思性的。

最早出现的并不是"主旋律"这个概念，最早出现的是"娱乐片"和"探索片"那样的概念。1985 年、1986 年，人们开始讨论中国电影应该有娱乐性，突破原来社会主义政治电影的其他的电影，"探索片"的概念也开始出现。1987 年的时候主旋律电影才开始出现。这是一个很微妙的时代，我们通常讨论 80 年代，会把 1987 年作为一个前后断裂的时间点。恰恰在这个时期开始提出主旋律电影，所以主旋律电影比娱乐片、探索片探讨稍微晚一些。

1987 年的探讨在很多方面展开，当时人们很焦虑，很多文章是"强化改革意识""奏响时代主旋律"这样的基调，还有一篇文章是"请勿忘军事题材的主旋律"，基本上是在强调主旋律不能忘。马老师刚才提的《长津湖》我觉得很有意思，因为《长津湖》有一个很大的特点，战场上没有一个人害怕，每个人都是以精神战胜一切。但 80 年代的时候肯定不会这样去拍的，80 年代那个时候拍的话，可能会表现出有些人在战场上特别害怕、怯场，因为要强调人道主义。人性是丰富多面的，人一定有脆弱的一面，是会害怕的。所以 80 年代是一个对战争的暴力有很多反思的时代。

1987 年有一个电影叫《战争让女人走开》，后来引发了军事题材主旋律的讨论。这个电影讲的是过年妻子们探亲，军队突然得到命令要开拔，军人们面对或临盆或杀猪宰羊的妻子，家庭矛盾一触即发。当时人们讨论都强调不要忘记主旋律，那什么是主旋律呢？什么是军事题材主旋律呢？有文章说是应该充分表现我军在战场上正面冲锋杀敌、周旋逐鹿的革命英雄主义影片，应该表现我们战争是现代化、正规化的影片，它基本的观点是，我们要歌颂，我们要正面表现革命主义精神和丰功伟绩。就这点而言，1987 年的《战争让女人走开》是充满矛盾的，倒是《长津湖》实现了这个梦想。

除军事题材之外，其他的主旋律也提出来，比如说"唱出时代主旋律"的文章，它说我们应该正面表现建设社会主义壮丽事业，唱出时代主旋律。1987 年对于主旋律探讨也有一个与众不同的声音，一个更复杂的声音，它说我们不应该只是正面地描述主旋律，同时我们也应该表现现代化过程当中的痛苦、渴望、关心，这些都应该算作主旋律，所以这个作者总结了一大堆作品，和我们通常认识的不太一样，《小花》《芙蓉镇》《人生》《老井》《欢乐英雄》都在它那个里面，很多艺术电影以及探索片也在里面算作主旋律电影。所以 20 世纪 80 年代末的时候探讨很明显可以看出来，其范畴并不稳定，这种不稳定背后藏着某种危机。

1990 年满屏都是关于主旋律的探讨，当时大部分都是从"主旋律的失落"谈起，主旋律在式微状态中。在文艺领域围绕要不要主旋律，要什么样的主旋律的问题出现严重分歧，当时大家总结出一个规律：主旋律怎么着才能够恢复原来的辉煌呢？就是要好看。但主旋律怎么样能够让它好看呢？90 年代初期的主旋律发生了很大的变化。当时有很多毛泽东的故事，如《毛泽东的故事》《少年毛泽东》等，用了 80 年代的方式重拍毛泽东，表现在他夜里给士兵盖被子，他的孩子天天围绕膝前，天伦之乐，他失去儿子的痛苦，等等。而且配乐也变了，原来是很宏大的进行曲式的，这个时候电影当中变成了民间小调，比如《草鞋歌》，毛泽东和大家一起编草鞋，变成了这样一些故事，就是要把人性元素纳入进来。

在 90 年代初期的时候还有个电影——《焦裕禄》，那个时候也是万人空巷跑去看，焦裕禄治理兰考身患癌症，一个很悲伤的故事，都是全新的转变。1991 年最辉煌的主旋律电影是《周恩来》，影片获得迄今为止难以企及的票房——2 亿多元人民币。要知道它是 5 角一张票，全国人都不知道看了多少遍的。那是 90 年代初期主旋律电影非常成功的案例，但它是在 90 年代社会转型的特殊语境中不可复制的经验。

90 年代初期是这样的。同时在 80 年代末和 90 年代初的时候，中国电影还有另外一个焦虑，那就是青年导演在那个时候缺席了。当时青年导演来自北京电影学院，78级那届招生了以后好几届没有招生，再招是85级，他们是1989年毕业的，1989年应该是中国电影第六代。所以1989年的时候就出现了非常著名的第六代导演的出走。当时不仅面临着主旋律电影的式微，同时面临着中国电影市场化正在遭遇的危机。因为他们不可能像第五代导演那样拿到充分的资金，只能自己筹钱拍电影，但是自己筹钱拍的电影质量有限。

1994年管虎的《头发乱了》上映，《头发乱了》原来名字叫《脏人》，听名字就知道还是跟独立电影很相似的，所以当时中国电影界很焦虑，他们一直期待着有新的中国导演进入主流。

所以当时是从中国传媒大学，那个时候叫北京广播学院，找了一个导演，那个导演叫阿年。当时很奇怪的是，那个导演半自费地拍了这个电影，还得到了北京市给的特别大的优惠。当初他拍的是《感光时代》，当他这个电影发行不顺利的时候，北京电影公司给他保底发行，这是唯一一个保底发行的，当时是很引人注目的现象。1994年他的《感光时代》拍出来以后，1995年给阿年一个新的任务要求他拍主旋律电影，是一个军嫂的故事叫《中国月亮》，这个电影宣传还上了当年的《人民日报》，足见重视。需要青年导演拍主旋律电影，一直是当时的困境，90年代的困境还是很多的。

主流的第六代迟迟没有呼唤出来。从1994年开始的时候，"主旋律"这个概念提得少了，人们开始用另一个概念替代它，叫"国产精品"。"国产精品"的出现是因为1994年《阳光灿烂的日子》大获全胜，人们开始设想这种新可能。《阳光灿烂的日子》是大成本高票房，它获得了几千万元票房，在当时是难以想象的。当时人们都希望多出现几个像《阳光灿烂的日子》这样的精品。这个精品范围很宽广，其中不乏比较狭义的主旋律，比如说叶大鹰的《红樱桃》，也有《红粉》这样的，很宽广。但是1994年、1995年人们尝试了这个模式以后又觉得这个模式不可复制，中国电影没有那么多钱搞大票房高成本的东西，还得回到小成本，所以这个时候"国产精品"这个概念慢慢又不被提及了，开始讨论小成本怎么能够占据主流这个问题。

所以就出现了北影厂的一次改革。北影厂的改革是因为当时田壮壮成立了一个公司，他开始为北影厂拍电影，他当时的指导思想是，希望一个电影成本 300 万元，找青年电影人来拍。就这样把第六代找了回来。当然有新的第六代，比如说路学长，他拍摄的电影都很成功，他当时拍的《钢铁是这样炼成的》。《钢铁是这样炼成的》后来被改了一个名字，叫《长大成人》。当然这个电影很幸运，它的票房很好，达到了 100 万元，所以路学长成为当时中国为数不多的百万导演，他成为第六代长大成人的一个转折性标志。在这种情况下，当时有了青年导演也是可以整合回来的想法。

所以在 20 世纪 90 年代末的时候就出现了我们当下更熟悉的概念——新主流电影。1998—1999 年出现了这个概念，南北并肩协作，北影厂推出来一个计划叫作"青年电影工程"，上影厂推出一个计划叫作"新主流电影"。当时诉求是，希望能够由官方制片厂和青年电影人共同参与来创造新的民族电影。1999 年，上海青年导演发表了新主流电影对国产电影的建议，他说我们希望我们的电影变成什么样呢？一个是能够经受市场检验的主流电影，一个是商业电影主旋律化或者主旋律电影的商业化。还有一个说得更明确了，与好莱坞的电影消费主义和技术主义有着千丝万缕联系，但是又有中国式社会主义文化特点的电影。所以 90 年代末期新主流电影成为中国电影的一个梦想。当时韩三平说我们怎么实现这个方案呢？我们还是用低成本，还是 300 万元让青年导演实现这个愿望。当时他又找了第六代导演，给他们钱让他们重新拍电影，硬指标控制在 430 万元。当时找的有路学长、王小帅、管虎、阿年，但还是除路学长的《光天化日》（后来改为《非常夏日》）比较不错以外，剩下的"一言以蔽之，票房上都没有出来"。他们受到了各种各样的批评，说他们不会讲故事，这是后来一直萦绕中国电影的问题。《梦幻田园》本来是一个有点惊悚的片子，但是又被王小帅拍成了艺术片，又是重复了这个问题。管虎的《古城童话》也受到了各种各样的批评，阿年也是一样，所以当时这一轮没有出现亮点，主旋律电影沉寂了很多年。

再被提及的时候，是我们当下这个时代。新世纪以来的新主流电影出现了《集结号》《湄公河行动》等。这个时候人们开始明确地用新主流电影代替主旋律电影，有文章说国产的新主流电影也就是主旋律电影。人们会认为新主流电影重新出现使电影格局更宽容、更有多样性、更宽广胸怀，不排斥异端，有更宽广面向。近年来较为狭义的"主旋律"概念也被明确重提，有更多正面呈现英雄主义的电影被拍摄出来。

还有刚才马老师说的香港导演的进入，我记得原来《智取威虎山》刚公映的时候，青年文艺论坛就讨论这个电影。当时感觉很惊讶，内地导演拍不出来好莱坞式的故事，他们总是有一些东西想表达，但是最后变成用好莱坞模式表达不出来的东西，所以有些拧巴。徐克代替我们把拧巴的东西完全捋顺了，完全变成好莱坞式的表达，他把动作片、战争片这些东西纳入进来。

这几个方面我觉得是很大的转变。

同时，我是觉得我们建立文化强国，建立全新叙述，有一点也应该反思。咱们有一些东西确实是好莱坞模式表达不出来的。我们作为当下的人，应该去思考，还是应该去表达，而不是淹没在好莱坞的大场景中。比如说像《长津湖》，我们把原来"冷战"的复杂脉络，所有的背景变成了一个非常好的战争片，战争片的那种冲击力当然是很棒的，每个人都会伤心落泪的，但是原来整个历史的复杂性、政党之间的诉求、未来目标的差异性也很大程度地被抹掉了，所以我觉得这可能也是需要思考的问题。

秦兰珺：非常精彩的发言，薪蕊姐跟大家说了，说主旋律电影经历一堆危机走到今天，能让博纳做新主流其实很不容易。刚才我们玥阳师姐提出了我们不仅仅要学好莱坞工业标准建立这样一套好莱坞电影，或许我们表达主旋律电影的时候也需要创造我们中国自己的美学和表述方式。

说到美学问题，我们今天请来了来自中国艺术报社的张成，他从现实主义和镜头这样一个特别美学和理论的角度切入咱们今天的话题。

张成（中国艺术报社）： 近年来，学界试图用主流电影的概念来代替主旋律电影，意图以此概念整合商业诉求、社会效益和意识形态，并取得了骄人的成果。但是，从主旋律电影向主流电影演进的艺术实践和内在逻辑，仍有待商榷，即是否要放弃主旋律电影多年积累的宝贵成果？表达什么的问题已达成共识，而如何表达的问题仍然见仁见智。

现在的主流电影，已由不少第六代导演担当核心主创。第六代导演曾经以"反叛"的姿态出现，并作为一个松散的"共同体"存在。如今，第六代导演大多成为中国电影界的中坚力量。其中，章明近年的电影基本都能做到取得"龙标"（公映许可证）并公映。第六代导演开始以一种协商的姿态调整自己的创作，比如章明应某地之邀，拍过一部"命题作文"《郎在对门唱山歌》，这部影片敏感地讲述了某县委书记的儿子与县长女儿间的一段情感故事。其切入角度和表达路径反映了一种基层的风貌，比如县长教育女儿说，女孩子最好的工作就是体制里。这部影片有很多只有中国人意会却不可言传的幽默，无论是作为主旋律电影还是独立电影，都是极为独特的。它以幽默真实的笔触和章明的作者性，解构了人们对这种命题作文主旋律的理解，却又追踪蹑迹，呈现了中国"小镇"的风貌，更有现实主义的味道。

尽管第六代导演被当成一个整体来看待，但他们从未完全一致过，今天第六代已经严重分化，志趣各异，管虎、贾樟柯、章明等人都拍摄了主旋律电影。个人认为，当"反叛"的整体标签被摘除后，应该回归被忽略却至关重要的电影语汇问题：电影语汇反映了导演的世界观与艺术观。那么，当第六代来拍主旋律电影时，其镜语是否真正能与主旋律题材珠联璧合，发挥出主旋律电影的潜力？

这个问题是在管虎等人执导《金刚川》之后产生的。电影在拍美军轰炸张译饰演的张飞的高射炮台的时候，用了一个升格镜头，其使用颇为漫画化。上甘岭有著名的"范弗里特弹药量"，美军轰炸上甘岭，用了近两百万发弹药。试想一下，如此残酷的场景，无论是从写实的角度，抑或是使用相关的文献纪录片的角度，其真实性和感染力都将大大超过漫画的解构性。类似的是，《红海行动》中也有炮弹升格镜头，但只是交代弹道轨迹，作为陈述性语汇没有问题；更著名的升格镜头使用者是吴宇森，《英雄本色》等 20 世纪 80 年代的影片使用升格镜头表示浪漫煽情的情感也与影片浪漫激情澎湃的情感结构同构。这两年大热的美剧《致命女人》在最后一集用了平行剪辑的升格镜头，表达反讽和否定也没问题。因此，当看到《金刚川》使用升格镜头的时候特别让人疑惑。在如此需要正视、尊重历史的时候，偏偏用这样一个带有"戏谑"性的镜头。

借由上述一个小切口，想提出的问题是，表现现实主义题材及主流电影时，如果不使用合适的手法，一个主流题材不使用审慎的语汇，很可能会背离初衷。

众所周知，《金刚川》的整体结构借用了《敦刻尔克》，而《敦刻尔克》的导演诺兰是当今欧美最炙手可热的主流商业导演之一，于是，这又回到了一个老话题——中国的主流电影能否直接照抄好莱坞的作文？这是一个比较宏大的命题，或许我们可以回看"冷战"年代及"冷战"结束后，原社会主义阵营国家的导演是如何使用其电影艺术遗产的。

"冷战"初期，苏联与古巴合作拍摄了电影《我是古巴》，它是苏联人支援古巴人拍摄的。当时古巴成立后，世界电影新浪潮正在兴起，苏联把法国的左派，像杜拉斯等人都请到古巴去，来为古巴的文化建设提建议，归根到底是要建设与美国资本主义不同的社会主义文化。最后拍摄时，剧组是苏联的卡拉托佐夫导演及其团队。卡拉托佐夫的镜语体系是长镜头，惯用一场一镜，当时没有数字长镜头，镜头调度非常麻烦。他从苏联军方调了很多设备帮助拍摄长镜头，其中有水下长镜头，还有特别复杂的长镜头。但是这个片子拍完之后，古巴观众并不喜欢，因为古巴观众喜欢一切热闹的东西。这个电影在古巴"水土不服"，而对于苏联观众来说，因为它拍摄的是古巴，最后效果也不是特别好，所以这个电影最后一直默默无闻。直到21世纪被美国大导演马丁·斯科塞斯发现，他用个人影响力推动该影片在美国准则公司修复。

通过梳理《我是古巴》的历史，我想表达的是，在"冷战"年代，电影语汇具有非常明显的意识形态属性。

无独有偶，1962年，第二代导演吴永刚还未完全从"反右"风中解脱出来，但已经能拍点东西了。他没有拍故事片的权限，于是拍戏曲电影，他带着沉重的政治"包袱"拍了戏曲电影《碧玉簪》。《碧玉簪》里面有非常精彩的唱段"三盖衣"，当时这个镜头是吴永刚背着冤屈，从殡仪馆借了轨道，一镜到底，一气呵成，但最后这个镜头成片的时候没有落实，被剪碎了。1965年，波兰电影《轻取》也是一场一镜，一镜到底。此外，苏联的塔可夫斯基，其长镜头在西方影响广泛，包括墨西哥等第三世界国家，甚至美国的先锋导演布拉哈格等人都受其影响，布拉哈格电影的镜头非常碎，但是他非常推崇塔可夫斯基的长镜头镜语方式。

上述这些案例说明，在当时"冷战"这个特殊背景下，社会主义阵营多个国家的导演几乎同期选择长镜头来作为重要乃至唯一的镜头语言。"冷战"末期，匈牙利新露头的导演贝拉·塔尔等人的《麦克白》也是如此。

"冷战"结束后罗马尼亚这些国家，由于本身经济政治方面原因，可能没有办法保持以前社会主义体制下的艺术探索或者不计成本去拍摄社会主义的主旋律电影，因此，罗马尼亚新浪潮拍摄的《毕业会考》等电影仍然是一场一镜，但其依靠的是法国达内兄弟来做监制或者给他拉资金。"冷战"结束后，长镜头作为一种电影的遗产被保留了下来。

顺着这样一个脉络梳理下去，"冷战"末期，直到"冷战"结束后，中国台湾杨德昌、侯孝贤在国际上成名，再到更晚的泰国电影新浪潮阿比察邦等人，也是以这样的镜语体系被大家认可熟知。可以说，长镜头一直是好莱坞电影外的生生不息的镜语体系。

近年来，由于数字长镜头的发展，好莱坞电影《鸟人》通过数字化和隐藏剪辑点，将 16 个剪辑点合成一个一镜到底的长镜头并获得了奥斯卡最佳影片。2020 年获得奥斯卡最佳影片提名的《1917》也做了长镜头的实验。近年来连续获得奥斯卡奖最佳影片和导演奖的"墨西哥三杰"的整个技术班底以摄影师卢比斯基打底，他对斯坦尼康顶级的运用，成就了一个个长镜头实验。

因此，我们在主旋律电影创作中，除了题材，还应该格外注重电影语言。由于档期、题材的优势，近年来的主旋律电影获得了不俗的票房，致使一些讨论问题的声音却被遮蔽了，但这些问题并非不存在。事实上，主旋律电影题材当然都是好题材，那么，归根到底，主旋律电影的可持续发展，就在于镜语体系的升级换代。

之前采访第四代某位导演，他提到中国主旋律电影，像李俊、翟俊杰那一代拍的"三大战役"系列，现在回头看，里面有一些非常人性化的细节和味道。比如说《辽沈战役》一开始，有一个红衣服大姐是一位寡妇，在修战壕的时候，把红围巾给了一位漂亮的小战士，这是第二场戏的开场，可谓意味深长，给他系上红围巾，这传达了一种意味，即对解放战争之后的新生活的潜在表达。周围的战士调侃他解放后就去大姐家过日子，这里面既有男女之情的隐喻，也有惜墨如金式的点染。片中也有升格镜头，即小战士牺牲后，围巾在天空中飘下来，这是一种抒情，与升格性的结构是两种世界观。因此，一些主旋律电影在局部细节上能做到逼近好莱坞电影的程度，但在世界观的整体观照上和人情味的表达上，或许仍需要更唯物的表达。

秦兰珺： 非常精彩。是否可以这样理解你说的——主题表达什么和怎么表达这两个东西还是要统一的——我们不仅要有主旋律的价值、主旋律的内容，更重要的还要有真正符合主旋律这种内容和价值的美学，这给我们提出了非常高的要求。下面休息 10 分钟。

（休息）

秦兰珺： 下半场第一位发言人是闫光宇老师，他是 B 站上面现象级的作品《天行健》的作曲老师。在《天行健》中，虚拟人把"天行健"承载的内涵从天地玄黄说到当下，这个在 B 站创造了现象级的作品，大家在这里看到了很多充满了爱国主义色彩的弹幕留言。闫老师一直在娱乐环境做青年工作，他对我们主旋律和文化强国议题有自己独特的来自青年工作和新兴文艺的视角，现在请闫老师分享。

闫光宇（中国青少年新媒体协会）： 我 2009 年开始在共青团工作，2014 年到团中央工作，做团中央的新媒体工作，再后来去了中国历史研究院，做青年工作，后来又到了网信办这边。总之跟网络、跟青年打交道多一些，包括大家讨论的电影我都看了，了解到很多争论。

刚才那个片子是 2017 年"中国制造日"主题曲。我不是专业作词的，那是在职所需，领导说你来写吧，我说行，偶尔玩票性质的。我认为自己是一个做青年工作相对专业的人，可能做意识形态工作相对专业一些，但是其他的不一样。

在长时间工作当中，我感受到了很多关于文艺的力量、很多教化人心的力量在里面。我讲一下我为什么会去做网络辟谣的事情：一开始我在陕西省共青团学校部任副部长，一次去一个大学做调研工作，这个大学的学生提出了各种各样问题。他很认真地提了很多问题，但是问题你接不住。

回过头来，我想如果这些问题不解决，心里面总有一根刺，人家看你的眼神不对。我们本来是让青年树立理想信念的团体，这样的问题不解决是很难受的，所以后来去做了这方面工作。

这就涉及我现在说的第一个问题：我们讲文艺的时候，文学家或者艺术家应该尽量把事讲全一点，英雄、模范是来自人民的，不可能一开始就是"伟光正"——当然我们都得讲爱国是一种朴实的情感，这是我们自己讲的，但是你推广这个事情的时候，你要告诉大家为什么爱这个国家，不讲道理不行的。

以《勇敢的心》为例，它当然是一部歌颂自由主义的作品，是 20 世纪 90 年代初期推出的作品。它的故事讲得很全面：一开始主人公的父亲、哥哥一家人全被杀了，然后他被叔叔带走，等他回来的时候依然不想反抗，最后他的爱人被杀了才反抗。威廉·华莱士后期非常英勇、非常聪明、非常有见地的那段经历也可以拍一个电影，但是前因后果讲全了才知道他所争取的"自由"是从哪里来的。

我们看美国大片喜欢拍超级英雄，其实我对超级英雄是有一些想法的。它可能缺乏两个方面的东西：一方面穿着美国国旗去做正义的事情，给美国人树形象——超人这些形象全都是红蓝相间这种装饰，《钢铁侠》除外——歌颂超级英雄。超级英雄意味着现实中人不可能成为的英雄，它割裂了英雄和普通人之间的关系，其实每个人在自己生活当中都有无私的一面，都有奋斗的一面，都可能成长为英雄，但是它天然割裂了这一切。另一方面是血统论，很多日本的作品，比如《火影忍者》，主角叫漩涡鸣人，其实他爹叫波风水门，他为什么不姓波风姓漩涡？因为他妈姓漩涡。为什么他随妈妈姓不随爸爸姓啊？因为他妈妈的血统比他爸爸高贵，就这么简单。漩涡家和千手家是一家，千手和漩涡代表身体力量最强的那个姓，宇智波代表精神力量最强的姓，宇智波加千手和漩涡构成了大土木。最后顶级大战是从全部大土木血统之间互相打开始的。

包括《海贼王》(后改名《航海王》)也是这样。我们一开始看到路飞戴着草帽穿着拖鞋，我们以为他是草根，一条船没有，开始现招海员，踏上自己成长道路。最后发现不对，他爷爷是海军中将"英雄卡普"，他爸爸是革命军人领袖。包括《死神》也是，黑崎的爸爸是死神。这些动漫全部在讲血统论的故事，血统论也不是不好，有时候也很好看，但是血统论让我们普通人丧失担当、上升渠道的信心。

我不是说应该禁了血统论，而是它向这个方向上倾斜，青年人思想出现偏差是必然的。我觉得这些作品我们都可以看，是自由的，但是我们应该看到它们的偏向。

近几年，我心目中最好的主旋律电影和大家说的不一样，我觉得最好的主旋律电影是《我不是药神》。我们的主旋律电影如何破这个题呢？可以讲主流价值观进入各个圈层、各个载体的事，而不是一上来给某些作品定义"主旋律"，这个不好。我更愿意去鼓励我们民间的这些文艺工作者，无论拍电影还是唱歌的，让他们去唱真善美的东西。

同样一个作品由谁来做很关键，我们需要从文艺战线上对马克思主义基本原理向外拓展的部分进行完善。现在青年人不是看不惯，可能有一些文艺作者觉得不太好的一些东西，但是他们觉得好。

比如我在他们影响下看了两部片子，把我看得热泪盈眶。第一部片子叫《农奴》，是20世纪60年代初的一部电影。农奴强巴从一出生就被收税，他爸爸因为一些事被农奴主杀害了，他母亲也死了，他去庙里面看到吃的，饿得不行要吃，拿吃的时被别人看到，被割了舌头。他奶奶掉到河里面死了，他一辈子不能开口说话。影片一直是这个基调，讲的是一个真实故事。一个商人来到他邻居家，他邻居是一个铁匠，铁匠在藏族文化里面是不干净的职业，行脚的商人跟铁匠说："我喝点水行不行？"铁匠说："我们铁匠这些人骨头都是黑的，你愿意喝我们的水吗？"他说："没事，我有一个菩萨杯子，什么水装进里面都特别干净。"突然掏出来一个搪瓷杯，上面写着"中国人民解放军第二兵团"，我看到那个杯子的时候眼泪下来了。什么意思呢？前面我们看到的所有的事情和文明无关，对于接受现代教育的人来说都是摧残，受不了人欺压人的状态，所以我看到那个杯子的时候，我相信这个设计真的很牛，看到杯子就哭。

《姊姊妹妹站起来》也是新中国刚成立时拍的，拿火柱子治病那个情节我实在受不了。看一遍就可以明白是什么原因，我们缺乏讲真善美的能力。我觉得青年人在目前这个舆论大背景下是愿意去接受真善美的东西的。我们跟文艺家、艺术家交朋友的时候，我们不要管人家应该拍什么题材，得跟他们讲历史、讲道理，讲真实的事是怎么回事，如果我去跟文艺工作者聊天，我可能给他们讲这些事，慢慢地，我们大家把价值观统一到一条线上，至于他怎么做是他的事，我们不要干预太多，特别是对于当前的中国。

最近一年做文化出海比较多，发现这个时候特别能印证国内以前的一些工作。出海的时候很多领导提出来你这个东西一定要用英文去做，我发现这个是不对的，为什么不对？国外传播和国内有一个基础的东西不一样，国外是精英阶层和平民阶层分得特别清楚的舆论场，处于中间阶层的几乎没有。

在国外跟他们精英阶层吵，你永远无法赢他们，他就是用来和你作战的，而你跟他们贫民吵，讲什么都听不懂。所以与其用英语，都不如我们立足构建一个汉语和汉字的舆论场，或者汉语和汉字的传播体系，包括刚才这位老师讲的拉祜族文字。我做意识形态，专门研究过一段时间文字，其实明朝以来传教士始终在全世界给各个地方的人们造文字，用拉丁文造。

所以在对外的整体宣传上我的建议是：汉语、汉字要用好，最好说汉语，用双字幕、三字幕，我就不用英语去说，除非我今天有特别重要的事情，用英语更好。人家给我们看片是英语片，好多年轻人都喜欢看原声大片，其实也是一样的，我们纯中文就可以了，这是大国自信。我和很多做对外文化交流的观点不一样，他们需要迎合别人，我觉得不对，起码应该既迎合又主观，强调迎合的人去做迎合工作，强调主观的人去做主观工作，起码两方面都要去做。我不是说我们不去做迎合工作，这不对，两方面都要做。这个时候做一些硬气的我们自己的东西，大概可以分成以下几个方面。

第一个肯定是电影，这是目前毫无疑问的最高形式；第二个是游戏，目前用得最广泛的；第三个是网络短视频，目前最火的；第四个是音乐。在这些领域我们自己的价值观也有些没有整明白，当初我觉得很好的作品这两年我都觉得一般了，不是我水平高了，我好像看到了他们迷茫的一面，比如说《士兵突击》。《士兵突击》特别好，我现在也觉得是很好的作品，但它里面缺少点精神来源。我是部队出身的，我本科是装甲步兵指挥，我看到的和实际部队的情况不太一样。第二个《亮剑》，虽然赵刚依然很正面，但是他忘记了战斗力的来源是什么，他的战斗力来源是靠谁打仗，打仗为谁？这两个问题解决了就是战斗力来源。好像敢于冲在前就有战斗力一样，也是不对的。

把意识形态工作落实好的，一定是为人民群众接受的，能够找到他们心理预期的，并且能够引领他们。这是非常精微的工作，非常讲究技巧，非常需要我们文学家和艺术家充分展示自己在技法上面的造诣。

当前的新时代有很多很多值得我们去传颂的故事，也不比我们历史上其他时期少。基辛格在《论中国》里面说"中国人总被他们那些勇敢的人保护得很好"，这句话也对也不对，对的地方确实如此，不对的地方是他没有见到新中国成立之前的中国。我是很期望我们当代能够出现很多现象级的作品，很多能够打动人心、去引领青年人的作品，不一定是现实主义，玄幻也可以。为什么2018年的时候把几乎所有的玄幻类型作品顶流召集来团中央开一个座谈会？玄幻和魔幻是分开的，它和修仙小说是在一起的。修仙小说最大的特点：第一，仙是由人变成的，这个很关键。第二，人是一步一步排斥其他的因素成长成仙的，什么意思？他不强调血统论，不强调富二代、星二代，他强调的是心性锻炼，强调的是自己的努力，这个也很好。近二十年来在青年人心中影响较大的一部作品可能是《让子弹飞》，目前而言，B站对《让子弹飞》的讨论、各个平台对于"让学"话语的构建还在兴起。我是很希望有更多的能够去传递真正的公平、真正的自由、真正的民主平等这样一些价值观的，把人性光辉闪光之处挖掘出来的作品被创作出来。

谢谢大家。

秦兰珺：刚刚在闫光宇老师的发言分享中听到了"文艺战线"四个字，以前在抗战杂志上看到过，现在貌似离我们很遥远了，今天在这样的现场听到这四个字非常感动。闫老师发言的核心就是关切青年，我们的主旋律应该是面向未来的、符合青年的情感结构、符合青年们的处境、让青年能够说服自己的作品，这可能是我们主旋律文艺很重要的课题。

说到青年，就绕不开玩游戏。我们现在请来自北京师范大学艺术与传媒学院的何威老师给我们分享他对这个问题的思考。

何威（北京师范大学艺术与传媒学院）：今天下午我也是来学习的。不是谦虚，因为刚才各位谈的很多东西对于我来说很新鲜，扶贫文学、主旋律话剧都看得很少；主旋律影视肯定看的，但是没有专门研究过。我自己做得比较多的是新媒体研究、青年文化研究，这方面跟光宇老师讲的东西有一些对接。具体的角度不完全一样，我是研究者，更关心这些事情的脉络、历史以及它背后有可能的走向，光宇老师做得更多的是实操，有点类似顶层设计概念的一些事情，所以有点不太一样。我今天说一些观点性的东西，提出的问题比观点可能更多一些，因为好多东西还在探索之中。

首先是"主旋律文艺"这个概念。因为关于主旋律刚才大家也有提到，是从影视领域里面首先提出的这个概念，刚才李老师关于电视史的梳理我听得很过瘾，讲得特别好。

再延伸一点，现在的青年平时都做什么？也不是都在玩游戏，其实他们在短视频上花的时间还更长一些，这是有统计数据支撑的。总体来讲，青年们更多地参与到网络文艺或者数字文艺这样的形态中去，包括网上音乐、在线广播、长视频也就是各大视频网站，再到短视频乃至于直播，其中电竞和直播结合在一起也形成了衍生的领域。所以大家也都记得今年 EDG 夺冠之后引发了"出圈"的效应。说起来就是一个全球知名的游戏，游戏迷们在他们的顶级赛事里面庆祝中国的一支俱乐部拿到了冠军。那种效应会唤起年纪大的人想起 20 世纪 80 年代那会儿，中国女排五连冠以后，当时大学生和年轻人的激动情绪，今天其实是过去的一种回响。

那个年代并没有那么多人打排球，各种条件没有那么成熟，二三四线城市里面的人在中小学阶段，大家没有怎么打过排球，农村更不要说了，大城市可能还好一些。但是大家仍然会为自己平时没有参与的事情那么激动，是因为有一种精神灌注在里面。所以说一个体育运动为什么会变为主旋律？虽然没有提"主旋律体育"这种说法，但是排球这个运动项目和当时的时代精神产生了映照，包括这种拼搏、努力的精神。

到了今天，让我们去看看一些相似的地方，比如说电竞里面强调挑战极限、战胜对手、团队精神，这些跟当年的排球运动也相似；另外也演化出其他的跟当时语境不一样的东西，电竞项目在某种意义上是跨越民族国家或者意识形态的一种语言、一种桥梁。如果说奥林匹克运动会从古希腊起源，初衷就是用一种人与人在运动中的竞争，基于抽象的、游戏化的暴力的对抗，去部分替代和削减真实的暴力和战争。其实电竞在当今真的有它存在的价值。

说回到我们年轻人每天沉浸的网络文艺里面。主旋律到底是什么？每个时代各有自己的主旋律。

提到文艺的话，从去年到今年整个互联网文化治理是一盘大棋。因为多个不同领域推出了相关治理、规范的规定、文件，从中办牵头推"双减"，新闻出版署推的一系列游戏防沉迷政策，再到网信办推的"饭圈"治理……这一系列的互联网文化综合治理，第一落在保护未成年人，也包括比未成年人稍微大一点的年轻人；第二落在意识形态的安全。

有破有立，从立的方面，国家在试图从一些方向引导主旋律文艺。今天这个会议通知里面有一句话我很认同："主旋律文艺是一种建设和承载一国核心价值观的文艺。"所谓价值观，是人们最珍视的、认为最有价值的一些东西；我们的社会主义核心价值观，基本放诸四海也是大家觉得很可贵的东西，只不过不同国家对它们的理解不一样，达到的路径不同。

说起来很容易，做起来其实很难。比如如何在当前作品里面凸显民主这样一种价值观。我觉得宏大的革命和历史的题材现在比较容易开展主旋律的创作，但具体生活和当下的题材进行主旋律创作难度是很大的。不是说你不能做，可以做，但做出来有人看吗？或者大家对它有好评吗？这个很难。

像最开始刘老师说的，"现实主义"其实并没有形成共识，但是大家仍然围绕这个概念做一些事情。主旋律在我看来也是如此，很难有一个特别权威或者官方的界定，但大家围绕"主旋律""新主流"或者什么其他说法也在做事。又回应到张成老师说的"主旋律美学"，"主旋律"除是一种题材、一种内容之外，有没有在美学或者表现方式上有自己特定的范围，一定是那种宏大叙事或者社会主义审美才算吗？还是说可以像闫老师用"洛天依"这样的虚拟偶像和电音去做一个主旋律的创作呢？这也是值得探索的方面。

主旋律动漫也有，马克思的故事在 B 站也播放。所以看来这些表达手法没有太多的限制。说唱这样的形式，它原来的文化源头非常具体和显著，所以它的表达形式和它原先黑人街头式的文化风格关联比较深，很容易让大家联想到它原先的调性，所以会感觉有点奇怪。但事实上没有必然限制，是可以的。

延伸到游戏这一块，我觉得游戏有自己的优势。它的体量在这里，国内体量是近 7 亿玩家，3000 亿元市场，用今年数据来看，大概还有

1500 亿元的中国自研游戏的海外市场。从产值来讲，游戏其实是电影、图书、音像等其他所有中国数字内容出海市场加起来再乘以 10 的体量。而且游戏出海，去的地方不是第三世界国家或者所谓的南方国家，它的主要收入来源于欧、美、日、韩等国家，它打入了海外主流国家或者是发达国家的市场里面去。所以这十几年下来，中国游戏产业做了很实际的事情，已经铺设了这样一种渠道。

游戏除娱乐之外，是否能传达什么精神，或者成为沟通桥梁？对此有很多研究上的、实践上的探讨。今年我们团队一直做中国游戏和传统文化二者结合的研究，包括在国内的影响和海外传播都有涉及。

一方面，我们发现过去在游戏里面用传统文化的符号和元素，曾经是一种 PR 或 GR 的手段，中国游戏公司，尤其头部公司不缺钱，但他们很怕政府一个禁令出台，游戏被禁掉了，或者社会反对声音太大，因此他们会拿出游戏中的传统文化作为一个故事去说，不断宣传。但另一方面，从这两年实际情况来看，游戏中的传统文化不再仅仅是 PR 或 GR，而是已经变成生意。现在年轻人真的喜欢自己国家的文化，喜欢基于自己熟悉的一些东西制作出来的游戏，无论是它的视听表现，如一些皮肤、音乐或者画面，还是传统文化题材、故事与玩法。我们统计了 1200 多款现在还在运营的国产移动游戏，其中四成和传统文化有关，而头部 100 款国产移动游戏里面，这个比例高达八成。

这种情况，说大一些和我们国际国内形势有关，国际局势相对恶化带来了国内年轻人的抵抗性认同；从国内来讲，我们国家主旋律文艺工作从某种意义上还是比较成功的，年轻人对于国家的情感也好，文化认同也好，都比过去更强一些。

游戏"走出去"会怎么样呢？其实也有一些很奇妙的案例。比如说一直有一些小工作室做的游戏在 Steam 平台上向海外发行。前些年是武侠类的，最近有像《了不起的修仙模拟器》，以及最新的一些包括网易这种大厂做的《永劫无间》，它们把中国武侠、仙侠的相关概念与文化传播出去。一些小工作室做的游戏，一开始没有做那么多英语的本地化，做的都是中文内容。其中的术语包括修仙、门派、炼丹等，外国玩家看不懂，他们会在各种社区里找中国的玩家求问学习，是非常典型的例子。

还有一些例子，如从去年到今年最走红的，也算是盈利能力最强的游戏《原神》，从某种意义来讲，它让海外的玩家感受到中国传统的美学。与此同时，只要是能够跨服交流的平台，让海外年轻人可以和中国年轻人产生交流，他们就可以从中国年轻人身上感觉到当今中国的一种昂扬、自信。他们可以感觉到中国的年轻人，也都是生活在文明的、富强的现代社会中的有冲动、有爱的年轻人。在这种意义上，这样的交流本身也是文化强国必由之路。我们不是说要用文化产品灌输和征服别人，而是真的进行互相理解、互相交融。

游戏本身作为一种媒介，作为一种非物质文化，对内来讲可以去传承和发扬非物质文化遗产、传播时代精神；对外可以成为一座桥梁。我不知道它能否那么"主旋律"，但它对文化强国是有帮助和贡献的，非常值得研究。

我就说这些，谢谢大家。

秦兰珺：最大的感触是一些传统艺术喊着要"文化出海"的时候，我们的新兴艺术已经完成了"出海"。如何让新兴艺术附载"主旋律"和文化强国，首先让我们重新思考"主旋律"定义，重新去采取一种面向未来的开放的态度，并在新兴空间创造新的可能。

今天我们还有一位来自媒体的朋友，《光明日报》文艺部的郭超老师，让他给我们带来一些来自媒体的视野，对于这样的问题。

郭超（《光明日报》文艺部）：谢谢秦老师，大家傍晚好！看到大家都很亲切，有很多老朋友也有很多新朋友，更关键的都是年轻朋友，交流上很顺畅，没有那种代沟。

我想说的是主旋律歌曲。主旋律歌曲，说深说浅了都不太容易得罪人，因为在座的大家不从事这个。另外虽然歌曲是一个很小的作品，时长只有三四分钟，但它蕴含着很大的能量，如果它引爆了有可能发生核聚变一样的效果，还能产生很大的影响，有很多电影还没有它的主题歌或者配乐的寿命长。很多年以后有的电影被人家忘了，没有人看了，歌曲还被广为传唱。主旋律歌曲像一只麻雀一样虽小却五脏俱全，通过它们可以看出很多问题，不需要很多外界的条件就可以传播，没有伴奏也可以唱，而且不用唱也可以放到那当广场舞伴奏。它的门槛低，不用坐在剧院、电影院里面看两三个小时，没有多高的文化水平也可以听，甚至不识字也可以听得懂，有很多我们小时候听过的歌能记一辈子。

我在《光明日报》文艺部工作，跟文艺家打交道。中宣部在 2014 年的时候有一个"中国梦"主题新创作歌曲的活动，每年要选出二三十首。我也跟踪报道采访主创，词曲作者还有演唱的人，基本上算是和做主流创作的都打过交道，总体上成绩很好，完成了主旋律创作这个任务。不太让人满意的地方是，能传唱下来的歌曲还是很少。不是说这些人不好，他们水平肯定也是很高的，创作数量也很大，艺术水平也很高，传唱度却不是很广，除去时代因素等很多外在因素，还要思考一下到底有哪些地方还能做得更好一些。

比如说我们看"伟大征程"——今年的最大的一个晚会，它的主题也是一个歌曲大串烧，有经典歌曲展播、改编、伴舞，总体上以歌曲为主题。其实大多数经典歌曲都是在革命、改革这个年代产生的。

比如说开场的是《跟着共产党走》，接下来有《国际歌》《秋收起义歌》《八月桂花遍地开》《保卫黄河》《中国人民解放军军歌》《红旗颂》《战旗美如画》《我的祖国》《中国人民志愿军战歌》《英雄赞歌》《咱们工人有力量》《祖国颂》《在希望的田野上》《假如你要认识我》等，年代比较近的还有《走四方》《春天的故事》《我的中国心》《今夜无眠》《走进新时代》《我和你》《唱支山歌给党听》等，新的歌曲也有《小康之歌》《生命至上》

《强军战歌》《我们从古田再出发》《未来你好》《新的天地》《不忘初心》《和合之美》《领航》，最后是《没有共产党就没有新中国》。我们听到旧的歌曲会有一些亲切的感觉，新的歌曲大多数大家没有什么印象，并不是没有好的歌曲，只是能让人记住的比较少，你这个歌曲创作一两年大家还没有记住，再过三五年就淘汰掉了。

"中国梦"主题新创作歌曲中也有大家熟悉的，比如说《时间都去哪儿了》，还有《站在草原望北京》是广场舞的神曲，还有《武汉伢》——今年抗疫脱颖而出的歌曲，还有《你笑起来真好看》，也还是有一些的，我觉得自然成长出来的生命力更强一些。

每个时代都有代表性的主旋律歌曲，如《东方红》《春天的故事》《走进新时代》等。

有很多应时之作其实也还是很有必要的，对歌颂或者宣传某一个政策还是起到了一定的作用，这是一方面；另一方面还是希望通过一首歌来深入人心，宣传政策的歌其实也有传唱的，比如说《三大纪律八项注意》，这首歌过了半个多世纪大家还知道。

现在的主旋律歌曲有一个小的问题，站的角度让老百姓感觉不到亲切，文艺家老说"你离人民有多近，人民对你有多亲"。还有文艺志愿服务的一首歌——《走近你》，这个歌词也很好，"坐热你的板凳，温热我的情，喝碗你的井水，清亮我的心灵……走近你，歌唱老百姓，走近你，爱在生活中"。我觉得歌词写得也很好，也都是很知名的，但我觉得还是和老百姓有点隔阂。这种歌和《三大纪律八项注意》一比，到底哪个跟百姓更近，哪个跟百姓更亲？

说诗歌的时候有一句名言，启功先生说的："唐以前诗是长出来的，唐人诗是嚷出来的，宋人诗是想出来的，宋以后诗是仿出来的。"现在有一些诗是组装出来的。借用这个说诗附会说一下歌曲，"长出来"的歌词是什么样的呢？比如说《山丹丹开花红艳艳》，"长出来"的那种民歌，土生土长，但是确实又很主旋律，让人感觉很亲切，传唱中就把主旋律深入人心。"想出来"的歌不是臆想出来的，是指有思想境界，有一首歌叫《众人划桨开大船》，它就是讲一个哲理，这种歌也能写好，有思想性。"仿出来"的歌，比如说傅庚辰先生写的《毛主席的话儿记心上》，是电影《地道战》的插曲，"太阳出来照四方，毛主席的思想闪金光，太阳照得人身暖哎，毛主席思想的光辉照得咱心里亮"，它非常符合剧情。当时他们跟敌人硬碰硬损失很大，到底怎么着才是正确道路呢？主人公想一夜也没有想出来，拿起毛主席的书《论持久战》，他看完了以后知道了要跟敌人周旋，想出来地道战这种办法，所以很自然而然。

现在有一种歌想体现主旋律，要把很多东西加进去，把不忘初心加进去，把中国道路、文化自信、人民就是江山加进去，有很多思想上面的条条框框。不一定只有歌曲存在这个问题，通过集体创作可能有一些拔高，虽然也很好，也比较好听，但比较难深入人心。比如说《东方红》为什么它能传唱，歌词很简单，不是很婉转的，和陕北民歌结合起来特别贴切；《春天的故事》细节是很成功的，用讲故事的方式唱出来了；《走进新时代》是把宏大叙事建构成一种话语，把大和小结合起来，把前后结合，从"我们唱着东方红，当家做主站起来；我们讲着春天的故事，改革开放富起来"，再过渡到现在，也是一种自然而然，不生硬，也无隔阂。现在很多歌有点隔阂，有点自我感动的，很多文艺家会说他连着两天去了三个城市，把这种当作感动，我觉得没有太令我感动。

我就说这些。

秦兰珺：我订饭的时候一直在纠结，咱们论坛主题是关于"主旋律文艺与文化强国"的，我提议订一个"田老师"红烧肉吧，我们办公室大姐最后订了"吉野家"。下面我们就看看日本文化的主旋律，现在请王玉玊给大家演讲。

王玉玊（中国艺术研究院马克思主义文艺理论研究所）：大家好！

主持人给我的题目是讲一讲日本文化的主旋律，我思考了很久日本文化的主旋律究竟是什么，最终选择了这样一个主题："羁绊与生存游戏——'少年漫'中日本文化主旋律的正题与反题"。

"少年漫"，即少年漫画，是日本非常发达的一个商业文艺类型，每年会产生出非常多的作品，有着成熟的编辑制度和出版渠道。"少年漫"之所以名字中有"少年"二字，是因为它主要的目标受众是从小学高年级也就是五、六年级学生到中学生群体。日本最有名的三大周刊少年漫画杂志是《周刊少年 Jump》《周刊少年 Sunday》《周刊少年 Magazine》。代表作品包括 20 世纪 90 年代到 21 世纪 00 年代的少年漫三大"台柱子"，简称"死火海"的《死神》《火影忍者》《海贼王》，往前则有 90 年代最出名的《灌篮高手》《龙珠》《幽游白书》，往后则是 21 世纪 10 年代的现象级作品《鬼灭之刃》。除此之外，当前正在连载的《咒术回战》等也是非常流行的作品。

提到少年漫画不得不提到的一个概念是"Jump 系"少年漫。"Jump 系"就是指《周刊少年 Jump》这本杂志上发行的少年漫画。《周刊少年 Jump》是日本发行量最高的漫画杂志，它的最高发售纪录是 635 万部，考虑一下日本总人口数为将近 1.3 亿，则这已经是一个相当惊人的销量了。

"Jump 系"少年漫最突出的特点在于《周刊少年 Jump》提出的三大关键词："友情""胜利""努力"。《周刊少年 Jump》要求刊载的作品至少符合这三个关键词中的一个。《周刊少年 Jump》创刊于 1968 年，在创刊前后，刊物编辑部对小学五六年级的读者做了问卷调查，提出的问题是：你们觉得最温暖心灵的词语是什么？最重要的词语是什么？最感到开心的词语是什么？这些小学生们给出的答案依次是"友情""胜利""健康"。当时编辑部觉得"健康"这个词不符合日本社会的主旋律，于是改为"努力"。从这个改动也可以看到，当时的日本社会仍普遍相信个人通过努力奋斗就可以获得成功。

"Jump 系"少年漫是少年漫的典型形态，这是毫无疑问的。但问题是它能算是日本文化的主旋律吗？《周刊少年 Jump》的一个重要经营理念叫作"问卷调查至上主义"，也就是说，《周刊少年 Jump》的所有作品都是严格根据读者调查问卷的反馈来排位的，读者最喜欢的作品就能占据最显眼的位置。"Jump 系"少年漫完全根据商业反馈进行创作，所以是一个彻底商业化的文艺产品类型，这一点与中国的主旋律创作非常不同。但日本确实缺乏像中国这样的由官方力量主导的主旋律文艺作品。而少年漫恰恰因为它具有"问卷调查至上主义"的特征，能够敏锐地反映日本主流社会思想变迁，同时成了日本在国际文化宣传中的名片，因而具有很突出的代表性。虽然它的目标受众是小学高年级生到初中生，但实际上它的受众范围非常广，三四十岁，甚至五六十岁的读者都很多。

证明少年漫在日本流行度的最典型的例子就是《鬼灭之刃》，在 2020 年日本整个文化产业之中，《鬼灭之刃》毫无疑问是最大的赢家，随着《鬼灭之刃》动画电影版的上映，"鬼灭热"达到了巅峰，这部电影只上映 73 天，就以 324 亿日元票房成绩成为日本有史以来票房最高的电影，此前纪录保持者是《千与千寻》，总票房 316 亿日元，《鬼灭之刃》短短 73 天的票房就超过了《千与千寻》这么多年的票房总和，可想而知这个作品在日本有多么火爆。

这个电影上映的时候，《鬼灭之刃》的漫画恰好完结，漫画年销量是 8234 万，刷新了日本漫画年销量的纪录。位列第二名的作品《王者天下》销量只有它的 1/10。《鬼灭之刃》甚至进入了 2020 年日本十大流行语。据日本公信榜调查：《鬼灭之刃》的国民认知度高达 97.8%，甚至日本财政部部长曾在正式会见中公开赞扬《鬼灭之刃》在疫情期间巨大的经济贡献。

可见少年漫在日本是非常重要、读者非常广泛的一个类型。

"友情""胜利""努力"是少年漫的三个关键词，而从早期少年漫作品到现在的《鬼灭之刃》，友情越来越成为这些作品中最核心、最打动人心的组成部分。为什么是友情，而不是亲情和爱情呢？一方面和目标受众有关，相比于亲情和爱情，小学、初中生们对于友情故事更感兴趣。同时有一个更重要的原因，即友情具有更强的延展性，亲情是受血缘关系绑定的，爱情必须是一对一的，但友情没有这种限定，一个人可以和世界上的任何人成为好朋友。

在《海贼王》那个年代，海贼王的人生目标就如那句已经成了梗的名台词所说"我是要成为海贼王的男人"，其中体现出强烈的自我主张和自我实现的诉求，渴望一种绝对自由的自我实现。但是到了《鬼灭之刃》里，男主人公炭治郎的核心诉求是为了把妹妹变回人类而战斗，为了不让其他的人再遭受如他一样悲惨的境遇而战斗。他的整个行动目标从自我实现变成了守护他者，这体现出日本少年漫非常重要的改变。

友情、爱情、亲情，换成一个更加抽象的概念就叫作"绊"（きずな），在中文里面译为"羁绊"，指的是人和人之间的情感联结。

为了更形象地呈现"羁绊"究竟是什么，我将罗列一些和羁绊相关的经典的意象和语汇，也即以举例的方式回答这样一个问题：当人们制作一个以羁绊为主题的作品时，通常会使用哪些意象和语言？

首先，最经典的意象是丝线、绳结与联结［糸（いと）·結び（むすび）·繋ぐ（つなぐ）］。在中国一度流行的日本动画电影《你的名字。》中有一个核心概念叫作"产灵"，"产灵"（むすび），和绳结（結び）的读音是一样的，这个词来自日本一个叫作高御产巢日神（タカミムスビ）的神明，在这部电影里面有一句关键台词："连接绳线是'結び'，连接人与人是'产灵'，时间的流动也是'むすび'，全部都是神的力量。我们做的结绳也是神的作品，正是时间流动的体现。聚在一起、成形、扭曲、缠绕，有时又还原、断裂，再次连接，这就是'むすび'，这就是时间。"这句话就点明了《你的名字。》这部作品的核心思想，即讨论人和人之间情感的联结，这种联结使得男主人公获得了穿越时间回到过去拯救自己所爱的人的力量。

电影里面有大量用红色的线绳把男女主人公物理意义上系在一起的形象，这都是非常典型的羁绊意象。

第二个非常重要的词汇叫作"優しい"（やさしい），一般翻译为温柔，实际上它在具体语境中的含义更加复杂一点，可以指温柔、善良、体贴，更多的时候指的是这个人有很强的共情能力和同理心，具有体察、抚慰、治愈他人心灵创伤的天赋般的能力。

新生代少年漫《鬼灭之刃》和《咒术回战》的主人公们和前代少年漫主人公最突出的区别性特征就是温柔成为他们性格中的核心，不管是《鬼灭之刃》的主人公炭治郎还是《咒术回战》的主人公虎杖悠仁，都常被观众称为"小天使"，他们是那种温柔到了极致，以至为了别人的命运而常怀悲伤，总在关注别人而忘记自己的人。温柔是创造羁绊必不可少的特质，因为这是一个使人能够理解他人、爱他人的能力，拥有这样的能力的人才能创造羁绊，这一特质的强化意味着羁绊在少年漫叙事中占据了更核心的地位。

我们说新一代少年漫主人公的性格核心在于温柔，并不意味着以前少年漫主角不温柔，但是这两种温柔是有差异的。《海贼王》的主人公路飞因为强大所以温柔，因为强大所以有能力爱别人、帮助别人。但是炭治郎的温柔恰恰在于他深知每个人都是弱小和不完美的，没有人可以永远正确，没有人可以不受他人帮助而独自生活，温柔使他战胜软弱、变成强大。无论是地震还是疫情，或许恰恰是这些突如其来的灾难，使新一代少年漫的读者们不得不面对自己的弱小和无常，相比于生而强大的路飞，炭治郎这样的形象恰恰在这样的年代引起了广泛的共鸣，给人一种心灵的治愈。可以说，主人公形象的转变反映出羁绊在21世纪以来的20年间成为日本社会最重要的意识形态建构关键词。

除此之外还有一些常见于羁绊叙事中的语汇，比如陪伴在你身边（そばにいる）；一起……/共同……（一緒に/共に）；互相帮助/互相倾诉（助け合い/語り合い）；（将心意）传达给某人"届ける"；爱

（爱）；等等。这些语汇将会在我接下来给出的案例中反复出现。

羁绊绝不仅仅是在少年漫中反复出现，它甚至可以说是整个日本社会现在唯一的、最后一个主导的、正面的核心叙事。官方层面最经典的例子是，"3·11"大地震发生后，当时的日本首相菅直人以"羁绊"为标题发表感谢信，表达对来自世界各地的援助的感谢，在这个例子中，"羁绊"指日本人和素不相识的外国援助者之间的情感联结，符合"羁绊"一词在当下社会中的标准含义。

另外两个略带官方色彩的例子，一个是德仁天皇即位祭典上，日本的偶像团体岚演唱的奉祝曲 *Journey to Harmony*，另一个同样是岚演唱的2020 年 NHK 年度歌曲、NHK 东京奥运会主题曲《风筝》。

Journey to Harmony 的歌词节录如下：

> 僕らの喜びよ　君に届け / 把我们的喜悦传递给你
> …………
> ごらんよ　僕らは君のそばにいる / 看啊，我们在你身边
> …………
> かすかなその歌　まるでひとしずく / 那许许多多的歌，如同小小的水滴
> 静かに繋がって　確かに繋がって / 静静地连接在一起，确确实实地连接在一起
> 青い空の下　夢など語り合う / 晴空之下，我们一起谈论梦想
> 愛とか語り合う　それがぼくの願い / 一起谈论爱，那就是我的愿望

可以看到，歌词中出现了大量羁绊叙事中常用的语汇，是对于羁绊的典型表达。

《风筝》的歌词节录如下：

小さな頃に見た / 小时候看到的

高く飛んでいくカイト / 高高飞在天空中的风筝

離さないよう ぎゅっと強く / 为了不让它飞走，我紧紧地

握りしめていた糸 / 握住了手中的线

…………

母は言った「泣かないで」と / 母亲说"别哭了"

父は言った「逃げていいよ」と / 父亲说"逃避也没有关系"

友は言った「忘れない」と / 朋友说"不忘记"

あなたは言った「愛してる」と / 你说"我爱你"

…………

嵐の中をかき分けていく小さなカイトよ / 穿越暴风雨的小小的风筝啊

悲しみを越えてどこまでも行こう / 超越悲伤，可以去向任何地方

そして帰ろう / 然后回来吧

その糸の繋がった先まで / 回到风筝线的这一端

显然，风筝指代的是远行去追逐梦想的人，而风筝线另一端就是与他有着深厚羁绊的父母、朋友和爱人，风筝线就是羁绊，将他们连在一起。

再来举一些电影中的例子。比如 2020 年的电影《浅田家！》是根据日本摄影家浅田政志的人生经历改编的，电影的高潮关键情节则改编自"3·11"日本大地震中真实发生过的"照片返还"事件。"3·11"大地震之后，有很多志愿者把埋在地震废墟里的家庭照片收集起来、清洗干净，陈列在当地的一所小学里，所有受灾的人都可以去认领自己的家庭照片。照片记录的是家人间的回忆，体现着家人之间的羁绊，而当地震中的家庭照片进入"照片返还"的活动空间，志愿者与素不相识的受

灾群众就建立起了一种情感上的认同，由此，家庭羁绊延伸到社会羁绊的层面。从小家庭羁绊到大的民族国家共同体想象，这就是作为一种高度的去政治化的意识形态建构的羁绊叙事的典型形态。实际上，《浅田家！》这部电影的整个故事也是在这样的逻辑中展开的，男主人公浅田最开始成为摄影家的契机就是他给他的家人拍摄全家福，这是家庭羁绊。成为摄影家后，浅田开始应邀为各式各样的人拍摄全家福，从而了解了各种各样的家庭故事，和这些原本陌生的人建立了羁绊。浅田在"3·11"大地震中前往受灾地区，也是因为曾经邀请他拍摄全家福的一家人在灾区。在"照片返还"活动中成为一名志愿者的浅田，最终以一种相对抽象的方式与受灾的人民和日本社会产生了社会认同和社会羁绊。

是枝裕和的《无人知晓》（2004）和《小偷家族》（2018）这两部电影都在反思羁绊的限度和有效性。《小偷家族》中的一家人其实没有任何血缘关系，他们的羁绊是"偷"来的。他们的羁绊中当然有真实的成分，但羁绊在此处并不能像《你的名字。》中那样具有超越生死、创造奇迹的伟大力量，羁绊并不能帮助他们抵抗身处社会底层的种种暴力的碾轧，他们脆弱的羁绊很快就分崩离析。《小偷家族》实际上在反省那种过度渲染羁绊的强大力量的社会神话。

前面反复提及的《鬼灭之刃》同样是羁绊叙事的极佳例证。《鬼灭之刃》的世界中有人和鬼两类智慧生命，鬼需要吃人才能活下去，增强自身力量。《鬼灭之刃》中的鬼不能像人一样自然繁殖，最开始世界上只有一只鬼，这只鬼把自己的血液分给其他原本是人的人，这些人变成了鬼。这些原本是人的鬼在做人的时候想要被爱但却得不到爱，想要被尊重但却被践踏，在这样的绝境之中，一只鬼分给他们血液，他们在鬼那里得到了承认，血液作为真实的联结把他们联系在一起。但由此获得的羁绊实际上是一种扭曲而虚假的羁绊，鬼与鬼之间只有严酷的控制和杀戮。主人公炭治郎是杀鬼队的一员，为了保护人类而诛杀恶鬼。炭治郎在杀鬼的过程中会运用他的温柔，理解这些鬼真实的痛苦与渴望，给予他们真实的抚慰，所以粉丝间有个说法："炭治郎给鬼超度，用过的鬼都说好。"炭治郎用真实的羁绊战胜了虚假的羁绊，《鬼灭之刃》的故事就在这样的逻辑中进行下去。

为什么羁绊在日本社会中如此重要呢？可以对比一下中国。当前中国在社会凝聚力的构建过程中，爱国主义是一个非常关键的组成部分。中国的爱国主义叙事有两个特征，一方面是拥有作为中心的高光的中国形象，比如《那年那兔那些事儿》里的那只兔子，就是一个混合了可爱与悲壮的祖国形象；另一方面是和中国崛起、经济腾飞、民族复兴叙事紧密联系在一起，许诺着一种国家发展和人民富裕的必然联系。

但是在日本这两个方面都有一定困难：日本在"二战"中扮演的不光彩的角色，以及最终战败，给日本带来了历史叙述的困难；20 世纪 90 年代泡沫经济破裂以来持续的经济低迷，则导致日本人对本国经济发展没有太高期待。在这样的情况下，日本社会选择了去政治化的羁绊叙事来重建社会认同。

我发言的题目是"羁绊与生存游戏——'少年漫'中日本文化主旋律的正题与反题"，刚才我讲到的是正题的部分，接下来进入反题部分。

"大逃杀"这个题材命名非常明确地来自 2000 年深作欣二执导的一部非常有名的电影《大逃杀》，基本情节是把一群学生关在一个岛上，让他们互相残杀，直到只剩一人，这个人才能活下来。这部电影改编自 1996 年高见广春的一部小说，一上映就在日本社会引起了强烈反响，成为第 24 届日本电影学院奖最佳话题作品。自此，"大逃杀"就成为日本非常重要的题材类型。并不是说《大逃杀》之前没有"大逃杀"题材的作品，而是说这部作品为整个题材类型命名，2000 年前后产生了很多类似的作品。

随着这个题材不断发展，它的叙事要素不断丰富，最终形成了更宽泛的题材类型就可以叫作"生存游戏"，我对"生存游戏"这一题材的定义是：怀着相互对立的正义的双方或多方相互厮杀，以求幸存的故事类型。

比较典型的例子有《死亡笔记》，这也是少年漫中的代表作品，主人公夜神月捡到一个笔记本，在这个笔记本上写谁的名字谁就会死，他觉得这个社会中有很多人犯罪而得不到制裁，于是把这些得不到制裁的罪犯的名字写在这个笔记本上，这些罪犯就会死去，夜神月觉得他在奉行正义。夜神月的对手 L 是警方的人，L 要捍卫法律，不能允许夜神月这样动用私刑的杀人者逍遥法外，这是 L 坚持的正义。夜神月与 L 贯彻自己的正义而相互斗智斗勇、生死搏斗。

宇野常宽在《零零年代的想象力》一书中提到了一个关键概念叫作"决断主义"。"决断主义"在 21 世纪 00 年代盛行的根本原因是宏大叙事的崩溃。1995 年前后，日本发生了一次大规模的社会幻灭。随着泡沫经济破灭，日本人突然从富裕的生活中跌落，原本在 20 世纪 80 年代特别灵活、多样的社会思想，以及轻松愉快、充满希望的社会氛围突然破灭，个人上升通道消失，靠努力奋斗就能出人头地的社会秩序也消失了，人们不再拥有关于社会整体的秩序和结构的清晰认知。"奥姆真理教"东京地铁沙林袭击事件和阪神大地震也是日本思想史中的重要事件，阪神大地震让日本人感受到了人的脆弱和无助，而"奥姆真理教"则是决断主义引发的第一场惨案。在泡沫经济破裂、宏大叙事崩解的前提之下，人们有了"既然世界上根本没有什么绝对可信的宏大叙事，那我索性就破罐子破摔、选择一个我想要相信的小叙事去相信"的想法，于是社会上出现了非常多林立的小叙事，"奥姆真理教"是其中非常极端的一个，它最终造成了多人受伤和死亡的非常残酷的恐怖袭击事件。

到了 21 世纪 00 年代初，又发生了两件非常重要的事情，一个是小泉政府上台，推行"新自由主义"政策，这个政策导致日本社会急剧贫富分化，社会竞争变得异常残酷。与此同时，泡沫经济的影响还在，日本的经济持续低迷，通过努力出人头地依旧难以简单实现，于是日本社会陷入了一种不知道如何成功但不努力就会被淘汰的感受中。另一个是美国发生了"9·11"恐怖袭击事件。在这样的社会环境之下，日本社会的决断主义生存战就开始了，人们怀抱各种各样的小叙事，进入了没有秩序的竞争场域。

从 2010 年到今天的十年，开头是"3·11"大地震，结尾是新冠疫情，日本社会产生了更强烈的弱者意识和幸存意识，每个人都不可能是一个绝对的强者或者胜利者，因为社会没有明确的竞争秩序，也就没有真正意义上的强者，人们以一种寻求幸存的姿态在社会中进行没有秩序的"大逃杀式"竞争。这就是宇野常宽对于生存游戏类作品的出现和盛行的解释。

在日本的文艺作品尤其是少年漫作品中，生存游戏和羁绊常常相伴存在、相反相成，有的时候生存游戏占上风，有的时候羁绊占上风。《大逃杀》是生存游戏占上风的案例，电影中的男主人公一直试图相信同学之间的羁绊和友情，试图号召大家停止互相残杀，但是所有的温情在那样的极端环境中显得非常脆弱、毫无意义。少年漫作品则大多数时候以羁绊获胜为结局，毕竟少年漫面对低龄读者，需要讲述一些光明快乐的故事。在生存游戏与羁绊并存的故事中，羁绊非常明确地承担着这样的功能：以个体间的羁绊去弥合社会性的裂隙，进而寻获人与他人、与社会的共存之道。21 世纪 10 年代的"Jump 系"少年漫"三小台柱"之一的《约定的梦幻岛》是一个典型案例。这个故事中也有两种智慧生命，一方是人，一方是以吃人为生的鬼，鬼生存的社会中会建立农场、饲养人类，专供食用，主人公艾玛就是被饲养的人类之一。故事最后，艾玛和一个不吃人也可以活下来的鬼少女建立了私人间的羁绊，于是她们共同找到了让人和鬼可以共同生存的方式，以个体羁绊弥合了人与鬼的根本冲突。

读者对《约定的梦幻岛》的普遍评价是，这是一部高开低走的"烂尾"之作。乌托邦一般的美好结尾显然缺乏说服力。类似的问题不仅仅出现在《约定的梦幻岛》中，实际上，以羁绊弥合社会裂隙的故事总会产生类似的问题，"嘴炮""圣母""洗白"等一系列批评术语就常常用来批评这一类问题。"嘴炮"即势不两立的两方迎来最终决战，男主人公发表感动人心的演讲，反派突然灵光一现，改邪归正，正邪双方达成共识、拥有了羁绊，携手美好未来。"圣母"则是指主人公无原则地原谅所有人、爱所有人，由此感化反派，达成和解。"洗白"则是看起来无恶不作的反派突然剖白真心，或者追溯过去，让观众意识到他所做的一切都是情非得已、情有可原，他从反派变成了一个有苦衷的好人，由此为双方和解创造条件。无论作者还是读者，都知道这样的叙事套路是靠不住、不可信的，但却找不出可行的解决办法，因为羁绊叙事本身有着内在的缺陷。

在小叙事林立之间的决断主义厮杀中，羁绊是小叙事共同体之内大家建立共同体认同的情感连接，而生存游戏则在小叙事之间展开，小叙事之内的羁绊越深，小叙事之间的矛盾就越不可调和，羁绊不仅无法弥合社会分裂，反而可能在加剧这种分裂，这一悖论决定了羁绊叙事实际上是不可能成立的。

我的发言到此结束，谢谢大家！

秦兰珺：希望我们这个论坛能够成为大家建立真实羁绊的契机。下面请我们所叶青给大家聊一下美国文化霸权。

叶青（中国艺术研究院马克思主义文艺理论研究所）：我非常压缩地讲一下。我不是研究美国的专家，只是因为在一个课题里面做了一点收集美国文化发展资料的工作，所以结合今天的主题来说一点我的简单观察。

今天的题目是"主旋律文艺与文化强国"，即在文化强国目标下谈主旋律文艺的具体性。文化强国是在一个全球文化格局的视角下才能成立的，一个国家自己觉得自己强并不那么确切。所以，中国要成为文化强国，就不只是出好作品，或者表达好中国的现实或历史、确立自己的文化自信，更要在当下因为新冠疫情所加速的全球体系变动和经济贸易斗争的表象之下，在暗流、明流交织涌动的意识形态斗争当中，获得更主动的地位。具体来说，就是跟美国文化霸权在全球价值叙事和文化产业市场份额层面进行全面较量。

中国的作品在海外其实不太受欢迎。即使在作为文化多样性理想之体现的纽约市，到电影院看一场中国电影也是不容易的。经常一部国内特别火的电影，只在时代广场附近的一家 AMC 上映，而且一周只有几场，上映没多久就下了。为什么 AMC 能放中国电影？因为它的股东是阿里，即使如此还是不太能够让大家更多接触到中国电影。一是因为他们确实不感兴趣；二是因为他们不愿意给中国电影排片；三是由于意识形态对立的因素。从这样的一些现实可以看到，其实美国的文化多样性理想是一种价值框架，它带有一定虚伪性，是一种意识形态话语，各民族文化之间在美国看来不是真正平等的。这个价值框架是美国对全球多元文化进行组织的手段，以此来有限地承认其他国家的文化，并且其他国家的文化只有进入美国以商业市场为基础的文化多样性框架中才能得到承认，而那些真正独特的民族文化内容和价值是作为美国的竞争对手，以被丑化的方式出现的。

美国高扬文化平等和用美国文化冲击、同化其他国家的文化，是同时发生、相互配合的。在美国得到上映的其他国家的电影，对美国主流文化是没有任何冲击的，它们是在美国的价值框架内作为文化多样性存在的小众文化。这样的一种文化多样性的价值，才是所谓"美国主旋律"的一部分。美国的主旋律是一种价值框架，而不是某些具体的内容、故事。

与这种状况相对应的是美国对全球文化市场的全面统治，这方面数据比较多，我在课题中主要负责收集这些数据。我仅举一些简单的例子，比如美国文化产业占 GDP 比值是中国的三倍左右，好莱坞年均占全球

85% 的份额，而且好莱坞票房的一半收入来自海外市场，有 70% 左右的收入是电影票房以外的收入，围绕电影 IP 开发了完备的产业链。相比之下，中国文化产业 2019 年的进出口贸易顺差有 883.2 亿美元，但里面绝大部分是文具、乐器、游艺器材等传统意义上的中国制造业产品，而内容生产和版权输出方面的数据很不理想。比如《战狼 II》的总票房有 56.8 亿元人民币，8 亿多美元，但它只有 1500 万美元海外票房，只占总票房的 1.7%。这些在中国看似非常成功的主旋律作品，是非常欠缺向世界辐射价值观能力的。

这种状况不单纯是因为美国作品创作得好，而是美国主导了全球文化产业的分配和贸易。20 世纪以来全球文化产业发生的一个关键变化就是分配与接受成为决定文艺创作的重要因素。原先是你先写了一部好作品，大家欣赏、评价、阐释它，使其逐渐被接受、认可，现在则是通过事先掌握分配和宣传渠道，确立价值阐释的基本框架和文化接受语境，在推出产品之前就实现对作品认可度的保障。美国作为全球文化霸权的成立，就是通过主导文化分配和普遍性价值的解释权来实现的。

好莱坞在 20 世纪五六十年代的崛起，实际上同步于"二战"后世界体系变革中美国霸权成立的过程。"二战"前掌握全球话语权的是英国、法国等老牌文化强国，战后，作为主战场的欧洲老牌国家受到重创，这些国家所控制的殖民地也陆续发生解殖与独立运动。"二战"后，以殖民扩张为基础的帝国主义世界体系结束了，需要重新建立一套世界体系。新的世界体系我们大家比较了解，就是以美元为基础的经济体系，以联合国为基础的民族国家体系，以及基于各种条约的国家交往关系。各国看起来能够在国际组织架构下平等竞争，但实际上这种平等框架是在美国作为国际关系调停者的权威之下运作的。

那些经过解放运动获得民族独立的国家必须面临一个选择，即在"冷战"格局中到底加入美国主导的自由主义全球体系，还是苏联的社会主义国家体系？如果选择了美国许诺的自由平等的社会愿景，就必须接受以美国社会为样板的现代化方案的输出。美国通过扶持、投资其他国家建设的方式绕过民族国家的保护性框架，对其他国家施加潜在的影响，包括输出以美国为代表的西方文化作为"高等文化"的教育，使解放的民族从野蛮进入文明、从传统进入现代的意识形态观念。它实际上建立了一套从美国社会制度到美国文化的一整套强势的、带有控制力的价值体系。美国以更细微的方式逐渐控制其他国家的社会文化，而其文化软实力是跟它的军事和经济力量一同建立的。

在这样的一整套方案里面，所谓自由、平等、"普世价值"，都同时是美国对其他国家的管理方式。它们作为价值深入人心，同时成为美国制裁其他国家的话语依凭。比如美国高扬生态主义，但实际上是用它来对快速发展的国家实施制裁，而不是用来约束自己。可以说，美国主流文化、美国主旋律，不单单是一种文化内容，更是一种价值框架。在国际交流的维度上，各国都被迫进入美国的框架。

长期以来，中国面对这一美国主导的强势的价值框架，采取有限开放、积极抵抗、尽量输出自己文化的方式加以应对，而中国也有自己的文化传统在持续发挥作用，但这是不够的。在主旋律方面，我们当然可以在人才培养、技术发展、资金配备乃至流通保障等方面，列一个详细的发展时间表，提供整套的配套服务。但是相比于美国的价值框架，中国的主旋律一直缺少整合性的框架，一种提供价值阐释的普遍化话语体系。回顾主旋律的历史提法，李老师刚才提到 20 世纪 80 年代大家已经开始谈主旋律的问题，但是主旋律作为国家战略，是 1994 年江泽民同志在全国宣传思想工作会议上提出的，即"弘扬主旋律，提倡多样化"的国家政策。其中，主旋律作品最重要的要求就是发扬爱国主义、集体主义、社会主义精神。20 世纪 90 年代初赋予主旋律这一重要使命，针对的是 80 年代后期中国社会出现的思想混乱，以及市场化有可能带来的思想腐朽问题。它有着明确的历史任务。但是这样的主旋律作品从一开始就被明确局限在一种类型框架里面，被作为一种具体题材（革命历史与社会主义建设史）在爱国主义和民族凝聚的价值框架中呈现，而不是在全球性的层面上去塑造，对其他民族和国家来说带有一种排斥性。主旋律题材作品从一开始就只是针对国内其他类型的艺术作品，同它们争夺一种主流的话语权。

包括现在的新主流、新主旋律等提法，其本质没有变，只不过是将主旋律跟商业更深度地融合，让其更受市场、群众欢迎。这并不是说目前主旋律作品的内容不行。更重要的是中国的主旋律需要获得一种更抽象的、更具有普遍性的价值框架，来使得中国的经济社会建设、中国的对外交流与合作，以及文艺创作等所有的方面获得一个连贯性的、整体的价值叙述，如此才能适应当前全球体系变动中话语权竞争的现实要求。

当下新冠疫情非常明显地暴露出了美国高扬的平等、自由等价值的虚假面目。前段时间北京大学法学院强世功教授在《贸易与人权（上）——世界帝国与"美国行为的根源"》一文中非常精辟地说了这一点："中国似乎尚未充分意识到从'人权'这一普遍价值出发，讲述原本精彩的'人权故事'的重要性。一方面，中国在人权事业中做出了举世瞩目的巨大贡献，我们却始终未能讲好中国的'人权故事'；另一方面，我们也未能揭穿美国版'人权故事'的伪善面纱。以至于在这场全球意识形态和话语权的争夺中，中国始终处于弱势。"他非常精辟地说出了当下中国面对的现实矛盾。美国现在对中国的一系列人权制裁就是在试图按照"新冷战"的思路，抢占人权制高点去驳倒中国特殊的、有价值的社会经验。

在文化强国的目标下，中国的主旋律所要做的就是建立一种人类共通价值层面上的阐释体系，而不应该仅仅局限于一类题材，或者这类题材怎么样让大家更喜欢，这样一个层面。具体来说，就是在全球已经确立的人权观念的基础上去丰富它，用美国的逻辑驳倒美国的这样一个过程。中国的主旋律应在"人"的普遍价值形式的框架下做出一个"中国气派"的形式，大家觉得这样是有合理性的以后，就会觉得中国就能代表这样一种人的普遍价值。慢慢地，"中国故事"就能成为体现人性、人的普遍价值的代表形式。这不是局限在一个题材层面的东西能做到的。事实上，战争题材或者革命历史题材、社会主义建设题材，在正义、博爱、悲悯、奋斗、脱贫等层面，都可以提炼出很多具有普适性的内容，没有必要仅仅用爱国主义的框架、一种表态的要求去局限它们。

这些是我比较粗浅的认识，谢谢大家。

秦兰珺： 面向未来高屋建瓴地分享，我们感觉到美国主旋律主要不是在讲具体内容，而是源源不断生产内容文化框架以及它的那一套生产体系。

最后，我们请鲁太光老师发言。

鲁太光（中国艺术研究院马克思主义文艺理论研究所）： 作为主办方，我首先表达谢意，这么多新朋旧友来参加我们的活动，真的非常感谢！而且这么晚了，已经晚上七点多了，大家都没走，这一方面是大家讨论得有意义，让大家舍不得走，另一方面是大家对我们的认同、支持，因此，就更感谢大家了！我想补充说一句，虽然很晚了，但今天这期论坛在我们院史上是有特殊意义的。为什么这么说呢？因为我们这期论坛是中国艺术研究院新时代文艺思想研究中心和马克思主义文艺理论研究所共同举办的，中心于 11 月 25 日刚刚成立，今天是中心第一次活动，所以大家在我们院史上留下了有意义的一笔。我们中心主任是祝东力副院长，他下午本来要过来，院里临时有会，他只好让我代向大家问好。我代他再次感谢大家！

这个议题很重要，我比较关注，也想谈一谈。

我想说的第一点，叶青刚刚提到了，就是正确理解主旋律文艺的内涵和外延，放宽理解主旋律文艺的历史和理论视野，调整文艺生产关系，进一步释放主旋律文艺的生产力，提高主旋律文艺的生命力和活力，推动创作出越来越多的优秀的主旋律文艺。

主旋律文艺是党和国家新时期后在调整文艺政策的过程中提出来的，是新时期强调文艺自由产生了一些问题后，为了解决文艺领域的自由放任问题，或者说为了解决文艺领域的导向问题提出来的，比较全面的说法是主旋律与多样化，1987 年文艺战线的一些领导者提出这个问题，经过不断讨论、完善，1994 年江泽民同志在全国宣传思想工作会议上就明确了这个说法，说"弘扬主旋律，提倡多样化"是坚持"二为"方向和"双百"方针的具体体现。他是这样说的："弘扬主旋律，就是要在建设有中国特色社会主义的理论和党的基本路线指导下，大力倡导一切有利于发扬爱国主义、集体主义、社会主义的思想和精神，大力倡导一切有利于改革开放和现代化建设的思想和精神，大力倡导一切有利于民族团结、社会进步、人民幸福的思想和精神，大力倡导一切用诚实劳动争取美好生活的思想和精神。"由此可见，实际上这个概念比较宽泛。我之前接触过一些人，包括一些学者，一提到主旋律文艺就想当然地以为是革命历史题材作品，是革命文艺。其实不是这样的，其内容是比较广泛多样的。

叶青刚才说得很有道理，我们原来的确是为了解决国内文艺领域的问题提出这个命题的，不过觉得今天确实应该在全球视野中考虑这个问题，我们今天谈主旋律文艺固然要关注国内文艺状况，但我觉得也应该关注，甚至高度关注国际文艺状况，在国际文艺发展的格局中思考主旋律文艺的现状与未来，这样，我们才能更好地在思想和艺术上提升主旋律文艺的质量，使之渐次参与到国际文艺中。结合习近平总书记关于文艺工作重要论述的内容，我觉得可以在革命文化、社会主义先进文化、中华优秀传统文化的视野里面理解主旋律文艺，这样可写、可演、可挖掘的空间就会大很多，参与全球竞争时可用的资源也会增多。我们原来对主旋律文艺的理解自觉不自觉地有些狭窄，而时代发展又在不停地拓展其领域，这一点我觉得有必要进行强调。主旋律文艺内涵不解放，对文化强国的作用会受限。

沿着这个思路往下走，我觉得主旋律文艺应该创造自己的形式和美学，我觉得这个也很重要。以前的时候，这个问题没有得到应有的重视，今天我们应该高度重视这个问题，或者说，我们到了解决这个问题的时候了。刚才叶青说，我们的作品在美国和其他国家展播率不是很高，这当然有意识形态竞合的原因，但我觉得我们没有在美学上创造出自己的形式和风格，也是一个重要的原因——美学往往会润物无声地传达价值观。刚才王玉玊讲到日本动漫，宫崎骏的动漫我很爱看，日本的一些电影我也爱看，为什么？日本是有自己的美学的。文艺作品创造了自己的美学以后它就会变成"世界语言"，就会像"世界货币"一样在全球流通，所以好的文艺作品一定是"世界语言"。中国网络文学和游戏为什么这么厉害？某种意义上网络文学和游戏是在"创世纪"，创造新的"语言"。主旋律文艺应直面这个问题。

再往深走一步，我觉得从事文艺工作的人，尤其是从事主旋律文艺工作的人，一定要考虑中国文化或中国精神问题，考虑中国文化或中国精神与其他国家相比，尤其是与文艺大国或者有特色的国家相比，有什么特性？即一定要找到我们有别人没有的东西，一定要找到我们强别人比较弱的东西，以此为突破点创造我们的形式与美学。我对文学比较感兴趣，最近有意识地读世界名著，在比较中考虑各个国家文艺中比较独特的东西，我觉得在文艺上英美国家是"经济动物"，人很理性，很重视实际利益，从《鲁滨逊漂流记》一直到美国大片，都有这个东西，说直白点就是"成功学"，成功了以后拯救世界。看起来很简单，但简单有简单的力量，容易普及。德国人有哲学意识、哲学精神，是"哲学动物"，我读《浮士德》，感觉在读学术著作、哲学著作，充满辩证法。法国是革命精神或浪漫主义精神，俄罗斯是宗教精神和救世情怀。这些国家在哲学、美学、情感、精神上的东西，跟现代进程中的物质力量保持各种各样的张力关系，有的是并行的，有的是冲突的，有的纠结在一起，产生叙事、故事。这很值得思考。

我现在试着想中国的情况，我还没有想清楚，我还在找，但可以把我粗浅的想法跟大家交流一下。我觉得中国人跟外国人不一样的一点，就是中国人特别重感情，可以说是"情感动物"，或者说中国社会是"情感社会"，因此，在中国"情感共同体"建设就是一项重要任务，对于文艺来说，尤其如此。情感应该是中国文学艺术重要的特色。中国人特别乐天知命，特别愿意维护情感和生活共同体，从情感共同体和生活共同体往前推一步就是家国意识。这应该算是中国特点。

我们现代以来许多好的文艺作品里面，情感共同体、家国意识是很强的，艾青的一句诗"为什么我的眼里常含泪水，因为我对这土地爱得深沉"为什么那么感人，实际上是由于这一意识的体现。这几年比较火的几个主旋律影视作品，《觉醒年代》《山海情》中这一因素还是表现得比较明显，《长津湖》这个电影虽然有一些批评意见，但实事求是，这个电影最大的优点在"保家卫国"的意义上阐释极端情形下的中国人民志愿军精神和身体行为，没有"保家卫国"作为深沉的底色，这个电影的影响可能不会这么大。而一些类似题材的作品之所以没有成功，原因是脱离了"家国意识"，单纯地强调个人英雄主义。所以，我觉得主旋律文艺一定要找到我们这个国家、民族和我们的人民的情感和精神底色，如果找得准确，找得好，在美学上也会有很大帮助的。

另外，创作主旋律文艺还要考虑一个问题，即考虑中国乃至世界当前最匮乏什么东西，我们现在缺什么东西？反过来，我们也要考虑现在什么东西是过剩的或者泛滥的？我觉得我们现在有一个问题，美学上有种"土豪病"，我们现在缺朴素而高贵的情感、精神。

还有，我们用文艺的方式来讨论中国问题的时候，一定要放宽历史的视野，放在长时段中去看。为什么要放在"大历史"中去看呢？因为中国现在的好多问题是几千年一直传下来的。《山海情》这个剧为什么这么好？就因为解决贫困问题是中国人民几千年来的追求，摆脱贫困、过好的生活对中国人民来说是一个"愚公移山"的过程，在这个脉络上看，《山海情》的意义一下子就不一样了，就具有高级文化的内涵了。脱贫攻坚和我们的情感共同体、生活共同体建设密切相关。我说过中国人特别好，特别乐天知命，但是当一个力量要粉碎他的生活，即打破这个情感共同体、生活共同体的时候，中国人的反弹又是特别强劲有力的。如果我们找到这些东西，用文艺的方式叙述中国，叙述历史，可能会好些。我们现在观察问题，线索太短了，包括刚才郭超老师讲的音乐问题，实际上好的音乐作品都可以放在长时段中来讲，歌曲《我的祖国》，以"一条大河"开唱，非常朴素日常，但又非常超凡脱俗，非常大气，为什么？也跟家国意识有密切的关系。

这是我特别简单的想法，请指正。最后再次感谢，也请继续支持。

秦兰珺：特别感谢大家，在新冠疫情期间开创了"拖堂"纪录。

第九十七期

艺术何以乡建，乡建何以艺术

主持人：杨梦娇（《艺术学研究》编辑部）

对话人：白亚丽（北京共仁公益基金会，新疆哈巴河县温铁军工作室）

　　　　文　芳（独立艺术家，社会参与式艺术深入实践者）

　　　　陈　奇（成都奇村文创创办人，成都明月村项目负责人）

　　　　沈　勇（浙江省文艺评论家协会）

　　　　蒲　娇（天津大学中国传统村落保护与发展研究中心）

　　　　鲁太光（中国艺术研究院马克思主义文艺理论研究所）

时　间：2022年9月16日（星期五）14：30—17：30

地　点：腾讯会议

主　办：中国艺术研究院新时代文艺思想研究中心

　　　　中国艺术研究院马克思主义文艺理论研究所

　　　　中国艺术研究院研究生院中国语言文学系

　　　　中国艺术研究院团委

编者的话

从"诗经农事诗"开始，中国的艺术与乡村就一直在各种意义上发生着丰富关联。近年来，这种关联更是以"艺术＋乡建"的方式，进行着不乏时代性、实践性、探索性的拓展。毋庸置疑，艺术在乡村建设中具有重要作用，一些省份甚至将"艺术乡建"上升为本省乡村建设工作的指导方针。那么，艺术究竟可以和乡村建设发生哪些关联？在匆匆而来又匆匆离去的艺术家之外，在单纯改造乡村的"文创设计"和"景观设计"之外，在个案典型锣鼓喧天的宣传和表彰之外，这些关联又如何才能以更深刻、长期、可持续、可拓展的方式发生？为了促进艺术与乡建的关联以这样的方式发生，我们需要克服哪些困难，又能力行做些什么？

本次论坛，我们将邀请在"艺术＋乡建"领域有着多年探索和思考的从业者和研究者，从各自的经验和困惑出发，一起来讨论：艺术何以乡建，乡建何以艺术？

杨梦娇（《艺术学研究》编辑部）： 大家好，我是今天的主持人杨梦娇，我来自中国艺术研究院《艺术学研究》编辑部，也是一名艺术史研究者。首先欢迎大家来到第九十七期青年文艺论坛，这是一个即将达成百期成就的了不起的论坛。今天，我们要关注的话题是"艺术与乡建"。正如秦兰珺在论坛介绍中提到的，艺术与乡村的共生自古有之，而中国现代意义上的乡建与艺术的互动至少已经在实践和理论之中行进了百年。立足当下，乡村建设的战略背景、学界理论探讨的话语构建，以及大量日益丰富和深入的艺术乡建的实践经验，都使这个话题呈现出一种复杂与多元的境况。

我们今天论坛的题目是"艺术何以乡建，乡建何以艺术"，这个如绕口令一般的表述直指"艺术乡建"之中主体性的流动与不确切，其实践过程伴随着艺术家、在地乡民在诸多方面的结构性差异，以及乡建工作者、政府、企业等多方面关系之间形成的内在张力。我也注意到，在论坛的介绍中，在艺术和乡建二者之间使用了"+"这样一个表达，放弃了诸如"介入"那样带有强权意味的、主客关系的表达。这也表明我们今天的讨论意在打开艺术与乡建互动关系的多种可能性，从而探讨"艺术乡建"的未来路径。

在此，我不想再去预设更多的理论问题了，因为今天我们邀请到的几位从业者和研究者都有着长期的、落地的、深入的实践以及思考。他们既会分享经验，也会分享困惑。虽然很遗憾只能在线上碰面，但希望今天仍然会形成如在田间地头唠嗑一样活泼的讨论。

我们今天有六位嘉宾发言，在每位嘉宾发言之前我再为大家进行详细的介绍，现在就不一一介绍了。首先第一位邀请到的是白亚丽老师。白亚丽老师来自北京共仁公益基金会，任秘书长一职。白老师是非常资深的乡建工作者，她在 2001 年就参与到乡建工作当中了，特别是大学期间就到湖北省十堰市房县窑淮乡（今窑淮镇）驻村开展乡村建设工作，在当时产生了非常大的影响力，曾被《大学生》杂志评为"2004 年度最有魄力的大学生"，被誉为"我国休学支农大学生第一人"。她所做的工作很广泛，包括农村社区发展、乡村振兴试验、农民合作社的发展、消除贫困、农村发展青年志愿人才的教育和培养、慢食和慢村中国区项目等。

目前白老师的工作重心在新疆北部阿勒泰的哈巴河县，在那里进行着乡村建设工作，待会儿她也会给我们介绍这个项目目前的一些情况。与此同时，他们正在进行"白桦岛生态村"青年艺术家驻地计划的招募，这也是一个非常鲜活的艺术乡建的个案案例，等一下白老师也会向我们分享她在这方面的思考和反思。接下来有请白老师。

白亚丽（北京共仁公益基金会，新疆哈巴河县温铁军工作室）：谢谢梦娇老师和兰珺老师的邀请，也很高兴有机会跟各位老师——不管是从事理论研究还是实践的工作者——有这样一个交流。其实对我来讲，虽然做乡村建设的时间比较久，但是谈"艺术乡建"也没有太多经验，只是说这几年开始有些探索。

我们虽然一直在做乡村建设的工作，但是二十年前的乡村、二十年过程中的乡村和现在、未来的乡村，还是有很大不一样的，所以我们的工作方式或者工作路径也会有一些变化。这几年强调比较多的是城乡融合的发展或者城乡的共生，或者我们说乡村怎么能够更好地发展生态或者文旅产业。从这些角度讲，有很多的文艺、文化或者在城市从事艺术工作的人员会进入乡村领域。

我们现在的项目主要在新疆，结合这边刚做的一些工作跟大家做一些分享。去年，我们受新疆阿勒泰地区哈巴河县委、县政府的邀请去开展乡村建设工作。这个地方对大家而言很陌生，因为它太远了，在新疆最西北的位置，跟哈萨克斯坦、俄罗斯两国接壤。刚开始我们也觉得这个地方特别远，对工作团队来讲也是很大的挑战。大家都知道喀纳斯比较有名，但是喀纳斯是景区发展模式，由独立管委会管理，跟乡村文旅发展还是不太一样。

因为乡村振兴做起来其实涉及的领域特别多，是个系统工程，你做一件事情的时候，可能会涉及另外一项工作，所以我们去年跟县里面建立了合作关系，在县域层面以试验区形式开展整体合作，包括县、乡、村三级的乡村振兴人才培育、试点村示范村打造、县域经济与县域统筹、村庄主体的集体经济与合作体系搭建、产业升级与市场等。

我们常驻团队有 15 个人左右，如果包括场外阶段性参与驻村工作的有 40 多个人。好多工作我们必须在现场驻地陪伴，才能把好的想法落地。现在很多外部咨询机构给基层提供一个思路、框架、报告、规划，大部分很难实施下去，因为涉及的层面太多了，比如县主要领导的思路和支持，各个县直部门配套，乡一把手的执行能力，村庄的基础条件，等等。外部带来的新思路、新模式，都需要很长时间以参与陪伴式甚至融为一体的方式在乡村才能落地生根。

我们首先做的基础工作，就是县域各类乡村振兴人才的培训，因为我们发现很多思路都需要本地人去执行，人才也分很多类。

第一，我们开办了"逢七讲堂"，即每月逢 7 日、17 日、27 日开展线上乡村振兴培训。对繁忙的干部和民族地区的农牧民来讲，固定的时间非常容易记，一遇到"7"的日子，党政干部、基层带头人、农技人员等就到县党校、乡会议室、村委会开展学习，目前参加培训人次达1.5万。

第二，我们会组织县里的党政干部、村集体合作社负责人，还有各个发展领域，比如养蜂、刺绣的骨干外出参访考察。听和现场看，收获还是很不一样的。春节之前的成都考察大家的收获就非常大。哈巴河地处最偏僻的西北区域，在2022年之前，维稳是新疆干部很重要的一项工作，加上能到内地学习乡村振兴先行经验，对大家来讲也是难得的机会。

第三，我们会对县域本土的"头雁"带头人，可能是农村致富带头人、返乡大学生、创业青年、村里的党支部书记，针对最基层的实践人员、不同群体开展线下培训，课程内容和形式也不一样。我们也邀请了不同省市的农民、村党支部书记来上课，他们重实操、有经验，大家能和他们产生共鸣。

在县里工作久了，还会发现新的需求。比如县里有大量返乡大学生，他们受过高等教育，回家待业，备考公务员，但能考上公务员的人数又特别少，不是所有人都能进入体制。即便进入体制工作，未来也有很大可能做基层"三农"工作，所以我们开展了哈巴河青年乡村创客培训班，帮他们搭建青年创业的网络，给大家一个可能的其他选择。

我们的团队都是携家眷长期驻地，可以随叫随到，开展在地陪伴式的辅导。大家有什么需求，有什么工作上的想法，我们都会实时跟踪，去到各个村、田间地头进行调研辅导。

之所以先介绍人才这块的工作，是因为在县域，我们很多外部的理念和思路的落地都需要当地人的接受、参与、创新，最后转化成他自己要去改变乡村。

另外，我给大家介绍几个我们在做的试点村的工作。其实我没有讲太多其他产业，主要讲的是第三产业这个角度。整个县域的产业类别很多，第一产业的种植养殖是最基础的，关系到每个农牧民的生产。县里面还有一些村子资源禀赋特殊，有很丰富的生态立体资源、文化资源要开掘，可以通过第三产业如文旅路径去发展。各个村还是很不一样的。

　　第一个案例是阿克齐村的"我家菜园"——西北边疆的市民下乡。这个村就在县城边上，村支书非常有激情，参加我们的培训之后，开始梳理自己村的家底，琢磨怎么去盘活闲置的集体土地。原来我们一直觉得市郊农业或者市民农园主要的市场在大城市的城郊，但是这个书记参加了课程学习，又到很多地方考察，了解市民农园模式之后，就把村集体的土地规划成市民农园，面向县城居民发布招租。价格不是很高，每100平方米租金300元。项目看似很小，但对村庄来讲其实是很难决策的，发布之前，乡、村经过无数次的争论、争议：这地方能有市民包地、种地？最后，村支书决心一试。去年年初发布后，20多亩地很快就被县城居民认领完了。

　　我们也很好奇为什么会有这样的结果。经过调研发现，好多人是原来从村子搬到县城的，他们有种地的习惯，就在小区里挖草坪种地，社区居委会就会去堵，不让种，常常产生矛盾。"我家菜园"把人吸引过去，大家每天去农场种地，也会产生交流。这个项目促进了社区良性治理，因为整个农场禁止使用农药、化肥和除草剂，引导市民认知生态理念。市民农园同时也是一个教育场所，学校会带孩子们在农场开展农耕教育。

　　这20亩地地力不是很好，往年出租，一亩地的租金只有200元，但是用市民包地的方式出租，一亩地会有三到十倍的溢价。村集体从空壳村到年收入50000元，很多企业也开始找村里合作。可见，村集体组织具有发现闲置资源价值的功能。

　　特别说明，这个农场并没有重金打造，也没有配套的项目资金。因为村党支部书记接受了环保生态永续的理念，带着村民到处捡废弃的木料、石板，还请会画画的亲戚给农场画了一个门牌，全是手工做成的，简约朴素。农场主要的成本就是人力，但有市场和收益。

　　第二个案例是库尔米希村"守艺工坊"——为手艺人打造一个家。

哈巴河还保留着哈萨克族游牧转场的生产形态，转场牧民有四季牧场，同时也有来自全国各地的农民到这里，和牧民互相学习交融，农民学养殖，牧民也逐渐学会了种植。库尔米希村以哈萨克族为主，牧民数千年游牧转场的生产形态衍生出了民族特色文化和技艺。这个村是县里面打造的乡村振兴示范村，因为财政项目资金不能只支持单个农户，可乡村大部分资源又分散在不同的空间或不同的农户手里，就需要以重构新型集体经济的形式，把分散资源组织起来。这个村有很多手艺人，有会刺绣的妇女，做手工小刀的，制作冬不拉。哈萨克族男人有随身佩带刀子的习惯，可能跟以前每天都要吃肉有关系，他们做小刀的历史也特别长，冬不拉则是牧民在草原、毡房弹唱的必备乐器。

这些手艺人分散在各家简陋的操作间里。村庄需要和村民合作，开掘村庄资源，提升村庄产业业态。于是利用财政项目资金，打造了"守艺工坊"空间，手艺人入驻建立工作室，我们引入设计师对空间进行设计，帮助手艺人进行产品文创升级。通过工作室导入的资源赋能到村集体产业，产品增值溢价后，会提留，用于发展集体经济和村庄公益事业。村里的刺绣带头人莎拉把所有压箱底的作品都贡献给守艺坊布展。

这个空间在规划设计时，是当作村庄公共文化活动的空间打造的。哈萨克族的牧民基本上每天都要唱歌跳舞，所以院子里特别设计了舞台、灯光、篝火坑等。开业那天，每个村民都很兴奋地参与了庆祝。这里也是非遗文创创作的空间，很有艺术感，村民很喜欢在这里拍照。不仅是这个村，整个乡手艺人的培训都会在这里举办。

工作室还协助村里开发了研学课程。我们深入调研这些技艺，观察手艺人的技艺流程，挖掘背后的内涵和手艺人的故事等，开发出一些孩子可以体验的课程，比如不同刺绣的针法，现场展示一把刀子的完整制作流程等。"守艺工坊"也会给村里的妇女举办利用本地食材制作小食、饮品的培训。这个"守艺工坊"今年才落成，后面还有很多工作要做，我们希望它未来能成为外部艺术家和本地手艺人共创的空间。

第三个案例是喀英德阿热勒村，也叫"白桦岛生态村"。哈巴河县有西北地区最大的天然白桦林，这个村就在白桦林里面。因为地处生态保护区范围之内，所以这个村的发展就很受限，像集约型养殖或一些对土壤有污染的加工企业都不能落地，这个地方只能搞生态产业或文旅产业。

搞文旅产业一定要有面向城里群体的设施，而村民自己家搞的大多是农家乐。因为村里有用地限制，不能新增集体建设用地，所以我们利用村委会闲置的房子，帮村里改造成研学艺术营地。整个营地以白桦为主题元素设计建造，村民捡废弃的白桦木，艺术家利用白桦木创作布置，村里学绘画的大学生也参与进来。营地具备游客接待、研学、艺术家驻地、森林博物、乡村农产品展销、艺术茶吧、村民公共文化活动和教育培训等多种功能，建成后的资产归村集体所有。我们协助村庄赋能运营能力，村集体合作社成立了"一社七部"，即7个不同的部门，我们成立了"文旅部"吸引村民返乡参与村庄运营。我们也会帮助村集体连接一些外部资源，比如承接公益团建、会议培训、公益研学等，为村集体创收。

我们工作的核心模式是以村集体为主体，以多村联动、乡域联动和县域统筹为主线。我们发现，像喀纳斯景区这样，自然景观资源突出，但景区发展和乡村振兴关系不太大，景区的资源不再属于村庄，而属景区所有。乡村的资源虽然分散，但却属于村集体所有，可能每个乡村都有自己的小微特色，就需要一个联动机制把这些资源有效统筹利用起来。很多资源点位是未开发的小秘境，非常美丽，但是外来游客很难进入这些景点，所以不管是沙漠、湿地、草场，都需要重构集体经济，把资源组织起来，和外部对接，让外面的人进来，让资源溢价，让村庄受益。

所以我们开发很多文旅产业时，比较注重怎么以村集体为主体，让多村联动起来，大家根据不同村庄的资源差异来定位不同的村庄发展主题，必要时由乡域（联社）和县域（平台公司）统筹把所有资源运营起来。我们今年夏天在县里举办研学教育活动，5个乡镇的十几个村庄参与组织、接待，大家最后根据贡献时间分配收益。

在这个过程当中，我的理解是，或者我们从大的层面上来讲，这两年我们谈得比较多的，是怎么用第三产业的思维挖掘乡村资源的价值，但这里有个问题是本地人不一定具有这样的视角。所以，对于要发展文旅或是将来要向第二产业和第三产业延伸的村庄来说，需要具备把艺术、文创作为一种手段不断赋能村庄产业的能力，而保护和传承乡村历史文化，也需要艺术家、建筑师、设计师的参与。当然，每个村是不一样的，不一定都需要。因为有些村没有突出的资源禀赋，主要产业基础还是种植养殖，农民并不需要在文创产品的开发上投入太多，就算增加成本也未必有前景。

整体来讲，从去年到今年，我们在哈巴河做了很多扎根在地的工作，让整个县域打开了思路。通过培训和学习，不管是县主要领导还是各个行业部门，包括我们基层村里的村党支部书记等，大家开始觉得我的家乡、村庄原来有这么多宝贝。以前被视为落后的、边缘的，现在都是有价值的。每次到村里，书记都会像展示自家宝贝一样，带我们到各类农户家里，有木匠、铁匠、唱歌的、编织的、做地方小吃的，而且他们对这些非常熟悉，能讲出很多故事。这些资源恰恰是城里人到乡村希望看到的，只是需要用不一样的方式去挖掘。整体的思路打开了，未来就有各种可能性。像手艺坊、研学营地的空间营建，这都是基于长期的调研，深度地融入在地，从而把属于本地的东西以更有设计感、城里人和村里人都喜欢的方式呈现出来。

另外，我们发现这些资源的价值之后，对资源、资产的定价可能就需要平衡个体、村庄还有区域之间的关系和利益。因为一旦打破原来的动态平衡，会有一个很大的问题就是利益关系。比如说手艺人在家里制作、销售一把手工小刀，售价是 200 元一把，如果现在把小刀作为公共资源纳入村集体，提升包装、推荐销售，就需要对产品重新定价，或者说重新进行利益分配，这里面有一些过程是有张力的。一方面，工作室的理念是不能对产品进行过度的商业化营销，如果大家盲目自信，定价过高，一旦销售不出去，项目失败，对村庄产业有冲击。而且手艺人和村集体之间建立信任也需要过程，手艺人可能会认为这是村干部的个人行为。所以我们在这个过程中会持续发现各类问题，协助各方去处理利益关系，让大家去面对这个问题，比如手工小刀的定价在农户手里是多少，村里合作社的成本和收益又是多少。而且我们一定要让村里的收益公开，告诉农户：你的收益产生的增值收益会成为村集体收益，用于村庄将来的建设发展。

在项目过程中，我们也设计了艺术驻地项目，在今年上半年发布。从具体项目上来讲，没有太多丰富的成熟经验，因为"艺术乡建"也是这几年才开始的一个领域，但是在这个过程当中，我们会发现想象和现实操作有一些差距。我们原来想的是多方主体（工作室、艺术家、政府、村庄）用共创的形式产生一些东西，但后来发现艺术领域很广泛，比如说建筑、景观、影像、规划，还有策展等。艺术进入乡村是有前提的，尤其是农民和在地政府需要对新领域有一定的认识，如果没有认识的话，外部这些艺术家很难进入。尤其是进来的人很多，涉及的领域又非常多元和丰富，我们需要做足工作上的组织和协调。

我们刚刚招募了几位艺术家，设计了一个月左右的驻地时间，这个时间特别短。从我个人体会来讲，我们本地团队从去年9月进场到现在已经一年多了，对地方的发现是一个不断重新认识的过程，每个阶段都有新发现。艺术驻地如果只有一个月，时间其实还是挺短的，可能对项目或者当地的村只是表面的了解，所以我觉得需要驻地或者创作人员到乡村去，并花费很长的时间去认识和研究村庄，这样生发出来的作品才能落地有效。但这在时间上也是一个很大的挑战，对很多人来讲很难。

还有艺术驻地的项目类型问题。有一些类型的"艺术乡建"直接跟政府合作，需要很多配套的项目资金，而政府的很多项目资金限制条件特别多，比如说立项时要有科研，有设计图纸，有时间期限，还有对项目的绩效考核。国家的债权资金、扶贫衔接资金、用于产业扶贫的资金考核也非常严格，建成当年就要运营、产生收益，对于项目的要求很高，验收过程也非常烦琐。这些对很多个性化或者想要独立创作的艺术家来讲，难度比较大，需要熟悉政府项目的基本规范化要求。

除非我们个人承担独立创作的费用，但这也可能涉及如何与村庄、村民建立信任和接纳关系。因为村庄是由很多农民组成，我们到村里面，有时候很难发现真正的需求，而且需求可能很多样化，每个村不一样，每个农民也不一样，我们到底应该回应或者解决谁的问题。

我们今年也发现一个问题，就是在乡村创作的一些硬件条件，如交通食宿和创作空间等。开始我们想所有人能跟我们一样，在村里共同生活，克服比较简陋的生活条件，克服交通不便的条件，以及不能随时喝到咖啡的情况。很多人对乡村、对新疆会有一个浪漫化的想象，但落地之后其实不一定特别能接受乡村现实。每天可能有很多琐碎的工作，面临的环境硬件像厕所等方面也有很大的问题，还有和政府、农民的审美冲突，等等。所以我们先打造了手艺坊、研学营地等创作的硬件空间，为艺术家创作营造氛围。

还有一个问题是艺术作品的产品化。可能艺术家创作不一定考虑商业转化，但对于村民、村庄或支付方来讲，还是要考虑怎么能够让作品产品化、市场化，这是一个很大的问题。可能艺术家做的只是一部分，但实际上要完成的是一个完整的闭环或链条，因为村民的需求主要还是如何转化成产品和产业。

最后欢迎大家有机会来哈巴河县，我们在边境，还是挺漂亮、挺美的一个村子。这张照片是我在边境的一个村里面，那天调研进村，突然看到一户牧民，一个老奶奶坐在毡房前，傍晚夕阳下，老奶奶穿着特别旧的哈萨克族传统服装，特别像一幅画，非常美。那种美可能不是人文设计出来的，而是你突然看到就生长在脑海里的画面。

有什么问题大家随时再交流，谢谢。

杨梦娇: 白老师的发言时间不长，但是给我们分享了很多经验，同时也提出了非常多的问题。前半部分，白老师分享了关于哈巴河具体村落的建设经验，其中以村集体作为经济和建设主体的思考是很有借鉴意义的。我认为白老师的团队特别擅长发现每一个村集体特有的资源情况和组织形式，并且以发现村民的需求为前提，去提出并践行有效的解决方案，这样敏锐和实际的操作方法确实跟白老师和她的团队所拥有的长期乡建经验有着密切关系。

与此同时，可能也是基于这样一种乡建的立场，白老师将艺术文化和乡建的关系展开，立足在了挖掘当地资源价值的视角，同时也基于这样一个视角去开展驻地计划，设置驻地方案。这种视角的优点和局限其实都比较明显，白老师在短短一页的 PPT 里也提出了许多问题和困惑。

这些问题中有几点特别适合交给我们下一位发言人文芳老师从艺术家的角度进行回应。比如白亚丽老师提到不同的艺术媒介、创作类型之间到底是一种什么关系？怎样才能形成共创？文芳老师是一位跨媒介的艺术创作者，她的创作里面就包含了摄影、装置、行为等，但对于这些不同的创作媒介，她都能把它们归置到一个社会参与式的创作项目当中，所以文芳老师待会儿应该能就这一点提出一些很好的想法。

另外还有艺术家如何去认识乡村的问题，艺术家在有时间限制的前提下怎么去理解乡村？白老师还提到了艺术与经济效益转化的问题，文芳老师做的一些项目也实现了一定的经济效益，所以这部分经验也可以与大家分享。

简单介绍一下文芳老师，文芳老师是一位非常重要的独立艺术家，她的作品是多媒介的，当然其中都离不开一种社会参与式的创作思路，这也是她非常重要的一个创作线索。在这些社会参与式艺术的项目中，有很多是围绕乡村展开的。据我所知，文芳老师刚刚结束甘肃天水地区农村的一个项目回到北京，待会儿文芳老师也会介绍到那边的情况。

文芳（独立艺术家，社会参与式艺术深入实践者）： 感谢大家的邀请，这个活动让我开始重新回顾这十多年来做社会参与式艺术的过程。什么是社会参与式艺术？我觉得就是用创造性的方式去解决实际社会问题的艺术。这些年我和各种不同身份的普通民众一起做了很多项目，因为我们今天的主题是乡建，所以找了几个跟乡建有关系的内容，希望能抛砖引玉。

我叫文芳，是一个在北京城乡结合部长大的贫民家庭的孩子，虽然后来我毕业于巴黎最好的电影和摄影系——路易·卢米埃尔国立高等学院的摄影系，但实际上我小时候曾经过了很长时间因贫穷而被歧视的日子。所以去法国之前的那些年，我基本上是在一路狂奔的状态中度过的，因为我太害怕再次陷入贫困的泥沼了。后来日子就好起来了，我去法国学摄影、工作，30 岁的时候已经可以在国际画廊中开办个展，靠自己最爱的艺术养活了自己。

可是从我能靠艺术吃饱饭的那天开始，我的梦想就从来不是成为入驻卢浮宫的艺术家，而是希望和我一样的草根们可以因为艺术的力量而获得某种自由。这十多年来，每当我看到不同的草根和命运抗争，发散出像小草从石头缝里钻出来的力量的时候，我都会特别感动，我觉得那一直是支撑我生命力量的源泉，这里面有农民工、农村妇女、艾滋病患者、孤儿、盲人、白血病患者，还有很多各国平民的参与。

2009 年，我的朋友给我介绍了宁夏西海固地区的一些民家绣娘，她们属于一个刺绣合作社。大家可能知道，这是中国最干旱、贫穷的地区。开始我们接触到很多有困难的孩子，但是我们发现真正要解决这些孩子的问题，还得从改变他们的母亲开始。我法国的朋友问我："有没有可能用你的当代艺术解决一下这个问题？"我说："我试试。"

我记得第一次去的时候是冬天，零下 20℃的寒风里，我和姐妹们坐在拖拉机上找能开会的地方，在拖拉机里咣当了 40 分钟。我看见对面的大姐穿着夏天的单鞋，一问才知道她买不起棉鞋。——我小时候家里穷，只是没有糖吃，而她，没有鞋。

回到北京后，我就开始研究采风时拍的当地的各种材料和她们的传统刺绣。大家知道，西北刺绣还是挺怯的。我就想，怎么把这个东西转化为我可以在画廊卖得出去的作品。我知道当代艺术的价格很高，艺术家的收入也很高。我在想，有没有可能想办法挣到比较高的利润，除了我们工作过程中的工作成本、饭费、交通费所有这些费用以外，至少把我所得的一半都拿出来分给她们，当时是这样计划和实施的。

开春的时候，我就带着从当地买的，还有北京准备的一些材料和想法，回到了姐妹们的镇上。我们租了一个 40 平方米的小屋，和 16 个宁夏的姐妹一起，开始干这个刺绣合作社。第二年，在北京一个不是很大的画廊——也是法国的画廊，因为我跟法国的文化圈关系比较好，给姐妹们办了艺术展。

这个时候，我发现一个矛盾：这个东西到底是为了卖出去，还是为了追求尽可能高的艺术性？这个东西到底是为了保证它的质量而严格要求她们，还是为了体谅她们而适当放低要求？这些都是我当时遇到的我觉得有矛盾的地方和一些难题，当时的情况是：这个东西只要好卖，艺术性先往后靠。

我认识法国迪奥的老板已经有些年了，那个时候大家没有微信，也不知道在干什么。我做完第一个展览以后，有一次碰见她，说起这件事，她说我们来支持你这个项目。后来，在迪奥的支持下，我们用三年的时间在当地完成了一大批艺术作品，还在北京办了四个艺术展，卖了不少钱返还给姐妹们。

这是她们的鞋垫。我们采集单色的线和布完成这样的花环作品，把她们相对来说比较怯的民间手工艺品转化成可以上墙的艺术作品。反正一切都是用缝纫和手工的材料做，这就让拼布和现代装置参与进来。这是我们用当地的一种纳鞋底子的方法做的《母亲水窖》，我特别喜欢这个作品，这也是当地特别有意思的一种方法，她们做的鞋底跟北方民间不一样，它是立体的，是打疙瘩的，我用打疙瘩的方式转化为抽象一点的、当代一点的作品，买家能够接受的。后来又发展出右边这个作品叫《第二性》，法国有个著名的女性主义学者叫波伏娃，她的《第二性》相当于西方女性主义的"圣经"，我们把这本书的中文版在不同的页面让姐妹们选择她们自己喜欢的图案，一边聊这个作品，聊女性的话题，一边把她们白色的图案给刺上去，就像纳鞋底一样纳穿这个书。这个作品的名字叫《第二性》，属于当代艺术作品。我们也做了大的艺术装置，实际上是用当地尼龙的绣花线来做的，叫《在那遥远的地方》。这种东西确实得有赞助才能做，我们要指望卖就没法儿做了。还有墙上这些用羊皮做的作品，也都是我们后来创作的。

有一天我就问姐妹们，我说除了挣钱你们最想要的是什么？她们就说想要来北京旅游。后来所有参与项目的姐妹们两次来到北京，作为艺术家参加了展览，还免费游览了北京。这张照片非常有纪念意义，是2011年在草场地的一个画廊拍的，左边是当代艺术之父栗宪庭老师，还有现在已经是迪奥中国副总的露西和我们这些姐妹们。

她们在北京除了旅游，还在北京国际设计周上向市民介绍了她们的传统手工艺。我们一块唱卡拉OK，感受城市是怎么样的，去她们想去的各种地方看一看，比如长城。右边这个是我们在北京国际设计周做的展览，叫"一线之革"，是洪晃邀请我们在歌华设计馆——一个1000平方米的展厅做的展。

2012年，我们做了一个特别酷的展览。当时，我们迎来了第一位法国驻华女大使白林（Sylvie Bermann）。她听说了我们的项目，跑来我们北京的展览现场和姐妹们同框，还邀请我们的大型装置作品《在那遥远的地方》参加了法国大使馆新馆落成的典礼。左边这个是法国大使馆的新馆，现在大家去看这个长廊，原来这里展出的就是我们的作品，这个作品其中的一部分我们送给了迪奥，作为他们的一个橱窗。

这一年我们看到女人们跨国籍、跨阶层、跨圈子互相捧场，这是让我特别感动的事情，大家现在明白我说的社会参与是艺术的意思了吧。其中有一个重要的作用，就是用创造性的方法拆掉人们心中的"墙"，实现那些原先认为不可以的事情，让农村的手工艺和当代艺术还有国际奢侈品牌都有可能产生关系，因为我们找到了它们之间共通的宝贵。

我特别喜欢做这样的桥梁工作，和这些姐妹们一共合作了三年，后来我就怀孕、生孩子，做其他项目了。可能我并没有为她们的家乡做什么实际的改变，但是从她们的反馈中，我觉得可能这三年的时光改变了她们的生命和对世界的看法，也影响到了她们的孩子。

另外一个项目是在甘肃发生的。我每年都去甘肃，一直在甘肃的救助事实孤儿的组织做义工，其中有一个项目是在为孩子们举办的夏令营中教孩子们用手机拍照片。去年我们还拿了一个华为摄影大赛的奖，叫"学生特别关注奖"，就是和甘肃的事实孤儿一起。

也是因为和这些做公益的朋友、和这个组织的朋友结下了深厚的友谊，所以当他们请我们帮助甘肃高海拔地区一个空心村做艺术改造的时候，我一口答应了下来。他们请我们在风景很美的崔杨村的土墙上画画，希望把这个村变成艺术网红村，这样青壮年就可以回乡开民宿或者小卖部维生，留守儿童和留守老人就会减少。

这个事我们做了三年，从 2018 年做到 2020 年。开始我们没有赞助，也没有基金会支持，全凭着一腔热情去做公益，后来有朋友的基金会加入，把我们的画材和差旅费报销了。这是我们 2020 年进村的合影，当时我们的工作方式是这样的——因为我一直做公益项目，所以这方面志同道合的朋友就越来越多——首先我在微信里招募有才华也有爱心，愿意免费工作的艺术家，然后我们就建群。大家都是我的朋友，有的之前去过这个村，有的听我们讲，了解这个村子的照片、情况。大家分头，免费为村子设计画稿，然后匿名公投，同时参加公投的还有这个村的村民们，最后大家一起选中的作品才有机会在村子里实施。那些并不为村子着想，只是想把自己的作品实施出来的艺术家，是不在我们选择范围内的。

给大家看一下具体的照片。这是我们的村史馆，用单色画的厚墙，还有当时的工作场景，夫妻艺术家，还有老戏台旁边，这是我们中央工艺美院毕业的艺术家画的小孩的图像，创作完了大家拍的合影。还有村里的人和像之间的关系。这是我的好朋友，她之前来过这个村，我们一块玩的时候拍了这张照片。她请村子里的驴吃她的花菜，后来她把这张照片变成了一幅壁画，画在了一个土墙上。还有鹿回头，希望青壮年能够回家，这是我们的残疾艺术家画的，也是挺感人的一个故事。她是小儿麻痹症患者，她申请说想来，她说："你不用给我钱，我自己花钱来。"我当时挺矛盾的，因为我们主要是爬脚手架画画，她的腿不好，我就想怎么办？结果最后她留下的作品是最动人的一个作品，叫《2020 我们留守》，孩子们把他们对爸爸妈妈的想念写在墙上，然后村民们把他们的手印留在墙上。"留守"跟"留手"谐音，我们想也许爸爸妈妈回来的时候，看到孩子们和老人们在墙上给他们留的信，他们就会多做一点努力回到家乡。当时在我们的工作现场，村里的老人和孩子都特别开心地参与到这个项目当中。我们这个村叫崔杨村，村头写有"漂亮的崔杨"，然后用丙烯颜料画上，这些画还是挺禁折腾的，5 年、10 年还是没问题的。

这是另外一个团队，他们也进入村庄，与大自然、书本和动物生活在一起，而不只是跟手机、城市这些媒介紧密接触。刚才画驴的那位艺术家看到了一面墙，觉得特别像大象，就想把这面墙画成一只大象，然后她就"得逞"了，画成了一只大象。村里有一只著名的上树鸡，这只鸡每天回到树上去睡觉，树还挺高的，挺厉害的。后来我们就把这只"上树鸡"画到了一面土墙上，土墙上的洞实际上是一个灶的洞，变成了树洞，把鸡也创作在我们的作品中。——我们希望作品是和当地有关系的、有温度的。

这是崔杨的童谣，当地话是"孔雀开花，两毛钱，四朵花，六对六，八对八，咕噜轱辘咩"。我们把这个童谣变成孔雀开花的画，画在了这面墙上，这都是我们跟当地的孩子们学的。这是我们的艺术家和孩子们在一起，给当地的孩子们过生日，都是公益人，大家一起特别开心。

其实我今天讲的这个项目是作为失败项目来谈的，因为我们的创作最终并没有达成当初的理想，也就是说并没有青壮年真的因为这个项目回乡创业，空心村还是空心村。后来我们总结失败的原因：从始至终，这个项目的主导者都是所谓的公益人，而不是村民本身。村民看到好处的时候愿意参与，也很开心，一旦自己要多承担一点风险和多付出一点的时候，他们马上就放弃了。当然，这也跟他们有更多的生存压力有关。

其实不光是这个项目，我参加过的其他很多项目也出现过类似的问题。我深切地感受到并没有任何人可以拯救他人，除了那个人自己。我们做这些社会参与式艺术，做这些公益艺术项目的本质也是希望能激发大家自觉改变现状的欲望。从我们的角度去想，需要特别理性地去观察：在农村项目中，参与者是否具备强烈的想要改变他们自己家乡的愿望和担当？遇到这样的人，我们做一些辅助的努力，可能这个事就能成，这个项目就能生根发芽，否则公益项目很可能会造成一个尴尬的结果，就像我们山村的画，最后不了了之，也挺好看，但没有什么作用。要是老投入，也会培养出一些奇怪的"等靠要"的懒汉。

我今天谈的这两个小项目主要是从公益人的角度去谈的，我们很多项目可能不是这样的性质，所以这方面我经验不足，跟大家多多学习，谢谢。

杨梦娇：谢谢文芳老师。虽然说文芳老师最后落脚于对过去所谓"失败"经验的反思，但我认为这些反思一方面体现了她基于过去经验的一种非常深刻的体会，另一方面，其实也是对于后来者，包括像我这样一直对于建设乡村的事情怀抱着一种向往，但并没有非常具体的实践经验的人的提醒。我觉得文芳老师的提醒对我们这样的人其实是非常重要的：应该怀抱着一种什么样的心态和想法去接触这样的项目？

我看到一个观众的提问，他问这些画作和地域文化是不是有关系？我觉得这个问题是可以结合到白亚丽老师提出的"关于艺术家怎么样在短时间内认识乡村"这件事情上的。文芳老师能不能在这个问题上再简单说两句？

文芳：我觉得这个事跟发心特别有关系，你是什么样的人，你就会吸引什么样的人，你也就会做出什么样的事情。像我们的项目，基本上没有什么投入，大家都是接近于免费付出做出来的。我们现在只看到两个项目，实际上很多项目都是这样做的。但我们的要求还蛮高的，比如说你想去一个地方实现你自己的项目，那是不可能的，我们的项目是不接受的。我觉得这个事要看，不同的项目有不同的情况，比如如果是政府投入做这样的项目，确实要具体问题具体分析。我这边倒是有一些比较不错的艺术家，我觉得未来大家可以讨论。

杨梦娇：其实从文化属性来说，艺术家们前往的乡村，跟他们平时所处的城市的文化情境有很大的区别，不同的乡村又有不同的当地文化特点、生产生活方式。那从艺术家的角度来说，是去争取了解他们的需求、回应他们的需求，还是说继续抱持着一种艺术家的视角和主观性？这种互动怎么去形成比较良好的状态？

文芳：我觉得有两个，一个是想去，不给钱也想去，你对这个地儿感兴趣。我觉得白老师那个地儿就特别有意思，对当地的文化就特别有兴趣。艺术家，不是你给我钱，我就去参与这个项目，而是我本身就想了解这个地方的问题，我想跟他们发生关系，而不只是为了挣一笔钱或者是想把我的什么东西拿过去。艺术家还要有一定的经验，我觉得很多年轻、刚毕业的孩子可能不太有这样的经验。什么样的东西既有创造性，又能够和当地发生关系，并且让人觉得不突兀，觉得有温情，这是需要打磨和锻炼的，肯定要去和当地人沟通，然后创作，而这里面也要加入你自己的情感和艺术，否则就谈不上参与。

我觉得结果其实也并不是特别重要，我们这个空心村的项目叫"画一个家"，所有人想起这个事，都觉得特别美好，是新冠疫情第一年最幸福的一件事。很多事情发心是没有问题的，后面有机缘说不定会有转机，我觉得当地和村民的参与太重要了，如果没有那么一两个愿意付出、一起努力改善他们的村子的青壮年，就靠外人，只是一时好看而已。

杨梦娇： 谢谢文芳老师。从刚刚白亚丽老师讲述的哈巴河村的实践，到文芳老师在甘肃的项目，再到即将请出的陈奇老师与她主要从事的项目，我觉得其实艺术很多时候能够提供一种社会组织形式的想象，这个部分也非常重要。有时候，它不是以纯艺术形态或者非常具体的艺术创作的方式来实现的，它也许跟艺术完全没有关系，但是它对于既有组织方式的打破和新的想象，往往能够在乡建中形成有效的实践方案，这与所谓"社会创新"等形式也有一种深层关联。关于这一方面，陈奇老师的明月村项目其实是一个很好的个案。

我简单介绍一下陈奇老师，我看到的资料是陈奇老师其实之前并不是从事乡村建设项目的，可能一直怀有这样的梦想，在 2014 年前后辞掉了城市里面的工作，开始以蒲江城乡建设发展公司副经理的身份负责明月村的项目。明月村这个项目在乡村建设领域非常知名，尤其是它里面有很多与艺术相关的一些项目，做得非常成功，得到了包括联合国所颁发的等很多奖项。接下来有请陈奇老师进行分享。

陈奇（成都奇村文创创办人，成都明月村项目负责人）： 我就接着文芳老师来讲一下村里。我出生成长在四川成都蒲江县的乡村，从小就生活在乡民中间，所以非常熟悉乡村生活。我今天讲的艺术是比较民间艺术的部分，我是一个从小就特别喜欢民间艺术的小孩，现在也是一个老小孩，我会主要讲一下村民的参与。

第一个还是讲一下明月村。2014 年 12 月，我进入明月村，一直到 2018 年 12 月，我作为明月村项目工作组的组长，参与整个项目的推进、引入和系统的构建。2019 年，我以文化服务方的身份继续服务于明月村的文化活动，至今仍然是明月村的一位新村民和民宿老板娘。我参与明月村项目的时间比较久，到现在已经有 8 年了，我觉得明月村最重要的是，它的日常生活与艺术是融合在一起的。

简单介绍一下，这个村子离成都市区有 90 公里，是我老家的一个村子，但我本人老家不是在那边。这个村子在前年和隔壁一个村又合并了，以前我们在那边进行项目发展的时候还只有 700 多户、2000 多位村民。

明月村的一个特色就是我们引进了来自全国各地的文创项目，有做陶的、做篆刻的，还有服装设计，等等。我们引入了 51 个文创项目，又带动了当地村民创业的 30 多个项目。刚才主持人也说了这些年获得了一些奖项，就不细说了。

这里有村民收入的对比，在 2009 年的时候，这个村子是成都市市级的贫困村，人均可支配收入是 4000 多元，到了 2018 年就是 20000 多元了，尤其是创业这部分人的收入增长是非常可观的。

先来讲一下缘起。（用 PPT 图片示意，下文图片略）缘起就是这张照片上的这口古窑，这口窑从清代的时候开始烧制，以前是一个碗厂，叫张碗厂。左下角的这张照片是 20 世纪 80 年代的时候，村里的窑工正在做碗的场景。2012 年 12 月，明月村的第一位新村民李敏女士发现了这口古窑，她老家是湖南的，这么多年来一直在做旅游、文创还有茶器和茶的一些工作，2015 年以后主要在做禅修。2012 年 12 月，她来到了这个地方，发现了这口窑，于是她和几个伙伴就留在这个村子里面，用一年的时间来修复了这口窑。大家可以看到，右边这张照片就是修复好的明月窑，所有材料都是当地生态的材质，竹子、木头、石板还有碎石。同样一个地方，现在烧制的就不仅仅是碗，更多的是茶器和花器，更多生活美学的东西。修复好的明月窑呈现出一种比较简朴、雅致的氛围。2015 年，我们在引入第一批文创项目的时候，带很多新村民来参观这里，他们被这样的场景打动了。这和我 2014 年 4 月底第一次来到明月村，第一次参加茶话会的时候的感受是一样的。

（用 PPT 图片示意）这张照片拍摄于 2014 年 4 月，明月窑刚刚修复好，还没有对外开放。当时我是我们四川一个乡村阅读推广机构"3+2读书荟"的志愿者，我们在附近好几个县做一些阅读推广和分享的活动。那天，我们一起来聊过去两年"读书荟"做的一些事情以及未来的发展。照片中每个人面前都摆着一个杯子，这个杯子就是明月窑烧出来的，杯子里面有几片茶叶，这些茶叶就是外面茶树上的明前茶。花瓶也是当地在宋代时候民间的器型，非常古朴，插的是一些田间的野花野草。我们中午吃饭也是在这个空间，吃的"九小碗"（我们四川吃酒碗叫"九大碗"）的器皿也全是这里烧制出来的，非常朴素、小巧的器皿，盛放着朴素、美观的素食。

当时我在成都一个房地产公司当策划总监，在密闭的空间里工作，有时晚上研究商业模式，要开会讨论到两点，有一年多的时间都在反复地改同一个 PPT 和开会讨论。我觉得这好像不是我想要的生活。刚好在这个时候，我来到了明月村，便受到了乡村田园生活方式的吸引，也让我萌生了一种想法：是不是可以在乡村去工作？

"念念不忘，必有回响。" 6 个月后，也就是 2014 年 9 月底，我收到了当时负责明月村乡村发展项目的县领导、蒲江县政协主席徐耘老师的邀请，邀请我参与明月村项目，我就去了。去了以后，我们就开始驻村。当时有我，还有从基层政府抽调的两个工作人员，我们三个人一个工作组，在镇政府办公室的一个小房间里面开始工作，到村里到处转，看资源。当时县里面给我们的工作任务重点是招引一到两个项目。2015年，我们团队引入了 27 个文创项目。就在那一年，明月村有了一定的知名度。

我去村中工作后引入的第一位新村民是宁远女士，她是一位得过金话筒奖的主持人，也是一位作家及服装设计师。她第一次来到这个村子，我和同事带她到村里转，带她去看明月窑。大家可以看到，她关于明月村发的第一条微信就是"竹海、茶山以及这样的自然环境以及有手工艺"。她和我的眼里都是有光的，我们在这里看到的不仅是商业，不仅是项目，我们看到了自己向往的一种生活方式，我们要怎么去使用当下自己的时间。

宁远租下了这个老院子，把这里改成了一个草木染工作室。当时这里是很破败的猪圈，改了以后大家可以看到很漂亮。这个老房子是 20 世纪 70 年代四川的普通民居，在改造的时候保留了外墙，加亮瓦，增开了一些窗子，把阳光引进去。宁远在这里传承和创新草木染的手工艺，给村民做免费草木染的培训，带动明月村成为成都市最知名的体验草木染手工艺的村庄。

这个院子经过了 5 个月的时间改造完之后，也把更多的生活美学带了进来，比如说在松林底下点着蜡烛吃火锅，吃着吃着，大家就开始演话剧、念诗。宁远团队有淘宝店和服装品牌叫"远家"，当时每半个月上新衣服，2015 年"远家"新衣服的照片大部分都是在明月村拍的，通过她的微博、微信、公众号还有网店，把明月村的风景和人情传递给了更多的人。

陶艺也是村里的一个重点。景德镇陶瓷大学毕业的陶艺家李清老师是 2015 年 2 月被引入村里的，也是将老房子进行改造，做了一个陶瓷艺术博物馆以及工坊。

2017 年的元旦节，新、老村民把村里的竹子还有陶器、草木染带到北京，在北京 798 艺术区举办了明月村的文创展。张爷爷当时已经 86 岁了，他非常开心，早上 5 点多还去天安门看升旗仪式，去看了毛爷爷，回去跟村里人讲了很久。

李老师又把川美手工艺术学院、景德镇陶瓷大学的师生和他的很多艺术家朋友带到了村里。从 2016 年 3 月开始，李老师和代刚老师就在村里对村民进行免费的陶艺培训，直到现在还在进行，每个周末一期。村民在这里学了以后，现在可以自己出产品了，产品可以在合作社也可以在李清老师的工坊销售。

我们没有只关注旅游和文创，也非常重视农业。农业是村子非常重要的一个根本，所以我们也在农业的部分做了很多事情，比如说发动全体新老村民一起来卖竹笋，一起来塑造村民团体、一心守护环境、种植生态笋的品牌。在笋子上市的三四月，我们会在村里办艺术月，照片上所有人，要不就是村里的好朋友，要不就是来表演的村民。村里有很多村民写诗，新村民也写，老村民也写，我们的诗歌还进行国内外展览，也出版了诗歌集。农产品以前只有原材料，现在有各种各样的产品，有些产品还有文化属性。后面慢慢有了民宿，有了杂货铺、咖啡馆和小酒馆。在村子里生活，我们的工作也是创作，我们的生活也是工作，我们的工作也是生活，大概是这样的状态，这大概也是它的迷人之处。

我们非常重视新、老村民的融合，以期让村子的淳朴、善良和各个项目能够持续。刚才白老师提到一个问题：在发现了一个村子的价值以后，如何去平衡它的利益分配？ 2015 年，在引入很多新村民的时候，大家都会问我一个问题，他们会比较担心在其他地方已经发生过的情况：村子有知名度以后，村民会涨房租或者毁约。非常让人开心的是，现在已经 8 年了，明月村没有出现过一起村民涨房租或者毁约的情况，这跟我们一开始有意识地营造是不可分的。我们的图书馆每个月会有一期讲堂，邀请很多实践者和老师过来给村民们春风化雨，娓娓道来。村民非常认同大家安居乐业，非常认同这样的生活方式，也非常认同来到这里的新村民。

2016 年，我们办了第一届中秋诗歌音乐会，所有参与者都是村民。第一排是村里的"明月之花"歌舞团，都是村里喜欢跳舞的妇女。一些村民喜欢写诗，"邓豆腐"初中毕业以后开始磨豆腐卖，他常常会来参加我们的诗会，自己也创作了不少诗歌，经常会发给我看，还带着小女儿来参加我们捡垃圾的环保活动，今年他的儿子以第一名的成绩考上了川农的水稻栽培与制种专业，他和他的爱人都非常开心。这是我们村里 80 岁的周大爷，他每天都要去图书馆看书、记笔记，他也创作诗歌，创作歌谣，会在我们各种的节目里面来表演，非常有文化自信。

自始至终，村民都是带给我们最大的滋养和最大力量的村庄主体。在工作的时候，我们的驻村摄影师拍摄了很多村民劳作的照片，我们把这些素材和照片做成展览和杂志，杂志会送到每一户人家里。因为在明月村做的事情和它的延续性，尤其是村民主体性的凸显，使清华大学的罗德胤教授关注到了明月村。通过多次的交流，他在 2019 年下半年邀请我参加河南省焦作市修武县大南坡村的乡村建设项目。我和我的团队在大南坡村那边待了有两年的时间，在这里给大家分享让我非常受感动，也非常受震撼的大南坡断演 40 年的村里怀梆剧重新上演的故事。

当时有多个团队合作修武县大南坡村项目：罗德胤老师的团队负责规划设计，左靖老师的团队负责策展和艺术板块，陈长春老师的团队负责民宿，我们的团队就专门负责与村民交流，了解村民，发起和培育村民自治组织。

我们团队在 2020 年 1 月初从四川出发去了大南坡。这个村子和成都村子的差距挺大的，成都的村子，尤其是我老家蒲江的村子，农业产业还比较可以，青壮年出去打工的不是很多。大南坡一共只有 800 多人，在村里的基本都是老人和儿童。去到每家每户，很多家的房子都是差不多这样的状态。我们在不少人家里听到了收音机或手机在放戏剧，访谈中，不少村民也提及希望村里能恢复怀梆剧和大秧歌。

当时陪我们去调研的村干部申新平有一天晚上告诉我们，他家里有一口大鼓，是以前秧歌队的。第二天早上，他带我们去他家里看，当时这个大鼓放在二楼的仓库里，抬出来的时候，上面全都是灰，26 年没有敲过这个鼓了，他把这个鼓搬出来在那里敲，灰就全部飞扬了起来。

我和我的伙伴找到了 26 年前秧歌队的负责人，她也是 40 年前村里的妇女主任、怀梆剧团的主要参与者——赵小景。我问她村里的怀梆剧有没有可能再恢复起来？阿姨跟我说这个太难了，没有唱戏的服装、乐器，还有道具，也没有人才，非常难。当时我就跟她说，你看一下能不能找到人，这些道具和服装的问题我来想办法解决。她想了一下，说："我试试吧。"过了 4 天，她就来我住的院子找我，给了我两张纸。第一张纸上是 26 年前秧歌队所有人的名单，她还画出了哪些人已经不可能回来了，哪些人已经去世了，第二张纸是她统计的哪些人还愿意参加。我当时看到的时候，觉得她的行动力太强了！几天后，她把所有愿意来参加这个事情的村民都召集在小学门口，大家把大鼓搬了出来，有些已经去焦作市区和修武县工作的有乐器的乐师，也带着乐器回来了。

平时这个村子是沉寂的，我们看到的村民要不然就是在自己家里，要不然就是在墙脚下坐成一排。但那天，我感觉这个村子变得非常有活力，他们眼睛里的光被点亮了。他们在小学门口的坝子里先跳了秧歌，然后在一间教室开始排练戏剧。剧本是团长赵小景托人去县里找的，是怀梆剧的一个传统戏叫《桃花庵》，每个人拿到的剧本都是手抄的。过了四五天，小学开始上课了，他们就去了废弃的供销社排练，每天排练两场。他们平时要做农活、做家务或者带小孩，事情很多，忙完农活和家务就赶紧来排练。过了十几天，供销社开始改造，他们又搬到了祠堂，在堆满祠堂物品的狭小空间里继续排练。

后来我给县文旅局打报告，县文旅局拨付了 65000 元的经费支持剧团发展。剧团在县里找到一个停演的老剧团，以 35000 元的价格购买了一套二手设备和戏服，一共是 50 箱。这是当时乡亲们去搬设备的场景和照片，大家可以看到有位阿姨在扫地毯。这张地毯已经非常破旧了，上面还打了补丁，他们就把它卷起来拿了回来，后来每次在村里演出，都会把这张地毯铺上去。当时七十几岁、八十几岁的老大爷也在搬东西，大家一起把这些搬到了祠堂。剧团只排练了一个月，5月23日做了第一场演出。修武县融媒体中心来给这场演出做了直播，效果非常好。大家看到的所有布景都是村民自己来完成的。

到了那天晚上，演出开始了。这是村里80岁的大爷赵成香，他是40年前村怀梆剧团的主要演员。他有食道癌，做过手术，身体很不好，是非常瘦弱的一位老先生。但在整个剧组排练期间，他都在指导大家。他演完第一个戏，就在舞台上面看大家表演，能看到他已经很累了，但他很喜欢和很热爱这个舞台。那天父老乡亲聚在一起看这个演出，大家都很开心，比过年还热闹。

《穆桂英挂帅》这个戏结束以后，我们给这场戏的演员们拍了一张照片。这些女性我平时都很熟悉，她们有的是喂猪的，有的就是带小孩，有的就是在村里收运垃圾，平时就在我们身边劳动。那一天演出结束以后，她们穿着戏服站在灯光下，我觉得能够看到这些女性脱离了那些身份，脱离了那些责任之后，站在灯光底下最华彩和最自由绽放的一面。

这一场演出大获成功。接下来，左靖老师和罗德胤老师在大南坡做了一些论坛和艺术活动，都邀请剧团作为重磅节目进行演出，大家演得一场比一场好。他们挤了很多的时间去排练，去抠动作，精益求精。

去年10月30日，大南坡的剧团第一张唱片发布了。这张唱片是左靖老师邀请摩登天空来给大南坡的剧团做的，做得非常专业。活动当天，有不少游客来买这张唱片，并请演员们签名。赵小景曾对剧团成员说："今年我刚组织唱戏的时候和大家说，咱们好好唱，要把大南坡的戏唱红，以后说不定央视还要来。你们看看，现在不都实现了。我们每一个人的努力都在让这个村变得更好！"

村民们在唱戏的时候，他们获得了一种沉浸其中的畅快和喜悦。另一方面，他们也付出了很多。排戏基本上没有经费，还是很难，而且他们平时排练的量很大。很多人都是怀着对这个村的热爱，觉得我通过唱戏是在为这个村子的复兴尽自己的力量。赵小景还说："我们老一辈人努力，希望能够把这个村子的基础打好，能够照亮后面的年轻人，他们能够回来。"

村里随后建立了秧歌队和合唱团。我们在去年和前年11月的时候，给村里的村民做了大地文学工作坊，从《诗经》开始，从农事诗开始，从身边的草木作物开始，大家一起来欣赏，一起来写，一起表达，更多的是互相交流，互相看见和被看见，互相增进了解。

左靖老师还给村子引入了方所书店的乡村书店，也是用一个旧的大队部的一部分改造的。这个书店有空调和地暖，老年人冬天即使不看书也可以去坐一坐，小孩很喜欢在里面看书和做作业。

我们邀请了明月村草木染的老师去村里，教这些村民们草木染，老年人都特别喜欢。大家可以看到，这是做拓染的时候，有的村民拿着石头在那里打，有的村民拿着菜刀的刀背在那里打，大家都非常投入。第二排中间那张照片里的阿姨是我的邻居。她是非常勤劳的一位女性，每天早上5点半起床，拿着两个馒头和一瓶水，坐着卡车去山里种树。种一天树，中午就吃这两个馒头，下午5点多回家，一天的收入是60元钱，年底结账。我那天碰到她，就邀请她参加草木染活动，她第二天刚好休息，就来了，全程做得非常投入和开心。我觉得手工艺能够给人带来一种创造的快乐和成就感，她后来也经常参加我们的活动。

我们和村民一起办了很多丰富多彩的活动，比如中秋节做月饼、夏天做扇子等。随着村子的发展，村里开始有工作岗位了，一些年轻人留在村里工作了，也有村民开始开餐厅和民宿了。

左靖老师又邀请了北京当代艺术基金会给村里有50名学生的村小做美育课程，美育课程包括绘画、音乐、街舞、电影拍摄等。这是去年在南坡秋兴艺术活动中，音乐人小河老师、五条人乐队和小朋友们一起同台演出。

想说一件特别让人开心的事。在我们的工作结束离开以后，村小孩子们的作品却层出不穷。今年学校师生给孩子们出了第一套7本的绘本，还有两本诗歌集。我收到南坡小学刘校长寄来的孩子们的绘本和诗歌集的时候，真是非常的快乐。

最后用几分钟时间讲一下我们前年和去年在重庆荣昌区河包镇经堂村做的一点点实践。当时是因为重庆荣昌区的黄晏副书记看到我在大南坡做的这些村民参与的活动，看到村民主体性的激发和活跃，邀请我去经堂村看一看，带着团队做一些村民主体的活动。

这是个很大的村子，95% 的青壮年都外出了，青壮年打工挣了钱回来修房子，房子修起了，村民已经搬进去住了，但还没有安瓷砖，是一个清水房的状态，就是一年弄一点。我们去了以后，这里又和河南完全不一样了，这边的村民给我们诉说了劳作生活的病痛和苦难，有很多我们其实也解决不了。

当时我和几个"90 后"去听的时候——那边驻村团队几乎全是"90后"，从深圳、成都过去的年轻人。我们最先在村子里接收到的是很多负面的情绪，我们也不知道能解决多少，就只是去听。最后我们走的时候，他们还是笑着来跟我们挥手，有人看见或者聆听，对他们来说也是一种安慰。我们也及时把各种信息提报给当地政府，比如哪条路坏了等最基本的东西。

这个阿姨来找我们，带我们去她家里。她家是位于山顶的一户，因为在山顶，被竹林挡住了，过去修路或者提升一些基础设施的时候，都把她家遗忘了。那天下着雨，她给我们看了她儿子患病的一些 X 光片和发票，我们当时也很沉重。最后她追出来，给我们每个人送了一瓶牛奶，一定要我们收下，并说感谢我们来她家里。我们在后面做人居环境整治项目的时候，就把道路连接到了她家外面，并给她家送了花苗。阿姨的丈夫雷世祥非常喜欢这个花苗，悉心照料。他看着花苗，就好像小王子在看着他的玫瑰。我们收集和展示了村民的愿望，雷世祥家的愿望是"喂土鸡土鸭，种点农作物，把环境搞好"。他们的家族精神是"尊重人"。"尊重"，是我觉得在乡村振兴和乡村工作里面非常重要的一个事情。

　　我们鼓励村民办了第一场自己的中秋晚会。办这个晚会，发现村里有非常多的能人异士，有80多岁的乡间魔术师，有70多岁的武术师，有70多岁的二胡爱好者，还有书法爱好者。我们只是去鼓励，去做了记录。乡间有很多这样珍贵的东西，但是已经被经济和产业的洪潮遮盖了。我们的老朋友——川美的马老师知道我们在那里工作，就安排研究生过来驻村。这里有一大片的瓷砖墙，我就请他们原创了村庄的画面，用丙烯画上去。他们种下一些花，讲一些花卉的养护，和村民一起作诗、画画，参加他们的合唱团，等等。

　　这是川美的学生去年4月去村里做社会实践，大家一起交流。这是村里50多岁的大姐廖大容，她观察村里的四季和人情，写了很多优美的诗歌，川美的学生把她的诗歌结集印制出来送给了她。这一页上面的海报是我们过去两年做的一点点事情。

　　去年年底，区里的分管书记和镇上的书记调走了，暂时没有经费再去支持这个村做连续的社区营造。但让我非常快乐和非常开心的是，在我们工作期间，我们带去看过村子的好朋友以及我们的志愿者发现了这个村子的美妙之处、珍贵之处。今年9月，度假营地"个个部落"已经建成，开始试运营了，是由我们国内非常优秀的"80后"建筑师穆威老师来设计和建造的。有位年轻人叫何雨洹，她是2017年来明月村我们家民宿的客人，她常常来。2020年10月，她成为经堂村的志愿者。去年，又跟着我去河南乡村工作了整整一年。今年她受到穆威老师的邀请，作为"个个部落"的主理人回到经堂村，带着乡亲和返乡的村二代一起经营部落，在那里营造美好关系。部落的红砖墙上写着"营造美好关系""长效""松土""万物生长""培力"和"链接"，这也是我们之前十几年一直在做的事情。

　　最后我想说，虽然乡村振兴、乡村建设很漫长，道路非常迂回，但是乡村的土地生长了万物，这些村民的力量比我们想的要强大，至少比我要坚韧很多，他们也非常有才华。我觉得大家还是要放松，去感受和投入当下做的这个事情。谢谢大家。

杨梦娇： 谢谢陈老师。陈老师真的是充满了活力，她传递给我们的进行乡建的快乐太有感染力了。当然里面讲的很多内容也非常令人感动，通过你的讲述我觉得这个感动已经进入了每个人的心里。

刚刚陈老师分享了几个故事，令我印象非常深刻的有两点：第一点，我感到在艺术和乡建的关系里面，艺术显然既不是一个起点也不是一个终点。刚刚我们看到，其实是那些人和这里面所存在的美才是起点和终点，艺术只不过是一个中介和通道，而这种美的创造和体验，其实才是人类生存的内在所真正需要的东西。也正是基于此，我想这些项目里面形成的一个可持续的发展就来自这种艺术的所谓介入也好、参与也好，其实它已经转化成了一种内生的力量，这一点的确令人非常感动。

第二点，我们看到陈老师反复谈及关于生活美学和生活方式的内容。其实艺术参与乡建里面有个很重要的问题，就是要面对我们乡村的传统，面对民间民俗文化。而明月村，包括在河南的项目和在重庆的项目，其实我们都肯定了一种对传统文化的成功转化。关于这个问题，稍后还有一位老师可以带领我们进行更加深入的探讨。

下面要请出的是来自浙江省文艺评论家协会的秘书长沈勇老师。我们刚刚听到了新疆的故事、中部的故事，接下来终于有机会再来听一下浙江的故事。在我们普遍的认知和印象里面，浙江首先是一个城镇化程度更高的区域，也是一个经济更为发达的区域。那么在这里，乡建，以及艺术参与乡建的实践是不是有什么特殊性？我们请沈勇老师给大家分享一下。

沈勇（浙江省文艺评论家协会）： 其实今天参加这个论坛，我是带着问题来的，这个问题就是"艺术乡建"。刚才三位老师都给了我很多启示，有的回答了我一直在思考但没有得到答案的一些问题，有的引发了我更新层次的思考。

浙江在全国来说，应该是走在前列的，做得也比较多。我想从浙江的角度谈一下我对艺术乡建的思考。第一是浙江乡建的实践，第二是在浙江实践当中发现的问题，第三是从这些现存问题当中引发的三点思考。很遗憾我没有做漂亮的 PPT，因为我觉得其实我还没有找到自己心目当中想要的"艺术乡建"的样本或者图景，所以我用文字。

首先讲"浙江乡建的实践"。我们浙江省是全国最早以政策明确"艺术乡建"的省份。2022 年 5 月，由中共浙江省委宣传部、浙江省乡村振兴局、浙江省文联共同印发了《关于开展"艺术乡建"助力共同富裕的指导意见》。浙江是共同富裕的示范区，也是省域治理现代化的先行省，以"干在实处、走在前列、勇立潮头"的时代使命，我们的很多实践都走在了全国前列。浙江的很多市县区如杭州市、湖州市、象山县、嵊州市、临海市等文联也根据自己的实际，因地制宜，出台了艺术乡建的指导意见或者实施方案。

我们的目标很明确，就是推动建设共同富裕示范区。跑在高质量发展、竞争力提升、现代化先行的跑道上，需要注入文化这个更基本、更深沉、更持久的动力。展现共同富裕的美好图景，需要让文化成为最富魅力、最吸引人、最具辨识度的标识。共同富裕，既是人民群众物质生活共同富裕，也是精神生活共同富裕，需要坚持以文化人、以文培元，大力推进以人为核心的现代化。这是我们现在在做的事情。

在目标的细化上，《关于开展"艺术乡建"助力共同富裕的指导意见》明确：到 2022 年年底，全省启动艺术特色村镇培育计划，全省文艺界形成"艺术乡建"的普遍共识和浓厚氛围，省市支持、县域落实、乡村为基础的"艺术乡建"工作架构体系运行畅通。到 2025 年年底，打造 50 个"艺术乡建"省级典型案例，建成 100 个省级艺术特色示范村、1000 个市级艺术特色示范村。

浙江省文旅厅很明确地提出，到"十四五"也就是 2025 年，支持公共文化机构业务干部兼任驻村（社区）文化策划师，建立基层服务点。这个文化策划师主要是县文化馆以及镇文化站的文化人员，这些人员现在省里都给了事业编，由他们到镇下面所属的村里面开展文化策划。当然，也可以用文联的队伍，因为大多数县市区基本实现了文联的全覆盖，乡镇文联的覆盖工作也在稳步推进，有的村也已经建设村一级的文联机构，由这些力量去推进乡村文艺团队"三团三社"（合唱团、民乐团、艺术团，文学社、摄影社、书画社）建设，到"十四五"末数量将达4万支。

目前开展的"艺术乡建"主要举措有两大方面。第一个方面是艺术家的驻村计划，就是像刚才陈奇老师和白亚丽老师在做的，艺术家到村里面用自己的审美创造带动周边。有很多这样的村落，艺术家到了村里，通过自己的审美创造与发现，把村里变得更美，把房子做得更好。慢慢地，艺术家和朋友来了，这里变成一个小的群落。有了这样一个群落，村民本来卖不出去的东西有人买了，节假日、双休日来村里玩的人也多了。村民从这个过程中发现了商机，挣到了钱，于是他们租出去的房租增加了，民宿可以办了、土特产可以卖了、小吃土菜馆可以开了。

以艺术家驻村的方式带动整个村的经济发展，这样的探索与实践，有一个从最早期的无意识到现在有针对性地引导的过程。早期，村里没有明确目标，艺术家也只是到村里找一个可以休养身心的"世外桃源"，在无意识的互动中，慢慢地发现了机会，发现了可以作为的点。到现在，基本上都是目标明确的引进。如宁波市鄞州区东吴镇，通过"名贤领航"与"新贤启航"双贤工程开展艺术乡建。引入鄞州乡贤中央音乐学院院长俞峰，创办全国首个乡村音乐教室，让中央音乐学院的文艺宣讲师成为东吴的"驻村教师"，组建民乐"80天团"等。让乡贤中国工程院院士陈剑平担任东吴镇兼职单位委员和南村村党支部"第一书记"，设立全国千村观察点，接入全国乡村振兴顶级研究网，吸引人才回乡建设，"教授团队驻村""文创团队驻村"等也较为普及。

第二，我们现在以"艺术村长"的方式开展艺术乡建。文联机构协会通过选派与自愿报名，以文艺志愿者的方式选拔专业水平高、具有较强组织协调能力和奉献精神的各文艺领域的艺术家。有的艺术家会摄影，有的是绘画，有的是歌舞，有的是戏剧，将艺术家的文艺特长与群众文化需求强烈的村进行对接，到村里担任"文艺村长"，通过"固定下村日"的方式，当好"参谋员""组织员""辅导员""宣传员"，帮助基层组建文艺团队，开展文艺辅导，培育文艺人才。

文联还通过打造"特色村落"开展艺术乡建。浙江省打造了 140 个书法村，13 个摄影之乡，35 个"国乐乡村"，72 个"传统戏剧特色村"，还有很多特色文艺村，像作家村、编剧村、书画村、乡村艺校，等等。

通过"文艺家驻村"和"特色村落"打造"艺术乡建"，浙江涌现了一大批特色鲜明、成效显著的村落。如衢州市柯城区余东村，2020 年建成全国唯一的乡村美术馆，目前已举办展览 25 场次，全国农民画专业委员会顺利落户，20 多所高校设立研学基地，2021 年吸引游客近 50 万人次，被誉为"中国第一农民画村"，基本形成了"农民画 + 文创 + 旅游 + 研学"的新型文化产业链，相关产业营收 3105 万元。丽水市缙云县举办六届"轩辕黄酒文化节"，把本地黄酒进行艺术设计、营销，让每斤黄酒的价格从 5 元提升到 30 元。丽水市松阳县的"百名艺术家入驻乡村计划"，在 2015 年至 2020 年这 5 年内，激活了 215 幢百年老屋，吸引 85 个艺术家工作室入驻，签了 65 名国内外艺术家，培育了 10 个艺术家集聚村落，复苏了一批特色民俗节庆，乡村特色"生活形态博物馆"遍地开花。衢州市江山市大陈村从"村歌文化治村"到"一村两部剧"再到"夜间文艺富村"，走出了一条文艺助村发展的特色之路。目前大陈村年游客量已达 25 万人次，有效带动周边夜经济增收达 500 多万元。丽水市"古堰画乡"截至目前吸引了 17 名院士、126 家艺术家工作室入驻，上架油画艺术品 10 万余件，年接待写生人数 15 万人次以上，吸引中央美院等 300 余家院校在此建立实践基地，年油画产值达 1.2 亿元，古堰画乡百姓的人均年收入从原来的 4300 元增加至 43000 元。除了地方上的努力，越来越多的商家也看到了机会。南京有一家先锋书店，被称为"中国最美书店"，先锋书店在松阳陈家铺村的悬崖上开了一个"平民书居"，被称为最美的乡村书店。一大批特色村落正借助艺术之力实现共富。

因为做得多，故而对此进行深度思考的内在需求也更为紧迫。所以接下来想与大家分享一下"浙江实践当中发现的问题"。

第一个问题是研究不透到底什么是"艺术乡建"？它的内涵和外延到底是什么？把村庄变成网红打卡地是不是"艺术乡建"？一边卖土特产，一边直播卖当地村民的油画是不是"艺术乡建"？白天拿锄头、晚上拿笔头，把村民全部变成画家是不是"艺术乡建"？这是一个特别要深入思考的问题。

第二个问题是主体不清。很多艺术家到乡村去，实际上是为了完成艺术家造梦的工程。艺术家有一个乌托邦，这个乌托邦往往在远离城市的地方，艺术家把自己对美好生活的所有想象、对大自然和人与人之间的关系的构建，通过这种载体得到实现。那么，艺术家在这里面到底应该扮演什么样的角色？很多时候是政府在做，艺术家在做，农民在看，跟农民没有任何关系，一个村庄最后全部变成艺术家和艺术家的朋友的乌托邦世界，然后农民被搬迁了。你们过你们的，农民依然照样过着他们自己原来的生活，那"艺术乡建"是为谁而建？应该由谁来建？

第三个问题是文化杂糅。我们很多艺术家介入乡村，并没有去研究当地的文化基因，反而破坏了原乡文化的基因。很多艺术家是：我有什么，我会什么，我就按照我希望的给你什么。既不管这个村落的文脉传承，也不顾村民的意愿，有很多甚至把原有的村落推倒重新打造。

比如说，浙江有好几个村庄，如果看照片，你们绝对觉得那是最美乡村，一点问题没有。那个房子，造得时尚、大气和漂亮，都是国际级设计师设计的，农民的房子全都变成乡村最美的点缀。最后农民突然发现，进我自己家我要脱鞋子、穿拖鞋了，因为太干净了，突然发现我的锄头没地方放了，我收割来的粮食和土豆没地方放了，我的拖拉机没地方停了。现在农村里面看不到鸡，听不到狗叫声，乡村没有了自己应有的东西，被艺术家们完完全全改变了。因为本身原乡文化就没有多少文化自信，强势文化一进入、一冲击，他们的文化自信最后就彻底没有了。

最后一个就是"送""种"不明。艺术家介入乡村到底是"送"还是"种"？我觉得刚刚三位老师，比如说陈奇、文芳老师很多东西是"种"的概念，但是白老师更多的是"送"的概念，就是艺术家过去最后帮他们打造好，至于怎么样唤醒老百姓，做得就较少。

接下来想聊一下从这些现存问题当中引发的三点思考。第一点我想说的是为什么要"艺术乡建"？中国 2035 年要基本实现社会主义现代化。实际上，现代化中最重要的是人的现代化，是人自由而全面的发展。城市基本上可以同步进行，但是农村一定是最大的问题，所以我们要"艺术乡建"，到乡村去把这块短板给补上。其实城市里面也有，在城市化进程中，有些农村一夜之间变成城市，农村人突然失去了自己的土地，也不种菜了，也不打鱼了，住到了筒子楼里，跟城市居民完全一样。他们在物质上跟城里人一样了，但他们的精神是不是也跟上了呢？这里面也有很多的问题，可以作为个案分析。所以我觉得共富的关键在于农村，实现现代化的关键也在农村。

第二个就是"艺术乡建"到底建什么？我们大家到现在还在摸索和探索它的内涵和外延。就像刚才三位老师说的，我们都在实践，在这个过程中慢慢接近它最核心的要义。我们以文艺介入乡村建设，重新链接人与人、人与乡村、人与自然的关系，有效激活人的个体价值和乡村资源价值，创新乡村产业，美化乡村环境，复活乡村文明，助力乡村治理，从而使乡村获得更高的物质与精神的双重"获得感""幸福感"，进而推动实现"共同富裕"。共同富裕是"物质富裕、精神富有"的"双富"，而"精神富有"的含义也并不仅仅是精神文化产品的多样与供给的满足，其最终指向满足人的审美需要，使人获得精神享受和审美愉悦，能更深刻地认识自然、社会、人生，正确理解、认识生活，在真、善、美的熏陶和感染下树立正确的人生观与世界观。而"艺术"恰恰是实现"精神富有"最佳的途径与载体。以"艺术"为载体的"乡建"其最终的指向就是净化人的思想感情，养成良好的生活方式、行为习惯，从而促进人的全面发展。比如说，农民道德的自我完善，村里面养成了非常好的一种生活习惯、行为方式。赚钱可能是一种接受的方式、一种途径，但最终的指向一定不是钱，最终的指向一定是人的精神价值的提升，这是最重要的。

第三个思考是"艺术乡建"怎么建？如果把艺术作为一种挣钱的工具，让老百姓富起来的话，有很多很好的例证。但是，富起来之后呢？我觉得是从 1.0 版本到 2.0 版本的提升，它不再是一个产业的概念，所以我为什么说这个事情现在很难做，就在于它很难量化。我刚刚给大家说到多少人入驻、挣了多少钱，很清楚，有数据。但是，老百姓的幸福指数提升了，满意度提升了，精神面貌改变了，这些东西怎么量化呢？所以我们现在也在思考应该怎么很好地去评价属于精神层面的东西。

个人以为后面要做的是三方面的东西。第一是加强理论研究，这是需要大家一起来做的事情。我们浙江文联本来今年要举办一个"艺术乡建助力共同富裕"的全国性论坛，两年一届，在全国游走。现在由中国文联理论研究室与中共浙江省委宣传部作为支持单位，会同农业农村厅和其他部门共同来举办，由"三农"专家、美学专家、文艺家、政府官员及村领导、村民组成的人坐下来一起谈，希望能够把"艺术乡建"搞明白、搞清楚，为我们接下来能够更好地开展这项工作做一个理论上面的指引。

因为浙江现在是先行先试，全国各地也展开了很多"艺术乡建"，就像三位老师做的一样，在这个过程当中我们要进行有效梳理：哪些是有用的？哪些是无用功？哪些是可以稍微改变一下引上正道的？我们对这些进行梳理，从而推出在浙江省能够试用的一个样本。当然，这个样本不可能变成全国样本，因为我觉得每一个地域的经济、人文不会完全一样。虽然不可能变成一个样本，但我们至少可以去尝试做研究、示范、引领和推广的工作。

第二个是实践推广，也就是把样本进行宣传与推广，让更多的人去发现、去借用。省文联有一个中国青年文艺评论家的"西湖论坛"，从去年开始，围绕40周岁以下的博士，每年办一个博士论坛。今年是第八届"西湖论坛"，今年的论坛叫"博士见博士"论坛，因为我们有一个北大的博士后，他跟陈奇老师差不多，他是回自己家，在家里着手开始做"艺术乡建"，所以我想让一帮正在学校里面的博士去见一见这个博士。我们探讨三个话题，从校园到田间、从理论到实践、从个人到家国。

第三个方面我们正在着力做五个方面的跃升。浙江省在做"艺术乡建"的过程当中，我们觉得可以在这五个方面有所突破：

第一个是先行现实到样本示范，因为我们走在前列。

第二个是以艺术家为主体到以村民为主体。

第三个是实现由传统模式到数智模式，特别是精准分配和精准帮扶，浙江现在正在做的这块东西是完全可以通过平台 App 实现的。

第四个是实现由单打独斗到协同作战。因为每一个村庄的文化基因不一样，每一个村庄都有自己的文脉。如果能更好地挖掘这种文脉，就像陈奇老师说的戏曲一样，你只要把它挑起来，老百姓就喜欢，因为这种文化基因是由村民共同守护的。怎么样能够很好地去挖掘和引发类似这样的一些东西，需要艺术门类协同作战去完成。

第五个是实现由"盆景"到"风景"的转变。现在我们看一个村，觉得这个村很漂亮，像一盆盆的盆景，但最后一定是把这样的盆景变成所有村庄、每一个地方都是这样。

最后我把一句话送给今天的论坛，这是习近平总书记2005年的时候在浙江当省委书记时说的。他说"文化即'人化'，文化事业即养人心志、育人情操的事业。人，本质上就是文化的人，而不是'物化'的人；是能动的、全面的人，而不是僵化的、'单向度'的人"。我们现在正在做的是人的工作，文艺最终的初心是什么，我们最终的指向是什么，我觉得大家都非常清楚。所以我觉得我们做的工作是非常有价值、非常有意义的，这样的工作我觉得在当下这个时代当中能发挥更大的作用。谢谢大家。

杨梦娇：谢谢沈勇老师，我觉得沈老师给我们分享的浙江"艺术乡建"的案例非常有价值，沈勇老师刚才提出的几点反思、一些问题，实际上是提示我们：当乡建走到后面的时候，很多问题是钱不能解决的了。当钱不是我们的第一需求的时候，其实还是要面对很多问题，而这些问题恰恰需要我们要用更完备的发展理论和文化理念去引导和处理。沈老师自己就是很厉害的理论家，他的分享恰恰体现了对于更系统性的、更学理化的、更有文化观照的一种乡村建设、理论建设的渴求。最后沈勇老师分享的"从盆景到风景"这样一个情景的描述，让我想到了"人，诗意地存在"，下一步的"艺术乡村""艺术乡建"应该不仅仅是我们今天理解的"艺术乡建"，我觉得可能是超越了城市生活的一种更为理想的人的生存状态。非常感谢沈老师的分享。

接下来把话题拉回到文化传统、手工艺、民俗文化的当代转化问题上面来。蒲娇老师现在是天津大学中国传统村落保护与发展研究中心的老师，她师从冯骥才先生，主修的专业是非物质文化遗产研究，目前也从事中国木版年画、传统村落等相关领域的研究，基于这样的一个研究视角，她对于乡建也有非常多自己的思考，我们现在就请出蒲娇老师。

蒲娇（天津大学中国传统村落保护与发展研究中心）：各位老师好，前面沟通有一些问题，我其实没有做PPT，但是我看了其他老师做的PPT，我觉得感触特别深。

首先我非常感谢主办方策划了这样一个选题，其实这个选题也是我个人一直比较关注的问题，我也是非常羡慕各位老师能长时间参与到这个具体的项目当中去，所以这次能跟各位老师交流，我觉得是一个非常难得的机会。

目前我所进行的关于"文化乡建"领域的思考主要是基于我现在从属的团队所开展的系列工作。刚才主持人讲了，我现在供职于天津大学冯骥才文学艺术研究院中国传统村落保护与发展研究中心，我们这个中心于2013年成立，致力于传统村落理论研究，目前冯骥才先生担任中心主任。其实，冯先生多年来在非物质文化遗产还有传统村落方面都开展了比较积极的学术研究和保护实践，并且他认为两者在当下都应该聚焦于科学保护和人才培养。对于这两者的关系，他认为非遗作为中华优秀传统文化集中的体现，其实应该更多地发挥它的时代价值还有当代文化的意义，为传统村落的全面振兴与发展贡献它自己资源的一个优势。

实际上，当下有一个对于乡建非常好的社会环境。国家和政府将这个问题放到国家战略层面去思考，实施了一系列举国体制下的战略与政策改革，比如"乡村振兴战略"的实施、各级非物质文化遗产名录的评选、"中国传统村落名录"评选等，各级政府也相继颁布了一些关于通过乡建乡创融合发展的措施和弘扬中华优秀传统文化的政策。而且我们各级政府也通过一些试点，像刚才沈老师讲的浙江省全面的乡建乡创融合发展的措施，就是地方政府根据地方性特色所做出的对国家政策的具体措施与回应。整体而言，乡建工作在全国范围内已经取得了很大成效。

但是，我们接受了新时代给予的机遇，就不可避免地面临一些崭新的时代命题，比如说我们今天讨论的艺术和乡建的关系。我觉得在面对具体问题的时候，我们还是应该不忘初心，尊重历史，当然也应该立足当下，关注民生、就业、产业升级等现实问题，用发展的眼光融入更多的时代性、实践性和探索性，去深入思考问题。

那么，我今天的发言主要依托我当下的一点思考展开，但我想把乡建的艺术和艺术的乡建放到一个更大的范畴或视野来讨论。我们通常会讲"艺术源于生活，又高于生活"，所以我觉得更大的范畴应该是从村落的方方面面来看，只要能促进村落健康的发展、有机的更新、文化的传衍，其实我们可以把所有的艺术门类都划定进来，并不只限于艺术创作，也不限于艺术的表现形式。下面，我就向大家汇报一下我的一点体会，当然其中也有一些困惑，跟各位探讨一下。

首先，我认为不能把村落文化在乡建当中的体现，简单地当作如何运用表演语言或者呈现手法的问题，也不能当作把无形文化转化成有形文化的简单呈现。这样的话，可能是从形态学的范畴对它的转化进行思考，这个讨论就比较狭隘了。

我觉得应该在交叉学科研究、多方主体站位的视域下，去探索符合村落内在的生长规律和发展逻辑的道路。这条道路注定是非常漫长的，我们需要在道路上不断驻足、不断回首、不断自行总结，因为我们当下的时空其实非常复杂，像社会转型、网络科学快速发展、城乡二元的矛盾凸显还有多元价值观的冲击，其实都使得当下的村落和文化所处的环境非常复杂。而对于村落的改变，其实我们仅仅只有一次试错的机会，因为我们的村落是不可再生资源，一旦我们对它进行一个大规模的改变或所谓的"保护"之后，就会破坏它可能经过千百年沉淀才形成的资源。如果走出这一步，就没法儿退回到它没被改变的时候了，很多拆了重建、复建，其实它已经不是原来的那个它了。

我觉得从客位视角出发，对村落的改变可能是给予村落以此提升，甚至是以此重生的机会，但也可能是一次毁灭和不可逆转的破坏，所以我觉得我们要特别地慎重。之前我有很大的担忧，但今天看了前面几位老师的分享，一些具体的案例，我想不单对于我，也对于我们很多听会的老师和同学们来说，其实都可以安心一些，因为有一些特别成功的案例正在我们的村落发芽，在全国范围之内普及。

刚才沈老师也讲了如何调节原住民和我们进行的"文化乡建"之间

的关系，我想我们可以参见一个中央电视台热播的栏目，就是《交换空间》。在这个栏目里，其实设计师和房主都是互相期待的，设计师希望房主可以满意自己设计的作品，房主则希望设计师对房屋的提升改造能满足自身的需求和审美。如果双方达成一致，那将会有一个非常成功、和谐、美好的结果，但如果设计师听不到房主的意见，只是按照设计师自己的喜好和行为模式去进行改造的话，可能这个结果很难让房主去满意。这也是后面想跟大家探讨的：在实际案例中，关于我们知识分子、原住民、乡建实施者还有政府之间关系和摆位的问题。

刚才听陈老师提到了大南坡怀梆戏团的案例，我听完了还是觉得很感动的，我看兰珺老师也关注到了，就是我们村民的感受，特别是村落当中女性村民的一种参与。虽然她们在这里面没有收入，甚至要付出更多的时间成本，但是她们都乐在其中。为什么？因为我觉得她们在整个过程当中有一种自我价值的实现和提升，我认为这是"文化乡建"中最难实现，但也是最应该实现的一个点。

我认为乡建的尺度和标准的制定是乡建能否成功的一个关键点。围绕这一点，我们可能要展开更多的思索，比如我们的村落中哪些元素可以进行表现？哪些元素是违和的？这需要根据村落具体的情况去界定。这就是村落保护中常常提到的"一村一品"，一种品德、一种品性、一种品位。因此，面对不同的村落，我们必须有一个非常明确的目标，制定一个和而不同的方式。每个村子的区域文化里其实是有一种共性的，但同时也有它个性的存在。

我觉得可以通过以下几点来实现：从遗产学角度看，它兼有物质与非物质文化遗产特性，而且在村落里这两类遗产互相融合，互相依存，同属一个文化与审美的基因，是一个独特的整体。我们过去很长一段时间的研究其实把它们放到了一个物质文化或者有形文化、建筑、文物的研究范畴，比如说，我们注重保护乡土建筑和历史景观，却忽略了为什么会形成，怎样形成，它的表现形式有没有特殊的意义，能不能反映本地人的心理等问题。

如果只强调形态，可能最终结果就是流于形式，名存实亡，而且会出现户籍人口远远大于常住人口的现象，也就是留得住人，但是留不住人心。他们会因为更加向往大城市的生活方式和生存条件而离开村落，导致我们现在所看到的非常多的"空心村""空巢村"，还有"留守村"的出现。

对于我们每个人来说，村落最大的意义在于它是一种古老生产生活的载体，也体现出人们千百年以来对自然、对科学、对美、对世间万物的思想观念的表达，而这种表达基本上是地域文化集体性格的一种体现，也就是说，是人们认知达成一致后的结果。这种思想、审美其实很难达成一致，但一旦达成，就不容易分裂，这也是集体审美为什么能够经得住推敲，在今天还被列为经典的原因之一。

我们的城市改造已经引入了"微更新"的概念，针对城市发展要求及人群诉求进行小规模开发、小尺度建设，以满足城市发展要求以及人们对生活功能和生活质量的要求。那么我想，这个理念对于乡建也同样适用，因为两者的共通之处在于：都希望为正在逐步衰退、无人关注的区域，带来可持续发展的动力，让文化的脉络得以再生和延续。

但是从空间角度来看乡建，包括"艺术乡建"，并不是所有的区域都需要我们去改造。对于那种已经做得很完善，老百姓特别适应现代生活，也乐在其中的地方，我们不需要去提升，去为了美化而美化。因为村落的实用功能其实是摆在首位的，先守村，再发展。村民对于某些华而不实，或者一些过分流于形式的东西还是会排在实用性之后的。这不是说他们不需要审美、不懂得艺术，而是说当艺术性与实用性有冲突的时候，他们会做怎样的选择。

我去调研过一些在国际上获过奖的海归设计师，他们在乡村当中做了一些文化景观和建筑，某些也成了网红打卡地。这些村落突然多了很多充满现代感的景观，从审美角度来看，这些景观建筑都做得非常时髦、非常新颖，从旅游的角度来说，的确增加了村落的人气。但是，如果经过细致的观察会发现，这些现代建筑和村民生活之间的关系并不密切，村民并不清楚这是谁建的，为什么要建，更不用提其中想要表达的设计理念和建筑语言了。在游客拍摄的照片中，不但这些建筑变成了背景，甚至这些村民都变成了 NPC（non-player character）。另一方面，如果你问游客这些问题，游客可能也不清楚这个建筑为什么建在这里，它有什么意义，跟村落之间的关系是什么，我觉得这是一种有点糟糕的情况。

还有一种情况，是有些设计师可能会改造一些跟生产比较密切的作坊，比如酒坊、醋坊和红糖作坊。其实大部分本地人根本不会使用这些作坊，如果需要纯手工制作，当地人在家里制作就可以了，如果需要大规模的机械化生产，他们会使用科技化、标准化更高的工厂进行生产。所以，这些作坊最后都变成了纯纯的文化景观，没有太多的使用价值。

所以我想如果设计师只是把村庄当作一张空白的画纸，只是看中了它的自然风貌，在这张画纸上展现自己在城市里面实施成本比较高的想法来实现自己的理想，表达自己的各种艺术语言的话，那对村落其实是一个挺深的伤害。他们表现了自己，但他们没有考虑建筑对于村落的意义，村落是不是需要这些建筑？反而言之，如果乡村里的建筑形式和城市完全相同，人们为什么要舍近求远来乡村看城市里的文化景观呢？

其次，我认为"艺术乡建"中，原住民的参与性和体验感非常重要，需要被充分考虑。对于他们的需求，我们不能越俎代庖。我们需要认识到村落发展的过程本身就是一个优胜劣汰、自我生长的过程，我们现在看到的村落实际上是一个历史折叠后的结果，当下呈现的只是其中的一个切面。就真实的状况而言，在一个村落里面看到的大部分遗留物都隐藏着历史的痕迹。你要想看清楚，看明白，得把折叠展开，将各种层次立体地呈现。而这种隐藏的历史痕迹，可能表现在一张非常小的剪纸里，也可能表现在一个作为生产工具的锄头里。

比如说，大概在每年农历的立春日、惊蛰日，甘肃地区黄土高原的一些老年农村妇女会根据传统的习俗用红纸和绿纸去剪一种树。这个树像鹿头，树梢上会有两只鸟，树干左右两旁各有一只鹿、鹤，就称为"鹤鹿同春""六合同春"或者"生命常青树"。为什么会选择这样的图案，做这样的设计，其实这里面有很深厚的文化内涵。因为每年春分前后，鹿就开始脱角生茸，这跟每年春耕的时间几乎相同。而仙鹤是一种长寿的象征，所以我国古代两汉时期就已经在汉墓或者画像石、画像砖里出现这种象征生命的文化图样。古代人喜欢图个好口彩儿，也就是吉利话，经常用谐音，比如，"鹿"与"陆"同音，"鹤"与"合"同音，这些形象组合起来就构成了"六合同春"的吉祥图案。

再举一个例子，我们现在庙宇的墙壁上有很多壁画，其实我们看到的往往是上层最新的，可能是清代的。如果有技术可以剥离开来，覆盖在下一层的可能是年代更久远的明代的、元代的、宋代的壁画。要想看到可以溯源的艺术形态，就必须一层层剥离开来，看到每一层的样式与形态。所以我觉得如果通过艺术去提升乡建的话，我们首先应该尊重原住民本身对艺术的认知和理解。他们能接受，他们觉得美，他们觉得就体验感而言最重要的方面，才是最重要的。我们得准确把握这个点，根据他们的需求进行提升。

现在有的村子会请一些公司来做规划，这些公司都必须具备较高的施工资质和设计资质，村子里肯定没有这样的公司，那只有从城市里请。但是我们需要明白，这个村落从始祖公建起来的时候，就是村民自己来选址、建设、维护的，他们没有请过外人。如果现在请设计公司来做规划，让不了解或者不那么了解文化的人来规划自己的村子、自己的房子、自己的院落、自己走的路，这就有一点本末倒置了。乍一看，可能村庄更整洁、更现代化了，道路也更笔直了，但是并没有考虑当初为什么故意把路建得弯弯曲曲，为什么水井、祠堂、文峰塔要建立在某个特定的方位，为什么民居建筑通常要矮于公共建筑，为什么房屋的构件、纹样和图案要做某种选择……这些为什么都隐藏得太深了，有的隐藏在非常古老的文献、史料、碑刻里，有的隐藏在某些家族的族谱、族规上，有的隐藏在古老的画像、壁画、照片中，有的在有形的资料里根本没有任何记录，可能是以一种口传身授的方式在传承、传播，可能只是人们达成了思想上的共识，以一种约定俗成的方式在约束着人们的思维和行为。而要发现这些信息，就必须通过长时间的田野调研，去细致观察，与原住民做深入交流和交谈，才有可能获得。

中国文物保护基金会曾经发起过一个拯救老屋的行动，发起人是励小捷先生，从 2016 年起在浙江松阳、江西金溪、云南石屏、云南建水展开试点工作，具体操作是：村民自愿申报，参与制订修缮方案，村民自己选择施工队伍，补助资金直接补贴给村民本人。在操作成本、操作难度方面都大大降低，而且自己修自己的房子肯定更加用心，不会潦草。如此一来，这种方式在维护村落整体面貌的同时，也让诸多传统技艺得到了有效传承。

再次，我想重点谈一下非遗在乡建当中的作用。当下造成村落空心化、空巢化的原因有很多，如经济因素、文化因素、历史因素等，其中农耕文明式微于现代文明、工业文明也是很重要的一个因素。村落的消亡不仅是灿烂多样的历史创造、文化景观、乡土建筑、农耕时代的物质见证遭遇泯灭，大量从属于村落的民间文化——非遗也随之灰飞烟灭。联合国教科文组织对非遗评定的标准是，它必须"扎根于有关社区的传统和文化史中"。如果村落没了，非遗这笔刚刚整理出来的国家文化财富中的许多项目就会立即得而复失，重返绝境，而且这次是灭绝性的，我们之前做的很多非遗抢救工作其实也就白做了。

党和国家也深刻意识到了这一点，当下也在尝试多种通过非遗推动乡建的方式，如非遗的"双创"，即创造性转化和创新性发展，使其不断被赋予新的时代内涵和现代表达形式，与当代文化相适应，与现代社会相协调。

我看到这样一种现象，有一些艺术家在一些村子里面做文化帮扶、文化下乡，所使用的题材都是他们擅长的，他们会用一些贝壳、石头做一些精致的景观小品来装点庭院，很多材料也都是自己带来的。并且，在很多村子里面都复制自身经验做同样的建设。其实这里我有一点异议，就是我们到底有没有充分考虑到地缘性的问题，有没有珍视自己的文化！每个地域都有属于自己的口头文学、民间传说、重大历史事件以及对村落产生巨大影响的村落名人，如果把这些本地的文化作为直观的宣传题材去进行艺术创作，是不是更加符合村落文化传播的诉求和乡村文明的调性，是不是比日本动画、美国漫威要更加有意义。

还有就是原材料的问题。原来很多民间文化的制作工艺、制作材料其实俯拾皆是，身边有什么就用什么。比如说，大部分传统木版年画会使用勾、刻、印、绘、裱几道工艺，除了制作年画的工艺本身之外，纸张是自己做的，刻刀是自己磨的，木板是自己砍来的，印绘的颜料也是自己调制的，用板蓝根做蓝色，用槐米做黄色，用铁矿石做赭石色……这种使用传统工艺和原材料所制作的年画，几十年甚至上百年颜色都不会变，一直鲜艳透亮。但如果为了图方便、图经济、图节省时间，而使用工业性染料，一方面，年画本身的制作工艺就不那么完整了，时间久了会增加失传的危险，另一方面，手工制作的颜料、木板、纸本身都有一些"人性"在里面，这是传承人的不同手法造就的。一旦过分借助机械化，那制作出来的年画就会更加趋向同质化，传承人原本想表达的意味或者内涵就会大打折扣。

所以我觉得我们在做文化融入乡建的过程当中，应该尊重文化本身的发展规律，尽量少用一些关系不大的舶来品。一方面，输血式的帮扶与振兴很难长久，另一方面，从文化多样性的角度也希望我们能更加包容农耕文明遗风，让处于发展进程各阶段的文化有属于自己的生存空间。

我记得天津大学建筑学院的王其亨教授在做客《国家宝藏》时曾经讲过，古代的很多建筑与景观，就像从自然里生长出来的，它们天人合一，和谐相处，人们寄情于景，只想顺应自然，不去强求改变自然。我想这也是很多村落建筑直至今天还能经典传续，依然长在人们审美点上的原因吧。所以，现在并不是不让我们的设计师、文化学者、艺术家介入对乡村的建设与帮扶，恰恰相反，正是因为很多对文化有追求、对政策有解读的有识之士对乡村的关注，才使得乡建形成更为广大的社会效应，有了各种发展的可能性。我们只是希望每个人在表达自身个性、时代性的同时，也多考虑村落本身的地域性格与原住民的需求：他们在想什么？他们要干什么？他们缺什么？毕竟想经典永恒，需要更多的推崇者、体验者与传承者，而村民就是最直接、最重要的群体。

最后，我认为，乡建应该慢一点，稳一点，慎重一点，不要用现代文明去强势碾轧农耕文明，不要用速食文化去替代生长文化。有专家说："市场泯灭知识分子之前，首先泯灭的是思想。历史的机遇一旦错过，十倍的力量也无从挽回。"关于历史，除了站在今天看过去，更重要的是站在明天看当下。所以，对待"文化乡建"，希望我们可以从长计议，慎而行之，不留遗憾。

我今天的分享就到这里，谢谢各位。

杨梦娇：非常感谢蒲老师，您讲的内容非常清晰而且是极具价值的思考，提供了一个非常具有批判性和反思性的知识分子的视角。您对传统的村落、传统的中国文化有非常深切的人文关怀，同时，在这两者之间非常审慎地去寻找乡村建设或者"艺术乡建"路径的可能性。我也看到，刚才白亚丽老师、陈奇老师还有兰珺老师等，对您的想法其实有非常强烈的反馈。对于很多人来说，在具体的实践当中要面对很多相关问题的抉择，究竟这一步应该迈多大、迈多远，这些问题是始终需要去考量的。

我们的讨论从一开始个案的分享到现在理论化的思考，已经越来越走向本质化的讨论了。最后发言的鲁太光老师是中国艺术研究院马克思主义文艺理论研究所的所长，也是非常著名的文学批评家。他今天要给我们分享一个极其重要的问题，其实这个问题应该是在我们的论坛一开始就存在于每个人的脑海中的，就是为什么乡村建设会需要艺术这样一个突破口，鲁老师也要从时代变迁的角度谈一谈艺术参与乡建的必要性，有请鲁老师。

鲁太光（中国艺术研究院马克思主义文艺理论研究所）：谢谢主持人！我今天来的第一个初衷是想表达谢意，我跟兰珺、梦娇是主办方，刚才听了几位老师的发言，不仅特别具体，而且特别深入，受益匪浅。乡建，特别是"艺术乡建"为什么有声有色？几位老师都是"当事者"，通过他们的讲述就知道他们付出的心血，说起来好像很愉快，甚至云淡风轻，但他们付出的心血和辛劳可能比这多得多，只是他们自己不讲而已。我借这个机会表示感谢，也向几位老师致敬。我一个朋友跟我说特别尊重从事乡建的人，他觉得乡建派的学者和艺术家，包括工作人员，像中国历史上的"墨家"，苦行力践，不空谈，做实事，我很认可这个观点。

我确实特别关心乡建问题，一方面我出身农村，不能忘本，另一方面我多年来一直关注文学艺术中对农村、农民的书写，所以也来参加讨论。我想从历史的角度看一看，或者说检讨一下为什么今天乡村需要建设，为什么今天乡建是一个重要的问题，进而谈谈为什么今天艺术需要介入乡建或者乡村需要文艺的问题。我觉得如果放到比较长的时段来看的话，我们今天的一些困惑和问题有可能得到一些比较好的理解。

我们做任何事情都有自己的目的，那么，我们从事"艺术乡建"的目的是什么？我个人认为主要有这样几个目的：一是经济目的，就是想通过艺术的方式把农村经济发展起来，继而留住农村人等，就是要用艺术的方式把乡村建设起来，防止乡村的经济等各种资源流失。我觉得从国家层面上看，这是一个比较重要的出发点。二是文化或精神目的，就是通过文艺为乡村凝神聚气，让乡村有魂魄、有精神、有魅力。这些年，乡村也不是说没有精气神，但不是很足，有的地方甚至很缺乏，乡村需要在新的历史时空中焕发出新的精气神来。当然，经济和文化诉求能二者结合就更好了。另外还有多元化的目的，比如美化生活、净化人生。我们今天的一些人，在城市生活的人，比如艺术家，到了一定的时间段，或者自己创作中有什么想法的时候，就想回到乡土中去，在用艺术推动乡建的同时也让自己的生活在另一种维度上过得更美，或者说更从容。现在这样的例子也不少。

既然乡建的目的不一样，那么一个重要的问题就提了出来：乡建的主体是谁？因为不同的主体维度不一样，做法肯定也不一样，乡建的效果，或者说"艺术乡建"的命运就会差别很大。

提出这两个关键词以后，我就想放在长时间段里考察。我简单划分了一下，觉得有这么几个时间段。一是封建时代。封建时代的中国就是乡土中国，有都市，但都市相对弱势。那个时候不存在乡建问题，我们的生活世界和艺术世界是合一的。那个时候农村的主体是农民和乡绅，他们生活的过程中就会有文化。我们读古代的典籍，包括读现代作品，经常看到乡土充沛的艺术文化生活。鲁迅是一直批判国民性的，但他的一些散文甚至小说里面，乡土世界是一个充满了生命力的艺术世界，读《社戏》，你一下子就会被他描述的乡土艺术世界迷住。所以我觉得几千年的封建时代在乡土中国是不存在乡建问题的。换个说法，那个时候的农村、乡土，恰恰是中国文化艺术一个很重要的发源地。我觉得记住这一点很重要。我们的乡村原来是有艺术、有文化、有传统的，或者借助一个文化术语来说，我们中国的"根"在某种意义上就是乡土的"根"，我们还是应该重视这个"根"，只有重视这个"根"，我们的"艺术乡建"才可能会少走一些偏路、弯路。

再就是社会主义革命和建设时期。社会主义革命和建设延续了新文化运动，确实是在打破、排斥旧生活、旧世界，包括旧的文化艺术。但查阅资料就会发现，中国共产党在打破旧文化、旧艺术的时候特别重视新文化、新艺术的建设。那个时候农村可能物质上比较贫乏，物质劳作可能也比较沉重，但那个时候艺术上并不匮乏，好多文学艺术经典都是以农村农民为题材的，像《创业史》《红旗谱》等。那个时候也比较重视基层文化艺术建设，赵树理有篇文章说他们那个时候经常发动地方的文学家、艺术家，就是乡村艺人，让他们写戏，参加征文，然后赵树理这样的文化人就帮他们改，改得比较成熟后就去演出、推广。为此，还要进行比赛等。很有意思。

那么这个转折点发生在什么时候？我个人认为发生在 20 世纪 80 年代以来，发生在新时期，发生在联产承包责任制后。我当然不是说这些事情是不好的，而是说改革开放、联产承包，以经济建设为中心，乡村经济得到了发展，但也是在这个过程中，首先是政府的资源，接着是各种优质资源从农村大规模撤出。因为"单干"了，政府就不需要操很多心了。所以，到了 90 年代，出现了"三农"危机。大家都记得李昌平老师总结的"农村真穷、农民真苦、农业真危害"的口头禅。一方面，这个时候农村文艺的地盘缩小了。另一方面，在城市和农村形成一种对立，产生一种鄙视链，农村农民在文学艺术上、在美学上都处于这个鄙视链的末端。

我是学现当代文学的，20 世纪八九十年代的时候，当时北京大学毕业的一个著名的学者叫季红真，她有一篇文章叫《文明与愚昧的冲突》，后来在 1986 年，她出版了同名的文学评论集。有评论说新时期中国文学的总主题就是文明与愚昧的冲突，"文明"主要指都市，"愚昧"主要指乡村。但凡有文学史经验的人，对这个情况是比较清楚的。

第四个时段就是当下。我确实觉得当下是"艺术乡建"的一个非常好的时机，这个时候乡建主体比较多元，政府自然不用说，各种公益组织，甚至一些艺术家等各种各样的个体也都愿意参与乡建，这是乡建主体的条件，或者说外部的条件。

另外，农村相比于城市虽然还是比较穷，但经济上确实有一定程度的发展，有余力考虑文化艺术问题和精神生活需要了。

其实我个人有一个直观感受：从 20 世纪 90 年代以来，中国的公共艺术特别是空间艺术有了特别大的发展。我今天中午特地搜索了一下中国好多大地艺术实践，有些不仅非常美，而且看了非常震惊。我们院有一位雕塑家，郅敏老师，他用瓷器做公共艺术和空间艺术，他有一个"二十四节气"系列，我觉得他这个系列特别适宜在农村建设，因为在城市里空间有限，顶多摆在广场上，但如果放在农村的话，就会非常有气势。我觉得中国的公共艺术、空间艺术的发展，即我们艺术水准的提高也为艺术参与乡建提供了非常好的艺术条件。

我看过白亚丽老师在微信里推介的自己在当地做的艺术品，在手机上看起来很小，但仔细看，都特别有味道、有艺术感，体现了一定水准。刚刚各位老师分享的案例也一样。

乡村是公共艺术的广阔天地，但也确实缺乏好的艺术家和好的艺术作品。所以，乡村确实需要好的艺术来为它凝神聚气，或者通过艺术来重新提炼出它的魂魄感。为什么这么说？我有时候走到一些地方，它也有艺术介入乡村，但是有些介入得不太好，我自己的家乡就是一个例子。我们村好多年前就想让艺术介入乡村，对村里的房屋进行喷绘，搞美术作品，我发现喷的很多美术作品都是美国动漫形象，像蜘蛛侠、维尼熊、机器人等，小孩是挺喜欢的，但那种钢铁形象或特别"洋"的东西跟乡土环境的配搭还是一个问题。

总之，我觉得今天我们有能力做好"艺术乡建"。如果有优秀的艺术家到乡村仔细研究当地的文化传统、当地人的生活状况，整体研究包括它的风景、山水等因素，而后提炼出一些主题、故事、形象，则既是艺术收获，也是乡建收获。

这就是我的想法。谢谢大家。

杨梦娇： 谢谢鲁老师，鲁老师讲了非常重要的一些观点。首先鲁老师给了我们一个如何理解乡村一直以来的文化和传统的历史化的理论框架，而且在对这个理论框架进行不同角度的分析之后，我看到我们今天真正应当做的，是去打破那种所谓"城乡文化差序"的观念。这一点是非常具有启发性的，也是对于我们刚刚反复谈到的"尊重"和"陪伴"的补充。

鲁太光： 我们会持续关注"艺术乡建"，有机会我们再交流。

杨梦娇： 今天的会议到此为止，非常感谢各位老师的发言，还有各位听众的到来，我个人是受益匪浅的，谢谢。

秦兰珺： 谢谢各位老师，时间也不早了，我们今后还有机会可以再面对面讨论，更重要的是一生的实践、困惑、问题和生活，谢谢！

第九十九期

科幻电影：工业标准和艺术星空

主持人：危明星（中国艺术研究院马克思主义文艺理论研究所）

对话人：贾云鹏（北京邮电大学数字媒体与设计艺术学院）

赵柔柔（中央民族大学中国少数民族语言文学学院）

陈亦水（北京师范大学艺术与传媒学院）

时　间：2023年3月10日（星期五）14：00—17：30

地　点：北京市朝阳区来广营西路81号中国艺术研究院103会议室

主　办：中国艺术研究院马克思主义文艺理论研究所

中国艺术研究院研究生院中国语言文学系

中国艺术研究院新时代文艺思想研究中心

编者的话

经历过起起伏伏的 2022 年，寅卯之交，科幻影视再次展现出了它的神奇力量，让我们重新有勇气 —— 谈论和想象未来。

这未来，是电影的未来。无论是美国的《阿凡达》系列，还是中国的《流浪地球》系列，它们都在不同程度上，参与着本国电影工业标准的缔造，致力于将数字媒体时代的本国乃至世界的电影工业水准推向新高。这未来，也是人类的未来。无论是离开故土冒险，还是带着家园出征，它们都以各具民族特色的方式，向我们讲述着不同版本的未来史诗。那么，这些未来，具有何种力量，存在着哪些局限，又和我们的现实和历史有着怎样的瓜葛？我们在其激发下，又能对当下产生怎样的认识，对未来产生怎样的想象，对"什么是现实"本身做出怎样的定义？

本期论坛，我们将邀请来自数字媒体、电影研究、科幻研究领域的专家学者，以近期上映的《阿凡达 2》和《流浪地球 2》为出发点，从科学设定、数字技术、文化研究、科幻艺术等多个角度，切入科幻影视的工业标准和艺术表达问题，欢迎参加。

危明星（中国艺术研究院马克思主义文艺理论研究所）：大家好！欢迎参加中国艺术研究院马克思主义文艺理论研究所举办的第九十九期青年文艺论坛，我是本次论坛主持人危明星。我们这次论坛主题是"科幻电影：工业标准和艺术星空"，论坛将围绕两部热播科幻电影《阿凡达2》和《流浪地球2》展开，我们这次邀请的主讲嘉宾在数字媒体、电影研究、科幻研究等方面卓有建树，相信一定能带给我们一场思想盛宴，下面由我简单介绍一下我们今天的主讲嘉宾。

来自北京邮电大学数字媒体与设计艺术学院的贾云鹏教授，贾老师长期关注数字媒体创意、数字摄影、影像设计，相信能给我们带来很多硬核的知识，欢迎贾老师。来自中央民族大学中国少数民族语言文学学院的赵柔柔老师，赵老师对文化研究、比较文学与电影研究等专业均有涉猎，期待她给我们带来新的视野，欢迎赵老师。来自北京师范大学艺术与传媒学院的陈亦水老师，陈老师的研究专长是电影模块研究及数字影像、新媒体理论和动画艺术研究，非常期待陈老师给我们带来专业的电影解读，欢迎陈老师。今天到场的还有我们院所老领导祝东力老师、马文所全体科研人员，以及院内外一切对本话题感兴趣的师友。

非常欢迎大家来参加我们这次论坛，我们今天按照惯例由三位嘉宾主讲，再由现场各位老师互动。

我们首先请北京邮电大学数字媒体与设计艺术学院的贾云鹏老师分享。

贾云鹏（北京邮电大学数字媒体与设计艺术学院）：非常感谢秦老师邀请我来跟大家一起交流学习。北京邮电大学是一所以工学为主体的大学，而我毕业于电影学院，所以很高兴我们能在一起探讨技术和艺术。电影学院的定位是一所艺术院校，我从电影学院毕业来到邮电大学以后接触了很多工科的知识，慢慢看到了搞自然科学的老师们做的一些工作，所以在这个过程中确实有一些实践尝试和理论梳理，对于我原有艺术上的思考有很多正面帮助和拓展。

今天借助这个机会，我们一起从《阿凡达2》和《流浪地球2》两部作品切入谈这个话题：务"虚"与务"实"。一个是把我们的想象通过数字技术在银幕上实现；另一个是我们所有的想象都是根据真实的科学基础，它们最终还是要回归到现实当中。最后，我再简单总结一下艺术与工业之间的关系。

第一部分是务"虚"：数字技术将想象搬上银幕。《阿凡达》系列的故事发生在虚构的遥远星球——"潘多拉"。这一空幻的舞台建立在天马行空的想象之上。实际上，早在《泰坦尼克号》的创作期间（1995—1997），卡梅隆就已经开始了对"潘多拉"这一幻想世界的构建。但直到2007年，《阿凡达》的创作才正式展开。究其原因，就在于20世纪90年代的各种拍摄技术远远不足以展现卡梅隆脑海中奇绝壮美的幻想。随着表演捕捉（Performance Capture）、3D融合摄影（3D Fusion Camera）和协同摄影（Simulcam System）三项技术的发展成熟，卡梅隆才终于等到了将"潘多拉"搬上银幕的时机。在《阿凡达》震撼影史13年后，以计算机软硬件技术为核心推动力的CGI（计算机生成图像）技术、3D立体技术、新型表演捕捉等技术更加成熟，《阿凡达：水之道》（《阿凡达2》）再次为全世界观众展现了电影视效技术和艺术表达的顶级标准。活灵活现的虚拟形象、高精度的虚拟场景、复杂真实的物理模拟、所见即所得的虚拟拍摄……种类繁多的数字技术为幻想赋予了形象。

第一块是表演捕捉。我们之所以把它叫表演捕捉，是因为相对于运动捕捉，表演捕捉把演员面部表情和这套技术结合在一起，协同肢体捕捉技术，同时介入电影的数字角色塑造中，最终形成了表演捕捉。

第二块是 3D 融合摄影。随着《阿凡达》的出现，立体影像技术开始被应用在庞大的复杂叙事作品中，并且影响了整个电影市场。也是因为技术的突破，卡梅隆跟索尼开发了一款全新的三维立体摄影机，把原先笨重的立体摄影系统缩小到正常摄影机大小。

第三块是协同摄影。《阿凡达》在制作的时候已经做到了用虚拟显示器，将数字计算机影像和在影棚里拍摄的影像，协同到专门的显示器上面，可以实时观看两者合成的效果，这套后期前置的技术对于电影导演来说特别重要。

在《阿凡达》之前，成功被搬上银幕的虚拟数字角色，我自己比较认同的是《指环王》中一个类人的角色"咕噜"，它被完整呈现在银幕上面，而且这个人还有非常强烈的情感变化，因为"咕噜"是一个精神分裂的角色，这对于数字角色在表演上的细腻度就会有要求。饰演这个角色的演员安迪，同样穿了应用运动捕捉系统的数据衣，同时，演员的面部被绘制了数据点，以开展面部表情的捕捉。最终电影呈现出了活灵活现的数字角色"咕噜"。

到了《阿凡达》的时候，这个技术变得相对成熟。首先，演员头部佩戴有微缩摄像头设备，并且演员脸上被画了很多数据采集点。这些数据采集后不能直接被使用，而是必须通过后期大量的数据修复，还要进行很多人工动画调整，才能够完成。所以数据量特别大，其制作成本也会非常高，这就是除了《阿凡达》外，我们很少看到使用数字表演去完成一个类人角色塑造的数字人表演应用的原因——它的技术门槛比较高，整个制作成本也是比较高的。

随着计算机技术的进步，我们开始进入人工智能时代。从机器学习，尤其是基于神经网络的深度学习，我们看到了很多新的可能性。我们都知道，现在每一个手机上面都有所谓的面容 ID，但只有苹果手机可以做到真正安全地构建光学结构的面部识别，因为它里面安装了原深感摄像头，它会在你的脸上投出 3 万个光学点，通过你的距离评估你的深度信息，构建了整个面部的 3D 网络。这个安全性是 2D 目前达不到的。根据我们从实验室提取的不同设备捕捉下来的数据来看，显然苹果给我们的数据更加稳定。

有鉴于此，我们基于深度学习去尝试，不需在脸上画数据点进行面部表情数据捕捉和数据驱动，也可以达到非常不错的效果。

（用 PPT 图片示意）其一是常见的网格变形，做过三维动画的同学对这个方法比较了解，我们做很多目标点进行融合变形，主要以人工驱动为主；其二是基于骨骼驱动的；其三是目前相对比较主流的方式混合变形（Blend shape），它们各有裨益，有它的优点，也有它的缺点。

现在通过人工智能的方式在人物脸部进行模式识别来采集人脸数据。目前市面上有一些免费的应用，我们用自己的手机摄像头捕捉面部，来驱动一个卡通的形象，这没有什么问题。大多数的数据仅涉及脸部轮廓、眉毛、眼睛还有嘴巴，一般设置大约 68 个点。最近微软公司发布了一个新的算法，在原有的 68 个点上增加了 10 倍，达到 703 个点，这样不仅仅是面部的模型，整个头部，包括牙齿、眼球、耳朵等全部可以同时生成。可以根据你的照片或者你的视频，实时生成一个你的模型，并根据你的表情变化实时驱动这个模型。

基于这种方式，实验室在脸上没有画任何标记点的情况下进行新的尝试。我们常规用计算机三维动画软件创建的人物模型，这个模型与采集动作的表演者没有任何关系，把它变成男的、女的、老的、少的都可以，左面只是采集，由表演者驱动右面你做的虚拟模型面部变化。我们看到，这一过程中还是保留了很多面部表情的细节。

（用 PPT 图片示意）这是同一个表演者，左下角是在市面上可以找到的免费软件，通过二维摄像头进行面部驱动的效果，他们丢失很多细节。右面这个我们发现在算法改进以后可以保留大多数表演者面部的那些微表情。在目前这个技术的程度下，我们做一些游戏角色，做一些普通的短视频，做不是特别复杂、要求没有那么高的电视作品，这项技术应该还是够用的。但是如果要上升到电影的级别，差距依然非常大。

细究《阿凡达：水之道》中数字技术的精湛运用，最先提及的必然是精细度更上一层的虚拟形象。在第一部中，拍摄团队已经制作出了栩栩如生的外星种族"纳威人"的形象，但仔细观察仍可以发现角色的美中不足——如纳威人不会流汗、其皮肤质感尚不够真实，也不像现实中的人类一样细腻多变。在《阿凡达：水之道》中，制作团队从两个方向——现实表情捕捉和数字模型制作——对虚拟角色的表现进行了又一次升级。

在《阿凡达：水之道》当中，我们可以看到演员脸上捕捉数据点比第一部的时候多了很多。此前，卡梅隆监制的《阿丽塔：战斗天使》就已经开始同时使用两个高清摄像头（传统方式只使用一个）以及更多的定位点进行面部表情捕捉。这一方法能够让角色眼皮、眼角、眉头、嘴角等部位的褶皱和细节呈现得更加清晰、生动。在《阿凡达：水之道》中，对于角色表情的制作也自然沿袭了这种高标准。其实类人生物的模拟到现在为止依然是难度最高的，即便是像阿凡达这么细致的类人生物，我们依然能感觉到它是数字虚拟角色而不是真人，所以把它定位成外星生物纳威人。现在数字人非常火，但是离用以替代真人的距离还是比较远的，技术还是达不到。

对于《阿凡达》中的数字角色来说，负责全片绝大部分数字特效制作的维塔数码（Weta Digital），从传统的混合变形转向了崭新的肌肉应变（Muscle strains）方法的研究，全新的面部制作系统——"Anatomically Plausible Facial System"（符合解剖学的面部系统）——被设计出来了。

这一系统是基于解剖学原理被设计的，可以由动画师和表情捕捉共同驱动，并且内置神经网络进行辅助。

在人物形象之外，《阿凡达：水之道》对于幻想世界中自然风光的还原也毫不懈怠。综观《阿凡达：水之道》全片，给观众留下最深刻印象的自然是贯穿始终的水中镜头。而对液体的模拟正是困扰整个业界的难题，卡梅隆也曾坦言不论是什么问题，只要遇上了水就比原本困难数倍。在真实世界中，水体在不同比例、体积、运动、光照下会呈现不同的效果。海洋、溪流、水洼、波浪、激流等，虽然都是水体，但从视觉观感上却相距甚远。在电影中，水体在不同景别下所呈现的视觉效果也有所差异。使用 CGI 技术模拟不同景别的水体效果，也有不同的制作难度。一般而言，景别越全，水体的 CG（计算机动画）制作更侧重整体性，可在合理的视觉接受基础上忽略部分波纹和泡沫的细节，因而制作难度较小。相反，景别越近，水体的质感细节也更加复杂。并且，近景水体在与人物、道具、衣物等产生互动时，也会出现更为复杂的视觉变化，稍有不慎就容易让影片画面脱离真实。而《阿凡达：水之道》全片与水息息相关，对于细节镜头自然不可避免。

此外，为追求对幻想世界的极度还原与完美控制，相较于包含20%—30% 布景实拍的第一部，《阿凡达：水之道》舍弃了许多能够降低成本的实拍代替方案，尝试采用 100% 全 CG 的方式完成画面制作。在杰克教导儿子使用弓箭的丛林场景中，观众能够清晰地看到虚拟角色踩踏植物的交互，感知前景藤蔓和蕨类植物对视线的遮挡，以及后景植被中妮特丽慈爱的目光。树木、溪流和人物，完美地融合在 3D 银幕中，使观众能身临其境地体验到纳威人家庭世代和谐的生活片段。

上映于 2019 年的《流浪地球》，尤其是它特效镜头的表现，自上映起就广为称赞，更是有人将其称为"中国科幻元年"的开山之作。时隔4 年，在《流浪地球 2》中，影片的特效表现迎来了全面升级，画面更加真实，场景更加宏大，感受到巨大震撼的同时，我们也看到了国产电影追逐好莱坞等级视效的希望。

《流浪地球 2》中视效的升级，一大直观体现就是相较前作剧增的工作量。根据导演郭帆的公开介绍，时长 173 分钟的《流浪地球 2》完成了 3000 多个视效镜头，以及额外独立的 1000 多个面部视效，特效制作师团队超过 2300 人，共有 26 家特效公司参与制作。全片制作历时的 1400 余天中，制作团队共为影片绘制 5310 张概念设计，9989 张分镜头画稿，共完成了超过 95000 件道具、服装制作，总共搭建了 102 个科幻类主场景。《流浪地球》时的置景面积大概在 10 万延展平方米，而这个数字在第二部超过了 90 万。从项目的制作角度分析，实际上片中地球和月球两大场景的视效足以被看作两部独立的大型视效片。而一些比较独立的场次，例如联合国以场景延伸和 UI（用户界面）合成为主的场次，能归类成一个中型的项目。此外上千个面部的视效镜头也可以归类成一个特殊项目来看待。因此，根据特效团队的介绍，《流浪地球 2》的视效体量可以至少与 4 部视效片的总量相当。

我对其中一个镜头印象比较深，幕后，他们视效总监也谈到了这点。刘德华饰演的图恒宇完成图丫丫的数据上传以后，镜头以升格的方式跟随两颗电击枪的子弹射入，这个时候它周围全是镜子，镜子打碎翻滚。特效团队要做的不是实现特效，实现特效这是一个层面，另一层面，他们要为创作服务，要通过镜片碎裂的旋转角度和节奏来配合当时的情绪，当时看到这里，我很感动，我自己也有女儿，特别理解他作为父亲当时人物的情绪。

在《流浪地球 2》的制作过程中，最大的技术难关是"De-aging"——数字换龄技术。比如《本杰明·巴顿奇事》，由布拉德·皮特饰演的角色覆盖了从婴儿时期到老年的整个状态，这里运用了多方面的数字技术。数字换龄实现困难缘由复杂，首先，这一技术就对应视觉特效中最为困难的生物（软体）模拟问题，工作量繁重且极易制作得不真实。其次，综观全世界成功的数字换龄案例屈指可数，并且实现方式大相径庭。维塔（Weta）工作室的《双子杀手》中的虚拟形象事无巨细，全身上下细到毛孔挤压拉伸、情绪导致微血管血流变化全部通过 CG 手工制作完成；工业光魔（ILM）的《爱尔兰人》只替换脸部，但影片开拍前两年就开始通过人工智能训练 CG 角色表演，并且现场拍摄除了正常拍摄机位还要再架两台相机记录数字换龄技术相关使用素材；漫威则是基于深度伪造（Deepfake）技术用演员年轻时的 2D 素材训练 AI 来替换实拍素材。

《流浪地球 2》作为阐述地球流浪来由的"前传"，故事中的人物年龄比第一部更年轻。最后上映的成片中，观众也在银幕上看到了重返青春的吴京与刘德华。起初的技术测试阶段，特效团队选择挑战难度最高的维塔方案，但在综合考虑项目应用场景不同（面部捕捉设备与《流浪地球 2》复杂的服装道具冲突）、经费（超过视效全部预算的三倍）以及试错成本等因素后，果断转向基于深度伪造算法的实现方式。经过艰苦的攻关，特效团队最终成功实现了数字换龄的目标。

深度伪造算法是基于像素数据驱动的。打个比方，算法需要对易建联或者贝克汉姆的影像进行大量学习，你学习训练得越多，最后生成出来的真实度就越高，这种学习包含声音、语气、表情，同时进行。

之前我们说人物模型是人工通过计算机三维软件建模完成的，还有一种技术是通过真人照片、视频，或者实时二维摄像头捕捉生成的。我们看不同人种，包括亚洲人、欧美人、非洲人等，通过照片和视频生成模型，并且可以通过摄像头实时驱动模型的面部表情和动作，这样的技术成熟后应用在电影制作中一定会大幅降低数字角色的制作成本。

第二个部分，立足真实的科学基础。虽然同为以呈现想象作为核心吸引力的电影类型，但与生俱来的一些特性使科幻电影鲜明地区别于奇幻、玄幻等电影类型。一方面，科幻电影大多承载着对人类未来、宇宙视域的壮阔幻想，为观众带来远超日常的视听体验与哲学思考，但另一方面，科学性的语境也就要求科幻电影需要具备更高的可信度。其世界观、技术原理必须在一定的虚拟范围内逻辑自洽，所表现的科技内容必须在超越现实尖端科技的基础上又存在理论实现的可能。

根据公开资料，《流浪地球2》的制作团队聘请了19位各领域专家，组成科学顾问团，划分为理论物理组、天体物理组、地球科学组、人工智能组以及太空电梯力学顾问5个组别，为影片涉及内容进行了详尽设定。除此之外，他们还联络了很多社会科学、医学方面的短期顾问，以随时提供相关领域咨询。科学顾问的首要工作就是保证影片的真实性。例如，电影中的一个重要情节：为了让地球摆脱月球引力顺利离开太阳系，人类在月面建造了发动机来放逐月球——也就是"逐月"计划。科学制片人骆翼云透露，在提出"逐月"计划前，制作团队原定的情节是"弹幕"计划：从地球以一定角度、规律、时长发射"弹丸"，像抽陀螺一样抽动月球，让其自转加速解体。当时美术组已经根据"弹幕"计划开始筹备，但科学顾问直截了当地提出，这个方案在科学上没有任何可实现性，最终剧组不得不放弃该方案。实际上，影视创作不是写论文或做考卷，影片最终的呈现结果是综合了剧情、艺术性、视觉效果等多层面的考虑，是在科学跟幻想间进行取舍与平衡。

科幻电影区别于其他类型电影的一大特性在于——能否拍摄出成功的科幻电影，是和本国家的工业实力强相关的。这一特性首先体现在科幻电影的真实感、观众内心的认同感中。而强大的工业实力、充足的物质供给，也为科幻电影的拍摄提供了强有力的物质保障。例如，《流浪地球》中充满工业、冷峻感的大量工程机械，都由我国徐工集团免费提供。影片拍摄过程中，徐工先后投入了几十款主机设备、几百套零部件及车间道具以及三维模型，还有上百名工作人员，并从时间、涂装、设备、人员、物流、现场执行等各方面为《流浪地球2》做好了资源配置和保障。即便是现实中没有的设施装备，剧组也可以依靠我国全产业链的优势，迅速定制出符合要求的产品，这在工业尚未成熟的国家是无法想象的。

《阿凡达：水之道》绝大多数的场景都在与水相关的环境中完成。创作之初，团队所面临的第一个重大难题就是如何真实地还原出水下的表演。水下动作捕捉的传统解决方案为"dry for wet"（陆上模拟水下），演员们通过威亚悬吊在陆地上模拟水下环境，然后通过后期合成实现身处水中的效果。然而，空气与水体环境存在差异，演员运动所受的浮力和阻力也不尽相同，因此"dry for wet"最终的动作呈现效果必然存在生硬和不自然的问题。为此，技术团队最终研发出了整套水下拍摄系统。在将动作捕捉系统应用于水下的过程中，拍摄团队遇到两个主要问题。其一是水面波光、水的反射折射现象，会对水底的拍摄与动作捕捉数据的准确性产生影响。为此，团队找到了解决方案：在水箱上均匀放置一层白色塑料球，以消除来自水面上方的光线对水体内部产生的影响。其二是在水中拍摄时不能使用潜水装备，因为呼吸装置呼出的气泡会遮挡动捕系统的光学标识点，导致捕捉系统出现识别错误。对此，最终的解决方案是演员、灯光师、摄影师等主要的拍摄团队成员都需要在水下憋气，以完成拍摄工作。

此外还有水下摄影。传统的水下摄影机非常笨重，如果用一个水罩把普通摄影机塞进去以保证水进不去，这个摄影机怎么调度？没法调度，太重了。2015 年出现的水下摄影装置：DeepX 3D，这个设备小型化了很多，才 30 公斤，所以在水里面操作起来方便了很多，同时解决很多畸变、散光、色差等水下摄影的相关问题。

另外是双机立体拍摄系统，通过实拍最大化模拟人的双眼视觉。但是也有很多问题，比如说景深在焦点变化时候的感受，我们人眼看和机器拍下来还是有很大差别的，逆光、横向快速运动都会有问题。当然最大的问题还是在于实际拍摄的成本控制等问题。所以即便是《阿凡达 2》，其很大一部分是通过后期人工转制的立体画面，并不全都是原生3D。但是转制也需要大量的人工处理，如图像分割、灰度绘制、背景补图、渲染合成等，都需要很多的人力和时间。现阶段应用人工智能算法，可以通过 2D 图像计算深度信息，再还原双目视差。在这个过程里面会应用到整个图像的解析也是非常复杂的，毕竟电影影像，在影像质量要求上非常高，目前的 2D 转 3D 技术可以做到一个人用一个星期完成一部电影的转制，极大地降低了制作成本。

最后做一个结语，《阿凡达 2》与《流浪地球 2》，二者都是在第一部大受好评后登上银幕的系列续作。在维持一贯的高水平制作的基础上更进一步，借助"虚"与"实"相结合的手段探索着艺术表达与电影工业的边界。二者在种种领域所探索的成就，必将深刻影响影视行业、完善电影工业标准的构建。

我的分享就到这里，谢谢大家。

危明星：非常感谢贾老师的精彩分享，刚才贾老师主要讲了电影工业标准。赵柔柔老师已经到场了，赵老师在文化研究和电影文学方面都有涉猎，非常期待她今天给我们带来新的观点和视野。

赵柔柔（中央民族大学中国少数民族语言文学学院）：谢谢主持人，谢谢贾老师的分享，这对我来说非常有启发性，学习到了很多知识。正如贾老师所说，无论是《阿凡达 2》还是《流浪地球 2》都是令人惊叹的工业产品，有很多关于技术的话题值得深入探讨。我们这个题目包含两个层面：工业标准和艺术星空，所以，我想我就不班门弄斧谈论工业标准了，而是把重心放在题目的后半段"艺术星空"上，也就是说，《流浪地球 2》这个电影引发我思考的，除了技术的推进外，还有另一个问题：技术在这部影片的叙事里面扮演了什么角色，技术与艺术的关联是什么样的？

我想从《阿凡达 2》和《流浪地球 2》这两部续作的一个细节的对比开始。在《阿凡达 2》中，显然复仇构成了叙事的主线——那个在前作中被杀死的军官借他的拷贝、他的"阿凡达"副本归来，以他的遗愿为唯一导向，不遗余力追杀主角。然而，当故事从前作中偏移开，从对资本积累和殖民历史的记忆转向了一个极其个人化的复仇之后，就变得有些令人困惑了。因为，从副本捏碎原身头骨可以看到，他并未把自己等同于原身，那么他对复仇的偏执从何而来？而如果副本完全继承了原身的记忆和人格，那么究竟是为了什么而复仇，又为什么能凭此调动那样巨大的资源？这个情节上的扭结，一方面指向了历史与想象的枯竭，我们看到作品中没有真正冲突，它彻底塌陷为一种把核心家庭当作唯一支点的叙事。另一方面，它又凸显了一具沉重的肉身——那些资源、仇恨和价值，被放进了那具被箭贯穿的已然化为枯骨的肉身之中。

化为枯骨的肉身十分具有隐喻性，它在《流浪地球2》有着某种情节上的对应，也就是它的数字生命段落。面对与《阿凡达2》相似的"记忆副本"，马兆选择了销毁，因为他执着于不可取代的沉重肉身，而与之相反，图恒宇将悔恨和希望寄托在数字生命图丫丫之上，并最终自己也选择了上传记忆副本。这里出现了一次瞒天过海式的置换，影像上出现的是图恒宇的副本，但是我们都会马上把它接受为图恒宇的本身，顺理成章地接受他在危急关头的拯救行动，而不会纠缠于一个来自过去的副本如何瞬间跨越许多年的记忆空白。在此，或许可以回到前面贾老师谈论到的一个《流浪地球2》中的技术问题，也就是由深度伪造技术完成的数字换龄技术。这个在现实中已经使用较为广泛且有着巨大争议的技术，与完全地重新建模不同，是通过神经网络深度学习和不断自我迭代来完成的，在这个影片中是学习了大量刘德华和吴京早期电影影像，经过500次迭代形成了能够自我生成的影像，用它叠加在演员脸上，再通过人工校正使二者贴合。它带来了一个影像上的效果，即演员现实身体的影像和来自过去的影像副本的重叠，跨越了肉身的界限，与电影中的数字生命形成了互文。

这个互文或许显现出来，《流浪地球2》似乎尝试面对一个正在迫近的现实。当然，关于数字生命、赛博朋克、记忆移植等话题，在科幻叙事中十分常见，甚至可以说有些陈旧了。但是近年来社交媒介、大数据、语音识别与合成、AI 绘画、ChatGPT 等逐渐进入，甚至于掌控人们的日常生活之后，关于它们的想象与叙事都发生了一定的偏移，如网络文学中对科幻元素的借用，以及越来越常见的混杂性身体经验。而数字生命这条线索的加入，也令《流浪地球 2》显现出了对刘慈欣原著的非常明显的偏移。其中，最为突出的，是人工智能 MOSS 线的强化。这条在前作中已有铺垫的暗线，在《流浪地球 2》中逐渐成为主线。影片中十分常见且怪异的时间提示"距 ×× 事件还有 ×× 时间"，似乎提示着这些事件已经发生——这大概只能解释为，影片本身是以 MOSS 为视点讲述的，而在此意义上，《流浪地球 2》的整个故事也变为了以 MOSS 机器之眼记录下来的一段往事，一段历史，甚至是 MOSS 讲述自己诞生的"创世纪"。

这与刘慈欣的科幻想象之间的距离并非仅是题材选择上的不同——在他的写作中，人工智能和赛博朋克确实十分少见——更为深层的差异在于刘慈欣对科幻本身有着截然不同的预期。他在《流浪地球》获得"银河奖"时的发言中谈到，他本来预设是一个叫作"末日"的系列小说，前提仍然是太阳氦闪，但几篇小说会从不同的方案设定人类的应对方式，最后一部的设想很有意思，是人类知道逃生无望就在冥王星上建立了人类文明纪念碑。实际上，刘慈欣很喜欢写人类文明遭遇毁灭性的灾难，但这种毁灭不是崩解也不是虚无，也不会因为某一个人的英雄行为发生变化，而是为了凸显人类在面对必然的终结时的明知不可而为之的"尊严"，如在《朝闻道》《诗云》《三体》等小说中都可以看到这种倾向。

换句话说，刘慈欣始终在书写宇宙尺度，人类所必然面对的危机和未知，以及由此必然面对的终结命运，而这在一定意义上取消了来自内部的危机——"阴谋论"在他笔下从来也不是重心，甚至会出现《三体》中"面壁者"这样事先张扬的"阴谋"——同样地，他的小说基本上不依托于民族、阶级、性别等参数，所留存下来的仅仅是模糊的整体性人类修辞。正如一些学者指出的，刘慈欣的这个选择显影出了"黄金时代"科幻叙事的影像，但同时也与他自身对历史的理解有关。我在另一篇文章中提到，《三体》中可以看到，模糊的人类修辞让刘慈欣可以打包丢弃他所理解中的，由于人类内在危机构成的历史，特别是 20 世纪充满冲突和灾难历史，将一个事件、一段历史抽象，压缩成一个理念塞给一个角色，再将他判定失败。他自己也曾谈到，透视现实和剖析人性不是科幻小说的任务也不是它的优势，科幻小说的优势在于创造一个空灵的想象世界。《流浪地球 2》在 MOSS 这条线索明朗之前，太阳氦闪、月球发动机失灵等只是庞大而未知的宇宙中的危险，但是影片末尾强化的 MOSS线索将所有的危机全部收束、闭合到了 MOSS 的操控上，这就让整个故事不再延续刘慈欣的主题了。换句话说，危机不是人类文明所不得不面对的宿命，而是某种人造物的阴谋，不再指向外部和宇宙，而是转向了内部。

这个转向显现出来，电影没有办法再去延续世纪之交时刘慈欣在"黄金时代"式科幻想象当中寻找的空灵的想象世界，以及模糊的人类修辞。它只能尝试寻找新的故事支点。可以看到，周喆直线索中十分明显地召唤出了两个我们熟悉的东西，其一是他强调的"我们的人"时显现出来的突兀的民族主义，另一个是以愈合的大腿骨暗示的国际主义。这些和原著构成了强烈的张力：原著中，主角不断强调"前太阳时代"的种种道德考量，在流浪地球时代已经完全不适用了。如岩浆涌入地下城时，居民自觉按照年龄作为逃生次序，这显然是在"人类"面对灾难时的被迫选择，有点悲哀、有点冷漠，完全没有在电影当中"五十岁以上出列"那种主动赴死的英雄色彩。同样地，原著有意避开了对人性、伦理的讨论，认为核心家庭在这样的变动中必然崩溃，但影片中再度将它们召唤回来作为情节的支点，如对刘培强家庭的浓墨重彩刻写，以及图恒宇对图丫丫的基于亲情的执念，等等。这种令我们非常容易接受、非常熟悉的支点，细究起来是会动摇影片叙事的基本逻辑的，比如图恒宇反复说要给图丫丫完整的一生，但是对于数字生命来说，究竟什么是完整的一生？而对于自然生命来说，失去社会性的几十年又怎么能称得上完整？

因此可以说，影片《流浪地球2》在技术上和艺术上其实是有错位的。一方面，在科学和技术上，有很大的可信度和精细度。但是另一方面，对社会和历史的想象则十分匮乏和急躁，用很含混的方式抹掉了这个话题当中必然会包含的东西。这样一种匮乏，我把它称为反乌托邦想象力的消失——20世纪的反乌托邦叙事延续着曾经的乌托邦想象，想要以构建社会性图景的方式来回应历史议题，但是这个东西在《阿凡达2》和《流浪地球2》中都非常薄弱。

所以说，《流浪地球2》是一个十分当下的电影，刘慈欣曾经有的某种历史紧张感在电影中消失了，但当它想要回应现实语境时，又很难形成具有想象力的答案。因此它选择借助过去的幻影，一些象征性大于阐释性的事件，一些既有的情感模式来仓促作答。它在视效上无疑是中国电影工业一次成功案例，但是它又以非常精细、奇观般的雕琢技艺，完成了一次对表象的模拟，一种对幻觉的重现。我们有多想在银幕上看到一张年轻的刘德华的脸，特别是他们现实当中正在技术冲击下不断衰老、不断衰减的时候。比较《流浪地球》和《流浪地球2》很有意思，它们恰好对应着一组隐喻：《流浪地球》是一个废墟，如陈楸帆所说，它最有趣的是标示出了上海、杭州这样的中国城市，可以作为"末日"时的废墟地标了。而《流浪地球2》基本重建了一个纪念碑，也就是在MOSS视点上形成的，关于人类文明最后的一段回忆，其中充斥着各种各样的过去幻影。

或许从这个意义上说，技术和艺术之间并不自然而然地同步，相反，在这样一个技术急速更新的情况下，如何获得一个和技术精细化同等体量的人文的想象力，大概更加需要时间和努力。

我就分享这些。

危明星： 特别感谢赵柔柔老师，赵老师主要分析了两部电影在艺术上的一些短板，我们的电影在有高技术的同时如何来补上我们艺术上的短板，是我们需要再继续深入讨论的话题。

（休息）

下面由陈亦水老师发言，我注意到陈老师写过《流浪地球》影评，还讨论过这部电影叙事逻辑上的问题，她讨论的方向会不会和我们赵柔柔老师有一些逻辑上的链接，非常期待你的发言。

陈亦水（北京师范大学艺术与传媒学院）： 非常感谢，上半场沉浸在对于贾老师的如此具有视听奇观效果的技术美学分享里，以及赵柔柔老师极具修辞性的话语暴力中无法自拔，刚才有休息，让我有喘息之机。今天非常荣幸重回母校，分享自己的最新思考。

关于《阿凡达2》和《流浪地球2》这两部影片，我觉得首先，从类型片的概念来讲，它们属于两种完全不同的类型片。

第一个，《阿凡达2》是一部非常典型的美国科幻类型片的亚类型——太空歌剧片。什么是太空歌剧片呢？是朝向无限外太空冒险的星际旅行、殖民开拓的科幻片，如《星际穿越》《星际迷航》《星球大战》等，它的原型其实是世界上第一种类型片——西部片。为什么说它是西部片呢？这二者共同之处是表现出好莱坞所主宰的地缘政治空间想象。

西部片最早不仅仅是一种类型片，而且作为一种流行文化早已奠定了美国精神文化的主体性表达，永远都是一个白人男性牛仔代表着重建秩序、道德，为当地带来秩序新的法治；永远有一个女主人公，要么是纯洁无辜，要么是蛇蝎美女；同时又有一个反派，那个反派才是这片土地主人、邪恶的原住民。这是典型的美国早期想象，也是美国精神主体性的建构。

但是，当地球空间已经被探索殆尽，没有大西部去开发了，印第安人也没了，怎么办呢？美国所代表的人类就朝向外太空去探索、去冒险、去殖民开拓。所以在这个意义上，《阿凡达2》既是一部科幻类型片，同时又与早期美国西部片共享着同一种空间逻辑。

第一个科幻电影黄金期是20世纪30年代，第二个科幻电影黄金期是20世纪60年代。不管第一个黄金期还是第二个，我们看到美国科幻电影中，外星人的角色都是那么丑陋、邪恶，并且同样都有一个白人男性牛仔。其实有一部美国科幻片就叫作《太空牛仔》，也是由一个白人男性去讲述空间冒险殖民开拓的传奇故事，而这种讲述的逻辑奠定了一个多世纪以来的美国精神文化主体性表达。到了今天，这种地缘空间的政治逻辑变成了对太空空间的殖民冒险与开拓，我正好也看到过一个政治学研究提出的新概念，叫作"天缘政治空间"，描述中国应如何积极参与到天缘星际争霸战之中。

回到这部影片。天空歌剧类型电影，如果往前推是好莱坞西部冒险片，再往前推，我们会看到这也是500年前西方殖民者航海大发现、殖民、冒险、开拓，以及对于亚非拉地区第三世界进行种种掠夺的空间逻辑，这种表述大家都比较熟悉了，不再多说了。

所以，在这个意义上，无论如何，《流浪地球》系列的出现是一个值得可喜的现象，因为它首次提出了跟好莱坞太空歌剧片不一样的空间逻辑。我们可以实现某种技术美学去表达属于中国人自己的空间逻辑，我们可以不去拍太空歌剧片、可以不用去拍外太空星际殖民冒险片也可以讲出一个完整的故事，这个完整的故事就是表达"中国人如何守卫地球"。

我们对于天缘空间的想象不是基于殖民开拓，而是守卫地球家园，这是《流浪地球》系列首次提出了不同于好莱坞并且非常清晰的"地缘政治空间观"，这背后有着中国人自己的文化价值观，这也是蓝色文明和黄色文明的根本差异之一，但这种表述至少在40年前的中国电影中还是被否定的，就是所谓"中国魔幻现实主义写作中被异化了的地球空间"。例如"第五代"导演陈凯歌的《黄土地》《孩子王》电影中对于地球空间的呈现方式，那时候土地、天空占据 2/3，对人类构成巨大的压抑感受，而人类反而极其渺小，黄土地是压抑人性、毁灭个体的，但是在 21 世纪的《流浪地球》系列里面，我们已经能站在人类命运共同体的想象逻辑上给予一个宏观的、庞大的概念，就是"带着地球去流浪"。我觉得这是两种类型的差异，所以我对《流浪地球》系列的这种表达是肯定的。

第二个是关于叙事上面的问题。刚刚贾老师和赵老师的分享，对我特别有启发，贾老师用技术工业美学开启了中国科幻电影元年，赵老师从反乌托邦的视角把这个元年给结束掉了。我觉得都非常有道理，对我启发很大。

关起门来说，确实也不得不承认，好莱坞真的太会讲故事了，他们总能把一个如此老套、陈旧到你看了开头就知道结尾的故事讲得如此好看、动人。像去年的《沙丘》，这部影片的故事模型比《阿凡达 2》更加古老，都是中世纪冒险小说的模型，但是他们讲得非常清楚。而我们中国导演，包括张艺谋、陈凯歌，以及今年春节档的新锐导演程耳，他们想说的东西太多，我们看到《流浪地球 2》其实差一点儿就把故事讲散了。但是好在还有大量的奇幻的、美丽的、对于叙事而言一点都不重要的，但是起到了遮瑕作用的技术美学来弥补，去填充叙事的短板，否则故事真的不忍细究，所谓细究不是依靠影迷一点点扒剧情发现惊喜，而是放在 90—120 分钟的完整剧情中是否能讲清楚一个故事。

比如，赵老师讲到对于 AI 技术的追问，我们在银幕上看到一开始是从一个反乌托邦视角介入叙事的，还有数字生命计划的印度科学家媒介视角，以及正片叙事的第一个特写镜头是监视器，这些无处不在的镜头暗示了人工智能 AI 技术媒介的存在。还有图恒宇最后和 MOSS 面试时候崩溃的那场叙事高潮段落，其实整个叙事重心冲突和 MOSS 没有关系，那么和谁有关？除了最开始在太空天梯的打斗场景之外，后面所谓的"数字生命派"人类成员全部缺席，也就是说，戏剧冲突中非常重要的一方缺席，而代替它的却又是并没有承担反派角色，但有一条极不清晰的潜在线索的人工智能，而这条 AI 的故事线又属于《流浪地球 3》或者《流浪地球 4》，这就造成了整个叙事的不完整、零散、破碎。

但叙事上的问题并不是靠技术美学就可以弥补的，因为它最直接地关乎到"灾难面前人类该选择怎样的生存方式"这一问题，到底是虚拟还是现实，到底是拥抱技术还是坚守人性？虽然科幻界素来存在星辰大海的飞船派和元宇宙派的争论，刘慈欣也公开表示支持星辰大海的飞船派，他说"我支持飞船派，我们人类未来面向星辰大海"而反对元宇宙派，但是生存方式所涉及的生命观、文明观的问题，刘慈欣自己也没想清楚，刚才赵老师已经讲清楚了。

我觉得这种纠结、缠绕的问题更加明显地存在于《三体》故事的前后矛盾之中。所以在《流浪地球 2》里，刘培强对抗的对象面目极其模糊，印度科学家之死也毫无意义，MOSS 和人类相处的方式也只是和《2001 漫游太空》里的"HAL9000"雷同，机器狗笨笨这个角色除了卖萌和表达对诺兰电影里的富有幽默感的机器人塔斯的模仿之外也几乎没有任何叙事功能，这些所有令影迷兴奋的科技元素就只是沦为对经典科幻作品的符号搬运。

叙事情节的弱化、碎片化是这部影片最大的遗憾，再加上每一个叙事段落都依赖于交代背景的旁白、倒计时和巨大的地点字幕，作为剧情推进远远不够，给人拼贴感过强。如果说《阿凡达 2》是一部对于外星的观光片、风光片，那么在某种意义来说《流浪地球 2》可能也是一部地球末日景观片，在叙事流畅性上特别令人感到遗憾。最后，我并不是说《流浪地球 2》一无是处，因为无论如何它展现出强大的中国科幻电影实力，这个实力是基于技术美学的，更是基于文化价值表达的。

虽然《阿凡达 2》的故事讲得老套而清晰，这种老套而清晰甚至都不值得去重述、去分析了，但让我惊讶的是这部影片背后的文化书写逻辑，所以我在别的场合说《阿凡达 2》表面上是外星观光片，但实际上，这是一部 21 世纪的《现代启示录》。

《现代启示录》是美国新好莱坞时期的科波拉导演的一部反思越战的影片，讲述一名美军情报官来到恐怖怪异、到处都是森林与河流和原始信仰的越南腹地，寻找一名精神失常、叛变了的库克上校，然后这个情报官一路目睹了战争的荒诞，也逐渐明白了为什么包括自己在内的所有人的战争创伤与精神崩溃，最后发现原来那个躲在丛林深处的美国上校，其实已经被当地人洗脑了，他既不投越共也不代表美国人的利益，而是让所有当地人和他一起发疯，把自己当成统治一方的部落酋长、土皇帝。

在这个意义上，为什么说《阿凡达2》是21世纪的《现代启示录》呢？因为我觉得《阿凡达2》的故事可以说是披着科幻的外衣正好给反过来了：主人公杰克·萨利自己就是《现代启示录》里面疯了的上校——今天好莱坞讲故事的方式不再是用他者文化的身份视角来描述一个异乡的、野蛮的文化景观，而是从"我"成为当地人、"我"体验这种异乡的他者文化景观，来讲述"我"如何改变当地、为当地带来科技与民主的正当性、合法性，这是《现代启示录》里面所不曾有过的渗透。

所以，杰克·萨利对于反派迈尔斯来说就是个叛变了的美国陆战队特种兵，是要去完全消灭、排除的异己。但是杰克·萨利真正为潘多拉星球的纳威人带来改变了吗？我在看的时候有种强烈的不安，就是所有的小孩都以他为荣，都渴望拿起枪去战斗，都不称之为父亲，而是"Yes sir""Copy that""Commander"，这种对当地人进行的武装军事化训练正常吗？这难道不是美国21世纪以来对其他国家和地区一直所进行的吗？如果从故事的逻辑本身来看，冲突围绕着潘多拉星球的利益，这应该是一种外交政治谈判、协商，而不是给当地输送武器、装备，用美国军事战斗思想武装当地人，把他们都训练成民兵。

所以我们看到，卡梅隆已经不会像科波拉那样处理美国与第三世界国家的资源利益冲突了，而是用阿凡达的策略，成为纳威人、成为当地人，然后带来所谓的改变，我觉得这个背后所触及的问题也超越了电影而是一种政治经济外交层面的讨论。

但是回到电影本身，《阿凡达2》的生态美学思想还是很令人惊叹。虽然我们说《流浪地球》系列提出了和好莱坞不一样的空间观、文明观、价值观，但讲故事的时候却总是从外在的技术美学外壳上展现，整个故事讲得略显破碎不说，什么是"地球空间观"、何以"带着地球去流浪"而不是朝向外太空去冒险殖民的逻辑，并没有讲述得很清楚，但是这在《阿凡达2》里却借助他者外星文化讲清楚，这就是20世纪60年代提出来的"盖亚假说"。

从20世纪60年代开始，人们才意识到整个地球不是割裂的，而是一个有着自我调节的有机生命体，也就是"盖亚假说"，这是一种生态学思想，然后社会学家拉图尔去年刚去世，2015年的时候基于他的"行动者网络"（ANT）理论出版了比较轰动的著作《面对盖亚》，也具有浓烈的后现代生态美学思想，就是取消人类中心，包含了人与非人的各个关系线索的视角重新看待整个地球系统。

所以《阿凡达2》虽然仍是从西方人类学传统的西方文化中心视角讲故事，但特别强调纳威人对于每片树木花草的珍视，认为整个潘多拉星球就是一套会呼吸的生命体，这也是"盖亚假说"的生态逻辑，这种非常明确的生态观，也是《流浪地球》系列一直非常模糊且缺少的地方，尽管后者站在了更宏大的人类命运共同体的角度去讲故事，所以整个故事就讲得越来越宏大，甚至出现了口号式的表述。

所以最后还是回到怎么讲好中国故事？什么才是文化自信？我们的科幻片能不能做到具有中国独特的审美逻辑以及文化价值表达？做到这些需要从讲故事开始。

但是无论如何，今年年初的《阿凡达2》和《流浪地球2》多少开了个好头，审美、叙事上也各有短长，但从文化价值上来说，我们的《流浪地球》系列没有讲清楚的可能恰恰是发展空间，可以改变当前好莱坞主导的科幻电影文化市场，提出一种更为清晰的地球观、生态观、文化观念，更重要的是，在新冠疫情之后的生命观。

危明星：非常感谢陈老师精彩的演讲，这对于我这样的外行来说非常有启发。我们进入下一个环节，请在场的各位老师提问。先请祝老师做一个简单的发言。

祝东力（中国艺术研究院马克思主义文艺理论研究所）：我简单说几句。我很少看科幻，对于怪力乱神我有点心理障碍，选择看什么电影看什么文学作品的时候，总是把科幻屏蔽掉了，我今天纯粹来学习的，正好春节前后看了《阿凡达 2》和《流浪地球 2》。

我特别赞同赵柔柔讲的，《流浪地球》的技术和艺术很不匹配，《流浪地球》景观的确是非常壮阔，非常壮丽，但是它的人文社会方面确实非常干瘪，比如说它广义情感性极其"矫揉造作"，而且我发现从这个角度去看，这种"矫揉造作"在其他的中国影视作品中是相当普遍的现象，情感性总是过于浓墨重彩，笔触过重。实际上，我们的现实是一个人情比较冷漠的世界，这是具有症候性的现象。文学作品当中投入了过多的子虚乌有、根本不存在的亲情、爱情，这个在《流浪地球》这个片子里面特别典型，这是情感性。

再一个国际交往方面。《流浪地球》和《流浪地球 2》把国别看得这么重，这个比较荒诞。因为地球已经被夷为平地了，当整个地球变成诺亚方舟的时候，人类文明共同体完全坐实了，而在《流浪地球》里面救援队伍说韩国队、中国队、英国队非常荒唐，《流浪地球 2》也是。

另外，《流浪地球》带着家园寻找新的家园去流浪，这个构思和意向具有症候性，是农耕文明文化心理非常有意识和无意识的表现。再引申一点，我们背负着传统重担跨入了现代，但是我们一只脚跨入了现代，另外一只脚深深留在传统当中，形成了所有的分裂和纠结。在我们日常生活当中的方方面面都可以感受到，我们一方面进入现代，包括手机支付可以说走在了其他国家前列，这只脚深深迈入了 21 世纪，但是我们另一只脚却留在了过去。这种状态持续不仅是我们这 10 年、20 年，可能会更长时间。

我大概就是这些感受。

危明星：谢谢祝老师，祝老师的发言非常高屋建瓴，讲出了我们在中国电影文化心理上没有看到的一些问题。现场有没有想要提问或者发言的？

鲁太光（中国艺术研究院马克思主义文艺理论研究所）：首先，感谢贾老师、柔柔老师、亦水老师。我和贾老师是第一次见，但一见如故，柔柔和亦水是我们的老朋友，但也好多年没见了。在座的很多是我们中文系的研究生，我们这个论坛是所里主办的，但也是同学们的平台，欢迎大家来。

好多话刚才各位老师都讲到了，我再重复或者适当延伸一下。我最近在想，评价一部电影——特别是科幻电影——需要什么标准的问题。刚刚听了贾老师的演讲，脑洞大开，我一直学习、研究文学和艺术，觉得自己还是比较内行的，但贾老师讲完后，我发现自己是"外行"了，落伍了。研究科幻电影，如果不懂工业美学或科技美学，包括技术标准，可能真不行，很可能就是看个热闹或者欣赏欣赏场景。春节期间好多电影特别火，我有意识地去看了《阿凡达2》《流浪地球2》，也看了《满江红》，其实还想看看《无名》，但没赶上，现在还没看。

看完《流浪地球2》，我感触很深。套用一句流行的话，现在有两种电影：一种是科幻电影，一种是其他电影。为什么有这种感触？科幻电影的出现对中国文艺生态影响确实很大，甚至是革命性的影响。讨论这样的作品得有工业美学标准，否则可能言不及义。贾老师讲得很清楚，《流浪地球2》和《流浪地球》相比，工业美学有很大的提升，我自己的观影体验也是如此。这两部电影我都看过，我也看过一些欧美科幻电影和苏联科幻电影，和它们相比，《流浪地球2》在工业美学上还可以，不像看《流浪地球》的时候，觉得很落后。

刚才柔柔老师还有其他几位老师都提到了叙事标准或叙事技术的问题，科幻电影也是电影，也要符合一些一般的要求，特别是叙事。我把《流浪地球2》和其他一些电影比较，比如《满江红》《阿凡达2》等。我觉得《流浪地球2》在叙事上也还是可以的。其叙事核心是"数字生命计划"和"移山计划"这两种理念的冲突，在这个核心冲突的基础上衍生出很多次一级的冲突。有人说冲突太多了，有点乱，看不大明白，我也有这种感觉。但整体来说它的复杂性和饱满度我还是比较认可的，特别是数字人和现实人纠结、共同成长的叙事，没有简单化处理，是一个进步。科技对于我们生命、生活的影响肯定越来越大，我们的艺术对这样的发展要有预见有引导，千万不要搞成你死我活，一方弄死另一方，老这样不好，所以这个处理我是点赞的。

我接着说说《满江红》，它的叙事太简单了，就是围绕着为什么刺杀秦桧或者金使这个问题展开，答案也很简单：让《满江红》这一文学名篇流芳千古！为了一篇文章，尽管是名篇，就搞了那么多事情，这种叙事不仅无厘头，而且简单，太文人化了，只有文人才这么理解历史，做那么大的牺牲，不是为了铲除坏人、拯救国家，而是为了拯救一篇文章。实际上，这个电影的叙事策略跟剧本杀如出一辙，套路化。

再说说《阿凡达2》，它的叙事也比较简单，核心叙事是为了族人和家人，萨利带着孩子离开部落，来到水族那里。还有一个线索是谁是家族继承人的，是大儿子还是小儿子。另外，父子关系也是一条线索。它的结论也不大可靠，敌人来了，不要为了保护家人而逃跑，而应该直面问题，这个结论太简单了，不用付出那么大的代价才能领悟到。贾老师的演讲在一定程度上解决了我的困惑。为什么它的叙事这么简单呢？在一定程度上是为了场景或者为了科学美而牺牲叙事标准，为了拍"水世界"而不得不离开第一部里的"丛林世界"。这样的电影更依赖视觉、场景，更依赖科学发达带来的美学奇观。据说《阿凡达3》要拍火焰，不知道导演会找到什么样的叙事理由。但这也提出了一个重要的问题，就是科技美学和叙事标准兼容的问题。

我觉得中国当代文艺里面普遍存在叙事问题，要么特别"土豪"，穿金戴银，要么特别"乞丐"，衣衫褴褛。这是一个需要解决的问题。

另外就是刚才祝老师提到的问题，我也特别思考过这个问题。我们讨论文学艺术是不是除了工业美学标准、叙事标准以外，还应该有文化、道德和价值的标准？文学艺术当然不是为这个而这个，但应该内含这个维度的内容。我对《流浪地球2》的文化、道德和价值标准有比较多的批评意见，里面无论从大的结论上还是从细节上，都有一些问题。比如，里面的赫伯特和刘培强拿医保卡做梗的笑话，其实现在只有中国人有医保卡焦虑，欧美不涉及医保卡问题，非洲还没有到为医保卡而焦虑的阶段，只有我们中国目前有医保卡焦虑。美国电影也有类似的幽默，但幽默往往是指向自身的，如果不是指向自身，它就像回旋镖似的，反击你自己。还有周喆直这个形象，微信上不少人说这个形象演得好，我的感受恰恰相反，觉得这个人物特别僵化，特别理念化。他出现就是为了传达一个腔调，他确实是马克思说的"席勒化"。文学艺术之所以重要，是因为它是一个民族文化心理形象的展现，我们始终没有学会平视视角。实际上，平视是最强大的，也是最得体的。我们的研究中、创作中，对尊严、平等的强调，对这种叙述视角的营构，我觉得是一个需要重视的问题。中国经历了漫长的半封建半殖民地时期，经历了长期革命，又经历了改革开放，到今天我们物质条件不说特别好，但也相对可以，这时候我们文化心态跟不上，时倨时恭的，我觉得不妥当。文学艺术方面的人员应该注意这一点。

最后请教贾老师一个问题。作为外行来看，《流浪地球2》在工业美学上还是挺令人满意的，你作为内行来看，《流浪地球2》有没有什么不足和缺点？相比于欧美发达的工业美学，我们哪些方面需要继续改进？

贾云鹏：我先回答第二个问题，人文这一块在体系里还是主导。美国也是这样的，自然科学发展到一定程度还是为社会科学服务，这样的关系不能改变。包括美国麻省理工有一些实验室，绝不是冷冰冰的、只是搞一个科技的东西，其中的人文是非常强烈的。你刚才关注的问题其实不存在，因为科学顾问团是服务电影团队，不是主导，创作者需要去帮忙，让实现过程更具科学合理性，不是他们说怎么样就怎么样，以后也不会出现这样的问题。

回到第一个问题，仅从实验室角度来说，我们不太考虑这个，实验室是要探索各种可能性的。但出来以后是不是真的有社会伦理的影响？刚才我们探讨换脸这个事情，最早的时候，他们把非常知名的人物搬上色情网站，而且非常真实，刚开始大家不知道真假，后来对被换脸的人造成巨大的负面的影响，引起了我们在各种社会不同层面的关注，这个时候才会跟进各种限制。我先禁了它，接下来什么范围内可以使用这样的技术。对技术的限制的程度，主要还是从正面为我们服务的角度去考量。

所以很多情况下技术一定是先行的，因为法律不知道技术中会出现什么东西，等技术出来以后造成了什么影响，法律再去跟进。

我现在看到的技术上面的实验来说它不会受这些影响，你一定让它放开了做各种各样尝试。国外很开放，所有的代码就是开源地放出来，后面确实被一些不法分子利用，对我们正常社会秩序造成一种紊乱。在这种情况下，国家机器有这个义务去管理这个东西，像补漏洞一样，上补丁一样出台相应政策。

李静：谢谢贾老师。

我接下来问赵老师一个问题，你刚刚对于电影结论我非常认同，对于想象力匮乏，对于反乌托邦想象力匮乏，有一种保守主义价值观我都非常认同，而且是非常普遍的现象。这个问题和我一直关注的话题有关系，科幻这个门类进入中国，大家对它的理解与苏联 20 世纪 30 年代形成的科学幻想和科学文艺观念是分不开的，这背后有一整套共产主义远景和规划，和对历史规律的认识。在当时这样一套规范化的认识之下，当时的想象力也存在匮乏深化的问题。如果说在今天，这样一个整体的未来远景不存在了，整体的东西不存在了，我们想象力空间可以从哪里突破？除了您讲到匮乏问题，我们还可以对这个想象力、现在的这个环境做一个政治经济学的分析？我的想法是：在现在整体性的想象远景没有了的情况下，我们的想象力突破口可以从哪里展开？

陈老师你谈到后人类生态美学我很感兴趣，因为卡梅隆本人有海洋情结，从小喜欢海洋，梦想拍海洋主题电影。我不太记得电影里面有没有表达过水受到过东方哲学的影响。生态美学我当时不太理解，他们家小女孩的母亲是一个人类哲学家，她在里面扮演地母的角色，可以联通生命树。包括在《阿凡达2》《流浪地球》很多科幻电影里面女性都是地母一样的角色，代表着家园，带着生命，男性角色充满工具性，开疆拓土，去战争，从事这些事情，这是不是最新的科幻小说中存在的比较刻板的现象——女性是站在世界中心呼唤爱的抽象形象。这是我的问题。

赵柔柔：我觉得您说的那个是我说了一半没有说完的话题，我特别赞同您刚才说的话。现代化枯竭来自现实的枯竭，这个显然是如此。因为我自己做过乌托邦的观察，非常好玩的一点是，我们之前会有反思反乌托邦，或者从里面提取某种否定性精神，或者去说它是对于乌托邦的一种批判，或者对乌托邦的消解。

更有意思的是，我们说反乌托邦写作主要是在"冷战"时期，"冷战"之后出现，而它的这种想象在近几十年来基本枯竭了，我们很难想象反乌托邦。我把这样的情况解释为现实的消失，反乌托邦想象同时需要借助乌托邦的巨大力量，才可能完成。

我只能说出这样的结论：它的想象力来源能否自由地发声，自己发声；还是说它必然从技术的现实去提取可能性。我觉得这可能一方面依赖技术，也许技术的发生可能会带来某种图景，另一方面可能由政治或者其他方面激发出来，但是无法预期。《流浪地球2》从这么好的技术角度开始，包括MOSS的线索，非常迫切的现实，但是所有答案回溯在于唤起此前很多关于人、爱情、亲人的想象，非常单薄，反而比刘慈欣的原著要匮乏。

李静：我注意到了最近的创作潮流。大家觉得，既然整体性方案没有了，就很难期待自上而下变化，所以从大共同体变成小共同体，从一个自下而上的、比较微小的东西开始改变。比如说"附近"这个概念为什么这么火？大家觉得，既然那个"整体"遥远抽象，我们是不是可以从把自己作为符号，从附近开始？比如说，成为社团志愿者，做一个行动，做一些链接和改变。在这样一个所谓自下而上、由个人波及他人，或者小共同体这样思路的话，家庭也不必然是保守的概念，它的想象力更加丰富一些，不必然倒向匮乏终结。

赵柔柔：这个得看实际，当然有时候也许会变成一个完全不代表保守、不代表过去的、只是未来的形态，我觉得首先是怎么才可能完成这个事。

李静：那个家庭完全是一个新的家庭，新的革命。

秦兰珺：我觉得想象力匮乏一方面真的是现实不得不让我们想象力匮乏，另一方面不是我们不能想象，而是我们不允许去想象。我记得当我们呼吁现实主义的时候，当时很多专门拍现实主义的导演说，我给你现实一下看看，你能接受得了吗？今天我可以说我给你想象一下看看，我释放一下想象力，你受得了吗？

我特别喜欢赵柔柔、陈老师文化研究的路数，我自己做研究有一个很大的问题，在研究很饱满的情况下，我们不过是丰富地展现了这个现实困境和结构，我们展示了它以后要干什么？我们在理论上把它说出来之后，然后呢？所以我想问，我们说了那么多文化研究的困境，丰满地展示出了作品当中的世界结构，那又怎样呢？你们两位老师会不会遇到这个问题，你们会怎么办？

陈亦水：一方面，我们有贾老师这样的技术探索，这是为中国电影以及中国视觉艺术提供审美奇观的重要基础，另一方面也和人才培养有关。休息的时候我还跟祝老师聊新版学科目录的发布，它更加注重实践创作，我们做理论的，无论是音乐舞蹈还是电影戏剧，统统将被归为艺术学理论。

在此我想借着赵柔柔老师的回应提出一个更大一些的问题，现实政治解决方案有可能在哪里？性别逻辑的改变或者视角是否有可能提供一种不一样的介入路径呢？

祝老师刚刚提到为什么中国人拍科幻电影那么拧巴，我个人觉得从某一个方面来看，不管是电视剧还是小说，虽然想象力非常宏大，技术表现力也非常好，但是总是会有极其不切实际的性别想象，例如主人公想象自己的未来老婆是一名来自中央美院的女研究生，穿白色裙子、"黑长直"的头发等，这种想象也导致了里面的情感表达非常流于表面。

因此，如果我们今天的科幻故事能够融入或者能够添加一些个体化的视角，或许应该从女性视角介入。而这个女性视角绝不意味着文化工作者是女性，其具体的生理性别也可以是男性。如果我们可以从个体的视角去面对故事本身的逻辑，用一贯被主流宏大叙事忽略的情感价值去表达，不必背负那么多东西的话，或许我们真的可以找到一条讲好中国故事的路径或者方式。

再回到李老师的问题，生态美学思想的表述，当然也可以是这样。我在其他地方写论文的时候，关于"面对盖亚"的"亚"字从来不加"女"字旁，如果要是用一种后现代或者非人类中心主义视角，性别就不是那么重要了，或者是否把自然想象成母亲也不是这么重要的。我们把自然想象成母亲，是因为人类文明需要延续下去、需要生育，而当付出这些身体和身份的代价的时候就会想当然安排母职角色，那么拯救人类的伟大事业就只能是男性，所以今天我们在银幕上看到的都是中国男性和美国男性争夺这样一个英雄能指。如果我们可以退去性别的枷锁，退去很多枷锁之后，也许才能得到更多思考的、创作的自由，谢谢。

危明星：谢谢大家，我们今天的时间差不多了。非常感谢三位主讲嘉宾的精彩发言，也感谢现场的老师和同学，我们今天就到这里。

第一百期

石一枫的创作与新时代文学

主持人：鲁太光（中国艺术研究院马克思主义文艺理论研究所）

对话人：孟繁华（沈阳师范大学）

李云雷（小说选刊杂志社）

何吉贤（中国社会科学院文学研究所）

徐晨亮（当代杂志社）

饶　翔（光明日报社）

徐　刚（中国社会科学院文学研究所）

龚自强（中国艺术研究院马克思主义文艺理论研究所）

崔　柯（中国艺术研究院马克思主义文艺理论研究所）

石一枫（北京老舍文学院）

巩淑云（农民日报社）

时　间：2023年4月28日（星期五）14：30—18：00

地　点：北京市朝阳区来广营西路81号中国艺术研究院103会议室

主　办：中国艺术研究院马克思主义文艺理论研究所

中国艺术研究院研究生院中国语言文学系

中国艺术研究院新时代文艺思想研究中心

编者的话

石一枫是当代著名作家，在20余年的创作历程中，始终秉持现实主义文学原则，目视乡下、聚焦生活，创作了大量既得到评论界好评又深受读者喜爱的小说，不仅以独特的方式讲述了种种鲜活的中国故事，而且塑造了一系列真实可感的人物形象，提出了诸多值得思考的现实与美学命题，展示了现实主义是一条艰难但却广阔的文学道路。

从石一枫的创作中，我们能总结出哪些现实主义文学的创作经验，又能从中探究出现实主义文学发展的何种可能性，这对于推进中国特色社会主义新时代文艺发展，又具有什么借鉴意义？本期论坛，我们将邀请来自当代文学研究、评论、创作界的同人，对石一枫的小说创作，特别是《漂洋过海来送你》《入魂枪》等长篇小说新作进行深入研讨，尝试回应上述问题。

鲁太光（中国艺术研究院马克思主义文艺理论研究所）： 各位老师、各位朋友，中文系的同学，下午好。咱们第一百期青年文艺论坛正式开始，主题是研讨著名当代作家石一枫和他的作品。这次论坛的主题是：石一枫的创作与新时代文学。

在论坛正式开始之前，我先简要介绍一下本期论坛的背景。我上午跟饶翔老师聊天的时候有一个很深的感慨：三年新冠疫情，人与人之间关系好像变得陌生、生疏了，好像有各种各样莫名其妙的区隔，把老师和朋友都变成了客人。所以今天中午我给大家发微信，我一定要见一见大家。孟老师提前四五十分钟就来了。新冠疫情三年之内，我们的论坛，几乎没有以某个作家作品为中心来组织过。当时有条件限制，请了人也来不了，线上举行效果不好。我们所里商量，从今年开始把青年文艺论坛创始以来的重要传统——对于重要的作家、艺术家、文艺作品进行研讨——拾起来。通过研讨，老师们、朋友们的关系也会更加融洽。

并且我特别想说，今天孟繁华老师能来我特别高兴，也特别感动。说句实在话，我这个人心挺硬，很少想人，但是这几年我特别想孟老师，因为孟老师对我们年轻人特别好。孟老师对年轻人的热情就像他对文学的热情一样，都是不遗余力地帮助年轻人、帮助文学。其他的人我们都是朋友，都是同龄人，我们见到的机会相对多一些。

我们今天要恢复正常。各位老师、各位朋友，今天来了之后就不是我们的客人了，就是老师、朋友了。这是论坛的重要的背景。

另外大家看一下，我刚给几位嘉宾发了一个小册子。大家也可以看后面论坛的海报，这期论坛是第一百期。你不在这个世界中，可能觉得它不是很重要，如果你身在这个世界中，你会觉得"100"这个数字很沉重。所以我们今天把论坛的重要创始人之一李云雷老师也请回来了，待会儿我介绍的时候大家要有隆重的掌声。论坛怎么创办的，何吉贤和我都很了解情况。这个小册子我写了一个前言："没有前人的努力创造，就不会有后人的收获和丰收。"

另外，我们为什么请石一枫？除了他的创作很重要之外，我们从创立开始，一枫就一直参与我们的论坛讨论。我觉得一枫的创作跟我们的论坛有比较隐秘的关系，所以这也是我们第一百期青年文艺论坛请石一枫老师来参加的重要原因，也是借石一枫的影响、名声，请我们的老师、朋友回家看看。

另外，回到石一枫老师，他现在是著名作家了，所以我叫他老师。我们是同学，他是我师弟，我们是亲师兄弟。云雷、我、卢燕娟，我们都是同一师门的。我给石一枫老师做了一个统计，他从 2007 年到 2022 年 16 年的时间，出版了 12 部长篇小说，中短篇我没有细数。这 12 部里原创的有 11 部。石一枫老师的所有作品我都看过，有的看过不止一遍。我觉得他对于文学有自己很深的思考，也有自己的创作理念，并且长期坚持推进自己的创作理念，当然他也遇到了一些困境。所以我们今天对石一枫老师的作品进行研讨，不仅是对他个人，也是对当下的文学创作提供一些有益的启示。特别是石一枫老师对文学与现实的关系、文学与道德的关系、文学与读者接受的关系，都有很多、很深的思考。

待会儿我们请来的各位嘉宾都会发言。我们论坛以前的传统是各位学者自我介绍，今天第一百期我破破例，请来的嘉宾由我隆重介绍一下，其他老师和同学自己介绍一下自己。

首先是孟繁华老师，他的职务我不介绍了。他通过自己的文学工作和文学事业，已经成为我们文学界的一个品牌。大家想到孟繁华老师，就知道什么叫文学研究、文学评论。此处应该有掌声。

李云雷老师，我隆重地介绍一下。李云雷老师是我的师兄，他原来是马克思主义文艺理论研究所的副所长，我们刊《文艺理论与批评》的副主编，后来调到中国作家协会去工作，现在是《小说选刊》的副主编。云雷老师是著名的评论家，也一直在写作，是非常有特色的一个写作者，他的写作跟他的评论是良性互动的。我有时候觉得云雷老师是因为要写好评论，自己主动地去创作，特别是 2004 年、2005 年、2006 年，只要是研究底层文学的研究生，一定会看到云雷老师的论文。他今天是真正的回家看看，我们掌声欢迎云雷老师！我们今天的论坛，云雷老师是重要的发起者。

今天祝东力老师本来要来，结果昨晚给我打电话，说临时有事来不了，但是他委托我替他向大家问好。

何吉贤老师，是中国社会科学院文学研究所的著名编审，也是一个非常严谨、认真的学者。

徐晨亮老师，他是《当代》的主编。徐晨亮老师很年轻，但他是特别资深的文学编辑、文学评论家。现在特别火的"东北文艺复兴""铁西三剑客"，班宇与郑执等很多人脱颖而出——从庞杂的文学史中突出历史地表，徐晨亮老师发挥了重要的功能。我刚刚邀请他下半年给我们中文系同学做个讲座。大家欢迎徐晨亮老师。

饶翔老师。饶翔老师是《光明日报》文艺部的副主编，也是著名的评论家。是北京大学陈晓明老师的博士研究生。我们是多年的朋友。我想说说他文学之外的东西。我前两天看到浙江的一个朋友发了朋友圈说他家养了一盆花，一个月之后就不行了，后在饶翔老师的指导之下开了好多花。饶翔老师的烘焙手艺也是京内一流，京外我就不知道了。他是一个非常有生活趣味、生活格调的人，他的美好生活格调一定是和他的文学理念、文学品位联系在一起的。他热爱生活，肯定就非常热爱文学，双重热爱之后，就能升华出非常美好的东西。我们再掌声欢迎一下饶翔老师。

徐刚老师，中国社会科学院文学研究所的副研究员，也是我们的老朋友，是北大张颐武老师的研究生。徐刚老师除了在学术研究方面做得非常好之外，也一直在当代批评方面做了大量工作。我觉得他有顶级输出，我们刊物要发点硬批评的时候就约他。约别人的时候答应给我写批评，来了都是表扬，而他答应是批评，来了就是批评的，可见他是个坚持原则、实事求是的人。我始终觉得文学需要好就说好，不好就说不好。我们掌声鼓励徐刚老师，希望他更勇敢一些。他在生活中也是个非常勇敢的人，为了美丽的生活、正义的事业，他一直在斗争，我们掌声鼓励他更勇敢坚持。

龚自强老师。自强老师也是北大陈晓明老师的博士研究生。自强从2016年来到中国艺术研究院一直在从事行政工作，去年来到所里。自强也写了大量学术评论，我们掌声鼓励一下，争取让他比我们更强。

巩淑云女士，她是《农民日报》的著名编辑记者。《农民日报》我们认识好多人，巩淑云跟我们关系最密切，也是北大毕业的学生。我们没有请她，她看到我们的海报之后对石一枫和他的作品，尤其是对《玫瑰开满了麦子店》非常感兴趣，所以就联系我要来，我说热烈欢迎。《农民日报》做了很多非常好的选题，其中有一些著名的作家、艺术家、学者写的跟乡土、农村相关的选题。我看了他们的选题，有时候比我写的评论还要好很多。掌声欢迎巩淑云老师。

我们原来还请了《人民日报》《中国文化报》《中国艺术报》的一些编辑、记者老师，因为我选的时间不太好，明天就五一放假了，所以这些媒体朋友有的来到现场了，有的没来，但是他们都承诺会用各种各样的方式给我们进行宣传。

崔柯老师，我们所的副所长、副主编，他也是青年文艺论坛的元老。

他对石一枫的小说也看得很认真。我原来没有安排他发言，他主动找我说一定要讲一讲。好的作家作品就有这个效果，不让他说他也要说。谢谢崔柯老师自告奋勇。

秦兰珺老师，我们青年文艺论坛的主持人、负责人。大量的工作都是她和崔柯做的，露脸的事都是我露的，辛苦事都是他们做的。今天为了我们的论坛，她假借上午参加孩子学校活动的名义，穿得这么光鲜亮丽，我们鼓励一下她，她会干得更好。

后面是卢燕娟老师、陈越老师、张墨研老师，都是我们所的研究人员。

王玉玊老师今天也是正装出席，她也是假借参加社科院文学所的活动，实际上主要出发点也是今天下午的活动，这我都理解。

其他都是中国艺术研究院中国语言文学系的同学、历届研究生。

我的身份除了所刊的工作之外，还兼职中国艺术研究院中文系系主任的工作。我刚刚跟孟老师说，这是祝东力老师"甩锅"给我的。但我非常重视中文系的工作，比其他两个工作更重视，所以我们所办的活动都请学生来。我们中文系的同学特别好，说句实在话，他们的研究生论文有时候不比北大、清华的差。我当然是鼓励他们，希望得到各位老师的帮助之后，他们能取得更大的成绩。

介绍完了之后，咱们研讨会正式开始。为什么要请石一枫来参加研讨会？因为石一枫在10多年的创作生涯中取得了重要的成绩，而且他是一个文学现象。他的文学理念、文学实践有很大的成绩，也提出了很多值得讨论的问题。而且石一枫是一个优秀的作家，不仅能吸收别人对他的肯定和表扬，也能正确地认识、理解、消化别人提出来的意见和建议。人怎样变得强大？不是在顺境中变的。我的体力是怎么变好的？我天天跟人摔跤，我把你摔倒了，时间一长我就厉害了。而文学的创作和评论也是一个互相角力的过程，让人变得强大的过程。所以恳请大家讨论的时候，把石一枫的创作、成绩、对我们当下创作的启示说得充分一些。

同时大家对石一枫的创作有什么建议，也可以用抱着同情之理解的态度提出来，这算是我的建议。

第一位请孟繁华老师。孟老师写了一篇很重要的文章，文章中他把石一枫的创作作为中国当代文坛的一个方向提出来了，这个非常重要。我也写了一篇文章，就把孟老师的观点做到注释里面去了。我刚刚也开玩笑，孟老师对石一枫跟对待自己的孩子似的，也希望孟老师除了表扬自己的孩子之外，也可以挑点儿刺、找找碴儿，你带个好头，掌声欢迎孟老师。

孟繁华（沈阳师范大学）： 抛砖引玉，我参加过多次本论坛。石一枫是我们这个时代非常重要的作家，非常年轻，40 岁左右，已经发表了 12 部长篇小说。这个年龄能发表这么多作品，是影响非常广泛的一个作家，也引起了批评界的广泛注意。

今天我想讲什么？我讲的东西肯定是很传统的。我想讲一枫对"人"的创造。现在我们很少讲这个问题。我最近写过关于当下的创作问题，一个问题就是我们没有"人物"。

我曾经让我的学生在新世纪以来的 10 部作品中选 10 个人物。我们是专业的，选 10 部作品很容易，但选 10 个人物大家会感到为难。这说明什么？说明我们现在小说对人物的创造、塑造太不用心了，这是个非常大的问题。没有人物、没有青春。我们的"青春"不是郭敬明的青春，我们讲的是正面性小说里面，正面塑造的精神形象，能够表达这个时代的青年形象越来越少，几乎没有。"人物"的问题，我觉得对从事文学研究、文艺创作的人是最重要的。这个问题首先来自恩格斯，我们是马克思主义文艺理论研究所，这太熟了。恩格斯讲，现实主义除了细节之外，还需要一些"典型环境"中的"典型人物"，这个是现实主义的经典定义。那么这个理论之后，我们到延安文艺座谈会上，毛泽东《在延安文艺座谈会上的讲话》（以下简称《讲话》）里面讲，面对新世界我们要创造新人物。后来中央在第一次文代会、第二次文代会上，都讲到了树立新人物。20世纪五六十年代的时候，我们曾经有关于"人物"的重要讨论，当时很多一线评论家，包括作协的人都参加了讨论。这个讨论和我们当代文学的源头有很大的关系。我一直认为《讲话》就是我们当代文学的源头。包括现在，我们关于艺术创造的思想、方针、政策，都是来自延安。所以塑造新人物，是我们当代文学的一个整体性焦虑。

什么样的人物是新人物？怎么塑造这些人物？中国现代思想史里面有一篇文章叫《二十世纪中国（大陆）文艺一瞥》，大家都读过，讲得很好。非常重要的是什么问题？延安文艺给我们提供了什么样的审美经验？过去我们的农民形象是阿Q、祥林嫂、老通宝、华小栓、华老栓，到了延安之后，我们有了新一代的农民形象，这个农民形象是活泼、健康、朗健的中国农民形象，改写了中国文学史上的农民形象。延安的文学不还是个伟大的文学吗？所以轻易阻碍延安文学是没有任何道理的。当然，我觉得延安时期的文学氛围有它的背后的思想观念的指导。延安文学完全是个开放性的文学，不是封闭性的。我们讲歌剧《白毛女》、合唱《黄河大合唱》、独唱《延安颂》、话剧《虎烈拉》等，这些东西都是洋形式，延安文艺最有成就的恰恰是这些洋形式。

所以我们讨论民族形式的时候，如果不把内容考虑进去的话，民族形式是讨论不清楚的。这个内容就是新人物。我们到了解放以后，"三红一创"（《红日》《红岩》《红旗谱》《创业史》）、"保山青林"（《保卫延安》《山乡巨变》《青春之歌》《林海雪原》）等，这里面的人物都是新人物。这八大作品现在已成为我们当代文学的经典作品。但是现在回过头来再看这些作品的时候，我觉得可能是有问题的，这个问题是什么？就是我们这些正面人物、英雄人物都是单向的。我们看梁生宝、邓秀梅、萧长春，这些人物都是表达社会主义核心价值观的人物。他们除了能够表达社会主义核心价值观，带领中国农民走社会主义道路，我们从中还能看出什么？这八个人物越来越透明、越来越单纯、越来越单一。我不是否定这些人物，我是在肯定这些人物的同时，讲这些人物存在的问题。另外一些是我们否定和批评的人物，比如"中间人物"盛佑亭（亭面糊）、梁三老汉等，这些人物是被高度政治化的人物。我们有"先进人物""落后人物"，然后就是"中间人物"，这完全是意识形态的概念，在意识形态的范畴里面。但恰恰是这些人物，他们对于乡土中国、乡村中国带来的信息，比那些英雄人物带来的更纷繁复杂、更生活化。

所以当《山乡巨变》出来以后，我们很多批评家都讲盛佑亭给我们留下了深刻印象，这个人物是成功的。我为什么要谈这个问题？是因为和当下有关系。当下我们的主题创作，比如"新时代文学攀登计划"和"新山乡巨变"，已经出了很多作品了。看了这些作品之后，我觉得大家都在写梁生宝、邓秀梅、萧长春，没有"中间人物"。我觉得我们再这么写，新的同质化、新的概念化、新的雷同化，现在已经初露端倪。再这样继续下去的话，我觉得是不行的，所以我提出这个问题。

回过头来说一枫的创作。我觉得在人物塑造上，一枫写的不是单向的人物。我想借用一个概念——全息，今天有全息摄像、全息电影，一枫写的是"全息人物"。陈金芳、王亚丽、王大莲、道爷，这些人物是全息人物。他们所透露出来的，和我们时代生活建立的关系极端密切。《陈金芳》(《世间已无陈金芳》)是奠定一枫文学地位的一部作品，这个作品我真是非常喜欢，什么时候看，什么时候喜欢。

陈金芳是个什么样的人物？一个来自村里的人，到城里来了，到大院里。姐夫是厨房的，每天偷包子，弄点馒头，还放在裤裆里。我都不知道回去这玩意儿怎么吃。上炕没地儿，这睡会儿那睡会儿，跟周边的所有小混混都在一起待过。因为作为一个女孩子，她唯一的资本就是身体，这个时候我们不能用道德的话去谴责她，她要生存下去，她唯一的资本就是身体，那她怎么办？她只能做这种选择。后来她通过各种各样的手段让自己成功了，但是商场上完全是不确定性的东西，又失败了。失败就集资，集资杀熟，把乡村的熟人社会平移到城市里面来，结果爆雷了。陈金芳就一个想法，就是说我活得要像个人一样。但是她手段错了。

就是这么一个人物，这样的人物她的典型性在哪里？就是我们可能未必都是陈金芳，但是我们都有陈金芳的想法。无论你是博士生还是博士生导师，你难道想过得不像个人样吗？没有这样的想法吗？——要过就要过得像个人的样子，有体面、有尊严，都要过这样的生活。那陈金芳到底是哪儿错了？这里面一枫既写了现实，同时有主义，他对陈金芳显然不赞赏，但充满了悲悯，他非常同情她。这么一个人，但她也没有办法，这是陈金芳自己选择的道路。

包括像王亚丽。我认为王亚丽有点像陈金芳的后传、接续。王大莲就是陈金芳和王亚丽的后传，她们三个是有主题关系的。这些人物都不能用"正面人物""中间人物"，这些概念都失效了。她们是和我们这个时代，和我们的社会生活能够建立起密切联系的，用现在的话说就是接地气，有生活气息。这个生活气息不是单一的，是全息的。通过一个人物的遭遇、一个人物的命运，把社会方方面面的状况都集中表达出来了。

他最近写的《逍遥仙儿》，大家都看了。王大莲作为一个郊区孩子的母亲，让孩子上一个好学校，有错误吗？没错误，都是这样，你们博士研究生、硕士研究生导师们都这么选择。那作为郊区孩子的母亲，这么选择有什么错误吗？没什么错误，但是她没有办法。后边有一些有知识的人给她出主意，出的主意都是馊主意，所以最后把王大莲弄得家败人亡，搬到比郊区更远的地方去了，到河北和北京交界的地方去了。是什么东西把王大莲在生活的中心排挤到那么边远的地方？这里当然有王大莲个人在价值观上判断的一些闪失、错误，同时和社会生活各个方面的力量，一起把她挤压到那个地方。这样的作品，它是热爱我们当代的作品，敢于反映我们当代问题和矛盾的作品，是有担当的作品。

一枫的作品最重要的一点，和我们现在整个文坛创作差距最大的，就是一枫的作品不甜蜜。我们很多主流的创作开会，一开会，肯定说的都是表扬的话，但是你说的都是好听的话，也是不负责任的。我看过太光几篇文章，我未必都同意他的看法，但是他是敢于下手的，下手又比较重。对不对单说，但是这叫批评，立场姿态是没有问题的。我们现在这么多批评家，我觉得，话语方式基本一样，对我们创作是没有好处的。

在小说里面，我觉得一枫当下的问题敢于触碰。特别是最近的《借命而生》，这个小说是我们这个时代可遇不可求的，不知道大家读了没有，茅盾文学奖已经进了前 20 了。那个作品大家读着有焦灼感，就是一个兢兢业业工作的警察，结果无论在体制里面还是在生活里面，越做越边缘化，跟王大莲差不多，是什么导致的这种结果？在机关的有些人说的都是无关痛痒的话，做着可做可不做的事，但是都能够升职、升迁，那我们到底在哪儿出了问题？敢于触及问题，这对于百年中国文学的社会问题小说，有一个很好的启示。当然作为文学，这里面有我个人对文学性的考虑。他的小说好看，除了反映其中问题以外，还有就是文学性强。文学性是说不清道不明的东西，它不像一个工具包，文学性、戏剧性、音乐性，这些性都没有一个确切的答案。但正是没有这种确定性的概念，它才为我们提供了非常广阔的讨论问题的一个契机和可能性。如果说有一个确定性的东西，我们讨论起来是非常困难的。

所以我今天写的这个题目就是《全息人物与石一枫的小说泛谈》。一枫从人物角度来考虑，这样的人物就是一个范本。我们从新世纪以来，像乔厂长这些人物，其实就是梁生宝那些人物换到工厂里面来了。那时候带领大家走社会主义道路，现在带领大家改革开放，这不是一回事吗？它在思路上没有变化。到什么时候开始发生变化了？到了高加林的时候，就是开饭店。你要写村里那些事。这些人物的全息性的程度不一样，但是开始发生变化。真的要有塑造更丰富、更复杂、更具有不确定性人物的意识，这是对我们推动当下文学创作，提供我们这个时代的中国故事、中国经验，需要被我们充分认识的东西。

之前去开会的时候谈到《全球通史》，《全球通史》的作者是一个历史学家，是哥伦比亚大学历史系的。他是一个希腊人，出生在加拿大，在美国受过教育。他写的《全球通史》里没有中国。除了他有话语权之外，另外中国的发展道路和资本的扩张、帝国的扩张、殖民的扩张，不在一个谱系里面，所以那里面没有中国。中国没有历史吗？中国的历史只不过是没有在他的角度里。中国的历史用我们现在的话来说，叫作"中国式现代化的道路"。我们应该讲述我们自己的历史，我们的历史和《全球通史》的历史讲述方法是完全不一样的。这几日我们讲在地性，就是全球化时代的地方性。在全球化的版图里面，中国的地方性。讲地方性恰恰是维护世界多元文化格局的一个非常重要的对话方式。

所以今天我们讨论一枫的小说，从小的方面说是他个人的创造，大的方面来说就是讲述中国经验，讲述中国历史和我们发展道路的差异性，这个讨论我觉得还是非常重要的。至于"全息人物"这是个新词，我不太会用。什么叫"全息"？我的理解是提供的信息更丰富、更复杂、有多种可能性，这样的人物才是活人，当然你们可以去重新界定。如果一个人物几句话就把他说清楚了，这个人物是不行的，我要说的就这么多，谢谢大家！

鲁太光：谢谢孟老师。孟老师提的几个问题都是当代文学创作里边特别重要的问题，特别是小说人物形象的塑造问题。我有时候跟中文系的同学交流，我说我们现在的小说创作，有人名没人物，这个是很麻烦的事情。人名完全就是一个叙述工具，它包含的社会信息、价值判断极其有限。孟老师在此基础上又提出了具有不确定性的人物，或者说"全息人物"的概念，他对人物的丰富性提出了很高的要求，也委婉地对石一枫未来的创作提出了更高的期望，要有更多的全息人物出现。我觉得这是非常有感情、非常有智慧的建议，谢谢孟老师。

下面我们请云雷老师发言。一枫和云雷他们两个沟通得很多，因为云雷老师是一个既创作又专门做评论的人。云雷老师给一枫写了好几篇文章，他们两人经常喝点小酒，喝酒的时候我估计云雷老师给一枫提的合理的意见和建议更多，今天也让他在公开的场合给大家讲一讲。欢迎云雷老师。

李云雷（小说选刊杂志社）： 我先简单说几句，刚才看到青年文艺论坛的海报集，我觉得特别感慨，我们的青年文艺论坛办到一百期了，我很激动也很高兴，最初的时候我们是在 2011 年创办了这个论坛，一转眼 12 年过去了，我们也办到了一百期。

鲁太光： 这个海报里面有云雷老师的青春岁月。

李云雷： 我们当时一起把论坛做起来，确实是真的不容易。关于石一枫的小说，我写了很多文章，也读过孟老师那篇文章，太光那篇两万多字的文章我也读了。太光把一枫的小说分成三个阶段，我觉得很有道理。但我觉得从另外一个角度看，一枫也有不变的因素。

先说一些感性的感觉，我觉得一枫是我见到的人里边，没有变或者变得最少的人之一。时代在发生变化，我们毕业这么多年也都在发生变化，但一枫的性格、他对创作的执着，以及他日常交往的方式、生活的方式，我觉得基本上没有大的变化。因为时代变化太快了，我们身边有这么一个不变的人，还是能够让我们感到有一些生命中比较安稳的因素。无论是从具体的生活，还是我们两个的交流中，他都提供了一个特别好的支撑作用，尤其是对我个人而言。因为我从乡村到城市，从读书到工作后，我感觉我个人的变化还是较大的。所以有一枫不变的因素在这，我感觉特别安心。

刚才孟老师从人物塑造的角度来谈一枫的小说，我想从新时代文学的角度来谈谈。孟老师也谈到了，新时代文学很多都是主题性写作，上次开会我们也谈到主题性写作已经有点模式化了。但是一枫不一样，我主要谈他最新的三部小说：《漂洋过海来送你》《入魂枪》《逍遥仙儿》。在这三部小说中，一枫确实写出了我们这个时代的新经验，他是在新经验的基础上写出了新的问题，并且他有自己新的思考，这个是很难得的。因为我们大部分作家，比如说"70后"，他们受文学教育应该在20世纪八九十年代，受文学教育之后就停留在那个阶段了，没有办法突破自己的文学观念，去书写新的现实、新的经验。孟老师说一枫创造出了"全息人物"，我觉得一枫是在不断地观察新的现实，把这种新的经验在他的笔下呈现出来。一方面这可能跟他的思考能力有关系，他对那些流行的，也是我们经常看到的那些流行的文学观念保持一定的距离，并且可以进行反思。另一方面他也确实有这种文字能力，而且文字能力越到后来感觉越好。尤其是到后边像《入魂枪》和《逍遥仙儿》，有点像贾平凹进入中老年时候的文字，出神入化的感觉。他写的那种文字是很妥帖的，但很多作家还是处于学徒的阶段，模仿这个模仿那个，像先锋作家又像外国作家，还是处于这样的状态。但是一枫小说的文字很老到，也很耐咀嚼。

我觉得一枫的小说是真正地体现了新时代文学的观念、现实与价值。关于新时代文学现在有很多讨论，但我觉得很多人都是安上一个名词，就说这是新时代文学。但我觉得真正的新时代文学应该是在对此前的文学反思的基础上，发展出来的一种新东西。所谓"此前的文学"，就是新时期的文学，新时期文学有一整套纯文学的文学观念，在对这套文学观念反思的基础上，发展出新的写作方式、新的面对世界的方式、新的塑造人物的方式，也包括新的提出问题的方式，这方面我觉得一枫确实做到了其他作家没有做到的事情。

我集中说一下这三部小说，每一部都不是很长，十几万字，但是它们都提出了一个问题，深入地挖掘进去。比如说像《漂洋过海来送你》，故事是写的那豆这样一个胡同里的北京青年，换骨灰盒，然后跟阿尔巴尼亚、美国之间比较复杂的关联。通过这样一个人物、这样一个故事，我们可以看到一枫展现了一个跟以前不一样的新的世界图景。以前我们想象的世界就是西方，就是美国，美国之外的"世界"很少能够进入我们的视野中。但一枫通过他的写作，通过他这种故事的编织能力，把这样一个"全息的世界"呈现在我们面前。他小说里面那豆在别墅门前的那一段，我觉得确实是写得很好，回应了我们"五四"文学之初的核心问题，跟鲁迅、郁达夫在日本的时候，可以形成一个对照。现在随着我们国家实力的增长，国际地位跟他们那时候的不一样，我觉得一枫在小说里，把这些很扎实地写了出来。人物塑造确实很扎实。

再说《入魂枪》，我觉得这个小说确实很难得，只有一枫才能写出来。小说写了关于游戏的发展历史，塑造了几个鲜明的人物，我很难想象除了一枫之外谁能写出来这样的小说。可能有人玩游戏，但没办法把这种游戏经验转化成文学经验。它里边有很多像《棋王》的东西，但是它又比《棋王》更复杂。在一个新的时代，电竞从游戏变成一个行业，时代转折的过程中他塑造了两代"瓦西里"，确实是新的时代经验。在那之前或者之后，都不会有这样的机会和经验，一枫把这个很好地写出来了。

另外像《逍遥仙儿》，他写教培的行业。刚才孟老师也讲到了王大莲、道爷这种直播行业，以及郊区农民拆迁之后暴发户的心态、想寻找自我的心态，他把这些人物、这些新的时代经验很好地书写进了他的小说里。

总而言之，我觉得一枫确实是为新时代文学的创作开辟了一条新的属于自己的道路，那就是自己去寻找主题。不是国家的宏大叙事，不是简单地配合政策，比如写脱贫攻坚、乡村振兴，或者写国家工程。当然作为作家也可以写国家的宏大叙事，这也有个好处，有助于让作家突破私人的经验，可以跟时代的大话题、整体的时代经验结合在一起。但作家不能很生硬地去写，生硬地结合。我看很多写脱贫攻坚的作家，就像孟老师刚才说的，一个"梁生宝"下到现在的农村里面去了，然后怎么去开展工作，这些方式还是比较陈旧，并且也没有克服我们"十七年"

文学就应该克服的问题。所以我觉得这样的主题创作确实应该反思，但是一枫他开辟出了另外一条道路，就是自己发现主题、发现新的经验，用新的方式把它写出来，这个确实是一枫的长处，也是新时代文学应该探索的。

但是一枫也有短处，短处之一就是这三部小说都比较短。后来我想，一枫要是能把这三部小说写成一部更长的长篇，就能呈现出一个更丰富的时代景观。这不只是篇幅的问题，把这些人物编织在一起，需要更宏观的视角和视野。所以怎么在一个更宏观、更大的视野里面，把这些熟悉的人物编织到一起，这可能是需要一枫去面对和处理的。

太光的文章里面谈到托尔斯泰，对一枫提出了很高的要求，当然这也是我们共同的美好愿望。但是我记得洪老师引用过一句话，大体意思是，不管我们期待也好、悲哀也好，在这个世界上我们再也没有托尔斯泰了，再也没有鲁迅了，再也没有李白和杜甫了，我们有的只是当代文学，我们现在有的只是石一枫和他的同时代作家。但我觉得我们作为研究者、评论家去研究一枫，还是需要不断地创新方法，就像一枫去面对一个全新的时代，自己去探索新的人物、新的经验、新的现象一样。我们面对一枫的小说，可能也需要新的术语、新的语言、新的方法去总结概括属于一枫的独特性。

所以我们既对一枫今后的写作报以期望，同时也希望我们提高自己的研究能力，因为如果没有新的术语、新的语法，就没有办法来阐释新的作家呈现的新的经验，我就简单地先说这么多，谢谢。

鲁太光： 谢谢云雷老师。云雷老师接着孟老师的话题，提了一个特别重要的问题，就是文学与时代的关系，或者说作家、艺术家与时代的关系，我这两天其实也在想这个事。我们说"五四"新文学，如果没有鲁迅和郁达夫这样的作家的话，"五四"新文学能不能成立？延安文艺如果没有丁玲、没有光未然、没有何其芳、没有贺敬之这样的人的话，延安文艺能不能成立？新中国成立之后没有柳青、曲波、梁斌这些人的话，新中国文学能不能成立？新世纪文学如果没有张洁、没有张弛、没有韩少功，这个文学概念能不能成立？那么我们90年代之后，就很难提这样的问题。有很多作家，但这样的作家很少。那我们现在讲新时代的文学，确实需要自己的作家、艺术家，这是一个大的问题。

另外我想提出一个问题，就是我们做研究和做评论家，如何在新的时代语境中发展更新？提高自己跟作家有效对话的问题，这都是特别有价值的问题。谢谢云雷老师。

我们下一位请徐晨亮老师，他是《当代》杂志的主编。他有多重身份，第一重身份是一枫的"娘家人"，一枫原来就是《当代》的编辑，现在也还是，但现在一枫又去北京市文联的北京老舍文学院做专业作家了。所以说徐晨亮老师的发言既是从自己研究的角度，也是从刊物的角度，我们有请徐晨亮老师。

徐晨亮（当代杂志社）： 我不应该这么早发言，刚才站在门口我有一点错觉，觉得我应该是主办方之一。从我个人来讲，一枫开始是我的作者，后来一点点变成了很好的朋友，再后来成了同事。从工作单位的角度来讲，一枫在《当代》工作的时间更久。很多时候我跟我们的作者去讲，他们会问你们讲的当代的现实主义到底是什么，我的脑海里不假思索跳出来的就是，你看看石一枫的《世间已无陈金芳》这样的作品。他是我们的编辑，我没有办法发，但是我觉得这样的作品，肯定代表了《当代》杂志对于当下所需要的这样一种文学样本的判断。他的创作和《当代》杂志是高度契合的，甚至我们说他是我们的吉祥物。我自己更多是作为一个编辑的身份看一枫的作品。包括我们在工作中、在各种各样的场合也在交流，有比较正经严肃的，也有一些随性的场合，都在了解一枫。不管是对于他自己的一些想法，还是创作的想法。

《逍遥仙儿》这个作品在创作过程中我听他聊过很多次，也听到他的一些对于文学和文学之外的世界的观点，所以应该说对于这部作品的创作脉络还是有一点了解的。但我今天尽量还是跳开一点，从我自己的一点想法来谈谈一枫的创作。去年的时候我们也连续搞过两次关于一枫的研讨会，一次是我们内部办的，另外一次是和北京作协一起办的。想法很多，之前也都讲过，这次我就挑几点。

第一，我对一枫有一个定位。这个定位是从什么地方来的？大家可能看过经典武侠小说或者网络仙侠小说，讲某一个门派，这个门派可能名气不高，这个门派里面往往武功最高强的，或者说在弟子心目当中最崇拜的，是有一个叫作"小师叔"这样的人，很多的武侠小说里都会有这样的一个角色存在。这个人物出身名门正派，武功自有传承，在很多地方他都稍微有一点放荡不羁，溢出常规。但是在关键的时刻，需要做出道德选择的时刻，他会体现一种浩然正气、为道筹谋。我经常觉得在我们当代的创作中，一枫就是这个门派里的"小师叔"。

他之所以能够得到很多年轻读者的喜爱，一方面是传承的经典气息。但是他又让大家觉得没有距离感，不管是同龄的读者，还是更年轻的读者，都没有感觉到距离感，就是很亲切的。这个我听到过很多不同背景、不同年龄的读者跟我聊。那么说回来，刚才云雷讲，其实从一枫自己的创作脉络，或者从他自己的那种传承来讲，我们能够看出来，他对 20 世纪八九十年代以来形成的纯文学也好、现实主义的观念也好，是有意地保持了一定距离并且进行了一定的反思的。他既传承，但是又没有照单全收。

大家经常在讲他是新京味作家，讲他的大院。我们是能从他身上看到比如王朔这一代作家的风格、腔调的，有一种父辈和子辈的关系。但是我觉得从新京味的脉络里面，在他身上，可能包括他在研究生阶段创作的作品，其实是受到了像《中国的寒冬》这些作品的一些影响的。所以我开玩笑说，身为北京作家，其实在一枫身上还住着一个南京作家。很多种文学的传承在他身上进行了一个融合，还包括了被列入正典的、上一代作家里面的父辈经典作家，也包括了上一辈作家里面曾经扮演的类似于"小师叔"这样角色的作家。我觉得他对这两类作家都是有所对话、有所承继，同时有所超越的，这是我对他的文学创作与文学史脉络关系的基本判断。

回到最重要的，我们经常说的一枫的现实主义创作方法。一枫自己也经常谈到，比如他说到 19 世纪、20 世纪的现实主义小说的时候，他说可能 19 世纪的小说离我们稍微有点距离，20 世纪的小说会离我们近一点。但是实际上在推进写作的过程中，他反而会觉得 19 世纪的现实主义的方法是新的，而 20 世纪的方法是旧的。我觉得这样一个观点特别有意思，这也是代表了他对于整个文学传承的一种独特的理解。

这次很多老师谈到去年的《漂洋过海来送你》，这个小说我觉得可以用一个意向来代表。这个小说是我们的同事为他做责编，我们在写内部检阅的时候感觉有的地方不太好，比如文章里说骨灰盒里发现一个弹片，你知道按照出版规范语，或者给它一些正式讨论的时候，就觉得这个词可能要稍微回避一点。所以后来我们就把这个词稍微地加了一些形容，就是说他在里面发现了一个异物，异常的"异"，然后说那豆要找到这个异物的来源，最后要寻回。

其实我觉得这个过程从某种意义上也代表了石一枫他自己。它虽然是小说里面的一个情景，但我觉得从某种意义来讲，一枫对于传统是接纳的方式，甚至在某些层面上，是包括了我们社会主义现代化的一些理念、一些方法。他其实也是把它当成一种异物来处理，而不是把它当成直接就可以传承下来的遗物。遗物我们顺理成章地从父辈传承到子辈那里就可以，但异物是在子辈那里要经过重新接纳、重新定位、重新把它找回的这么一个过程。我觉得在一枫的创作里面，其实能够看到他把那种经典的现实主义的传统方法，不是顺从地自然而然地接纳，而是通过他自己的方式，重新把它吸纳到自己的创作里面。这个对于创作是一个很重要的东西。我就不具体往下说了，因为大家对他的这方面都很熟悉。

我再谈一下人物，人物这块刚才孟老师和云雷都谈到了。其实一枫的人物构成了一种人物的群像。从他的创作脉络来讲，确实有很多人物是和自己的处境、年龄比较接近的人群。比如他写的那个"摇摆的人群"，他加了这样的形容词，后来在另外一个地方形容叫"要点脸的犬儒主义者"，其实多多少少都是和他处境相近、年龄相近的。这是他写人物的一种起点，但是你们可以看到，他会向外突破，突破这个圈层。比如他有个作品叫《我妹》，《我妹》里面他有意识地写了三个人，哥哥、妹妹和妈妈，我觉得分别对应着20世纪七八十年代、90年代、21世纪，这三个年代度过青春期的这三拨人。其实我们如果用这样一个标题把它串下来的话，《漂洋过海来送你》这个小说里"95后"的那豆，以一枫的年龄来算，就是我的弟弟。他作为一个"70后"的作家去写"90后"的人物，我觉得这部分可能大家对他有更多的赞美也不为过。

因为很多把青年文学和青春连在一起的时候，我们更多的是按照新生作家去写它的风格特征，或者说我们跟着媒体那种热词去讲，"躺平""佛系""小镇作题家""小粉红"，而真正我们用文学的角度怎么样去表现、塑造"90后""95后"这一代年轻人，这些"我弟"和"我妹"？我觉得在这方面，其实一枫是非常有意识地去进行一些挖掘和探索。不只是那豆这个情况，包括小镇风情等，其实他身上有特别多不属于这样一个群体的复杂性和矛盾性。更不要说前面大家也都说了何大雨的工人形象，也是展现了一种新的、我们和时代、世界和中国青年之间的关系。在这方面我真的觉得这些可能确实是全新的人物，我真的觉得我们当代文学创作在这方面做的努力尝试并不多。

刚才大家讨论的时候，我想到去年那个阶段，去年我看B站看得不是特别舒服。我看B站就是看一些视频，我有两个UP主看得比较多，一个叫"小约翰可汗"，一个叫"植物椿"。那个"植物椿"是天津人，他用天津方言去重新给白雪公主这样一些经典的童话去配音，我觉得是特别有想象力的创新创作。这个"小约翰可汗"是一个通辽的东北人，他就用特别玩梗的方式去重新讲述，比如说资本主义或者帝国主义的侵略，第三世界国家的血泪，等等。他的那种表达让我感觉到，和我们看到的同龄的文学作家的小说所传达的对世界的想法完全不一样。

最后我觉得那豆、殷勤、黄耶鲁，这些与我们同龄的小说人物，其实有很多很复杂、很丰富的形象，他们背后的行为、社会关系、人脉，没有在我们当代文学里面。我们不管它叫不叫新时代文学，它没有在我们当代文学里得到更有力的表现。很多老师讲的、我们今天讲的新时代文学在很多层面上还是用旧有的概念去塑造人物，并不是真正地去发现新问题、带着新眼光去捕捉新人物。我觉得一枫并没有用这样的方式，他确实有他的思考、有他的发现、有他的表达方式，这种种我觉得都是留给我们可以进一步讨论的东西。

就说这些，谢谢。

鲁太光：谢谢徐晨亮老师。你刚刚说云雷也讲了，一枫看起来很活蹦乱跳、很幽默一个人，但确实他性格里面有很稳定很沉稳的因素。云雷一讲，我觉得确实是，这多少年了，除了结婚有了孩子之外，其他的没什么变化。刚才晨亮兄从这个地方讲起，讲的是一枫的文学性格和个性的问题。其实有时候一个作家的文学个性，跟他生活里的个性确实很有关系。我记得我们在一起读书的时候，当时一枫写过一个小说，我们看了都讨论它。一枫的妈妈就说过一句话，说我儿子有很多毛病，但我儿子特别善良。我一直想着这个话，就是多少年一枫身上特别好的东西，确实是沉淀下来了，并且还在发展提升，他的文学也是这么一个过程。

那晨亮兄从这个地方出发，讲的是一枫是如何对待文学传统的问题。他不是把它当作一个遗产，就直接收下来消费它。而是把它当作一个异物，是重新消化、重新提炼、重新为我所用的一个过程。一枫在人物塑造里面有一个核心的点，就是想"要脸"，很艰难地"要点脸"的知识分子形象，我觉得这是一枫小说里一个主要的视点。在这个基础上，晨亮兄提出了新时代文学该怎么创造的问题，我觉得都是特别重要的问题。

（休息 10 分钟）

鲁太光： 下一位我们就请何吉贤老师发言。

何吉贤（中国社会科学院文学研究所）： 祝贺青年文艺论坛第一百期，能够坚持到现在，确实已经好几批人了。讨论一枫的作品，也算一个有意义的事情，也是不容易的。我也很高兴来参加这次讨论会。今天来了很多一线批评家，孟老师、云雷、徐晨亮……我是属于十八线的。因为一枫跟我有点关系，所以我是长期关注的。但是我也很抱歉，我一直也没写个东西，云雷已经写了好几个了，孟老师也已经写了。我一直觉得一枫呢，好像没有跟他达到特别能够共鸣的地步，所以一直还在继续阅读。一枫年龄跟我相近，一开始我读一枫的东西，我有一个明显的感觉，就完全是一个新时代的新的文学，跟我原来接受的文学完全不一样。

前面大家说了不少，无论是文学当中的重组，或者是小说的关系，这些当然都有，但我觉得无论是从他的经验的表达、形式以及他近几年越来越明显的对于现实的理解和判断，都是新的。在这点上，我同意孟老师所说的，一枫的小说是代表了一种新的经验。在这一点上，一枫甚至超过了他同时代的作家，比如说 20 世纪 70 年代末期以及 80 年代的这些作者。我们关于"80 后"文学讨论得比较多，但是在相当程度上，我觉得从形式和文学内核的一些问题上，它其实没让我感觉是一个完全新的新文学的样子。无论是对于社会和生活的经验的理解还是表达形式来说，我觉得一枫对于我们所处的现实都是一种开放的态度，现实里新的变化，他还是不断地在接纳进来。我谈我自己最近考虑的几个方面，以及我对于一枫的阅读有关系的两个方面的问题。

一个就是说，刚才云雷提到了他给一枫的小说写的文章里面，把一枫的小说分成三个阶段，他着重在第三个阶段，就是社会小说。我们怎么样来理解？待会儿我就试图用我理解的方式来展开一下。

另外一方面，回到跟文学有关，主要还是从一枫的创作与新文学的关系以及人物塑造这个方面来说我对于一枫的小说阅读的感受。从这个方面来看，我刚才说到一枫的小说，一开始就给我们一些全新的感觉、全新的感受，我们都能感觉到。因为一枫他是 1979 年出生，90 年代离开的校园，但是他写小说比较早，早期的学徒阶段且不说，因为他当然是一个天赋高的作家，本身他在学徒的阶段就会体现出一些特质。刚开始同他认识是跟余华吃饭，那个时候我觉得一枫一开始起步的阶段就表现出一些特别的点。这几部书他正经开始写，是在研究生阶段的后期，到毕业以后到《人民文学》杂志去，这个时候已经到了 21 世纪的初期了。我们经过了 20 世纪 80 年代文学突飞猛进的时代，90 年代有一种向国内现实的回归，这样的一个时代以后，到了 21 世纪整个社会进入了中国经济高速崛起、社会生活处于一个加速变化的状态。

一开始我们就说到了"终结"，我觉得在一定程度上不仅是"50后"。读到一枫的小说，我觉得在"50 后""60 后"甚至"70 后"的终结的状态里，他的作品让我感觉这是一个全新的。因为一枫开始在文坛上出现的时候，跟中国以及中国人的生活状态中呈现的东西是同步的。具体来说，中国经济高速发展，正在进入全面的全球化的融合时代，随着社会发展，我们生活当中接触的方方面面都发生了巨大的变化。我觉得一枫的作品本身是根据这样的一个变化出现的。当然孟老师有一点说得特别好，青春的故事，爱情小说的阶段是跟着你的青春，跟着你的成长，那么这样的故事恰恰是在中国巨变的情况之下，这一代人的故事。那么我觉得这里的一个重要的问题是我们怎么样来理解社会的变化？我发现大家会说，比如说太光用的是一个"社会小说"，原来好像也用的是一个"社会问题小说"，大家没有用这种传统的，比如说"现实主义的回归"这样的说法。因为对于 21 世纪，尤其是在 2008 年前后开始到现在，有将近 20 年的时间，我们怎么样来理解，来总结这接近 20 年的变化？我觉得在人文社会科学界，这个工作其实还在展开的过程当中。我们怎么样认识我们所处的现实？这个可能不仅仅是中国的问题。

我记得上次拜登竞选的时候，当时一个著名的主持人拍了一个纪录片，提到美国是个分类国家。这里面有一个说法挺有意思的，因为他当时在选举制下面，要进行对选举的流调。传统的民主党的一个部门负责调查谁领先，然后各个候选人再来选择自己的选举策略。但是到了最近这些年，原来的选举策略，包括对于民调的准确率已经大幅度降低了，甚至有的是相反的。这个问题在于，它的社会结构发生了变化、生活环境发生了变化。另外一个就是说，美国是那种社区的组织，比如说一个中产阶级的社区，教育背景和收入水平都差不多，他们居住在一起，这个时候他们形成的政治取向是类似的。你所见到的现实，或者是你所看到的并不是一个全面的社会。在一枫的小说里边，无论是在他的中篇《地球之眼》还是《入魂枪》，都谈到一个身处的现实跟实际的现实之间的分裂。

我刚才说这个是在理论上，在人文社科学界，我觉得这个东西没有人做过，这个工作其实还有待展开。我最近在翻译一本 2021 年新出版的书，它主要是讲当代西方社会的政治危机的问题。里面有两点，我自己读完以后，觉得启发很大。一个就是说"二战"之后，20 世纪 50 年代开始，西方社会实现了一个长时期的和平繁荣的发展过程，这个过程有一些配套的政策，这些配套的东西是竞争性的，跟意识形态是相关联的。另外一个是跟这些政党政治相配合的，它有福利，就是工会一些非政府组织来进行评估。那么经过长时期的发展，到 80 年代、90 年代的新社会主义的阶段之后发生了很大的变化，这里边最核心的变化就是：随着福利政策、资产政策平稳发展之后，它在政治当中实际上对于各个政党的具体政策的实行有一些被规训过的专家，每个人以及每一个团体的诉求是可以通过一些专家来进行统计，然后专家制定政策，选举人来采取专家的意见，然后变成一个政策。在政策当中，政治的实质的问题变成了一个利益的平衡。这使得当代的政治问题、人的主体性被大幅度减少了。每个人以及团体，变成了一些利益的平衡因素。

刚才说到社会福利问题，在一枫的小说里面也经常会涉及福利。无论在西方还是中国，都有这个问题的存在。

我说这个是觉得，读一枫的小说对于我的启发比较大的主要是讲到了这个问题，我们怎么样来认识我们现在所处的状况？我们怎么样来进行判断？这个工作正在有待展开的过程当中。所以我说一枫总结这个现象，无论是社会小说也好，或者是一种新的不同形式也好，他能够依傍的东西不多，他是完全靠他的理论和他的勇气来探索这么一个东西。这是第一个问题。

第二个问题，就是刚才也说到的，我们跟 20 世纪中国文学当中的一些传统的理论的关系。我自己想的是，一枫比较早的时候，在语言风格上跟新近的京派小说有关系，有一个成熟的关系。那么我想，比如我读老舍，京派小说尤其是像老舍，他们有一种比较温柔敦厚、比较平衡的特性。那么跟王朔的关系，是语言上的关系比较密切一点。然后就是大院的背景。

作为一个读者，我觉得老舍最了不起的地方其实还是有比较大的一个人文的背景。你读他的《四世同堂》，有一种相对平衡的感觉，那么相对平衡是什么？我有时候读一枫的小说，像我这两天在读《漂洋过海来送你》，我觉得语言上已经相当成熟了，显然一枫已经是一个极其成熟的作家了。刚才他们一直说，需要什么才能够有问题提？我是觉得我们需要一种道德的勇气，道德的勇气是什么？不是说你一定要用某种道德的东西，比如托尔斯泰的例子。我的理解是在于，他最擅长的一个类型的人物，无论是叫作"要点脸的犬儒主义者"，或者"游手好闲的文化混混"，这么一个视角进去之后会产生同情，比如你读《世间已无陈金芳》会产生同情。中国的现实主义传统，比如我们如果把柳青的《创业史》当作社会现实主义的一个高峰的话，它最重要的品质、它的准确性是什么？准确性其实是对于广泛的生活和知识的积累。这个里边除了艺术的能力、生活的厚实程度，其实还有某种作家的伦理问题，是要把自己降到越来越低，到最后不能以某种类型做归类的那种。我觉得如果说把一枫的作品贯穿起来读，他是一直在朝这个方向往前走的。

我就这两个建议。

鲁太光： 谢谢何吉贤老师，我觉得有一点，何吉贤老师是在 2000 年以来，中国乃至世界物质与精神巨变的视野中来解读石一枫的作品及其贡献的，我觉得这个视野对于解读石一枫的作品是特别必要的。现在好多很有名的作家，他那个作品就超不出一个村庄的范围，它就是个村里的小说，写得再好也就是个地级市或者省一级的，国家级的都很少。一枫应该可以在全球视野下，特别是在 2000 年以来的巨变中写作。何吉贤老师谈到了这种写作是特别有难度的一种写作。我们身处的世界和另外一个世界，它那种断裂、不可知性、复杂性，确实是对作家提出了很高的要求。以前写作的生活是相对静态的，现在好像我们在说这几句话的时间，可能就发生了很多事情，甚至好多事情都是不可理解的。所以我觉得这对于一枫来说，对以后他解读作品是一个很大、很好的坐标了。

另外，我觉得何吉贤老师提出了一点，今天下午其实从孟老师开始就一直提到，为什么当下的文学里面没有人物？我们的小说创作上没有人物是一个大的问题。如果我们的人文学科没有政治、没有情感、没有道德、没有价值的话，那你写作不可能塑造出人物来，人物肯定是这些方面综合的东西。所以从这个角度看，为什么一枫可以当作一个时代的代表作家来看，他是有这个的。像柳青，他那里面有这些东西，赵树理里面有这些东西。好多"60 后"作家很有名的作品里，没有这个东西，所以我觉得这是个大的问题。

所以"零度价值判断"，哪有真正的"零度"？我觉得这是一个值得讨论的大问题。何吉贤老师给一枫从情感厚度包括价值观的锤炼方面也提了一些建议，这都是可以继续讨论的问题。

下面我们请徐刚老师发言，徐刚老师也写过关于石一枫的文章。

徐刚（中国社会科学院文学研究所）： 刚才看到海报确实很有感触，第一张海报的时间是 2011 年 6 月 28 日，我记得当时我也在场。我是 2011 年到的中国艺术研究院，6 月还没有入职，当时云雷老师让我过来参加，我就来了。当时活动是在 403 会议室，那儿应该是院长办公室。我就是在 403 会议室参加的入职面试。我们知道，青年文艺论坛后面许多活动基本上都是在 429 举行的，但是第一期是在 403 会议室，当时很多老师都来了。这一说都 10 多年了。后来因为各种原因，我离开了中国艺术研究院，这次重回咱们院也特别感慨。

这么多年陆续读一枫老师的小说，也写了很多评论，从《借命而生》《玫瑰开满了麦子店》，到《漂洋过海来送你》，都写过单篇评论。我还写了一篇更综合的论文，关于石一枫小说人物的。我发现一枫老师的小说会反复出现一类人，我用了一个标题，标题是从《借命而生》这个小说里借用的一句话，就叫"扑在尘土里也身上带光的人"。刚才孟老师在梳理陈金芳，今天几位老师反复讨论了这个作品，但大家没有谈《心灵外史》。《心灵外史》里的大姨妈，是一个愚昧的、不断盲从的人，完全是一个负面的形象。但你会发现，这个人身上有一种人性的光辉。尤其是对于小说中的"我"来说，她有一种弥漫的爱和温暖，有一种情义，这是极为难得的。

然后我们看《借命而生》，《借命而生》里的许文革其实是一个逃犯，这个小说试图给他打上"正义的小偷""舍身救人的逃犯"的身份标签。我们发现，他盗窃不是为了求取钱财，而是寄予了更大的理想，包含着一种工人阶级的理想和豪情。所以我们看到的这个人，他"扑在尘土里"，身陷囹圄，依然有着人性的光辉。

《玫瑰开满了麦子店》更不用说，王亚丽这个人，她走投无路，一个生活如此困窘的城市边缘人，靠在团契里蹭饭。一个如此粗鄙的底层人物，小说的最后，她和她的同伙商量着要搞一次仙人跳，但恰恰是这样的人，造成了最后的情节反转，彰显出她身上的仗义、宽容和以德报怨，展现出人性的光辉。

《入魂枪》同样如此。《入魂枪》里的一帮网瘾少年、孤独症患者，都是被社会排斥的非正常人类。但恰恰是这样一群人，他们最后实现了共同体的团结，打了非常漂亮的一仗。最近正在看的《逍遥仙儿》，也是这样。王大莲这个人物，非常粗鄙的北京本地人，没有什么文化，非常自卑，面对体面的中产阶级文化，她不断要去学习和模仿。但是小说最后我们发现，这些东西其实都是虚幻的，恰恰是在王大莲身上，同样能够看到她的仗义、宽容和良善，人性的光泽往往在这些人身上，在这些不起眼儿的人物这里。他们"扑在尘土里"，身上也可以放射出夺目的光芒。一枫老师的小说往往会写这样的一些人物，我觉得这是一类特别有意思，也特别值得讨论的一些人物。

孟繁华：一枫就是从"人的文学"到"人民的文学"的一个典范。

徐刚：是。

孟繁华：20 世纪 80 年代就写"人的文学"、人的觉醒，但是他从个人主义回到了"人民的文学"，他写的都是人民。

徐刚：对，刚才没有说《漂洋过海来送你》，我想详细谈谈这个小说，这个小说里的那豆，是一个无所事事的胡同串子。他在宾馆当门童，人生显然毫无希望。但是最后你会发现，绽放出人性光芒的，恰恰是他这样的一个人。一枫不断在写那些特别凡俗的人，最后变成英雄的所谓"惊险的一跃"的历史过程。从这些小说人物身上，我们能够感受到一种升腾的力量，一种向上的激情。我觉得这是他的小说特别能打动人的地方。

我们可以从时代或是历史寓言的角度来理解《漂洋过海来送你》。小说写到了三代人，包括祖辈，即那豆的爷爷那一辈，形象是非常正面的。那豆的爷爷近乎迂腐的讲理，要脸，处处为别人着想，也被寄予了良善和美德。他人生的高光时刻就是爬上鼓楼去看守纱布，用小说的话说，为了别人把自己交了出去，汇入一股宏大的浩荡的力量之中。作为爷爷的同辈人，黄耶鲁的奶奶沈桦更不用说，这是一位革命年代的英雄人物，战争的亲历者，她为了更多人的幸福牺牲自己，朝鲜战场上的弹片一直留在身体里。另外还有劳模李固元，他虽因为自身疾病而惹出麻烦，故事也因为他的"美尼尔"而起，但他人格上绝对没有任何问题。这里还包括"形象不堪的姚表舅"的父亲姚厂长，当年也是为了厂子的发展而殉职。总之，小说里祖辈的形象都是非常正面的，非常高大的。

我们再来看革命的子一辈，小说中那豆父亲这一辈，便开始面目模糊甚至有些形象不堪了，这里显然有一种"种的退化"的迹象。小说中，阴大夫、郑老师和姚表舅之间的种种混乱与不堪，就包含着各种怯懦、贪婪和无耻。尤其是没什么本事却又忘恩负义的姚表舅，不仅作风不堪还唯利是图，他利用老一辈的善良大发横财；而黄耶鲁的父亲就更不用说，他虽没有露面，却是小说最大的"反派"，作为革命英雄的后代，他是一个地地道道的骗子，他作为"白手套"，早已在"庞氏骗局"中赚得盆满钵满。

那么到了孙子这一辈，这里面的几个年轻人：那豆，那豆的发小阴晴，也就是阴大夫的女儿，还有戏份很重的黄耶鲁，这三个人其实就是革命的孙子这一辈。那豆这个人有热情，但是缺乏智慧；阴晴在海外留学，在芝加哥大学读经济学博士，她有知识，但是没有热情，她因为家庭的原因、个人的处境，而身患抑郁症；黄耶鲁这个人物质生活很充裕，是一个"富二代"，但是没有理想。这三个人代表了我们今天的青年形象的三个不同侧面，特别有意思。

在这个意义上，小说其实描述了三个不同的年代：革命年代、改革年代，以及我们今天所谓的新时代。小说试图表达的价值理念在于，革命年代的一些价值，被改革年代抛弃了，而这恰恰造成了所谓"改革之乱"。这种改革的乱局，需要我们这个新时代的年轻人，通过他们的团结来重新予以修正。但是重读石一枫的小说我发现，这里面其实有更复杂的层面。小说固然是要去寻找被父辈丢弃的祖辈的价值，以此找到通向未来的道路。但是，现实的复杂在于，仅仅继承革命年代的价值，这可能还远远不够，或者至少是不充分吧。在这个全球化的时代里，在走向未来的道路上，我们可能还需要更加复杂、更加辩证的考量。

小说固然是要表达不同侧面的青年只有相互汲取、相互支持，依靠一种共同体的团结，才有可能取得最后的胜利。比如从小说来看，像那豆那样的人，像爷爷那样替他人着想，为更多人的利益奋力一搏，这样的勇气和美德固然可喜，但最后面对困局，他其实并没有能力全身而退，反而只能依靠黄耶鲁用他乃至他父亲留下的"非常规"手段来获得解脱，这其实就包含着一种微妙的反讽。历史的狡黠在于，那豆和阴晴用一种虚张的正义，努力要排斥掉的那些被认为是肮脏的东西，反而成为最后解决问题的关键环节。这其实就体现出作者对时代、对历史的一种更复杂也更辩证的思考。当然，这也是我在之前的阅读中并没有看得太清楚的地方。所以在这个意义上我们发现，石一枫的作品其实是经得起反复阅读的。他对于时代的思考、对于历史的思考，其实有更深层的东西，可能比我之前想的要更加深入，我觉得这是他的小说特别可贵的地方。这是我的一些肤浅的思考，谢谢大家！

鲁太光：谢谢徐刚老师。徐刚老师首先展示了一个好的评论家对待作家的文本的态度，就是反复地读，从里边读出一些深度的细致的东西。现在作为一个好的评论家是非常不容易的，你必须细读，在文本细读的基础上再思考，我觉得徐刚老师展示了这方面的优秀品质。

另一方面，我觉得徐刚老师还指出，石一枫确实是不断在拓展自己的写作领域。他最近的《逍遥仙儿》我是看到之后马上就买了，看完之后我特别高兴，因为仅从阶层来说，一枫他原来关注底层、关注知识分子，他现在拓展到市民阶层。包括《漂洋过海来送你》，也都是市民阶层关系，这都是特别重要的现象。所以孟老师说他是从"人的文学"到"人民的文学"，或者是从某个个体、某个阶层的文学，到更综合的文学的探索。同时徐刚老师也指出，在一枫的写作中，他的变与不变，一脉相承的那些人性的道德，或者是思想光芒的东西都是特别值得思考的。

咱们下面请龚自强老师发言。

龚自强（中国艺术研究院马克思主义文艺理论研究所）：谢谢。我回想了一下我跟青年文艺论坛的关系，我在 2016 年 1 月 27 日参加过第五十六期的青年文艺论坛，那期论坛叫"重建文学的社会属性——'非虚构'与我们的时代"，就是背后这个海报。当时我还是一个即将毕业的博士生。时间过得确实比较快，很让人感慨。石一枫的小说我之前没怎么读过，最近读了一些，我的讨论就是建立在已经读过的几个小说的基础上，可能说得不全面，甚至说得不准确，但确实是从这些小说中得出的认识。这些小说就是《入魂枪》《逍遥仙儿》《世间已无陈金芳》《地球之眼》。

我先说一下整体的阅读感受。首先，我觉得石一枫是一个很诚实的作家，不是很懂的东西他不会去写。他确定去写的东西，如写作题材或写作领域等，一般情况下他都已经吃透里面的内容了。正因为吃透了要写的内容，石一枫对小说叙事的处理和剪裁都比较精到或者精致，叙述节制，有的放矢，给人的感觉是比较诚实。

其次，石一枫的写作也是挑战难度的写作。从《地球之眼》《世间已无陈金芳》到《逍遥仙儿》《入魂枪》，可以看出他的写作题材和领域是在不断扩展的，而且这些领域之间好像没有什么特别必然的联系，但他都能无一例外给予相对稳健成熟的处理。无疑，石一枫是在有意识地不停扩展自己的写作领域和题材。我们都知道，熟悉任何一个写作领域或题材都是需要生活积累和时间的，因此在每一个新的写作领域或题材背后，都内隐着石一枫非凡的勤奋与耐心。在这个意义上，石一枫是一个不断挑战自己的人。与此相关，石一枫的小说罕见地没有关于性的比较庸俗的书写，也没有一些奇观的炫耀，他没有沾染当代文学的一些流俗，他的写作总体上比较素朴，在内在里发力，始终有着自己的清晰文学追求和志向。

正因此，在我看过的这四本小说里，从《世间已无陈金芳》《地球之眼》到最近的作品《逍遥仙儿》《入魂枪》，能看到他的写作变得更加圆熟了。他处理题材的方式方法，他的语言、小说的结构，整体来说都能看到一种进步。也就是说，石一枫的写作是在不断进步的。以上就是我的整体感受。

接下来重点谈谈我对石一枫小说的认识。

第一点，我觉得石一枫的小说根本上是一个悲剧性的书写，他致力于写的是一个悲剧性的东西。这个内容或者说这个主题，尽管可以有其他很多表述，但我觉得最精准的概括可以是王小波《黄金时代》里面的一句话——"生活就是一个缓慢受锤的过程"。石一枫的小说主要聚焦人与时代的关系，你总能从他的小说中看到人和时代在发生各种各样的关系，而人如何去适应这个时代，适应这个社会？在适应的过程中将经历怎样的曲折往复？就成了他书写的重点。正是在这个方面，我觉得尽管石一枫力图展现时代的恢宏昂扬的一面，也确实写出了最新的时代现象与本质，甚至一定程度上解决了"文学如何面对现实"这样一个宏大的当代文学课题，但事实上石一枫更在意的却是时代中的人，在意的是时代中的人的悲欢爱痛，甚至也可以说在意的是时代如何在形塑人的过程中，也同时"摧毁"了人，尤其是"摧毁"了人身上那些单纯的美好本性。在这个意义上，石一枫的写作从根本上来看是挺悲剧性的。无论他小说里的人物经过一番"挣扎"，是适应了这个社会，还是没有适应这个社会，最终结果都是悲剧性的。石一枫通过一系列的小说试图说明的或许都是这同一个悲剧性事实：不能适应社会的人物，注定是社会的弱者，过不上任何体面的生活，尽管他们身上可能葆有人性最可贵的那些品质；能够适应社会的人物，不可避免要成为社会的强者，能够过上体面的生活，但他们将不可避免与社会流俗同流合污，并不可避免要摒弃人性最可贵的那些品质，从而成为精神性的弱者。无疑，对于人物在现实和精神双重层面"受锤"的揭示，决定了石一枫小说的悲剧品格。

第二点，我觉得石一枫的小说给我的感觉是擦亮了一些词语，比如"道德"这个词，本来我们都觉得没有什么可说的，或者说是一个比较烂俗的概念了。但是在《地球之眼》里，通过安小男，我觉得"道德"这个词被激活了。它会让我们读了这个小说去思考：我们现在如何看待道德？我们个人的生活是不是有道德？我们如果比照安小男的标准去看，我们是不是不道德的？道德问题如此引人思考，某种程度上凭借擦亮"道德"这个词，《地球之眼》就让人难以忘怀。还有正常不正常的区隔，这是《入魂枪》探讨的话题。什么样是正常人？什么样是不正常的人？瓦西里、鸽子赵和"我"到底谁正常谁不正常，又由谁来判定？正常能给人带来什么，又损失什么？反之，不正常又能给人带来什么，让人损失什么？这些探讨我觉得都是比较细微的，不由自主地引人思考。石一枫的写作因为介入了人的思考的辩证层面，从而擦亮了一些我们觉得很司空见惯的词，让这些词重新焕发魅力。而这些词的焕发魅力，确实能够促使我们更多地反思我们的生活以及我们的时代，而不是仅仅不明就里或理所当然地生活于其中。

第三点，石一枫小说的叙述支点就是文化混混这样的角色，他们多数情况下也是小说的主要叙述人。文化混混这个角色有着复杂的矛盾性格，他一方面有适应社会的意愿，也愿意去适应，因此常常会有一定程度的社会意义上的成功，但另一方面他内心又有些拒绝适应社会，不愿意成为那种完全谙熟人情世故的人，觉得要跟他们拉开距离。尽管如此，文化混混又注定不能像瓦西里、安小男等人一样完全拒绝适应社会的，不愿意完全成为那一种人。正是这种居间性使得文化混混这个角色可以胜任小说叙事支点的任务。石一枫也正是通过这个叙事支点来串联起两部分的生活：一部分是比较外在的，跟我们这个时代最轰轰烈烈的东西联系在一起的，资本、时代、阶层、产业，包括各种社会和时代具象的东西；另一部分是我们这个社会比较内在，或者说比较精神性的一些层面。比如说孤独，我觉得石一枫小说的一个主题词就是"孤独"。《入魂枪》里的瓦西里是孤独的，《世间已无陈金芳》里的陈金芳是孤独的，《地球之眼》里的安小男是孤独的，《逍遥仙儿》里的王大莲也是孤独的。他们是孤独的，有种与社会格格不入的感觉，但正是这种格格不入感使得他们能够介入社会的内在一些的、精神一些的层面。

　　文化混混的居间性在叙事上犹如一座桥梁，连通河流的两岸。他本身既有弱的一面，又有强的一面。弱的一面是说他要拒绝适应社会，他觉得适应社会"是一个缓慢受锤的过程"，所以他拒绝这个过程。这时对于社会来说，他无疑是一个弱者。强的一面是说他要去适应社会，愿意一定程度上适应社会，顺从社会的法则，从而一定程度上成为一个强者。正因为他在两个方面都不极端，文化混混才能充当在两个方面都极端的人的沟通桥梁，从而得以折射社会生活的内外两面更多风景。当然关于强和弱的对比，除了在社会意义上的界定之外，石一枫还力图论证另一种意义上的界定，或许我们可以将之概括为精神意义上的界定：在这个界定里，社会意义上的强弱就要互换位置了，强者为弱，弱者为强。我觉得石一枫的小说最动人的地方就在于，当文化混混展现出自己比较弱的一面的时候，当他与小说中那些绝对弱、绝对孤独的人取得共鸣的时候，对于这种弱者之间的情谊的书写，这才是真正楔入时代内心的书写。而且这种书写会颠覆我们很多认知，比如说对于正常和不正常、对于强和弱、对于精神和物质等问题的认识，这使得石一枫的写作相对深刻复杂一些。文化混混所联系的既是社会的两个层面，也是两部分人：一部分如 b 哥、李牧光、苏雅纹等，是社会意义上的成功者；一部分如瓦西里、安小男、鸽子赵等，是社会意义上的失败者。而在文化混混所联系的这两部分人当中，我觉得偏于失败者的那一部分人是比较出彩的。是的，他们孤独、他们轴，他们一定程度上也都有病，比如说《入魂枪》里的瓦西里有孤独症，安小男也是一个看上去各种不合时宜的人。但正是这些人身上都有很单纯的一面，他们保留了一些没有被社会污染的、一些人身上最动人的部分。这一部分人，我觉得就像刚才徐刚老师说的，身上是有光的。他们身上的光就源于他们的绝对单纯或善良，这个光让石一枫的写作散发出一种精神性的光晕，我觉得这个光晕是他的小说比较耐人寻味，也比较精彩的地方。

第四点，石一枫的叙述是比较成熟或者比较老到的。他似乎一开始就脱离了青春写作的叙述躁狂，而是十分节制地展开自己的叙述，显得冷静老到。石一枫也比较善于把握叙事的节奏，知道怎么样通过调控叙述来激发阅读的兴趣，读起来自然相对引人入胜。就我看过的这几个小说来看，石一枫小说的人物都相对比较少，最多精致细腻地写两个人或者三个人，但特别注重突出人物身上的代表性，注重展现这些人身上所体现的时代内容或者精神内容。在《世间已无陈金芳》这本书的后记里，石一枫说他的写作就是通过一两个人物来写人物与时代的勾连，我觉得他的基本写作确实是这样一个格局。而他小说的艺术结构的方式，我觉得有点像横切面，就是通过一个个的横切面，在时间递进的过程中，写出人物和时代的变迁，有点人物命运变迁史的意味。时间的频繁跳跃，人物命运的荣辱变化，都有点像戏剧一幕一幕的感觉。这样处理的优点显而易见，缺点可能在于有些时候人物命运变迁显得缺乏厚实的铺垫。因此，总体上来看，通过这些短篇小说式的艺术结构方式，书写接近中篇小说的内容篇幅和体量，我觉得石一枫的小说更近似于中篇小说的格局。即便他的长篇小说，也仍是在中篇小说的整体格局之下展开，而非确实有一个长篇小说的格局。

比如说《入魂枪》，我觉得目前是非常成熟的一个文本，它把石一枫的优点体现得很充分。《入魂枪》是一个长篇小说，但是它并没有一个完整的长篇小说的结构，更像是两个中篇小说的叠加。前面的瓦西里这一部分是非常圆熟的中篇格局，但到了鸽子赵顶替瓦西里这部分的时候，某种程度上它有些像在重复前面那个中篇结构，并没有在前面那个中篇格局的基础上发生结构上的质变。当然我没有看《漂洋过海来送你》，所以不知道石一枫是不是已经找到了长篇小说的结构方向。

第五点，我想说一些不足。首先，我觉得石一枫的小说是叙述语言大于人物语言的一种写作。他的小说叙述人的表现是比较强势的，相对来说，小说中人物的语言是相对比较少的。人物语言不仅相对少，而且相对来说并不具有个性化特征。我们看到人物的语言，并不能由此知道人物的一些特点性格。在人物语言的个性化方面，我觉得小说是有些欠缺的。所有的人物语言都像是叙述人的语言，是叙述人的语言风格，而叙述人一般是一个文化混混，这自然无助于更加精准地描画人物的心理和灵魂。其次，我个人有一个疑虑。可能是北京话里面会有一些惯常使用的，像日常语言一样的脏话，但是这种北京味的东西，如果要无差别地扩展到其他地域，可能不是多么能让人接受的，毕竟脱离了地域环境，也就不能理解其中的生活感。更多时候，小说中频繁出现的脏话对我个人来说，无助于表现人物，它可能表现了一种北京生活的样态或状态，但是否在此目的下，尝试用更艺术更恰当的方式去处理脏话。脏话并非不能使用，而是要恰到好处地使用。葛水平的一个中篇小说，我忘了具体名字了，里面出现的脏话处理得让人眼前一亮。看到那句话，似乎很多生活就瞬间鲜活了。所以我觉得脏话还是可以更艺术地纳入小说之中。最后，石一枫的小说强调人与时代的关系和关联，但在《地球之眼》和《世间已无陈金芳》中，无论是李牧光还是陈金芳，他们切入时代的方式都略微有点夸张或者是有点夸大。比如《地球之眼》的李牧光，从一个患嗜睡症的、几乎不怎么学习的大学生，摇身一变就成了一个跨国的企业家，不仅如此，还变得侃侃而谈，深谙人情世故和资本运作之道。我理解这种处理可能是运用浓缩的方式表现更大的时空内容，但人物切入时代的方式还是有点夸大，缺乏更为厚实的细节铺垫或支撑。所以还可以处理得更好。《逍遥仙儿》里王大莲的命运变迁相对就处理得好了很多。但对于石一枫来说，重要的可能还在于结构小说的方式决定了他的小说往往要以浓缩的方式来表现巨大的人物和时代变迁，因此如何更好地处理这个问题，仍将是一个值得思考的问题。

鲁太光： 好的，谢谢自强。我觉得自强讲的这几个问题挺重要。第一个他讲的是一枫的写作态度，他说是诚实的写作，其实诚实的写作背后是大量的研究和劳动。我曾经跟一枫聊过，一枫说他写一个东西，他说"哥们儿是真研究"。一个陌生的东西你不研究出来，它就会在细节真实或者各方面出问题。"诚实的写作"这五个字背后是作家的甘苦。所以孟老师说我写评论下手挺狠，实际上我有时候也反思自己，以后要理解。首先要看到作家的劳作的不容易之后，再找他里边的问题可能就更好一些，这个我觉得是个大的问题。

另外，自强看出了一枫写作里边的悲剧性内容。实际上，一枫的小说里边的悲剧性是很纠结的。里边的人物纠结，一枫这个作者也在纠结，这个纠结实际上是一种时代的症候。

自强指出一枫的写作重新激活了或者是点亮了一些词语，包括"道德"。我那文章里面也涉及这一点，人的解放除了物质的解放，实际上也是文化、思想、观念上的解放，这几者缺一不可。所以文学写作重新激活一些道德、文化价值观是很重要的。

自强也觉得一枫的小说语言、人物塑造还有一些继续提高的地方，我觉得都是挺好的。

下面有请巩淑云。

巩淑云（农民日报社）： 非常恭喜青年文艺论坛成功举办一百期。我先介绍一下，因为我们报纸是《农民日报》，我 2019 年到了报社之后，天天讲座都是化肥、农药、拖拉机之类的，我每次在上面都是神游。直到 2022 年，我们总编现在成了社长，他是北大中文系毕业的，他当了社长以后，给我们开辟了一个全新的版面，就是一个整版的深度报道。其中一个版块叫《名家与乡村》，希望约到跟农村有关的、有交集的思考名家，写写对于乡村的一些思考。目前已经约到了一些名家。因为我们报纸之前没干过这么有文化的事，所以这个就非常难，全靠一些个人的游说，有时候去开个会，有个新闻由头自己回来写，最后托人让名家给审。我们目前也是不断地创业，所以我们领导看到了这一期，然后派我来。之前也看过石一枫的一些小说，尤其是有孩子以后，阅读条件特别差，只能搂着孩子拿着手机看。

鲁太光： 这是真正的读者。

巩淑云： 对，所以我在阅读的时候，阅读体验非常好，这是让我从切身直观的感觉来说。因为搂着孩子的时候需要看一些特别好看的东西，不好看可能就很难受。所以石老师的小说给我第一感觉就很好看，就是非常直观的那种感觉。让你读起来以后不是说故弄玄虚，转大词，或者是我一定要有一个反思之类的，没有。尤其是《漂洋过海来送你》，有些话特别有意思，这是我觉得很难得的一种感受。最近看了好多小说，看的时候看，看了就忘了，不好看。我觉得这是一个作家写作最基本的品质，就是好看，就像拍电影一样，有的时候就是故弄玄虚，其实就说了一个特别小的事情，整得大家有被骗了的感觉。读石老师的书没有这个感觉。

我之前在我们报社的时候，一直想写一些农村的新农民，或者叫新人物，或者叫新青年也好，但是发现一些作品当中写的东西非常老套。现在还有好多关于农村的写作，要么就是老农民，要么就是年轻人，如"三和大神"那种，或者是皮村那种。就感觉他们是作为底层人物，还作为从农村到城市里来的一个外来的人物，他们在这个城市当中得扎根，但这个扎根的过程好多人没有写。那他们这些人到城市里怎么去融入城市？感觉这些人物特别地扁平，从新闻报道也好，从小说也好，这是一种非常悲剧性，或者是毫无希望的一群人。

这些人可能是没有故事性，或者是说我们没有发掘到他们的故事性。这些故事性反而在非虚构的纪录片里大量地出现。但是非虚构写作、纪录片，还有媒体的报道，都是一种旁观的感觉。他们是被讨伐的对象，他们只能是一个悲剧性的形象，毫无希望，没有什么上进空间。我们在分析的时候把它套入阶层固化这个结论里边，在这个结论之前，他们所有的形象、挣扎全部都是"三连跳""跳崖"等这样的说法，但是他们到底跟这个时代有什么关系？他们那个村就像《玫瑰开满了麦子店》里的王亚丽。她家被拆了，她妈也跟她没什么关系了，她就是一个漂在北京的人。在他们无处可去的时候，反而在北京在麦子店扎根，麦子店反而像是她的家乡一样。这些人到底是怎么想的？所以我是通过石老师的观察，看到了一群外来的人，怎么融入城市又容不下的这种复杂性。这是我读来感觉非常好的一面，而不是那种旁观性的，把他们视为悲剧性人物的那种感觉。

而且我感觉现在的年青一代也不种地了，当然不能叫"农民"，也不能叫"农民工"。皮村那些人是说"新工人"。王亚丽是新工人吗？也不是。这帮人怎么想的？他们的挣扎、跟城市的关系，我觉得是特别值得被写的，我觉得是发掘得特别不够的，尤其在小说当中我觉得是挺不够的。

回到陈金芳、王亚丽这几个女性里。当你想表现一个东西的时候，最能表现人物的就是女性形象。比如说陈金芳和王亚丽换成男性，好像也行，但唯一一点不可以换成男性的就是因为王亚丽她妈说的那种选择的纠结。就是到了女性这里，是她低到尘埃里的最后的退路，所以这个形象要用女性的形象来体现。这是我读的时候觉得女性角色书写比男性角色书写更难的一点。当然也是她比较解放的一点，你像陈金芳她要没有身体，可能她早就从大院走了，可能恰恰又是因为身体，她才在北京留下来了。这种复杂性，我觉得写得挺好的。

我就说这些。然后带的任务就是希望各位老师多多支持我们的版面，我们的报纸，谢谢。

鲁太光： 淑云抓住了一枫小说里好几个很重要的点。第一个就是好读，据我了解，这也是一枫他写作的一个重要的追求维度。一枫在一个访谈里面说，能不能创作出让读者拿着在地铁上就能很顺畅地读下来的小说，这个理论高度叫作"接受美学"。一个作家如果你不考虑读者，那我觉得是成问题的。或者说大多数作家都不考虑读者，那肯定就是个大问题了。所以一枫的诚实写作，也包含对读者的诚实心态，是非常重要的一个维度。

另外淑云说的就是生活的复杂、人的复杂，就要求"复杂的文学"的问题。我觉得她在一枫的作品里面看到了这种复杂性，包括淑云谈到的阶层问题或者城乡区隔问题，也谈到了一枫的作品里对这种性别问题的展现。确实我觉得有时候一个文学作品在对待女性和对待孩子上，特别能体现作家的水平。我觉得淑云提的这些点都是很重要的点。

接下来有请崔柯。

崔柯（中国艺术研究院马克思文艺理论研究所）： 我先说一下，我觉得这三个里边我最喜欢的是《漂洋过海来送你》，因为我先看的《入魂枪》，坦白说还挺失望的，待会儿我再说为什么有这个问题。关于《漂洋过海来送你》，他处理了一个挺难处理的主题。之所以觉得这个挺好，就是因为我觉得这个作品里边有一些梗，除了咱们熟悉的北京话以外，还有一个是出现我们经常调侃的某大，当然我们都知道某大是哪个大学。我们北大、清华的在这儿调侃一下挺好的，但是如果出了北大、清华的圈子去调侃，就觉得挺傻的。所以我看到有一些内容，像《入魂枪》里经常突然来一个中文系的经典文章，当然也不仅仅是中文系的了，就是陶渊明的"初极狭，才通人，复行数十步，豁然开朗"。这样的东西就是你平时写还挺好的，但是在一个特别严肃地去处理的一个重要的主题里边，读到这些就觉得比较轻率。感觉它把里面很严肃的那种东西给消解掉了。

我之所以喜欢《漂洋过海来送你》，可能是因为这些东西不见了，或者是很少。就是整个特别专心地讲了一个很好看的故事。我想是不是有一个原因，因为《漂洋过海来送你》处理了一个挺重要的东西——骨灰盒，我觉得这个题材挺难写。因为对这个东西，我们其实多少都是有一些敬畏的，不管这里面是什么人物。但写出来这个题材怎么把握？我不知道是不是因为这个原因，所以这个语言虽然有些北京腔，但是那些内部梗也好，或者那些我们熟悉的东西少了一些，所以整个故事讲得也特别精彩。

另外，我想说一下我为什么不太喜欢《入魂枪》，因为我觉得《入魂枪》其实有一点可惜，它其实选了一个特别好的题材。我们知道《入魂枪》最早的含义是一个生理性的满足，生理满足以后就是精神上的空虚。选的题材就是打游戏，几代游戏人。比如说，您是第一代游戏人，在网吧里边打，而今天你面对着新生代的游戏是不同的经验。比如说，玉王他们面对的所谓的"网生一代"，就是网络原住民，他们面对游戏又是另外的一个状态。所以我觉得这个题材完全可以串起来，比如说，两代人或者几十年的成长经验或者社会经验，包括里面提到的网吧事件、着火事件。把这些放进去以后，我觉得还是挺好，而且里边的传奇性也挺强，有一些我们看上去就特别像怪人的人物，我觉得后边有点没立住。

最后的结尾，我在想如果失败了是不是这个作品会更好？因为你成功了的话，其实你等于说还是一发入魂，入完魂以后，就是一个精神的空虚。其实一个人的成长不在于欲望的满足，而在于怎么处理欲望，把自己的欲望放在一个恰当的位置。

另外就是这里面的女性形象。我觉得这里的女性形象还是挺概念化的一个形象，她代表了某种成功，象征着某种地位，也象征着某种我们特别拒绝的，特别看不上的社会秩序、社会规矩。这些当然我们也看不上，但是让一个女性来承担这样的一个角色，让我觉得稍微有那么一点概念化。最后，我觉得刚才云雷老师提到《棋王》，我也读出来有点像王一生对弈的故事。但是王一生跟《棋王》有一个变化，王一生最后完成了独立精神的塑造。在《入魂枪》里，我觉得那个独立精神的塑造就要完成了，就是很精彩的对弈，面对这种商场、资本，各个方面的角力的前提下，几乎完成了一个精神性独立的东西，一个独立性的人格可能马上就要出来了，但就是最后被那个一发入魂给消解掉了。而且最后跟瓦西里玩麻将，这是很亲切的一个场面，使得这个小说很好看。但是我们如果牵扯到今天的新时代文学的道路上，我们一方面是面对着一个社会秩序、商场、资本、金钱、成功、名望等，作为小说的主人公当然要拒绝这些，但拒绝这些不是拒绝成长。如果你不能把这些欲望很好地处理出来，而仅仅是在一发入魂的层面上的话，那成长就永远完不成。

我觉得从《漂洋过海来送你》到《入魂枪》，有一些东西在呼之欲出，有些东西最后开始酝酿了。很多的东西包括题材、结构的复杂性，包括各种形色的人物描写，都内涵在里面了。我觉得有没有可能，如果那个东西能突破出来，破茧成蝶的话，那可能真的是一个新时代文学的道路或者方向。

另外我也完全同意淑云说的，这个小说的可读性特别强。因为可读性很强本来就是一个小说的基本要素，在今天如果你能让人读下去，你就拿到 90 分了，因为很多名作家的小说真的读不下去，我很少看他们的文学。我觉得能达到这样一个深刻的思想境界，又有流畅性，我个人是比较喜欢的。

我觉得石一枫的这几个小说可读性真的强，昨天忙完上课，我一口气读完了，真的是欲罢不能。最后读完以后我觉得《漂洋过海来送你》这个小说还是有一些惊艳的。多少弥补了一些我看《入魂枪》的某种失望感。因为《入魂枪》给了我一个很好的期待，整个的跨代际，然后跨几十年等的这样各种人物、各种经验都在里面。最后如果能突破一下，可能又是一个至少像《棋王》一样的经典的故事。我觉得其实最后失败了也无妨，因为海明威也讲了一个失败的故事，失败本身并没有问题，恰恰是欲望满足之后的空虚，才是我们架不住的。

我就说几条自己的感受。

鲁太光：谢谢崔柯。我们所都把一枫当成自己人，所以我们往往一开始就"刺刀见红"，崔柯跟我聊的时候，谈了很多这几部小说对他的解放感，今天因为时间原因他没谈。同时我觉得他对《入魂枪》这个小说里边结尾的考虑，他的质疑，我觉得是有一定道理的，是可以考虑的。因为现在我们好像怎么努力也赢不了，我们老是每天都喊我赢了，可是都没赢，这是一个值得考虑的问题。

另外一个崔柯提的一个问题他没展开讲。就是知识和思想如何更好地艺术转化的问题。《入魂枪》里面有很多双引号，就是一些知识用语什么的，偶尔地有是好的，多了肯定是不好的，崔柯提到了这些问题。总之《入魂枪》确实是一个特别好的题材，值得思考的东西很多，崔柯表达了一个更高的期望。

咱们下面就请饶翔兄。

饶翔（光明日报社）：关于这个论坛我首先还是说一下，因为我们现在第一百期了，早期的时候我好像来参与过，是在复兴门北里的楼上。当时还举行年度的青年论坛，我参加过两次，没想到整个事情做了这么久，时光都慢慢老去了。我还想起太光对我的介绍。上回我跟太光一起开会好像也是六七年前了，当时是一个关于乡村振兴的会，在郊区。我记得太光兄也是主持，我有印象是因为你当时对我的介绍和今天的活动并无二致，就是一个热爱生活的人。

石一枫（北京老舍文学院）：七年过去了你仍然热爱生活。

饶翔：我再怀旧一下。我想起第一次去，当时我刚工作，我们是做了一个小型的活动，也是在中国艺术研究院，当时好多老师也去了。后来还给一枫写了一篇评论叫《一塌糊涂》。在我印象中，他当时还不能算是严格的，所谓我们这种传统之内的作家，可能写的内容是直接走出版了，当时我还很忐忑地跟一枫约稿。一枫前期的作品，那几个长篇我没太读，后面的几个长篇我刚刚读了一半，就是从《我妹》到后面的《漂洋过海来送你》《玫瑰开满了麦子店》《借命而生》《心灵外史》，包括《入魂枪》，我刚刚读了一半，一枫后面开的几次会我都参加了，包括今天也是，我本来今天说要回老家，但是太光兄给我打电话，亲自邀请我来参加这个论坛，我说那我肯定要来见一下老朋友，机票就改到后天了。没想到时间过了这么久，我们这些人都在这儿。我刚才听了孟老在那儿说一枫早期的小说，包括前几年见面的事，还能说得那么细致。对于细节，我觉得我都忘了。我当时认真地读了，很多细节我都忘了，甚至包括我还有几篇可能写过评论的我都记得不是那么清楚了。时间还是有魔力的，很多读过的可能也忘了，不像大家的印象那么深刻。

所以我今天说什么？我就说一下我们的一个北京朋友，他在一个大学任教，不是一个像某大那样的著名大学，就是他们当地一个普通的二本学校任教，然后他去北京那边开会，听到一枫在那儿演讲，他很感慨地跟我说，这一套文化语言是不是对我们"70后""80后"都一样？"70后""80后"一笑，说对于更年轻的人，比如说可能"90后""00后"的人，一些更年轻的学生，这一套的话语是不是还有效？他就说起他的学生，他说他其实有一些素质很好的学生，选择了工作，他认为那个学生可以去考研究生。他就觉得很着急也很气愤，你怎么这样放纵自己？我在想，一枫当然是已经取得了成就，不是我们为之焦虑的那样的人。后来我们交流的时候说，教育的本质可能是教学生想成为一个社会精英，但是文学家可能更多的是考虑我怎么样去写出一个"他者"。我曾跟朋友交流，我说你要去理解你的"他者"，就是那个年轻人在这样一个当代，他怎么样去面对那些所谓的"奋斗文化"。我们媒体可能在说的是什么奋斗可取，甚至我最近看到了《学习报》的一篇评论文章，说如何让躺平者站起来。我想一枫看到会做什么，他作为一个勤勉的作家，怎么样去书写、去理解我们这个时代不同的"他者"的生存？而且我们看到，其实很难讲他写的是底层，其实他写的就是芸芸众生，事实上并不是我们所谓的光鲜的人类、成功人士。甚至于他的叙事更多地把眼光放在芸芸众生上，很深入地在文学里表达对每个"他者"的理解。

所以我再用一点点时间，讲他最近的一个作品——《玫瑰开满了麦子店》，是讨论信仰的问题。一枫当然不会很抽象地去探讨信仰，尤其是在我们这样一个其实并没有所谓的宗教信仰传统的国家，怎么样去讨论信仰？但是信仰确实又成为一个很重要的现实。比如说最近的一个事件，就是"90后""00后"的年轻人去雍和宫上香。一堆人说你不好好读书，你去上香？你看评论很有意思，一个人说"任何事情你都可能会被骗，只有我们上的香不会"。还有什么"我没读书的时候你说我没文化，当我读了书之后你又让我抛掉良善，那么我所能做的就是上香"。你会发现其实挺有意思的，就是我们怎么样在现实中去思考这个信仰的问题，以及通过他们的故事，怎么样面对一个非常强悍的现实情况？它怎么样跟我们的行业发生关系，当然他们也面临自己的生存的问题。

所以一枫其实是在一些很现实的层面去考虑这些问题。他在现实层面去拆解这些个东西。事实上每个宗教都有一个现实的根源，它又在现实的层面为普通人所用。其实在这个层面我就觉得他写的具有复杂性。刚才徐刚讲得很充分，这个讨论其实也是小说处理的问题，这个不展开了。

其实他处理的很多问题很复杂。我之前的发言跟其他人类似，我们成长的榜样是跨代的，就是祖父辈的胡同里的、完全纯粹的工人阶级，所以我觉得他的小说里面特别著名的一个角色是爷爷，也就是他最后登上了鼓楼去看，北京城全部飘满了为抗美援朝的战士捐献的纱布，那个是要送往战场的，他突然一下就成长了。我想他是在这个层面去探讨资本主义、社会主义这些历史的问题。

我刚问一枫，我说你那个时候其实有一点怀念青春。他是在怀念青春，他一直在所谓虚幻的世界去实现一些梦想，体验那个爽感。他把 20 世纪 70 年代末、80 年代初的一代人的青春写得很残酷，也写得很好，这是两代人的问题。他当然也看到了很多我们现在需要面对的所谓"现实的虚幻"的问题。主人翁不断地在所谓的现实和虚幻之间流转，他突然进去了，突然又出来了，到最后可能我们面对的就是虚幻和真实的这种界限已经被打破了，我们未来可能面对的问题都不是一个简单的问题，这个也是石一枫创作的复杂化。他没有很简单地说我们在网络就是虚幻的，在现实中就是真实的，他没有很简单处理这个问题，他其实把所谓现实与虚幻的问题更复杂化了，我觉得这个是他探讨的问题。所以我在这想说的是，我们总是期望他能成为托尔斯泰这样的作家，石一枫有可能成为这样的作家。

我觉得刚才自强说的很有道理。石一枫的创作，中篇或者长中篇的形式特别适合他，至少是他乐于写的一种文体。我后来想，在 20 世纪 80 年代的社会背景下，你对于现实热点的观察、对现实的考虑，让你选择那样的一个问题。我们现在正在发生着剧烈变化的现实，需要他很快地对新事物进行思考，以及是不是应该把它虚构化改造。因为他要讲故事，他一定是对讲故事非常热爱的作家，他的素材来自他观察，他的热爱是讲故事。所以我在想，如果这样一个作家，他没有想成为一个三流作家，他就是一步一步地、扎实地产出这样的中篇或者长中篇来不断地击中时代的问题，我觉得是特别需要鼓励的。不是说我们一定要写作长篇小说，石一枫目前呈现的篇幅、结尾、叙事这样的一些问题，包括他怎么样处理现实的问题，其实是值得讨论的。可能做评论也是有一点基于对作家本身的一个阅读和理解去做，包括这样一个作家他能够做什么，以及他擅长做什么，而不是我们期待他做什么。

最后，我也是要提一点小小的问题，因为我刚好这两天在看一些细节的问题。比如说那个老张他在打游戏的间隙，居然有工夫想到家乡的田里麦子什么的。因为我是一个小城市出来的，我的童年到后面其实是没有麦田的印象的，我可能回老家了也是没有麦子的。我读到这一段，我就想说，你打游戏缓存的工夫怎么会在一个恍神时想到家乡的麦子呢？我觉得你可以解释，但我觉得这个是可以推敲的一个细节。后面还有一个细节我也很疑惑，就是他写瓦西里，他中间要去邮局投递信，然后他说去的时候要下班了，所以他把那个票贴上直接投，但我自己的经验是国外的邮件必须到柜台寄。我不知道是不是我自己的经验的问题，我觉得是这样的。

当然这是很小的细节。现实主义的小说，对这些细节可以再推敲下。我就说这些。

鲁太光： 饶翔兄一开始因为话筒问题没大听清楚，但大体意思是证明了一枫的写作，或者好的写作的意义，就是经历很多变化，经历很多虚空的东西，我们还是在一起，在一个共同体的东西里边，我觉得这是一个。

另外，我觉得饶翔指出了一枫始终在书写时代中不同的"他者"。一枫小说中的人物为什么可以作为一个谱系来分析？他确实是不停地在拓展延伸，而且不同的人物之间是有联系的。

另外，最后他举了两个细节，其实就是现实主义写作或者像一枫这种社会小说写作，他对现实提出的要求确实是挺高的，这也是一个问题。最后特别重要的是，饶翔兄替我做了总结，我们需要的不是中国的托尔斯泰或者陀思妥耶夫斯基，而是需要不断发展丰富升级的中国文学。他替我做了总结，我就不用再总结了。最后，我们请本次研讨会的主角石一枫老师发言。

石一枫（北京老舍文学院）：谢谢大家。真是不好意思，耽误大家半天的时间。这个会其实是前一阵太光、云雷、老何商量，说主要是为了朋友们聚聚，这么一个由头。主要是为了朋友们聚聚。我就想起原来晚清的狎邪小说里边，那些风雅之事，主要也是为了朋友们聚聚。还是感谢孟老，感谢各位朋友，今天外边下雹子了，来的都是"鼻青脸肿"的朋友。既然聚了一下，咱们也认真地谈了一下午，那么我也认真地谈一点我的想法和感受。

刚才饶翔说的都对，后面那两个错误我是无话可说。有时候我写东西也是不停地想，不停地改，印象里韩东就说他有修改癖，他不停地修改，后来只能强迫自己把稿子交出去，否则这个事就干不完。现在看来反复修改还是需要的，而且是反复地细化。前一阵我去河南，那个景点种了点儿麦子。我一看那个麦子，突然就想起小说里边这句话，当时我就一身冷汗，我觉得不对劲。当时我想的是季节可能不对，麦子在夏天是不是绿的？那个小说里面写的也是最热的时候，我就想我到底写的麦子是黄的还是绿的？回去得查一下。

孟繁华：麦子在北京那时候是黄了，它是种在冰上、收在火上。6月就开始收麦子，所以它是黄的，是对的。

石一枫：黄的那就对了，放心了。因为我正好是 4 月底去的，我发现河南的麦子全是绿的。

孟繁华：那时候是绿的。

石一枫：那就行，到夏天就黄了。

孟繁华：种对了。

石一枫：种对了。还有邮筒那个事，确实也是没有想到，因为我以为就是往里塞就行，这个情节涉及了知识点。

主持人：孟老师这个能反驳吗？

孟繁华：没这个经验。

石一枫：这个知识点完全可以，用在侦探小说里做一个桥段。所以说，我确实感觉写小说这个事就是改无止境，学无止境，都是细节。有时候我觉得我还算比较细了，但还是不够细，这个得实事求是。

刚才云雷说我好像这么多年不变，我觉得我其实是发生了巨大的变化的，也可能是我没变，但我眼里的我变了。咱们过去在一块玩的时候，找孟老去喝酒，一喝喝一夜，那个时候我觉得我可能属于一个比较随性的作家，可能是靠激情写作的作家。确实有这样的作家，他哐哐哐很快写完一个东西，然后他就玩去了，他就歇了，这段时间不写东西了。但后来我发现我不是这样的作家，尤其是这几年。我可能是属于每天早上起来，固定的时间，相对安静的环境，然后得泡着茶、抽着烟，每天都得这样工作三个小时的那种作家。

孟繁华： 变成王安忆了。

石一枫： 有点像王安忆那样的作家。

孟繁华： 变成工作了。

石一枫： 就是每天反复地打磨，每天固定的工作都是先改昨天写完的东西，然后再往下写一点。包括对语言的打造，也变得越来越有耐心了。说到语言，也有两个启发，一个是老舍，老舍的文字要读出来才更好，我也希望自己的文字是读出来更好的那种。还有以前我记得问过李零，我说您的文字好，李零老师说就是反复修改的结果。他是以古白话为审美的基调，进行反复修改。

总之，我的写作现在变成了一个习惯，写作这件事让我发生了自己意想不到的变化。咱们得承认，职业真可能是能改造人的。我可能是被写作改造的一个人，被异化了。写作虽然是追求人的解放，但是写作的同时把我给异化了。

孟繁华： 被写作塑造了。

石一枫： 被写作塑造了，尤其是被小说写作塑造了。我们都知道小说写作是讲求逻辑的，讲求细腻，讲究篇幅偏大，不是诗歌写作的那个样子。有时候我跟诗人在一起吃顿饭，我都不适应他们，我觉得这些人怎么这么奔放，其实过去都是人家不适应我。这是个人的一点感受。

另外，就是对写作的一点认识，或者说是我对小说的写法、小说的标准的一点看法。老何、太光都提到了赵树理到柳青这个传统，还有一个传统，就是从 20 世纪 80 年代到 90 年代，一直到我们今天这一辈人，这样传承下来的传统。我也有一个看法，有点像螺旋上升，我看的是世界文学。我以前可能跟大家都交流过，我刚开始看书看的都是现代派，因为 90 年代的时候，中学生嘛，什么热读什么，现代派热就读现代派。后来看的是狄更斯、巴尔扎克、托尔斯泰，反而觉得现实主义的那套写法比较新鲜。但是现在我再重新思考这个问题，比如我们重新再看狄更斯，客观地说我还是觉得狄更斯简单了，有人说过，这个时代不太需要狄更斯那样的作家，这个话我还是挺同意的。狄更斯的问题不在于他的写法过时了，我觉得就是他简单了。狄更斯在哲学思考的层面上，对生活的思考、对世界的思考，可能还是简单。当然更好的现实主义作家，像福楼拜、像托尔斯泰就不存在这样的问题。但是我们看狄更斯，有时候看莫泊桑，就确实是简单一些。

我们总是说要继承，或者说要坚持 19 世纪小说的写作方式，但我现在觉得确实是不太可能的，因为它往往还是简单了，尤其是 19 世纪典型的写作还是太简单了。20 世纪的文学给 19 世纪注入了新的能量，不在于写作的形式技巧——那些东西可能它本身也都失效了，但给它注入的是复杂的哲学思考。所以我现在看世界文学，跟我同样在这个年代写作的那些作家，我比较喜欢的作家，我发现他们往往有一个特点，就是总体的大框架是一个 19 世纪的框架，但他的思考能力和深度是 20 世纪的。它其实是一个 19 世纪和 20 世纪的结合体，构成了 21 世纪的小说。当然，能够达到这种标准的小说，可能在世界上也不太多。世界文学有这样的发展过程，中国文学可能也有类似的螺旋运动。我有时候考虑小说是这么想的。

另外再说一下，关于小说写作，有个东西还是应该注意的，叫"功夫在诗外"，小说的内容最好是"功夫在诗外"，如果"功夫在诗内"就不好看了，没意思了。但你会发现，这样一来文学就不是文学了，变成了一个综合之学，有政治学、经济学、法学、社会学等，它的综合度越高，艺术性可能就越高。文学不是文学自己能够决定的一门学问了，变成了综合之学。尤其是文学和哲学高度结合之后，就变得更加综合，因为哲学本身就综合。这给我们搞文学的人提供了一个大的方向，但是挑战也很大。因为它要求人的算力越来越高，是不是有一天我们的人脑就不能承受这个算力了，只能通过人工智能来完成，这个就不好说了。

还有一个问题，是关于我写小说想写出的效果，可能就四个字：一言难尽。就是这个东西肯定不能是好好好、对对对，也不能是坏坏坏、错错错。真的好小说，要写得还是"一言难尽"。尤其我这种写法，可能更倾向于捕捉新现象、新题材，比如说最近写过中国和美国的关系、写过电子游戏、写过教培，我最近在写的一个东西，又跟网红生态有一点关系，都是写的新的题材，新的题材确实要通过研究，从陌生到熟悉，从熟悉到下判断，但我觉得下判断还不是尽头，它的尽头是"一言难尽"。你能够轻易下判断的东西，就不适合写成小说了。只有"一言难尽"的东西适合写进小说。我想捕捉的，还是这个"一言难尽"的地方，当然现在看起来，难度也是越来越大，要求也是越来越高。

刚才大家都提出了很多问题，我也都同意。我觉得自己有几个比较大的问题，或者说比较大的难度，可能是自己需要以后慢慢再去解决的。

一个是题材，我在题材的开拓上面问题不太大，但写到有些人群，比如工人农民，有时候下笔是虚的。熟悉文学的人都看得出来，这个地方你虚了。怎么能解决？这是一个问题。

还有小说的形式本身，云雷也说过，就是视角和结构的相对单一，其实我的小说都是限制视角，从陈金芳开始就是男孩看女孩，哪怕写到第三人称，像《借命而生》那种，也是一个警察去看别人。《漂洋过海来送你》也是一个男孩去看一大堆人，都是限制视角。可能对于有悬疑色彩的小说，限制视角反而是有优势的，但任何一种写作方法都是双刃剑，会不会造成我有一些题材就不那么好写了，或者说不敢处理某些问题？这个问题一直没解决。

当然我也想过很久，问题有时候又不那么简单。我一直怀疑，在今天，21 世纪，19 世纪式的全能视角还成立不成立？这个可能是要从哲学上做一点思考，或者从我们的世界观上做一点思考。经历过 20 世纪的那些作家，可能或多或少会有这种怀疑。但是它如果不成立的话，我们用什么办法来解决这个限制视角本身的限制？这个我觉得是一个文学课题。有些作家采用了一些独特的办法，你看福克纳用了很多的视角，苏童的《黄雀记》也是这么写的，我也需要找到我的办法。

作者的每一个特色都既是短处也是长处，这个还真是辩证法。比如说我的语言特色，北京的语言特别适合表形，但是特别不擅长说理。老舍和鲁迅的区别就在这，表意表形的时候老舍特别占便宜，一旦说理老舍就弱了。还有一个是塑造人物的方式，这种略显夸张的方式，会不会也是限制了对人物的塑造？要写出孟老刚才所说的真正的"全息人物"，是不是也要解决这个问题？我觉得塑造人物的方式，可能也可以再改进一下。

对于自己面临的问题，我不相信作家会不明白。我还有一个优点就是诚恳，我觉得经验丰富的作家是明白自己的短处在哪儿的，他们只是羞于告人。咱们是熟人，我面临的问题我也跟大家做个交流，当然以后更得慢慢解决，应该说时间还长，不用太着急。如果没有问题的话，那文学这个东西就没有意思了。假如上来就是完美的，第一不可能，第二也没意思。确实人是有限制的，这个事是有难度的，所以才值得我们从事它。

这点感触跟大家交流，谢谢！

鲁太光：不需要多说，听了一枫他自己的简单陈述之后，我们就知道他为什么能通过文学写作向世界、向生活提出问题，我们又能对他的作品提出问题来了，这是一个好的作家。

第一百零三期

快递小哥：生命经验及其文化表达

主持人：秦兰珺（中国艺术研究院马克思主义文艺理论研究所）

对话人：王计兵（饿了么，《赶时间的人》作者）

胡安焉（自由职业者，《我在北京送快递》作者）

徐偲骕（上海大学新闻传播学院，《朝不保夕的人》译者）

孙　萍（中国社会科学院新闻与传播研究所）

鲁太光（中国艺术研究院马克思主义文艺理论研究所）

卢燕娟（中国艺术研究院马克思主义文艺理论研究所）

时　间：2023年10月13日（星期五）14：30—18：00

地　点：北京市朝阳区来广营西路81号中国艺术研究院B2会议室

主　办：中国艺术研究院马克思主义文艺理论研究所

中国艺术研究院研究生院中国语言文学系

中国艺术研究院新时代文艺思想研究中心

编者的话

2023年有两部文学作品值得关注。它们是《赶时间的人》和《我在北京送快递》。它们一出版就登上豆瓣图书"文学图书"和"社会纪实图书"榜首。它们的作者不是专业作家,而是快递小哥。

新世纪以来,中国的快递、外卖业发展迅猛。据统计,2022年,中国的快递小哥送出去了超过1100亿件快递,意味着中国人均快递使用量为78.3件。尤其在过去三年,当我们发现一些看似"光鲜"的工作即使"停摆"也不太影响社会运转时,是快递小哥的日夜奔波构成了让现代社会 —— 即便在"例外"状态下 —— 继续正常运行下去的关键存在。快递小哥不仅支撑着当下的大众日常生活,诸如"快递小哥,困在系统中"之类的讨论,更引发了当代"打工人"的集体共鸣。那种"困在系统""追赶时间"的生命经验,似乎不只属于快递员,而是展现了一种具有社会共通性和时代普遍性的劳动状态及人类处境。

那么,我们应该如何理解快递小哥的生命经验,理解内生于其生命经验的"文化表达",又该如何理解这种经验及其表达之于文化、社会,尤其是文学自身的意义?本期论坛,我们将邀请《赶时间的人》《我在北京送快递》的作者王计兵、胡安焉及来自传媒政治经济学、传媒社会学、文学研究领域的学者,对上述问题展开讨论。欢迎参加。

秦兰珺（中国艺术研究院马克思主义文艺理论研究所）： 论坛开始之前，作为一位老师，我想先说几句题外话。我们论坛今天报名的人很多，我昨天看到有这么多人报名特别开心，正在开心的时候，学生给我发来一个消息，这位学生这样跟我讲，他说："秦老师，我来打扰您了，起因是我们本周五青年文艺论坛，我在朋友圈转完论坛消息以后，有一位同学给我留言表达了一些担忧，大意是害怕快递小哥被学术生产'薅羊毛'，这也是我隐隐担心的事情，担心学术研究、论坛只是僵直地把快递小哥的工作生活当作研究样本，就像有些底层文学的夸夸其谈，只是把底层当作一个需要被研究的他者一样。但是我也不知道应该怎样让这样的面对面鲜活起来，让对话更有意义。我读了《我在北京送快递》之后，想起了自己在外面没有什么目的地自己照顾自己生活和工作的日子，这种因为书又把我带回到真实的生命经验，并产生反思经验的经历让我觉得很珍贵，这种人与书的交流方式让我觉得是生动的。刚才那位同学又给我转了一篇公众号的小文章，我觉得也很有参考价值，在这里分享给您。"学生把这篇文章转给我，题目是《Cosplay 界最"脏"的 play，是假扮外卖骑手》，文章讲的是有个人表演外卖小哥在网上赚流量的事情，他为什么扮演外卖小哥呢？因为今天很多东西只要贴上"外卖小哥"这个标签就会有流量，无论是书、是研究，还是论坛，包括我们今天很多人来的这个论坛。

也就是说，我正在高兴的时候，我的学生提醒我，他的意思就是：老师，我和这本书的关系是非常生动的，你不要整个论坛除了"薅羊毛""蹭流量"之外没有任何更多、更有价值的成果，你们举行这样一个画蛇添足的论坛，会毁了我与书的美好关系。

我为我们中国艺术研究院有这样的学生感到骄傲，我为他乐意把他的反思分享给我而感到骄傲，今天我们的学生都来了，就坐在这里监督着我，所以我作为主持人和召集人特别恳求大家，今天我们的交流能不能少一些客套，多一些真诚，多一些质疑，多一些反思，多一些问题，像我的学生对待我那样。另外我也知道，自从这两本书出版以后，我们两位老师、两位作者已经经历了太多的采访、报道，或许唯有真诚的交流才能让我们这个论坛产出一些不一样的东西。这也是我今天想拜托大家的，用我们同学的话说，希望我们这种面对面的交流是鲜活的，有意义的内容才能被成功生产出来。

这就是我想说的一些题外话。

回归正题，我们论坛缘起其实是两本书，它们是《赶时间的人》和《我在北京送快递》，大家知道它们一出版就登上了各种诗歌和非虚构榜单，销量惊人，备受关注。它们的作者不是专业作家，而是快递小哥，因此我们的第一个问题有关文学，为什么今天很多专业作家所谓的精品力作处境尴尬？大家愿意翻看的恰恰是像《赶时间的人》和《我在北京送快递》这样的书，这表征了文学何种困境，又表征了文学何种可能？我想大家之所以喜欢这两本书，不仅仅是因为我们感谢快递小哥，更因为这里面讲的东西能够让我们产生共鸣，无论是"赶时间""困在算法中"，还是"朝不保夕"，很多都是这个时代的人共有或者能够共同分享的生命经验。因此，我们的第二个问题，有关劳动和社会，今天的无产阶级、工人阶级或者说打工人，究竟真正在经历什么，又是什么造成了这样的经历？第三个问题，有关我们自己，我们在这里讨论这个问题究竟应该干什么？我们究竟是想"薅羊毛"，想有利于我们自己，还是在这些利己主义的诉求之外，真正能产出一些有利于社会、有价值的东西，为此我们应该做些什么？

我先抛出这些问题。

十分荣幸我们今天请到了这两本书的作者，还有来自传播学、社会学、文学研究的各位长期关注劳动者文学、劳动者作品和当下劳动现状的学者来共同直面很多说起来都是泪的问题。首先请王计兵大哥分享他这些年的生命经验和文化表达。

王计兵（饿了么，《赶时间的人》作者）：我不知道从哪个话题说起，就从和文学的接触讲下来吧。

第一次真正接触到文学是 1988 年，我第一次出门做农民工，第一次脱离了学生生涯。我只有初中二年级的文化水平，小时候我一直体弱多病，父亲想让我锻炼身体，从广播上听到一个招生广告，就把我送到一个武校，说是文武兼修，到了武校发现没有文化课，学了两年武术。武校当时宣传每年要交 110 元学费，但是没有说生活费需要多少，我只学了两年，家庭承担不住生活费压力，1988 年我开始做农民工。

做农民工之后，我发现最大的困扰不是生活问题，而是思想问题。做农民工之前我曾经有过一万种想法，设想自己以后的生活，但没有想到最后还是和大家一样，裹挟在农民工队伍里每天早出晚归，周而复始，做不需要头脑的，可以把脑袋放在一边的工作。那时候产生了最初对于生命的思考和彷徨，每到晚上我就会出去沿着一条河岸走，那条河岸的总长度是 5 公里，我每天走一遍。有一天，我突然发现路边路灯下面出现了一个旧书摊，那是我第一次接触文学，阅读的时候我仿佛发现了生活的一扇窗户，在我们的生活之外还有另外一个世界，需要我们寻找的一个世界。

我和书摊老板当天晚上有一个协议，我能不能每天晚上都来看书，我不影响你的工作。老板只允许我每天晚上蹭书看，不允许把书拿走，必须优先遵从其他的顾客，只要别人想看这本书，都要优先让给别人。我答应了他的所有条件，每天晚上在书摊看书。紧接着，我又发现了一个严重的问题，所有的书都读不到头，特别是当时特别流行的古龙、金庸、琼瑶等人的畅销书，我看到它，一开始是惊喜，接下来肯定是失望，因为旧书摊这种书都是孤本，来的人首先选的是这种书，每一次读的书都是一半一半的，永远有读不完的故事，总是带着很多遗憾回到工地。有一天晚上，我忽然想到了《红楼梦》，它的后半段是别人续写的，于是我产生了一个念头，给我读的书续写一个故事或者续写一个结局出来，于是我每天晚上多了一个爱好——写作，给读到一半的书续写一段，几百字或者 1000 字，状态最好的时候写 2000 字，因为时间限制，写不了太长。如果有机会找到续写的原书，对应发现我构思的情节和原著情节有重叠的地方，我就会特别兴奋，重叠的次数多了又产生一个想法，我可不可以写作？于是我开始尝试独立创作。

1992 年，我初次尝试投稿，幸运的是，半年的时间，我居然发表了微型小说 10 多篇，这对于我来说是非常大的成就。也就是从那时开始，我萌生了做一个作家、一个文学家的梦想。

我开始创作自己的长篇小说。我们家那个时候承包了一亩桃园，搭建了一个看桃园的小屋，用玉米秸秆搭建的"人"字形的，最原始的那种，人进小屋需要钻的，小屋里人只能躺下，站不起来。我是在那里创作这本小说的，从桃树开花写到下了几场雪，其间一直不愿意离开这个小屋，小说最终成稿 20 多万字。

我最初创作的人物差不多都是以我村庄的人为原型，而这种书籍一旦流传到村里，那个时候寄信都是放在村部一个诊所里的，村民看到这本书以后很快对应到我写的那个人，给我家造成了很大的麻烦。一次，故事构思出来的"小人"和某个人的身份对应上了，那个人后来到家里面找我父亲麻烦，说我诬蔑他。有一个我喊哥哥的人还和我父亲发生过打斗。这样的事情影响着我的写作。

对我影响最大的是琼瑶阿姨，她的《创作谈》说写作要身临其境，写到哪个人就要设身处地地感受他、体悟他。于是我就把我创造的人物带到现实之中，我会装扮成那个虚拟的人，在打麦场上打拳卖艺，村庄的人看到仿佛不认识我一样，觉得很怪异，他们不知道我为什么在那个人很多的地方打拳练武，但在我的幻想中我就是一个艺人，就是街头卖艺的那种感觉。这种事情发生得多了，闲话多了，我的家人也觉得我是一个不正常的人，最终，我自己主动到医院里面看了精神科，吃了半年多的药。别人说我有精神病，后来我也觉得自己有精神病。

有一次，我不知道应该怎么写一个失去双亲的人，怎么揣摩他的心情，怎么表达他的观点，我就穿了一身白衣、白裤和白鞋，模仿披麻戴孝的人，而这件事情最终激发了我和父亲之间唯一一次，也是最大的一次冲突，我父亲一把火烧掉了我所有的稿件，责令我不可以写作。

父亲把稿件烧掉以后，我有过两个多月不说话的状态以对抗父母，表达自己的愤怒。不过经过了岁月沉淀以后，我发现我是错误的，我如果是当时的父亲，这把火我肯定也会点起来，因为他的孩子正在脱离正常人的生活。他对孩子的未来、身体健康产生了很大的担忧，他为了保住正常孩子而做了出格的事情。其实这把火烧掉的不仅仅是我当初的梦想，也是父亲对孩子的希望，对他的打击远远高于对我的打击。

这个事情发生以后，我真的有几个月不再写作，也就是短短几个月，世界是公平的，这段时间我经历了特别美好的事情——恋爱，我恋爱特别晚，这件事发生了以后我遇到了现在的爱人，我们很快很简单地生活在一起。生活归于平静了，我发现自己想创作的梦想又在心里面萌芽，又开始提笔创作。不巧的是，我爱人也反对我创作，尽管她对于我以前的事情一无所知。她不知道我曾经写作，不知道我有过一段灰色的经历，她的想法很简单，一个男人不能一个人待在一个角落里几个小时不说话，她甚至认为这不是一个男人应该做的，她认为写作会影响一个男人的性格，影响我们的家庭收入。那个时候我们在新疆靠挖甘草生活，后来打土坯，做一些简单的体力劳动，体力劳动最大的收入来源是时间，你只有勤奋，投入时间，你的收入才是持续的。而写作有时候写到忘我状态，会耽误出去工作。新疆中午很热，那个地方的人都是中午在家里躲避高温天气，早晨、下午出去，中午在外面很少见到人的。新疆最恐怖的温度是，你晒一件衣服在铁丝上面，如果中午不收进来会晒出一道痕，甚至能把衣服撕裂的那种。就在这种状态下，我开始写作，有时候写忘我了会耽误下午的工作，这逐渐引发了夫妻之间的矛盾，她发现我写作，就会把手里的工具，包括洗脸盆、饭碗之类的，丢到地上去，用很大的声音表达她的愤怒。我发现她不喜欢，就悄悄隐藏起来，自那以后，我的写作时间变得特别零碎，很长一段时间我都没有一部完整的作品出来。

因为我一直处在生活的底层，所谓"底层生活"，我认为其实就是普通劳动者的正常生活，所有的经济来源都靠自己努力，因为我们经济上很艰难，每天都是忙于生计的生活状态，如果你不着边际地写作，写作前途很渺茫，谁也不知道自己写作会取得成功或者最终达到什么程度。就是今天，写作的收入也不高，我不知道别人写作是什么状态，我 2017 年开始投稿，投稿以后虽然也有发表，但收入真的可以忽略，一年没有多少收入，我不知道胡老师有没有收入更高一些？

胡安焉（自由职业者，《我在北京送快递》作者）：只会比你更惨。

王计兵：我也一直感觉很愧对家人，我没有给家人带来正常的，甚至说一个普通家庭所需要的生活，我们每一次为了买一件衣服都要经过反复计算，去买什么样的衣服。特别是到昆山已经 20 多年，每年回家一次，每次回家我们都要衡量这件衣服买什么价位是合适的。我结婚 30 多年以来爆发最大一次冲突，是我为我老婆买了一个发夹，那个时候她戴的发夹正常价格 5 角钱到 1 元钱，因为刚刚结婚不久，有讨好她的情绪在里面，我转了一条街买了一个发夹，10元钱。告诉她发夹10元钱的时候，就爆发了一次非常大的冲突，她非常愤怒，我们争吵越来越激烈，甚至谈到了分手这件事情，她谈到分手的时候我瞬间怂了，不再发声，任由她唠叨。从那以后我学会了一个生活智慧，给她买衣服就把价格报低，她会认为你买得很值，感觉你非常会花钱。后来她的衣服基本都是我买的，她需要买衣服了就让我去买，她觉得我会讲价，其实我不太懂买衣服，但是她开心就好了。

这种状态下，我长期以来把我的写作当作一件私人的事情，不再向任何人公开，包括我的爱人。中间有一段时间我是去山东，在山东7年时间，我们分开了，我爱人在老家带孩子，我在山东开翻斗车给工地拉土，这7年时间我写作最开心的是可以给工友分享，因为我们住大通铺，每天晚上写好了以后传给他们看，看完了以后，第二天我们工地伙夫烧火做饭引柴，第一张纸就是我丢在灶台里面的稿纸，他用这张纸点燃灶台里面的柴火，我认为写作最初的价值是会产生一把火苗。

这种状态在一次意外事件发生以后戛然而止了。有一次我在临沂街头逛街的时候发现地摊有一本老皇历，里面有一个小故事是我写的，但是我不知道怎么就印到了老皇历上面，我把这个拿来告诉他们这个故事是我写的，但是被别人剽窃了。那天晚上他们的笑声几乎是一致的，很嘲笑的那种，不是质疑的，是根本不相信，没有任何人相信我说的话，仿佛我撒了一个弥天大谎，这是我分享自己写作受到最大的一次打击。因为我本身已经不抱着发表的念想了，我只是想说一个事实而已，却被他们嘲笑，认为那是我的妄想。从那以后我的性格发生了转变，所有的写作自己独立进行，唯一知道我写作的是大女儿。

我曾经说过最想做的事是开书店，2003年的时候我开了一家书店，因为不懂书店运营流程，我以为像摆路边摊一样，把书进过来摆上架子正常经营就行了，我不知道开书店需要营业执照，需要审批，各种手续都需要办，我属于无证经营，况且是路边野店，被查抄了。被查抄了以后一无所有，我的笔名叫"拾荒"，因为自那以后我彻底沦为街头拾荒者，每天骑着三轮车翻垃圾桶，那段时间我产生了自卑心理。虽然以前也经历了很多挫折，尽管生活艰难，但也没有低人一等的那种感觉。我每次拾荒基本靠翻垃圾桶为主，我甚至知道哪个小区几点钟哪个垃圾桶里的空瓶子最多，哪个地方捡垃圾的人最少，这些地方我知道得非常清楚。那段时间，每天我身上都有一股馊饭的味道，特别是夏天三轮车上带着垃圾，剩菜剩饭一块扔的，身上会溅到一些剩饭剩菜，到哪里都散发出一股异味。那个时候我更加自觉地远离人群，那段时间也是我最喜欢写作的时间，每次等人家倒垃圾、扔垃圾休息的时候疯狂写作，我卖的纸箱上面永远有我写得密密麻麻的字，收纸箱的人甚至都怀疑我是从哪个特殊的地方专门收来的，因为在纸箱子上面写字要非常大，否则你写不完整那些话，会写得很吃力，我用记号笔在上面写，写的字很大，一篇文章写下来用很多纸箱子，有另外想法还要用其他纸箱子去写。

这样一步一步坚持下来，最终给我的生活带来光明的恰恰是网络。2009 年的时候我接触到网络，有 QQ 空间，我开始写 QQ 日志。但是由于我打字特别慢，为了减少我的打字数量，我把我写的文章中舍不得丢掉的句子挑出来，很简短地打在日志里面。

有一个徐州的网友，网名叫"恒指凌香"，算是我的第一个启蒙老师。他告诉我，我写的这些句子，如果分段就是一首现代诗歌，那首诗歌我写的名字叫《白发亲娘》，我本来写的是一段文字，他给我断好句，然后再发给我，我看了感觉很特别，因为在我的心里诗歌都是高高在上的，但他告诉我这是现代诗歌的写法，把我带入了论坛，他本身有一个私人论坛。进入了论坛之后我才知道还有现代诗歌这个文学体裁存在，那之后我开始喜欢写诗歌，因为它更适合我的生活。

2017 年，我遇见了我的另一位引路人，老家作协的杨华老师。他打开我的心结，鼓励我去投稿，于是我开始发表诗歌作品。我 2018 年开始送外卖，加入了外卖小哥的行列。写作和外卖生活是冲突的，因为外卖生活更加紧凑，和我以前的任何工作都不同，我曾经做过码头装卸工，那是我最艰苦的一段日子，因为是重体力活，每天需要把 50 斤重的铁块从火车集装箱里面推出来，不是卸下来是推出来，因为集装箱窗口和车厢底部有 1.5 米高的距离，你必须把 50 斤的铁块抱到 1.5 米高才能把它从窗口推出来，那是最艰苦的，就是这种艰苦的生活也有休息时间，我可以从容地用纸笔记录一些感觉、一些感想。

但外卖生活却不允许我这样写作。我有一首诗歌叫《诗歌是件体力活》，来自我送外卖爬楼的体验。需要爬楼的楼层大都是六层，因为老小区没有电梯，再高的楼层是有电梯的，住六楼的人也是最不愿意自己下来买零食的一群人，他们点外卖也是最多的。一次，我送到六楼以后，顾客关门的声音非常响，一瞬间我感觉脑袋被门挤了一下，头好像挤扁的感觉，突然想写一首诗，当时感觉特别棒，我感觉这首诗一定是成功的。等我从六楼匆匆忙忙跑下来，到餐箱里面拿出纸笔，这种感觉消失了，想不起来我刚才想到了什么，怎么都想不起来，于是我重新爬回六楼，模拟交给顾客外卖的情形，他怎么关的门，反复多次没有想起来。最后写下一句：诗歌是件体力活。这句话后来被我整理成一首诗，发表在《青春》2022 年 11 月刊上面。

这段经历让我体会到灵感丢失的感觉，特别是好的灵感丢失，特别痛苦，比丢钱痛苦得多。我尝试转换自己的写作方式，我现在的写作方式是用语音聊天，每天用语音不停跟自己聊天，有时候一首诗歌打很多草稿，我想到了什么就用语音迅速给自己留下一段话，等红灯间隙十几秒或者几秒钟，我都可以说出一个诗歌的草稿，我甚至尝试着在朋友圈把自己的这种方法推广出去，我认为这种创作方式特别适合快节奏的生活。

我有一次去参加一个活动，路上他说忘记告诉你了，你要有一个800 字发言稿，时间来得及吗？我说应该来得及，我坐着高铁一边往那边去，一边用语音给自己发信息，发了几段信息，把它转成文字，把错别字改一下，手稿到现场打印出来，这种创作方式特别快。但是这种创作方式最大的弊端在于，我写诗一直在口语化的边缘，缺少诗歌高深的语言层次，这是我一直承认的一个缺点，也一直在努力改正。

我出书不是我个人努力的结果，是网友努力的结果，如果没有网友，我今年出书是不可能的。去年有一首诗歌《赶时间的人》被网络文化名人陈朝华老师发到他的微博上，一个星期之后点击量1000多万，现在的点击量可能是2700万，正因为他，我的诗才被媒体关注，包括央视做了一期节目，最后促成了我两本书前后出版，这些都让我对大家抱着感恩的心情，成功不是我自己努力的，是媒体力量和网友朋友对我的喜爱。他们说这是一个外卖小哥的诗，给我贴了一个标签，我认为这个标签贴的是一个同情牌，大家同情送外卖的人，有时候我朋友说，什么时候把你这个标签撕掉？你是不是排斥这个标签？说实话我不排斥，我感觉到大家对我的一种喜爱，我想要努力做好我自己，我希望我能成为一条河流，而不是一缸水、一盆水，我希望外界因素对我的写作影响越来越小。

我就说这些，谢谢大家。

秦兰珺：前两天看到王大哥的朋友圈转发了一条消息，中国作家协会新的会员当中有您的名字，您发朋友圈的时候配了一句话"我想在旷野独坐一会儿"，为什么是"旷野"？为什么"独坐"？您成名前后的心理状态或者写作状态是什么样的？

王计兵：这个朋友圈我晚发了一天。我知道自己被中国作家协会录取成为会员的第一天，纠结要不要发这个朋友圈，因为说实话我进入作协的速度特别快，两本书出版发行到现在只有半年时间，突然进入作家协会，我感觉非常惭愧。如果晚进入一些，我的实力多展示一些，大家可能对我的写作水平质疑少一些，我担心对不起大家，担心自己的速度过快，引起一些不必要的想法。我想到旷野独坐一会儿，整理我的复杂情绪，包括流泪，如果默默坐一会儿，肯定会流下眼泪，我不希望眼泪被别人看见。

秦兰珺：昨天我跟王老师沟通，问了王老师两个问题，我是否可以当着大家的面再问您一遍？

王计兵：可以，我真的不回避任何问题。

秦兰珺：这两个问题有一些尖锐，第一个问题关于如何看待"外卖小哥"的标签，您刚才已经回答过了；第二个问题，我知道从今年 3 月到今天，您的各种新闻报道、采访活动有一二百场了，您确实是红了，但是很多外卖员、劳动者的处境还没有变化，您如何看待这样的现象？您红了以后有没有更多、更长远的一些打算？

王计兵：这种想法我已经注意到了，包括抖音上面外卖小哥的各种遭遇，我还关注了一个抖音号"每天都有奇遇"，其实生活中没有那么多奇遇，我们也是普通的一群人，生活中实事求是地说，我们外卖小哥遇到的不公平待遇会更多一些，但是这种不公平待遇是屈指可数的。我做外卖小哥六年了，遇到过投诉、差评，差评是最多的一种，其实差评不影响我们兼职外卖小哥的收入。网上时常说一个差评扣多少钱，可能是公司和我们不一样，我们兼职外卖小哥的差评是不影响收益的，但是影响积分，积分经过我们的努力会扭转过来的。

投诉很少，我一共经历了两个投诉，当然投诉让人非常反感，有道理的投诉我可以接受，我指的是没有道理的投诉。新冠疫情期间各个小区不允许进入，每个小区门前放了外卖放置柜，我把这个顾客的外卖放在外卖柜上，给他点击了送达，他开始投诉我，说我远距离投送。外卖放置柜和他家的距离有 500 米，这个距离是外卖平台不允许的，他恶意投诉致使我那边瞬间罚款50元，这50元相当于外卖小哥几个小时的收入。虽然很愤怒，但毕竟是遇到的极少数，这两个投诉放在六年里面是可以忽略不计的，只能影响我们很短一段时间的心情，网上天天遇到差评、天天遇到奇葩的人，我感觉这种人才是最奇葩的，它不是我们正常的生活状态。生活中需要相互理解，外卖小哥这个群体包括我在内，有很多不良习惯，有很多错误行为需要改正，包括高速骑行、闯红灯。我希望我们的整体素质要提升，也希望生活中大家对我们这个群体多一些理解，不要被网上个别生活现象带节奏，我不知道说这个话会不会得罪博主，他们要骂我的，不要被这些干扰，我们就是普通人。

我的第三本诗集出版计划已经提上日程，并且和作家出版社签订了出版合同，预计明年5月出版发行，这本诗集的名字叫《低处飞行》，就是写我们外卖小哥群体的。我自己制作了调查表，我发下去调查表你填上来，我给你50元报酬，这是我需要拿出来的，这50元可以影响外卖小哥一两个小时的收入。而且，我秘密加入了一些外卖小哥群，我属于卧底，用的化名，他们不知道我是谁，在群里面观察外卖小哥，一个群都是一两百人，两三百人，它的信息量非常大，都是路拍，路上遇到了什么，这是最真实的一手资料，比我采访的资料更加真实。从这些素材里已经创作了100多首真实记录生活的诗歌。

这些群体里面我接触的有高学历的，他把送外卖当作在找工作之前的跳板；有暑假工，大学生积攒生活费，为家里减少压力的；还有企业老板，他是我采访最成功的一个，我采访了他好几次，他曾经是三家企业的老板，亏损后做了外卖小哥，经过自己的努力现在重新创业，已经脱离了外卖小哥行业。我想通过诗集更全面、更真实地给大家展现我们这个群体的真实状态，我希望这种做法至少对外卖小哥是一个真实的反映，希望和大家拉近距离，多一分理解，如果我的事情能让生活美好一点点我就特别开心，像萤火虫尾部有一点光，夜空中能带出一点景色来，我希望达到这个结果。

秦兰珺：非常巧的是，今天来的孙萍老师用人类学、社会学方法调研过外卖小哥，基本也是发问卷还有潜在群里面做秘密田野，一会儿咱们可以有非常丰富的对话。今天还来了另外一位作者胡安焉老师。胡老师请您聊两句。胡老师说他比较喜欢大家多问问他，大家有什么问题可以随时问胡老师。

胡安焉：大家好，我是胡安焉。王计兵大哥说了这么多，我压力很大，我自己主动表达说不了几句，而且计兵大哥毕竟写的是诗歌，他刚才和大家分享了自己的写作经历，而我书里面其实已经写了一些我怎么开始写作的这些东西，我现在再说就重复了，我说的会比较简短，如果大家希望交流，我会投入地对待，我更愿意把时间留在交流和问答环节上面。

我和计兵大哥今年已经见过好几面了，我和他有个共同点，我的写作经历要比物流从业经历长。刚才计兵大哥说他 1988 年开始写作，我是 2009 年开始写作，2009 年以前也写过一些东西，但那不是认真的创作，2009 年对于我来说是一个真正的写作起点。而我做快递这份工作是从 2017 年 5 月开始的，当时我已经写了 8 年东西了，到 2020 年在网上被人关注的时候已经写了 11 年了，在我自己看来，我的写作经历不仅比物流从业经历更长，也更本质于我的职业经历。

我是 1999 年开始工作的，到 2009 年开始写作的时候我的整个状态和今天大家说的"躺平"接近，但是不完全一样，我放弃了很多东西。2009 年之前的 10 年里，我做过相当多不同的工作，但没有赚到什么钱，后来去做生意，做生意是赚到一点钱，但赚得很痛苦，因为在生意的竞争里，我的性格相对脆弱，受到的创伤比较大，和其他经营户之间的矛盾和冲突令我非常难受。所以到 2009 年我开始写作的时候，整个人的精神状态或者说我的观念已经变成是不想去追求现实层面的一些东西，比如说成家立业、生儿育女等。当时我觉得这些都不重要，如果我去追求那些，以我的能力和性格，确实不容易获得成功，而且投入进去给我带来的伤害要远远大于回报。哪怕真的得到那些东西，像吃喝玩乐诸如此类，对于我来说没有太大的满足感，那些东西不是我的兴趣所在。

所以当年我投入写作，一方面怀有一定的逃避心理，逃避现实中遇到的困境，另一方面我想要树立一个高于我应付不了的现实追求的精神方面的追求，让我可以投入进去，令人生获得一种自我肯定的感觉。我开始写作，方向一直都是小说，我读西方文学，去模仿、借鉴，我上了一个文学论坛。当时我离开了女装生意，那个生意我已经退出了，我有一个合伙人，我不做了，有一点钱，于是暂时没去赚钱，在脱产的情况下开始写作，这个很重要。对于我来说，我不是很有才华，对写作不是天生擅长，假如没有在一开始脱产去读、去写、去交流，那我可能没有办法迈过最初的那道门槛。

我最初交流的平台是黑蓝文学网，当时是一个偏"先锋"写作的交流论坛，比较精英化，上面的写作者可能更多看重写作的形式方面，"为艺术而艺术"——当然也不是每个人都这样，但总的来说，我当时交的朋友，受他们影响读的书，以及平常交流的内容，都是比较纯粹艺术化的，对我一开始有一个塑造的作用。我对写作本身有一个较高的预期，不是想写那种大家拍手叫好，认为很好看、很精彩的故事，不是想写那一种，但是纯文学这条路也很难走，很容易把写作动力消耗尽。

我写作之初的头两三年，心里的念想比较混杂，既想要这个又想要那个，当时也投稿，投稿基本没有得到反馈。反倒是我后来不投了，就直接写，写好以后直接发在网上，却有编辑来找我要。为什么呢？因为大部分刊物他们公布的投稿邮箱会收到很多垃圾邮件，他们没有时间去看，他们更喜欢主动找作者，我发在网上的小说反而更容易被他们发现，但发表带来的收入很少，可以忽略不计，不可能靠这个为生的。我认识的人、交往的写作者里面，起码在 2020 年之前，没有一个是靠写作能维持生计的。

到今天为止我做过的所有工作中，最后一份快递工作的工资是我拿过的里面最高的，当时税后收入大概 7000 元，在北京通州梨园那里，五环外了。这个收入我需要通过写作去赚的话，假设一本书版税 8%，定价 50 元，一本书 4 元，交完税 3 元多一本，算你运气好，写纯文学，卖 2 万本不错了，这其实相当难，一本书下来可能也就六七万元。这个六七万元你还要自己去买社保，灵活就业一年至少一两万元交自己的社保，假设你能做到这样，你的收入还是比不过送快递。确实像快递员、外卖员这些职业的出现，对于像我这种情况的人，只要愿意花更多的时间去干，就可以挣到更多钱，7000 元月薪，年收入税后 8 万多元，这已经是买了社保后的纯收入，是到手的钱。在我认识的写作者里面，从事这些职业的也是有的。但我工作中的同事，我基本不会和他们交流写作，我和我写作的朋友也不会交流我的职业，他们不知道我在送快递。我交际圈里这两边是分开的，他们没有重合，没有一个人既和我在工作中有交集，在写作中也有交流，这完全没有。

这两年在网上受到关注以后我发现，像我一样本来就有写作基础或积累的人，受自己条件所限去选择从事一些体力劳动的工作，这样的人未来会越来越多。我的情况不是说先做了这个工作，然后去写它，而是我本来就是一个写作者。但是对于我来说，以我的年龄、履历、学历、当时我的条件，我能找到的收入最高的工作，要么是送快递，要么是送外卖。但送外卖毕竟两轮车在路上危险一点，而且你要自己买车，而快递车是租的，电池也是租的，不用前期投入，所以我选择送快递。

这本书出来了以后很多人关注底层这个切入点，底层是我本人的属性，事实摆在面前，不以我主观意愿为转移。但是我从事的不是底层写作，因为我没有采用底层视角去写作。也有一些记者问我，我的写作是不是代言了一个群体，比如说快递这个职业或者物流这个行业，或者体力劳动者这个阶层？我以前没有考虑过这个问题，这肯定是代言不了的，应该这样说吧，网上确实有一些读者跟我说，读了我写的东西感同身受，他觉得我可以代表他，这样的话是成立的，因为他是被代表者，他授权给我代表他，他读了我的东西以后觉得我说出了他的心声。但反过来从我的角度，我作为一个代表者，不可能在不了解所有对象的情况下主动说我代言你或者我能代表你，这肯定是不可能的。所以记者问我代言这个问题我都是否定的，我写作的时候没有想到快递员这个职业、这个行业、这个阶层、这个体力劳动者群体之类的问题，我不是从这个角度去组织我的写作材料。应该说没有人会从这样一个代言的角度去写作的，每一个写作者最后都只能代表自己。但是你只要足够深入自己的个体性中，人和人之间，或者整个社会所有成员之间，毕竟我们生活在同一个时代、同一个社会里面，我们肯定有很多感受是共通的，也能够引起别人从生命感受这个层面的共鸣。

我之前几个月接受媒体的采访比较多一点，很多记者有自己的职业角度，记者的写作更多带有问题意识，毕竟一个报道写出来肯定是针对现实的，他希望提供实用的经验教训，对社会改良或者方方面面发生实际、具体的针对性作用。但文学写作不是以这样的形式或者方法实现它的影响力，文学可能不能针对太具体的东西，文学更注重个人的生命感受，不针对某人、某事，不是针对局部的一个情况，可能是整体人生比较模糊的、混沌的，甚至有些抽象化的表达。而我做过什么职业对我写作的影响不是直接的，送快递的经历并不直接影响我写的内容，而是对我这个人的塑造，这些经历让我成为今天这样的一个人，我怎么看待、感知生活，理解这个社会，这种塑造先发生在我的身上，再通过语言体现出来，而不是直接将职业经历作为写作的素材，并不是这样一种形式。

我能够在网上受到关注以及有机会出版一本著作，肯定跟我从事物流工作有关，如果我的工作不是物流方面，而是做医生、律师等其他职业，我写一本书相对来说就没有什么稀罕了，因为这些职业的从业者文化水平普遍较高，写作对于他们来说不难。而做物流工作的人写书相对是罕见的，而且物流这个工作和大多数人的生活密切相关，而医生、律师，很多人只是偶尔打交道，对于他们来说没有和自己的生活扣得那么紧密。我知道有这些运气和机缘因素，我是一个受惠者，如果没有这些巧合，我继续默默无闻地写小说，但是不会被更广泛的社会圈子的人知道。那样其实也是成立的，也是如我所愿的。

再分享我的一段经历。有一个记者采访我的时候，问到我之前写作的情况，那是一个面访。我说我之前在一个写作者的圈子里是有一些人知道的，这个记者虽然是善意的，但报道的时候她写出来的是"我在某个写作圈子里有点名气"。可能在记者看来"有些人知道"和她理解的"有点名气"是同义词，因为它们表达的是同一个意思。但是"有点名气"这四个字我绝对不会说出来，这是文学写作和新闻媒体写作的区别：媒体写作只关心词句的含义，但文学写作的措辞里面包含着你怎么看待你说出来的这句话，有一种不同维度的意味。比如说，一个会说自己在圈子里面有点名气的人，肯定自我感觉比较好，但我是一个自我感觉比较差的人，我永远不会说那种话。因此，不同的措辞哪怕意思一样，传达的感觉和态度也有一些微妙的不同，可能一般人看来繁缛，导致表达效率下降，让人感觉流水账或者太啰唆，都有可能，但对于我来说那些东西恰恰是我追求的东西：怎么措辞，怎么追求我的语言。对于写作者来说，语言是我们直接处理的东西，毕竟文学的本质是一门语言艺术。我重视的是这个方面，当然我做得并不好，但这是我的方向。

我接下来的写作，之前三年多因为不断有各种机会，我写了很多真实经历的分享，属于自传性质或者非虚构性质的东西。但我作为写作者来说，整体的写作方向仍然是属于虚构写作的，我最初是一个小说写作者，将来也是——起码我自己这么看。我以后肯定要回到小说写作方向，至于有多少人读我的作品，或者有多少人喜欢，或者带来多少经济回报，这些对我来说是相当相当其次的。我就是这样的情况，和大家分享，毕竟每个个例的情况都不同，希望待会儿交流的时候会有更深入的互相启发，我主动表达的话，因为不知道该说些什么，我暂时就先说这么多。

秦兰珺： 特别真诚的分享。一方面，胡老师非常真诚地意识到，恰恰因为"快递小哥"这个标签，让他今天的书能够受到那么多的关注，但是另一方面，胡老师有十分清楚的自我定位：首先是一个作者，而不是快递小哥作者。胡老师提到"底层文学"，"底层文学"是一个标签，正好我们鲁太光老师多年来深耕劳动者文学，鲁老师，您是如何观察、看待这样一个现象？

鲁太光（中国艺术研究院马克思主义文艺理论研究所）： 听了计兵大哥和安焉老弟两位的发言，特别感慨，有的是情感上的，有的是写作上的。刚才安焉老弟提到了"表达效率"的问题，现在很少听到那些专业作家，特别是名家谈"表达效率"问题，我觉得现在"表达效率"是一个非常重要的问题，也是一个非常专业的术语，我考虑过类似的问题，但没有想到这么好的说法，我们现在好多作家的写作不讲"表达效率"，听安焉老弟讲了之后，我也反思自己的研究和写作里面是不是也存在"表达效率"的问题？

谈了感慨后，我想谈谈今天这场活动的意义。先在我们所工作的层面上谈。我们所的名字叫"马克思主义文艺理论研究所"，顾名思义，是以马克思主义，特别是马克思主义文艺理论为指导研究文艺的，所以，举行这样的讨论是我们的职责所在。大家知道，马克思是一个大学霸，靠才华完全可以活得很好，做个名教授肯定没问题，可他为了工人阶级、劳动者的解放投身于共产主义事业。我们所虽然是研究文学、文学理论的，但从文学艺术角度切入研究劳动者文艺，关注劳动者的生活状况、情感诉求和美学表达，是我们所天然的责任和义务。

青年文艺论坛每年要有些板块涉及这个主题，有时候一年到头策划不到合适的选题，今年非常幸运，计兵大哥和安焉老弟有这么好的作品出来，给我们提供了这么好的机会，非常感谢这两位为自己、为所有劳动者而歌而写的作者，这是我想说的第一点。

　　第二点，两位一个是送餐的外卖大哥，一个是送快递的快递小哥。我们现在的生活变化太快了，随着生产力发展、技术发展、物流业发展，产生了许多新的劳动形式，也产生了很多新的劳动者群体。中央特别重视对新的劳动形式、劳动者群体的研究。我旁边这位是中央民族大学社会学系的黄瑜老师，她一直在关注这些领域。我认为研究马克思主义的人应该对随着生产力发展、生产关系变化出现的新现象，特别是劳动现象要有研究，我们今天也是开题的一个研究。

　　在座的有中文系的同学，我上课的时候跟他们讲，要关注我们生活中发生的新变化。以后，随着社会发展，还有新的劳动者、新的产业出现，我们要跟着研究，哪怕是点滴的研究。就像计兵大哥说的，哪怕只有点点滴滴的变化，只要能够为我们的劳动者带来一点点解放或释放，我们的研究就有价值、有意义。这也是今天的论坛想达到的目的。

　　我多年关注底层文学或新工人写作，或者说关注为普通人的写作。几年前讨论这个话题，我们还要从写作群体身上，从道义上论证这种写作的合理性。这几年我一直有个想法，包括看了计兵大哥的诗，看了安焉老弟的非虚构，我觉得我们完全可以理直气壮地扔掉职业身份的"拐棍"，重新认识我们的写作，他的身份可以是一个快递小哥，可以是其他的职业，但这种写作本身已经建立了自己的美学。我觉得这特别重要，有必要认真地讨论新工人写作的美学。我今天先简单谈谈。

　　我自己的理解，普通人的世界在今天是一个非常陌生的世界。我们都是普通人，我们好像对自己的生活特别熟悉，可仔细一想，好像我们对谁也不熟悉，对我的同道、同事都不熟悉，更不要说对其他职业、身份的群体了。我们现在进入了一个无限陌生的世界之中。尤其 20 世纪八九十年代以来，文学的现代、后现代转向后，我们对普通人太隔膜了，太不了解了。从这个角度来讲，计兵大哥、安焉老弟的写作是有文学意义的。文学不就是陌生化吗？我们把一个陌生的世界呈现出来，用我们的笔写出来本身就有重要价值。我有时想，我们下班路上就会碰到计兵大哥、安焦老弟，我们在家里面点外卖、下单买书，他们就给送到家门口，我们是人文知识分子，我们老说自己讲人道主义、讲人性，可我们知道他们吗？了解他们吗？我们的人道主义论、人性论包括他们吗？我看安焦老弟的书以后才知道送快递还有那么多门道，人事关系也很复杂，尤其是管理者和劳动者之间的区隔，包括车怎么使用，怎样才能高效率完成任务量，怎样才能使自己的劳动得到相对公平的对待，减少差评率，等等。我去乌鲁木齐，来回的飞机上把书读完了。读的过程中，放不下。普通劳动者的世界变成了空前陌生的世界。我们现在写作太目光"向上""向钱"了，这样的写作会忽视普通劳动者，而我们文学传统中是有面对普通劳动者的传统的，封建时代的文人就有"穷则独善其身，达则兼善天下"的说法。所以，我觉得普通劳动者写自己的生活、情感、精神的作品都有重要的文学价值和意义。这是一个方面。

另外，我想说新工人文学仅凭美学就可以独立于文学世界。这些写作向我们展示了一个不一样的世界，读了计兵大哥、安焦老弟的作品，我们看到了不一样的世界，不一样的生命或者生存方式。我读纯文学比较多，我自己其实就是纯文学里面的一个主体，我批评他们其实也是批评自己，"我们"太自私了，"我们"心眼儿太小了，上周我给同学们上课，批评纯文学写作情感太脆弱、太淡薄了，小说主人公（其作者的投射）想追求一个美女，美女说我没有看上你，他就觉得整个世界背叛了他，对不起他；他想当一个科长，没有选上，又觉得整个世界背叛了他，对不起他；他想得某个奖，没有得到，再次觉得整个世界背叛了他，对不起他……这样的世界好荒凉呀，好荒谬呀，好绝望呀。他从来不想到底是谁荒谬、无聊。我们的纯文学就好写这种东西。

看了安焦老弟的书和计兵大哥的诗以后特别感动。我觉得计兵大哥的诗都很好，有不少是精品。第一首诗《赶时间的人》，你看前言就知道他为什么能写出《赶时间的人》来，下单的人下错三次单，他来回步行爬六楼，所以他能从空气中感受到风，赶时间嘛；所以他能从风里感受到刀子，风里面是有刀子的，赶时间嘛；所以他能从骨头里感受到水——淋漓的汗水，摔一跤的话，就是血水了，赶时间嘛；所以他能从火里面感受到水，上火了也不敢发脾气，他跟人态度要好一点，要不然就差评了。赶时间，一步一个脚印，双脚捶击大地，连续三次爬六楼，双脚不捶击都不可能。我觉得他每一首诗都有内涵。

还有一首看了特别感动，就是《请原谅》。这首诗的来源也是下单的女孩下错了单，送到前男友家里去了，前男友失恋了正在家里面喝闷酒、发脾气。下单人又要计兵大哥要回外卖重新送，结果去要时，被薅着领子摇晃，还差点儿被打了，幸亏这个醉酒者的朋友帮忙，才得以解脱。计兵大哥把外卖送到后，说了一句"你前男朋友挺在意你的"，说完后，看见女孩眼眶红了。计兵大哥突然觉得这个世间还是有真情的，就写了这首诗。我们知识分子什么时候说过"请原谅"？我们知识分子说的都是别人原谅我，你一定要原谅我。所以，我觉得这些诗展示了不一样的情感，这种情感方式是非常宝贵的，在高度分众化、高度利益化和算计化的时代，如何建设这种具有公共性的情感，是个大事。

我看安焉老弟的书就知道，他的文学理念比较现代主义、比较先锋。先锋写作说自己要写"融解在心灵中的秘密"，但现在我们追求的秘密好像太玄虚了，不是秘密了，是空想。还有，我们原来一些现代主义诗歌后来发生了变化，追求的已不再是"融解在心灵中的秘密"，而是"融解在躯体中的内分泌"。在这两种情况下，我觉得在我们的文学中重建普通劳动者，不管是快递小哥或者厨师，包括我们码字的，重建普通劳动者的情感世界非常重要。我认为要用写作重建我们的"秘密"。

再一个，我们的写作呈现了不同的情感方式。情感是分阶层的，情感是分阶级的，林黛玉喜欢贾宝玉，肯定不会喜欢焦大，不会喜欢我们，我们太粗糙了，理解不了人家细微的感情。我们的写作一定要建立在我们自己的情感方式上，因为我们和世界发生关系的方式不一样，我们一定有自己的情感方式，我们的写作特别深情、朴素、忍辱负重。除了计兵大哥的诗歌之外，邬霞的诗歌、陈年喜的诗歌、许立志的诗歌，很多劳动者诗歌里面都有一种特别朴素的美学。

计兵大哥的笔名叫"拾荒"，我觉得我们诗学转化就是拾荒的诗学，生活、生命给我们什么？给了我们很沉重的东西，我们每天面对的难题比其他阶层要多一些，虽然在其他人看来，可能是鸡毛蒜皮的小事，但对我们来说，可能是天大的事。计兵大哥和安焉老弟的生活面临的困境应该比我多一些，生活给他的白眼给他的伤害可能比我多一点。他们怎么面对这些问题呢？拾荒。转化得特别好，生活中的垃圾拿来之后分类、整理，然后出售，重新把它们变成有价值的东西。在诗歌写作中，就是把沉重的东西美学化了。能把这些东西美学化是很厉害的。我这样的人，中产阶层，每天生活给予我们一些美的东西，我们却把它垃圾化了。没有比较就没有伤害，没有比较就没有鉴别，这种情感方式带来的东西是非常好的。我们不要看不起这样的文学。

新工人诗歌创造了自己的词语世界，创造了自己的关键词。有了计兵大哥和安焉老弟的写作，我们海报上面的"快递单车"就成了文学关键词。在纯文学写作中、主旋律写作中，这不会成为关键词，不会有诗意，或者很难成为关键词。我上午和崔柯讨论，很早的时候有一部科幻电影，里面有个外星人就骑着类似的车子，很有诗意，科幻的诗意。可是通过我们的写作，让它在普通世界中有了诗意。我们有自己的词语。我看到计兵大哥的写作里面到处是自己的词汇，比如，"你的体内有一千亩良田，/你的想念是一万朵棉花"，如果没有跟劳动者发生关系，就不会用"良田"和"棉花"来表达自己的观念。下面还有很多，比如"你的人生是轻的，因此向上，/可往事很沉，你终将低于尘埃"，这个"尘埃"在纯文学里面是不会成为关键词的，可在我们的文学里面它是个关键词。我发现他写孤独、寂寞，以及如何抵抗这种孤独、寂寞，这也是他的关键词，但跟纯文学写作不一样。我觉得通过这些词语会创造一个新的世界。我会系统梳理一下，用大数据统计一下，我们已经在词语上、关键词上不同于我们纯文学了。我看你们的作品特别感动，别的书看不下去了，为什么？感动。感动很重要，文学就是要感动人的，不是拎着耳朵教育人的，我觉得这很重要。

新工人诗歌有自己的文学传统，创造了自己的文学创作方式。刚才听计兵大哥和安焉老弟讲，发现他们有自己的文学资源，兼收并蓄，虽然不同的人有不同的情况。安焉老弟先锋因素更多些，现代主义的主张更多些，计兵大哥通俗文艺因素多一些，琼瑶小说、武侠小说比较多些。邬霞也看了很多琼瑶小说，陈年喜看了很多历史"演义"。我原来对通俗文艺看不上，我现在想到如何正确认识通俗文艺的问题，在我们新的写作中转化的问题。因为通俗文艺确实让文艺创作跟更多的人的世界发生关系。我觉得计兵大哥和安焉老弟转化得很好，反而我们这些研究者没有意识到，这是文艺资源，他们实现了转化。包括东北代表作家，他们也对大众文艺资源、通俗文艺资源进行转化，创造了自己的文学创作方式。为什么大家写非虚构多、诗歌多？因为劳动太艰难了，没有更多的时间写作长篇小说，没有时间长篇大论。这种外部局限使他们创造了自己的创作方式，非虚构和诗歌。包括计兵大哥用语音写作，这都是新的生产方式。我们现在每天晚上关起门来，一有人打扰，就神经衰弱写不出论文来了，我们和他们一比，太脆弱了。他们带来了新的文学创作、生产方式。这种新的创作、生产方式一定会影响词语选择、文学锤炼，一定会带来美学的方式。

还有很多，比如，带来了不一样的生命景观。安焉老弟和计兵大哥都表达了，我代表不了谁，我就是一个写作者，但是我写得好以后会有代表性。这个代表性，读者从外面看，对你的职业有一定影响，但这种代表性来源于生命景观的代表性，写作里面一定呈现有代表性的生命景观，让很多人在生命景观里面找到认同感，不见得认同这个职业，但感动了后就会产生认同。我认为这种生命景观非常有意义。刚刚计兵大哥说要更个人化的写作，我觉得你目前这些写作很好，现代主义的方式、先锋文学的方式只能是在技术上借鉴，不能是理念的转变。目前的写作，其实很美，很有力量。"体内有一千亩良田"，知识分子想不到这样的词，体内还能有千亩良田？陈年喜"今夜我的体内有三吨炸药"，这是多么的奇崛呀！它会有美学的爆炸，这些都是有美学价值、美学意义的。怎么丰富、提高我觉得应该认真考虑。

安焦老弟恢复小说创作后，实际上现实主义、现代主义、后现代主义也是一个工具，你的非虚构写作经验和理想中的现代文学经验也要有一个化合过程，才能比较好。双雪涛、班宇、郑执他们写的是现实主义、现代主义、后现代主义，他们有一些化用的过程，效果较好。

这就是我读了两位作品后简单、粗浅的想法。我的基本观点是一种新的美学原则已经崛起了，不是正在崛起，而是已经崛起了，但研究者没有看到，还没有开始研究。我就讲这么多，不当之处敬请批评。

秦兰珺：非常感谢鲁老师关于"拾荒美学"的分享和建构。基本由两部分组成：第一个部分吐槽，吐槽自己把美变成了垃圾；第二个部分赞美，赞美劳动者把垃圾变成了美。他非常好地回应了刚才胡老师的问题，我作为一个作者在写作，这个作品的价值在于文学价值，而不仅仅是外卖员文学价值。这些劳动者的作品对于当代文学究竟有什么意义？我们这边还有一位多年以来研究人民文艺问题的、非常优秀的学者卢燕娟老师，我们请她进行分享。

卢燕娟（中国艺术研究院马克思主义文艺理论研究所）：谢谢兰珺，我最尴尬的不是因为我研究人民文艺，我尴尬的是，我是正儿八经从当代文学专业毕业，拿了盖着大红戳的当代文学的学历，但是很熟悉我的师友都知道，我十几年没有写过一篇当代文学的评论。

我认认真真读了计兵大哥和胡安焦老师的两本书，读书是兰珺给我的任务，因为她要做这样一个论坛，但读完了以后，我还认认真真写了十几年唯一一篇当代文学的评论，这就不是兰珺给我的任务了。我这篇评论的题目叫《当代文学需要与普通人共情》，我想这篇评论应该回答了为什么我十几年来没有写一篇当代文学评论。我在读了《赶时间的人》和《我在北京送快递》之后，突然明白了在此之前为什么写不出评论来。

毕竟是做当代文学出身，我们需要从源头上思考当代文学到底需要什么样的写作。近几年来，从再早一点——太光老师他们可能更熟悉——从范雨素他们，甚至还要再往前推一点的早期底层写作，到今天我们看到的王计兵和胡安焉老师，劳动者写作不断成为社会话题，也受到各个角度的关注和讨论，刚才兰珺说甚至具有热点和流量的意义。但是这里面有一个很有意思的其实也很尴尬的事，他们写的散文、诗歌，本来首先属于文学，而且毫无疑问属于当下、当代文学的范畴，但他们引发的关注主要不是来自主流当代文学的评论界。

我看了兰珺转的一些资料，做诗歌领域的吴思敬老师是我们认为当代诗歌评论界比较权威的学者，他曾经这样评价"媒介只能是媒介，诗则永远是诗"，这个话说得比较客气；罗振亚老师可能说得不客气一点"这些诗歌情真意切，元气淋漓"，但是从当代文学批评角度来说，担心他们把诗歌降格为无难度写作。我们的批评家，他们更愿意去肯定和评论的仍然是那些训练有素的职业作家经典写作。

我对这个问题进行了一些思考，为什么我不愿意写的评论，他们写起来那么熟悉？虽然我不写，但毕竟是自己的专业我也会看。我发现可能轻飘飘地说他们基于理论傲慢或者专业偏见，远远不够回答这个问题。我把他们的评论都看了一下，我发现可能对他们来说最尴尬的是，像这样的诗歌和写作，很难用自己那一套训练有素的语言迅速嵌套出一篇很专业的评论文章。长期以来我们发现职业作家和当代批评家之间有一个微妙的默契，作家写的时候在某个点上知道，心里面默默加一个注释：此处应该有评论，批评家往往把这个东西识别出来，他们合作操作一场关于当代文学经典的写作和评论。

但是《赶时间的人》《我在北京送快递》，批评家们特别喜欢的那些术语，比如说繁复、深刻、渊博、知识与思想、叙事的迷宫、表意的焦虑，你会发现他们已经没有办法用这些模具来生产出一套评论了。所以他们有两个处理方式，第一个处理方式像我刚才所说到的，将他们的写作视为一种不够专业或者不够成熟、缺乏训练的写作，一旦给出这样的评价之后，他们就可以心安理得地待在自己特别舒适的一套话语里面，不把他们的作品纳入当代文学，或者至少不是经典的、值得深入研究与评论的当代文学范畴。或者当他们发现这种影响已经不可回避的时候，他们就给这些作品一些命名，甚至包括此前说到的底层文学或者非虚构写作也好。这些命名当然是善意的，他们试图为这些写作进入文学视野提供空间。但我觉得这里面还是包含折扣的，这意味着他们的作品是一种特殊文学，所以我们不用当代文学经典的标准要求他们，另辟出这样的空间来安放。

因为我自己是做 40 年代延安文艺的，我特别深入思考过文学价值和文学标准问题，因为我们知道延安文学相对于此前的启蒙文艺来说，重新确立了一套文学标准和价值。文学价值谁规定的？文学标准谁确定的呢？职业批评家有一定权威性，这种权威性在我看来不是唯一的，甚至某种意义上来说是挺狭隘的。所以我觉得，这种难以被当代文学评价套路所涵盖的文学，其实是向当代文学提出了很尖锐的问题，什么样的文学是当代的？什么样的文学是有意义的？

对这个问题的回答，我想回顾一下当代文学 20 世纪文学转型是怎么发生的。我们都知道 19 世纪末 20 世纪初中国文学转型结束了 3000 年古典文学，转入现代文学时期。胡适提出了改良文学八项主张，陈独秀提出了文学革命"三大主义"，包括《新青年》上面文白之争，当时很热闹。但是回到这个起点上，我们要提出一个问题：为什么要转型？难道因为古典文学美学失效了吗？其实不是，我们知道 3000 年中国古典文学即使放到今天，它的美学高峰仍然是难以逾越的，它创造了自己一套非常独特的美学经验，它的美学技巧、美学体系是没有问题的。我可以说得更极端一点，从共情能力上来说，我可能很难与当代著名作家作品相共情，但是我很容易会与数年前古人那些诗词相共情。

它转型的时候最开始包含着非常明确的文学目的论。它认为古典文学不是在艺术技巧上乏善可陈，而是与社会大众的距离过于遥远，难以引入普通人的思想认识和情感经验，所以梁启超说"欲新一国之民，不可不先新一国之小说"，所以我们说要去掉那种大家读不懂的文言文，我们要来写普通人所能认知的、所能感受的这种白话文。现代文学取代古典文学成为 20 世纪以来中国在场的活的文学，它首先创造了为普通人所理解、所阅读、所共情的新文学，要用这样的新文学重塑现代社会的大众思想知识，包括太光所说的重构活的情感结构。

所以如果我们不从技巧成熟而转向起点目的论观照，今天的中国文学，可以非常直率地说，是非常不尽如人意的，今天就职业作家来讲，确实我们连诺贝尔奖都拿下来了，我们可以非常轻松地在文本之间和世界文学对话，但我们却不能真正和 14 亿中国人真实的生活现场、真切的情感经验去对话。1988 年，王蒙写过一篇文章说文学失去了轰动效应，现在回头看那篇文章其实我觉得太乐观了，文学失去的何止是轰动效应！今天不客气地说，除了以此为稻粱谋文学专业从事者——甚至包括我这样的文学专业从事者，我也需要以它为稻粱谋，但是我能躲就躲，能不写评论就不写评论——还有多少人在大量阅读从文学专业角度来说的那些大家之作，还有多少每天奔走在柴米油盐中的普通人，会从当代经典文学的阅读中看到自己生活的图景，看到自己那些难以言说的压力、痛苦、孤独、喜悦、安慰，又有多少生活在平庸现实中的普通人，能够和当代文学那些充满哲学深度和艺术谜题的书写相共情。

今天还有我原来在法大上课时候的同学会过来，我原来是中国政法大学中文系老师，我每次给同学开课的时候都会问同学一个问题，如果你们不是中文系的同学，如果这些东西不考试，不是你们上课需要来我这里拿分数，你们还有多少人会读这些作品？我在法大做了十年老师，教了十年的课，没有一个课堂上有同学回答老师我会看，大家很诚实地回答我不看。虽然说这不是一个大数据调查，但确实十年来无一例外，所以我觉得真的可以理直气壮地原谅自己，为什么十多年来写不出来一篇当代文学的评论。当然，我这样不是说我们文学不应该有自己的深度和高度，而是我想提出这样一个问题，深度和高度之前，当代文学应该首先与当代人的生活经验相呼应，应该首先和普通人的情感结构相共情，缺失了这样的前提，深度和高度就不能深入人心，无论怎样的深刻和渊博都是无源之水、无本之木。

我看了这两部作品后，第一个感觉是：我的生活被写出来了，和他们的职业没有关系，我的情感被表达出来了，也跟他们的身份和职业没有关系。刚才两位作者我留意到，他们发言的时候虽然都强调"其实我不是特别在意底层人这个身份"，但他们都有一个自我认知，我是一个普通人。我觉得我很认同这样的身份认同，我们活在这样一个社会里面，而那些作家笔下的人物，他们可能只是假装和我们在一个时空，我觉得他们的世界和我们相隔天涯，完全是两个世界。

我在读王计兵老师的诗歌的时候，他写到送快递那个摩托车有好几个速度设置键，但是每次出门的时候母亲都设置在低速上，他想说作为一名和秒针抢速度的外卖骑手，在母亲面前不得不缓慢下来。我觉得不是作者的苦难打动我，而是这就是我自己情感结构当中被询唤出来的我自己内心存在的情感。他说，我们的名字被丢失成上一个或者下一个；说自己不停用体力榨出生命水分来；说他78岁的父亲一面收拾碗筷，一面用手掌擦去母亲下巴上粘的饭粒；说绿皮火车在乡村之间往来；说地铁安检"嘀"的一声让他觉得体内有一个定时炸弹。这些文字让我觉得，我第一次和一个文学作品中的文字，也和文字背后的作者，结结实实地共处于一个现实时空。不是被打动，就是被写出来了。我和作者只是谋生之道不同，作者是送快递，我是趴在电脑面前"卖"文字，我们在这样一个柴米油盐之间，悲欢是相通的，陌生城市当中的冷暖是相通的。

我读胡安焉老师《我在北京送快递》的时候，我觉得我认识这个作者，当然肯定不是认识现实生活中的胡安焉老师，今天是初次见面。我为什么会觉得认识你呢？我在无数次收快递的时候认识你，我在无数次一起共用电梯的时候认识你，我跟你聊过天，有时候我吐槽过你，或者跟你一起吐槽过单位，你跟我讲过办入职手续如何延宕、如何折腾的时候，我也跟你讲过，我辗转在学校各个行政部门之间，为了跑一个报销单，一次一次扑空，一次一次被折腾。你里面的很多话，包括"自尊心是一种妨碍，工作中我正在变得更加易怒、急躁和没有责任心"，这些话我是从你的书里面读到的，但是我读到之前，可能我和你聊天的时候已经聊过了，这些话可能是你讲的，也可能是我讲的。

如果说我们的当代批评觉得没有办法从美学角度阐释他们，或者没有办法用阐释当代文学经典的方式阐述他们，我想说得尖锐一点，这个问题究竟是书写的问题，还是当代文学对文学和文学意义的理解出了比较大的问题？

这些书写也会让我想起在遥远的过去，当代文学史上有一段时间作家特别重要的事情是体验生活。从20世纪80年代以后，这种体验生活慢慢淡出了当代文学的关注视野，当然也有非常复杂的历史原因。今天这些不断地激活我们生活经验和情感能量的作品，和那些我们认为是大家名家的经典作品一起放在我们面前，我十年来在课堂上一次一次问询你们会不会主动阅读这些经典作品时，学生无一例外摇头，而这些作品却被那么多人阅读，当这个事实摆在我们面前，我想可能每一个做当代文学或者关注当代文学的人都需要坐下来重新思考一个问题：如果丧失了和普通人共情的能力，如果当代文学不能询唤出我们真切的生活经验，它的那种深刻或者它的那种高大上的意义在哪里？

我大概先说这么多，也期待和大家多做一些交流。谢谢。

秦兰珺：卢老师讲，试图让文学建立于当代生活与当代生命连接这件事，从延安文艺就开始了，只不过这么多年来因为各种各样的原因没有太成功。而在当下，她在咱们现在手中的这两本书中找到了这种连接，或许这种连接中蕴含着当代文学走出困境的一种可能。

我有时候想，为什么作家写自己的经验能让那么多人产生共鸣？这不仅是文学问题，还是社会问题，今天非常荣幸我们请到了两位社会学、传播学、传播政治经济学的学者。

其中非常荣幸请到了孙萍老师。大家知道有一篇公众号爆款文章《外卖骑手，困在系统里》，当时阅读量有 10 万 +，正是因为有了孙萍老师团队的研究，这篇爆款文章才得以诞生。但是孙萍老师有一个困境，她感觉别人见到她就想到"外卖小哥"，她想摆脱这样的标签。今天她将给我们分享很多数据，为我们展现一个社会学者对这个世界的描摹。

孙萍（中国社会科学院新闻与传播研究所）：谢谢秦老师邀请。这是我第一次参加文艺讨论会，过来更多的是学习，有特别多和我自己专业完全不一样的感触。我在非常小的时候曾立志成为一个作家，经过此次讨论会，内心的小火苗又被点燃了。

刚才王计兵老师和胡安焉老师都讲过自己的人生经历，我是千千万万学者当中转述和搬运你们人生经历的一位。今天无论是快递、外卖，还是物流行业都已成为社会公共话题，除了文艺领域的诸多老师在关注之外，法学、社会学、政治学、人类学、传播学、新闻学的学者也都在关注。先就昨天秦老师跟我谈到的她的学生在讲我们可能在"吃流量""蹭热点"的问题做一个回应。我认为，记录和表达本身是改变的开始。因为我们每一个人都在从自己的角度去记录这个世界，反映这个世界，表达这个世界，促成了非常多的改变，因为我和徐偲骕老师来自新闻传播学，我们接触媒体和社会政策方面多一些，我们看到了社会改变。

举几个例子，在各类报道和文章出来之后，平台把外卖小哥算法规则进行了多次调整，等单时间从 5 分钟延长到 10 分钟，推出二次延时、三次延时；国家出台了关于外卖骑手的 38 号文（《关于落实网络餐饮平台责任　切实维护外卖送餐员权益的指导意见》）和 56 号文（《关于维护新就业形态劳动者劳动保障权益的指导意见》）推动了职业伤害保险的建立。此外，对各种实验劳动关系法律和法规的改善都在进行中。正是由于在座各位的文学写作、新闻报道和社会式调查的相互链接，才促成了今天改变的可能。

我今天给大家带来的内容和文学差别比较大，我想从宏观上让大家看看骑手的工作和生活，正好印证了计兵老师正在做的工作，以问卷和调查的方式展现骑手真实的生活。

我们走的是人类学田野调查的道路。已经做了 6 年问卷，共有 10000 多份，由于 2023 年的数据还没有分析出来，现在给大家呈现的是 2022 年的。选择的城市为一线城市北京和二线城市济南。此外，过去 6 年时间我和调查小组的同学一起采访了 300 多位骑手。与计兵老师一样，我加入了很多微信群，很多团队成员都去送过餐。

我从几个非常简单的问题向大家展示骑手的面貌，可能没有任何社会学意涵或者美学意涵。

骑手以前是干什么的？他们更多是工厂工人，制造业工人的比例是非常大的，占到了 40% 左右。紧接着我们能看到比较多的是餐厅服务员、销售、做小生意的，还有一些建筑工地的工人。这也验证了骑手中农民工群体居多。安焘老师、计兵老师他们以往做过的工作都在其中。

他们生产什么样的社会关系？他们是怎么变成外卖骑手的呢？我们发现主要是传统熟人社会关系，来自老乡或者朋友介绍，七成的人成为外卖骑手是因为有老乡或者朋友已经在干了。其他渠道还有来自微信群招聘广告、朋友圈、劳务中介、网站等。如果你加入外卖骑手群，会发现他们每天发布各种各样的招募信息。因为外卖是流动性非常高的职业，一个站点每年流转率达到 70%—90%，意味着一年之内这个站点 100 个人里有 70—90 个人会被换掉，它是一份流转性的工作。

一天工作多长时间呢？我们发现（骑手的）"黏性劳动"是非常强的，什么意思？骑手特别喜欢"黏"在平台上，和骑手的类别没有关系。因为外卖劳动分非常多类别，专送、众包、专星送等。这里面每天干 8 小时之内的不到两成，八成以上是 8 小时以上，其中 10 小时以上的占一半左右，意味着"超长待机"是大部分人现在的情况。我看了一下 2023 年的数据，变得更加卷了，因为新冠疫情之后很多人找不到工作，甚至出现外卖小哥一职难求的情况，所以他们在僧多粥少的情况下需要超长时间等单来保证自己的收益。

这些人有没有社会保障？这是非常现实的问题，我们不谈情感谈理性，调查发现有六成以上的骑手不清楚或者没有签订劳动协议、五成以上骑手不缴纳社保（本次问卷为骑手自反馈问卷）。这也是为什么在后续我们参与讨论人社部提出的 38 号文（《关于落实网络餐饮平台责任　切实维护外卖送餐员权益的指导意见》）的时候，我们提到了（社保）与劳动关系解绑的问题。当下，骑手自行缴纳社保意愿非常低，出现事故怎么办？现在的一个办法是，平台缴纳一部分的钱给人社部设立基金池，设立职业伤害险，出现交通事故后从职业伤害险里面进行赔付。这类似于劳动关系中的工伤险，这意味着它其实和劳动关系进行了解绑，是比较创新的做法。

还有一个非常基本的问题，外卖是一份非常受人尊敬的职业吗？我们做过的调查发现：这些年由于各种各样新闻媒体报道，大家普遍对外卖小哥、快递小哥、网约车师傅，包括家政工等新型平台人工劳动者产生了非常大的社会同情。我觉得这其实是一个好现象，大家开始对普通人的工作产生连接感。但是从外卖骑手自身的经历来讲，他们存在非常明显的职业污名化，他们渴求社会尊重的意愿非常强烈。

我们用李克特量表标出五个级别（外卖员的工作是否应该被尊重？1 到 5 的认同需要程度逐级升高），我们可以看到至少有七成的人选择了

"5"，即非常认同他们需要被尊重。言下之意，我们的社会没有给骑手所希望的应有的这种尊重感，这是一个问题。

另外，关于这部分人都是谁？根据我们的调查，外卖小哥八成以上都是农民工群体，但是还有另外 20% 的人来自五湖四海，涵盖各种行业。如计兵老师说的，有当老板破产的，有学生暑期工，也有体验生活的，还有不想卷的。他们中一大部分人是有负债的，60% 的外卖员有负债，而且他们负债额度还是很高的，有三成负债在 10 万元以上。

他们以前都干什么了呢？第一个问题呈现的问卷结果可以回答，有18.6% 的骑手之前的工作是做小生意的，他们都是破产以后跑外卖的。这是一个风险社会的问题。

我们还想了解他们身体上的伤痛。骑手需要常年骑车、开车、等单或者超长待机，那么这份工作是否给他们带来了伤害呢？确实是有的。外卖导致的身体劳损包括很多面向：第一个，胃病。外卖小哥他们不会按时吃饭，他们下午 3 点到 4 点才吃午餐，因为高峰时间段，他们送完餐之后才可以吃饭，不规律用餐导致他们有胃病。第二个，膝关节和风湿之类的疾病，因为常年骑车。第三个，冻伤，尤其是北京地区，冬天很冷。此外，交通事故（导致身体劳损）比例非常高，47.81% 的骑手都因为这个原因受过伤。

回过头来我想通过这些去反思我们今天所讲的，包括《赶时间的人》和《我在北京送快递》，时间政治成为我们当下所有人讨论的问题，加速是不是好，效率是不是高？包括鲁太光老师说的"表达效率"，我们是不是一定需要一个效率？还是说我们可以等待。这些问题值得我们思考。

到这里，我们来回答昨天那位同学向秦老师提的问题——谁在蹭谁的流量，谁在说话，谁占有话语权，知识生产的力量到底在哪里？我对这个问题的思考是：我们都是融合在整个系统当中的。我们组成了一张网，每个人都是这个网上面的一个点，这个点是一个转捩点，因为你的存在，一个点的变动可能会牵一发而动全身，而一个点的变动也可能是转变的开始。所以如果我们这样去理解，也就无所谓蹭不蹭流量的问题，重要的是我们大家聚在一起去记录、去表达、去发现、去改变。

谢谢大家。

秦兰珺：非常扎实的调研，社会学风格，又非常给力的一个结论。

鲁太光：孙萍老师以后给我们中文系的同学做一个讲座吧，咱们提前预约了，我们中文系需要科学的研究。

秦兰珺：孙萍老师的讲座可以配套徐偲骕一起做，徐偲骕是干什么的呢？大家知道数据现在已经成为生产要素了，徐老师主要研究的是作为生产要素的大数据，以及它与社会公正之间的关系，因为数据流动和收益分配的不公平正在造成更多的社会问题。不过，徐老师业余时间还翻译了一本书叫《朝不保夕的人》（也作《不稳定无产阶级》），这是英国非常著名的政治经济学家盖伊·斯坦丁（Guy Standing）的书，这本书主要讨论的问题是：今天的无产阶级去哪儿了？我们如何理解今天的无产阶级？其中描述的当下无产阶级的高流动性、高灵活性，大部分人处于那种毫无保障的或者缺乏社会保护的状态，恰恰就是孙萍老师刚才讲到的外卖小哥的生存状态。但在斯坦丁看来，处于这种状态的不仅仅是外卖小哥，其实已经是我们每一个人了，我们每一个人都可能成为这个时代的新型无产阶级，也就是朝不保夕的人 / 不稳定无产阶级，下面就请徐偲骕老师把这个问题拓展到更广阔的时代背景，谈谈今天谁是无产阶级，我们和无产阶级又是什么关系。

徐偲骕（上海大学新闻传播学院，《朝不保夕的人》译者）：谢谢秦老师，我对这个问题其实没有很深入的思考，我试试看接着孙老师的说法往下说。

　　我先简单介绍一下，《朝不保夕的人》学界通行的译法就是《不稳定无产阶级》，我本来也是打算采用这个译法的，我并非不知道。但是因为一些特殊的原因，不能这样翻译，需要做处理，为了保证书的顺利出版，我和编辑周思逸老师商量下来，把这个词稍微换一下，换成稍微有点文艺的，能让它顺利出版的说法，即"朝不保夕"，没想到效果还可以，特别是从市场反响这个角度，形容词反而能引起更多人的关注了，目前第一次印刷的书已经售罄了，第二次印刷的刚刚上市。这本书确实写得非常好，我觉得我有责任把它推出来，不能"死"在我手里，尽管因为译法上的处理，遭到一些"懂行"的学界人士批评。

　　刚才秦老师说的问题，我也细细想过，我们做研究、做报道的人，是不是在消费者这个群体？我觉得要区分开来看。刚才我听胡老师讲，我跟你的情况差不多，您提到您的工资，在这个企业工作期间最高的时候每月到手 7000 元，您知道我没有您多吗？从工资角度，我们其实是一个阵线的。

　　有同学说我们做研究的可能是在消费这个底层，我好像没有看到消费在哪儿，从工资的意义上来讲已经非常清晰了，分配结构和分配地位一目了然，只不过我们要应对的基本考核和面对的挑战不一样罢了。还有人说我们做这类研究是为了向上流动，我跟孙老师不一样，孙老师已经"上岸"了（指的是度过非升即走的考核期，评上副教授），我还没有"上岸"（笑），我只是挣扎在学校的基本生存线上，努力不被卷铺盖走。当然我平时不是做外卖和快递研究的，我搞的东西也不是人类学的田野范式，我自己做的是平台经济和网络法交叉领域的规范性研究，所以可能从这个意义上来讲我更没有"消费"弱势群体了。我印象里，新闻传播学科很多同学开题报告都在做这类研究，很多人可能也不是奔着要去"消费"他们，而是真的想去了解，或者有的同学觉得这个领域已经很成熟，有孙老师这样优秀学者在前面带着，这类研究可能会好做一些。我也看到秦老师分享的链接，有很多网红为了博眼球、蹭流量，从淘宝上买了美团的制服来拍短视频，这和学界邀请外卖员参加研讨会，或者以该行业劳动者作为研究对象的出发点还是不太一样的，我认为不能简单地把二者等同起来。

但是反过来，这样的文章非常多，已经到了泛滥的程度，我发现这多多少少和方法上的惯性有点关系。大部分类似研究聚焦在劳动过程领域的深描上，结果出来的文章像一篇又一篇故事，而且故事写得还没有胡安焉老师写得好，人家写的书反而比我们传播学的质性研究做得好。而且在您的书里面，我是能够看到理论的火花和反思的，比我们学科学生拿田野资料套框架要精彩得多。为什么我们做的研究千篇一律了？因为量化研究迷信数据、质性研究沉湎于故事。我做这类研究，路径和进路不太一样，我自己的主业是搞数据所有权（产权）和数字经济的，包括去年中央提出的"数据二十条"中，提到和劳动者共享数据收益，目前还没有大面积落地，具体路径尚不明朗，我之前看到贵阳大数据交易所开始和用户分享简历数据的收益了，只要有企业点击你的简历，平台就会根据比例记录具体贡献，然后把现金返还到你账户里，你一边找工作，一边还能有收益（虽然不多）。这就是在跟数字经济普通参与者分享数据红利，这是目前我看到的唯一落地的实践。

今年，为了在地方层面落实中央的"数据二十条"，北京也出了一个数字经济发展方面的条例，提到要"按年、按月、按次"向普通劳动者支付数据产业的红利，我目前还不知道他们打算怎么支付。我知道贵阳已经在操作了，比如你在58同城、领英这样的网站注册，提交一份简历，然后不断完善它，有企业点开你的简历，发送面试通知的话，平台就要支付你简历数据收益，因为他们是通过匹配招工单位和个人来获取网站的流量乃至收益的，这就是数据收益回馈个人，以往是不存在的，个人不知道自己该怎么从数据中获取收益。长期以来，我们的互联网使用行为一直被定义为无偿劳动、非物质劳动。这个东西如今落实下来了，我觉得贵阳的这个实践还是很有带头意义的，因为做简历、优化内容的过程中，你付出了劳动，它就承认你这个东西是一个可以换回一定收益的知识劳动。

但是，我们普通用户的日常点击、浏览，在各种各样烦琐冗长的条款下提交同意，这是不是劳动？我博士论文是做数据产权的，我关心的问题，比如在平台经济运行过程中，零工经济劳动者数据和普通使用者（用户）数据怎么区分开来计算劳动价值？你作为一名用户，你的数据产生的价值和作用同骑手这样的劳动者是不一样的，是更泛化的一种存在。就拿骑手来讲，劳动者注册平台以后，他们的数据被平台拿去用来改善它的派单算法，这类劳动产生的数据又该怎么支付报酬？怎么体现劳动收入的初次分配？将来应该怎么重新改革，来把这部分收益纳入工资结构里？这是要谈分配问题的，是不可以装聋作哑绕过去的。

数据现在变成官方指定的生产要素以后，存在一个很明显的问题——利益分配只在初次加工和二次利用的企业之间进行，与全体用户没有关系。企业觉得，一道加工付出了采集和加工成本，算法模型也是自己开发的，还有员工薪水、经营成本等需要负担，数据产生收益后肯定是要参与分配的，至于提供原料的普通人，跟他没有关系。所以我每次参加相关的会议都唱反调，甚至有人觉得我是互联网经济领域的"左派"。他们觉得，已经给了用户免费服务啊，支付过对价了，谁知道这个对价是多少，从来没有人精确算过。大家知道社交媒体或者其他平台公司的成本，它是一个不断扩大的剪刀差，随着运营的开展，用户黏性的提高，市场的扩大，其边际成本是不断降低的。假如有100万用户，再多一个两个，不会增加多少固定成本。但是，随着用户规模不断扩大，成本维持不变，（基于数据和流量的）收益持续上涨，这个剪刀差就在不断扩大。现有产学研领域的学术文献基本不讨论这里面的收益不公平问题，各利益方认为已经向用户提供了免费服务，这套说辞就把这种"交易"下面的基本经济关系全部遮盖掉了。我认为这是违反以人民为中心的发展理念的，至少是不合理的。

产权在民和产权不在民有着巨大的区别，我们都已经体会到了为什么老人看不了电视，因为我们今天在平台网站上购买的会员费，即所谓VIP，都是租金而已，你没有把任何数字内容下载到本地设备上，平台给你授权3—6个月不等，甚至一年左右的访问权限，这不过就是租金而已，根本没有发生所有权/产权交易，来年你不续费了，你就看不到自己想看的内容了。所以，产权不在民的后果，我们已经慢慢体会到了。我觉得"云"根本不是什么好东西，它在不知不觉中系统性地把你的产权置换给了平台所有者。

我是从数字经济这个角度来参加今天的讨论的，大概扯得有点远。回应秦老师刚才说的问题，我的工资还不如胡老师，我能"消费"他们什么呢？以此为研究切入点不代表就是在消费弱势群体，不能混为一谈。不过，需要警惕的是，确实现在同类型的论文非常多，除了孙老师写的外卖研究，其他研究重复性很高，没法看，看完了都是一样的，了解了非常多的新职业，没有获得任何理论滋养或者新的看法、新的门道，我觉得再写下去就要变成"中国新兴职业分类大全"了，所有新职业都可以塞进"剥削—异化"框架，从主播到其他，每一个都是深描，都是人类学研究，还不如胡老师写得好，人家写自己的故事，亲身经历，还带有反思，为什么还要"学术二道贩子"再搞一遍呢？结论又是"哀其不幸，怒其不争"，异化不反抗，这个逻辑下来太审美疲劳了，有没有新东西可以告诉我们？或者你研究新职业的意义是什么？要警惕低水平重复生产，这是很严重的一个事情。

包括我参加不少学生开题，大家都在做类似研究，我说你们还是别做了，很大程度又是重复性生产。但是你可以去看、去读、去调研、去体验，尝试推出新的框架，不然没有意义，只是给既有研究又增加了一个平行的样本。孙老师的研究关注社保问题，我觉得就是对原有议题的突破。你也可以把这个领域的问题扩大出去，比如，看看零工劳动者是从什么行业来的，你就能发现什么产业在衰落，老的国有企业，包括哪些地方的资源型产业就很典型，就能看到什么样的人从那些工厂／企业被甩出来了，成为闲散的劳动力，就像《漫长的季节》里的桦林钢铁厂。这个叫"往前推"，我觉得就很好。

你也可以"往后推"，关注城市消费和城市生活的"天花板"问题，比如经济不景气时，其实外卖和快递行业也是在萎缩的，不可能一直处于增长和扩张状态，到时候单量减少，单价下滑，这些行业也吸纳不了新的就业了，兜底兜不住了，我们又该怎么办？这是刚性失业问题了。我是一个在上海体验过两个月没有饭吃的上海人，我非常感谢这些外卖小哥。我当时想，搞什么5G、6G，你给我7G、8G，我也买不到菜，网速再快，没有实体经济和人支撑，又有何意义？有实体经济，数字经济才有意义，包括这两天大家可以关注一个新闻，印尼要禁止社交媒体和电商捆绑的做法，今后社交媒体不能直播带货了，其实他们是想防着美国的脸书和中国的TikTok（抖音国际版）。紧接着，马来西亚、新加坡也要跟进了，这里面还涉及核心、边陲和半边陲国家的数字经济秩序和保护主义问题，也会影响到上下游产业链无数从业者和劳动者的生计。

为什么会有观点认为我们在"消费"弱者呢？可能是我们写了太多的故事，分工不明确，非虚构的故事劳动者可以自己讲，我们做研究，似乎更应该关心改变的可能。我写论文没有太多实证的部分，做的是产业、法律、政策方面的批判性辨析，包括探讨一些提法的落地可行性问题。我想看的是，既得利益群体最后打算怎么和老百姓就数据要素的红利收益问题给出方案。再举个例子，很多疫情防控设备已经退出了我们的生活，但是这些设备里面的数据是没有删除的，将来它会在任何一个地方死灰复燃。因为现在数据有了市场交易，有了"三权分置"，北京的国际大数据交易所，非常先进，深圳、上海也在争先恐后打造国家级大数据交易所。当数据有一定利用价值，可以买卖之后，它是不会退出的，五花八门的新用处、广阔的新市场正在蓄势待发，将来的一些智能应用，说不定就是以前在另外一个场景下收集上来的数据，被交叉性地挪作他用了。

我去年上课的时候说过一个例子，民航已经开始批准城市可以试点用无人机送外卖和快递了，以前无人机只能用在农村地区，现在城市也可以用无人机了，机器取代人的速度越来越快，将来天上洒下来的水有可能不是雨，而是菜汤，滴落在你头上。城市的消费在萎缩，包括上海街上的商户，我们上海大学旁边的商户，倒一批又一批，很多店没有缓过来，外卖员跟着收入降低。接下来再有什么职业可以给孙老师讲的从原有职业被甩出来的人去兜底呢？往前做可以，往后做也可以，中间可以做的选题非常之多，从法律修订到经济政策，从基层治理到技术规制。但我们的研究者就是揪着大同小异的劳动过程不放，于是只能生产一篇又一篇差不多的故事，给人家一种始终在"消费"这个群体的印象，除了收获一时的舆论关注、几滴同情之泪，用处可能并不是很大，有的时候造成政策制定者陷于被动，一些临时出台的措施在经济上反而是不可持续的权宜之计，不符合正常的市场规律。劳动者在上传数据、交割数据所有权过程中出让的部分权益，应该获得多少补偿／报酬，也是应该予以讨论的。马上各地方要开始搞数据财政了，将来随着土地要素的贡献日益萎缩，土地出让的收益下降，土地财政难以为继，一部分财政收入要指望政府公共数据的授权运营和市场化的数据交易了，这部分数据在分配阶段究竟是考虑公有、国有还是民有？这部分财政收入怎么回馈全民？变成税收后如何回到社保中去？回应斯坦丁讲的全民基本收入不能光靠喊，钱从哪里来？这些都需要及时跟进研究。

我判断，将来新的税收来源很大程度上是要靠数据要素的，我们批判学者要及时介入，搞清楚这笔国有资产里面，到底老百姓是占什么样的分配地位。目前的状况是，数据被人家无偿拿去了，完全没有咨询过我们的意见，然后还开发这个东西反过来调动我们，制造市场来交易我们的数据，产生的红利也没有打算和我们共享。

大家可以看一下职场中的规训问题，国际劳工组织有研究职场中监控和调度的报告，这个过程其实就是雇主用员工的数据反过来控制劳动者，既然用了你的数据产生价值，有没有给你分配利益？不仅没有，他们还要用这些数据来开发机器人取代你，你交了一样又一样自己宝贵的东西：劳动力、技能、情感、知识、数据、产权，什么都交上去了，如今，一技之长也被它模仿去了，最后没有一个东西给你兜底。这个说得有点多了，绕回来，大家有时间真的可以读一下《朝不保夕的人》，虽然我把它翻译得比较柔和，可能某种程度上改变了斯坦丁原意，牺牲了一点锋芒，但我在里面加了注释，这个词是"不稳定"和"无产阶级"两个词的合体。希望读者可以理解，因为一些特殊原因，只能这样处理。就像有本书《狗屁工作》，最后出来的时候是《毫无意义的工作》，好像也损失了一点情绪，这个道理是一样的。

我就说到这里吧，谢谢！

秦兰珺：可以感受得到徐偲骕老师的讨论中夹杂更多情感，希望今后有机会看看盖伊·斯坦丁那本书，真的对什么是当下的无产阶级这个问题进行了非常宏观、非常高屋建瓴的回答，并且指出了未来的一些方向。徐老师帮我回应了我们同学的问题，只有那些做得不好的人才去"消费"，真正尊重一个职业，无论是写作者还是研究者，我们都会把自己的分内之事做到最好，在这个过程中为这个世界带去真正的价值。

鲁太光：我们现在请黄瑜老师讲，社会学的视角非常重要。

黄瑜（中央民族大学）：我真的没有准备，纯粹过来学习的，还带了好几个学生。虽然我们是做人类学的，但确实我觉得无论老师还是学生写出来的都没有两位大哥文笔这么好、这么感人，所以我觉得学生特别需要学习这种写作风格。

我一边听一边思考，我觉得两位大哥还是有点不一样的，安焉和计兵大哥一个是城市，一个是农村，还是带着一点不同的社会背景。我感觉计兵大哥他有很多对于农村，对于土地，还有家人的感情，但是安焉还加上一点对工作异化的反思，以及刚才讲的对社保的追求，计兵大哥我估计你没有交社保吧？

王计兵： 我自己买的。

黄瑜： 够 15 年了吗？

王计兵： 没有。

黄瑜： 两位老师各有偏重的风格，展现了我们一个城一个乡，来自两种背景下的人对待零散工作的态度，我觉得还是有一点区别。

关于鲁老师讲的平台技术的问题，我非常理解两位写作不是为了代表一个群体，"代表"这个词也是比较有争议性的，斯皮瓦克讲"代表"有两层含义：一是对现实的再现，我们讲的表征；二是政治性代表，我通过写作传递了一定的声音，而且对于你所写作的那个群体，无论代表不代表他，大众肯定会对那个群体产生某种印象。所以我觉得这个代表性可能不是说你不想代表，读者就觉得你不代表，这个其实可能有好有不好，也给你们带来了一定的压力。

写作也是一个发出声音的机会，通过写作，计兵大哥可能更希望骑手得到消费者的理解和宽容，让消费者理解这个行业，对骑手有更大的尊重。但是我觉得我们的写作也应该给平台一个声音，刚才孙萍老师讲的，通过反映骑手、快递员的现状让大家知道平台有哪些不合理的地方。这是不是也有一个代表性的作用。

我知道差评现在不是一个骑手面临的主要问题，因为我这几年也零星做了一些调研，没有孙老师那么系统，主要以零星的访谈为主。新冠疫情以后，很多人失业了，大量涌到骑手里面，所以今年这个平台单价下降得很厉害，站点专送原来 9 元，现在降到 7.5 元，众包 1 公里一般 2 元运费，现在 1 公里 1 元也非常普遍。因为骑手太多了，平台给的单价低你也可以接受，于是它继续降单价。这些问题我们是不是也要揭露一下？通过面向大众的一些表达机会，也让平台听到一些声音，或者让读者给平台施加一点压力。

最后，最近有一个山东临沂大学的邢斌老师，他利用假期体验送外卖，成为网红，也有很多人说他是"消费"。

鲁太光： 他其实不是"消费"。

黄瑜： 对，我觉得一个二本学校老师，通过这个升职、评职称是不太可能的。

我试过把邢斌老师的文章给学生看，学生有各种意见，有一些人说他不够专业、不够严谨，那些数据只是一个月的经历，不是很系统，也有学生觉得他有点"消费"大众。但是我觉得，如果骑手和快递员的劳动状况能被更多人知道，肯定是一件好事，我也比较反对觉得是"消费"就不发出声音。如果不是因为几年前的《外卖骑手，困在系统里》的话，很多人对外卖骑手的劳动状况是一无所知的。

我了解过其他国家有一些外卖骑手行动，比如说巴西的行动叫"手机软件刹车"，是因为单价的问题，而且也没有劳动关系，他们是希望平台和他们建立劳动关系，所以他们在一周时间里面给消费者发很多传单，让消费者不要下单，那个行动成功了，所有的骑手不上街，消费者也不下单，最后他们跟平台谈判，怎么样签劳动合同，甚至最后他们建了一个工会。所以我觉得更多人关注，消费者也会更站在骑手这一边，也会对骑手有更多体谅和支持，所以我觉得这个是好事。

我想举一个例子，去年我们有一个本科生做了一个调研，是西北一个省份的，他调研的群体是公务员，利用下班时间去做脱口秀演员，因为工作不是很忙，但是又非常单一，每天给领导写报告、倒水，实在非常苦闷，于是通过脱口秀抒发苦闷。脱口秀团队比较有名，也有点收入，有一些人辞掉公务员工作，全职做脱口秀演员，但是发现一旦不工作了，就没有灵感了，远离了原来的环境，写出来的东西就非常虚假、非常造作，所以后来又想方设法即使没有编制也要再重新去做。

这个例子很有意思，两位就是因为没有成为专职作家才能写出这样的文字。刚才鲁老师讲的，为什么专职作家写出来的东西不接地气，没有真实经历，写出来的东西真的会非常虚假。

鲁太光： 我接着黄老师说两句。我原来在文学类期刊做过编辑，一些作者原来是没有正式工作的，或者不是从事文学工作的，他们成名后被文联和作协聘请成为专职作家，我发现有的人写作不饱满了，质量下降了。毛主席说得很对，文学艺术来源于生活又高于生活。现在靠写作能活下来很难，各省的作协主席和期刊编辑也是一种职业，他的职业和他的生活高度重合，他没有更多的生活维度和生命维度。确实没有办法，哪天你们出名更大了，让你们去文联、作协，不让你们吃苦受累了，有可能你们的作品生命力度、饱满度会打折扣。我有时候批评知名作家，他们年轻时写得很好，但越来越保守，越来越退化。生活和创作的关系，包括职业和创作的关系是很复杂的。原来柳青那样的大作家，他是一个官员，级别很高，为了创作好作品，到一个村里面一待 14 年。文学和生活的关系是一个大题，需要我们妥善处理。黄老师的提醒是必要的，黄老师的话于我"心有戚戚焉"，我就补充几句。

秦兰珺： 大家随时补充，随时"心有戚戚焉"，随时插话，现在是观众提问时间，或者嘉宾还有什么想交流的？

观众（后浪出版公司）： 我是后浪出版公司的编辑，刚才听徐老师的发言提到，现在做的很多研究都是深描，其实不太能看，并不是很好，我们作为出版社的编辑，特别想看到很多很好的深描作品，现在深描的作品确实写得太浅了，这种浅主要是因为经验上的同质化和对心态研究的缺乏。我觉得如果能够把更多精力放到心态研究上面，可能会出来很多很好的作品。

我注意到两位老师发言的过程中，提到了一个关键词"网络论坛"，我比较好奇，网络论坛对两位创作者起到什么样的影响？特别是我仔细读了胡安焉老师的书，我对胡老师所在的黑蓝文学网有一定了解，我知道黑蓝文学网是一个非常精英、非常先锋的文学网站，在这样的框架里面，胡老师所接触到的人际关系和人际往来对你的文学创作有什么样的影响？

胡安焉： 我开始写作的时候，论坛对于我来说起到一个很重要的塑造作用。我觉得任何人写作最初的那个阶段，头两三年交流的对象和读的书很大程度上塑造了他整个写作上面的格调，你就定下来了，因为你刚开始交往的就是这些人，他们对你的影响是决定性的，后面的是增增减减、修修补补的关系。

我实际是一个挺土的写作者，我一直都很"现实主义"，因为我刚开始写作的时候已经 30 岁了，当时已经有一定社会经验，我有一些自己的经历想要处理。但文学发展到今天，小说这种形式，一些以前它能够肩负的功能性作用，现在被迫要放弃了。一两百年前的大作家他们同时也是道德家、布道家、博物家等，他们承担着一定程度的传播新闻信息的功能。现在因为我们各个学科细分，一个作家不可能方方面面都精通或者达到很高的水平。所以大概从 20 世纪上半叶开始，语言艺术或者小说或者文学渐渐退回到以形式为中心，而不能够再肩负更大的使命，这是我一开始受到的影响，可能和鲁老师刚才说的有一点冲突。

我现在写的这本书不是小说，而是我的真实经历，里面没有虚构的内容，我要找到跟它匹配的语言风格，我不可能有很多浮华的修辞或者大段大段的抒情，那不是我当时真实的生活状态。在我看来这本书里面我写的东西比较平实，适合以一种实用性的语言去表现，而不是像我早年接触的那些先锋文学一样。但是我整个写作观念，我对待写作的态度和认识，确实就是这样来的，可能在以后的写作里面我会有一些尝试。总的来说，我可能实践太少，我其实也不是有写作才华的人，计兵大哥一开始写作的时候半年内发表十几篇作品，证明他这方面是有天赋的，并不是每个人一开始写作的时候都可以取得这样的成绩，而我就是没有取得，我开始写作的时候很难发表，并没有这方面突出的一个长处。

王计兵： 网络对我来说更重要一些，网络是网，网从水里把我捞出来了。我最喜欢网络的即时性，你发的每一篇文章，每首小诗都能得到即时的反馈，特别是反对的声音、批评的声音。网上可以收到现实中接收不到的信息，这个信息对于学习写作的人来说特别重要。

我早期保留作品的依据是网络上版主、网友的评论，这篇文章如果被做成精华帖或者飘红状态，我自我判断这篇文章写得还行，如果没有这种状态，或者批评多了，我就认为作品失败了，因为当时我对这些知识了解很少，我一直从网络上学习，一步一步到现在。现在仍然也是，虽然说网络论坛当时的那种风光已经不在了，但是微信群出现了。有的微信群里面有很多高层次的人，那些人是我的老师，我把习作发到群里面，他们有一些人的批评非常尖锐。我发了一个像唱赞歌一样的作品，他们也会说很尖锐的话，这些尖锐的话我们面对面肯定说不出来，这些对我们的写作有很大帮助。

观众： 大家好，我是2023级中国艺术研究院中文系进修班的同学。我2018年本科毕业，毕业以后在实体书店行业工作了五年。想问胡安焉老师一个问题，您如何看待您作为一个写作者和媒体以及在场的学者老师们之间的权力关系？因为您刚刚提到媒体采访您的时候，他们会说您是一个在圈子里面小有名气的人，他们用了一些不够恰当的措辞。作为媒体，包括学者、研究者、人类学观察者，他们的权力是高于您这边的。您是如何看待这个问题的呢？

因为我在从事书店工作的过程中发现，如果有研究者研究我们书店行业，他们是有写的权利的，我们没有办法控制。2018 年的时候有位老师写了我，我非常不同意他发表，他写了以后我没有办法应对这个情况，您是如何应对媒体的，他写了以后是如何处理的？我现在是中国艺术研究院的学生，如果我要研究您，我写了您以后，您不满意，或者误解了您，您又如何应对？我的问题就是这个，谢谢。

胡安焉：这不是我特别敏感的方面，你说的权力关系，我这方面感触不深，因为这半年来我接触到的媒体人绝大多数都对我非常友善和尊重，我不知道为什么，我的工作经历可能让他们有点同情心。你说的权力关系我没有思考过，这方面没有受到什么触动。

我解释一下，刚才我说的那位记者，其实对我怀有善意，她发表报道之前没有把这个文本给我看，是有一些特殊的原因。因为她儿子在住院，她报社在上海，人在四川，在异地办公的情况下，没有在发布之前把报道文章先发给我确认。她发出来以后，我发现内容有一些问题，作为一个文学写作者不会那样去表达，但是她对我没有权力上的关系或者不尊重这种东西，我后来还是向她表达感谢，非常感谢，都是很友好的关系。

所有对我的采访，起码是 95% 以上，记者在发表之前都会给我确认，我只会确认事实信息，我有时候接受采访说的内容，不是从记者的角度，而是从自己的叙述逻辑去说，可能做不到很全面。很多记者不想再打扰我、不断地追问我，所以他们从自己的社会经验去揣测我没有提到的一些内容，而在揣测的过程中很容易出错，他们不了解，所以他们猜错了。我一般在确认记者的文章时，只会跟他说一些事实错误，但是我不会对他们的态度或他们对我的评价，比如他们说我的小说写得不好，我不会为这些去纠正或希望他们调整，这是我对他们的职业、对他们的工作的一种尊重。大概是这样的。

秦兰珺： 如果我们的同学或者我来研究您，您想要什么样的研究？

胡安焉： 什么都不想。

崔柯（中国艺术研究院马克思主义文艺理论研究所）： 刚才同学提的权力关系，跟兰珺刚开始念的问题有一些共通之处，所谓"薅羊毛"的问题，一方面"薅羊毛"，另外大家好像觉得学术生产对快递小哥有权力关系。我觉得在今天，任何一个严肃的研究者，都不可能认为自己的处境比我们快递小哥好多少，这里面不存在权力关系，这个权力关系很大程度上是被媒体建构出来的。

真实的问题更在于另外一个问题，兰珺刚才问怎么研究他呢？两个月以前我和兰珺有类似的担忧，我本人对讨论这个话题一开始持反对的态度，因为我觉得我们的学术研究至今没有做好准备从这个角度进入，我们抱着改变现实这样美好的理想，实际上与其改变我们的研究对象，更多的意义是改变我们的学术研究。我们承认学术研究尤其是文学研究有某种依附性，我们要依赖于这些话题、这些文本，承认这一点不丢人。文化批评当然可以是社会的良心，可以是天才，有些人可以做到这些，但是就它的本质来讲，我觉得它首先依附于这些现象。从这个意义上来说，确实有的文学研究就是"薅羊毛"，不管是"薅"快递小哥羊毛，还是"薅"余华、贾平凹诸位的羊毛。

更多问题在于，我们计兵大哥和安焉大哥他们写了这样的东西，我们为什么要问我们怎么研究他们呢？反过来他们对我们的研究有什么用呢？我们能改变什么呢？我想这样去问。我主要从《我在北京送快递》这本书谈起，因为我对诗歌感受比较差，我不敢谈这本书。我读了以后有很多共鸣，为什么共鸣呢？这本书有很多处境，如果我们抱着看一下猎奇，看一下所谓"同情"，甚至是改变现实帮助他们的心态都是非常错误的，因为我们什么也做不了，除了生产话题，刚才卢燕娟的发言我很有共鸣。我们今天讲底层、快递小哥、知识分子、影视大腕儿，某种意义上，大家都处在同样的社会结构里面，我们面临同一个问题，所以某种意义上不存在"阶层"这样一个非常虚假的划分。

一天 24 小时里面我们面临各种问题，我们能明确说哪些是快递小哥的问题，哪些是知识分子的问题，哪些是保安大哥的问题，哪些是流量明星的问题，哪些是带货主播的问题吗？不能，我们生活在一个共同的场域里面，在同一个现实里面。我们今天共同面对的结构性问题是什么？我们去读计兵的诗、胡安焉的书，读完后应该反过来问我们能改变什么？不要想着改变人家什么，人家不需要我们改变，某种意义上我们面对同样的问题。

举一个例子，有一年"双 11"我买了 700 多元的东西，收货的时候快递那收货了，但我门口并没有东西，导致我很紧张。因为我们有一个默契——快递放在门口。首先我的道德不允许我向他索赔，我说你尽量找到，700 多元赔给我，你两天白干了。但是另外一个问题，即使他赔给我 700 多元，我那两天也白干了，因为过了"双 11"我要买回 700多元的东西，大概至少要双倍价钱。就在那一刻我发现，面对生活中这样的失误，我们面对的是同样的问题，都是这几天白干了的问题。当然后来结果很圆满，快递找到了，但是那一刻我一直在想假设找不到怎么办？我肯定不能向他要 700 多元，如果不要，我很冤，跟他要，我良心过不去，即使他赔 700 多元，我们两个都是受害者。

所以，我们有一些共同的问题，不是你的问题、我的问题，是共同生产的问题。这个意义上我没有什么答案，也是我最早面对这个问题的时候没有办法切入的原因。当然我支持兰珺做这样的讨论，另外兰珺她自己做过一些研究，面对的是我们今天社会中不可逃离的很多问题，包括新媒介，我们可以去看兰珺最早发的一些文章，甚至涉及我们看上去非常敏感的问题，非常好的文章，我觉得这是特别好的学术研究，不存在你的、我的，是我们大家的。

巩淑云（农民日报社）：我是《农民日报》的记者，我和采访对象之间没有太强的权力关系，现在记者主打"卑微"，而且被采访者一般最后要审稿的，一些稿件采访对象不满意或者写得比较单薄，是记者水平的问题。

我是学中文的，在媒体工作，分享一个我的观察。因为城乡变迁，外卖小哥作为大家的镜像或者隐喻受到关注，但受到关注往往是加了前缀的。比如说，临沂大学老师送外卖，受到关注，或者北大陈龙博士卧底送外卖，受到关注。而这些群体自身也做了一些事情受到关注，比如说进入文学领域。我们报纸为胡安焉、王计兵老师做了整版的专访，写了人物特稿。还有普通人进入媒体或者进入大家视野的时候往往也加了前缀，比如说杨本芬、余秀华等，他们都说我是普通人、普通农民，但是又跟文学沾了边，才受到大家关注，不然我们作为媒体不能早地拔葱突然就写一个人。

我顺着这个角度来说，刚才大家普遍认为，王老师、胡老师的写作给当代文学带来了新的美学或者新的词汇。我反过来再说一些文学的作用，因为我看外卖小哥进行文学创作的时候，复活了文学原来很多美好的东西，比如说劳动者的清晨。尤其对于胡老师来说，做很多工作都是"异化"，他在文学里面找到了自己。文学依然是特别好的东西。

今天大家批判很多当代文学，或者所谓"纯文学""经典文学"，好像当代文学创作把这些东西毁了似的。我想说文学对普通人来说依然有非常大的作用，我们有一个文化生活版，每天有大量的基层作者，他们特别特别能写，虽然经典文学带来不了轰动效应了，但是文学创作在普通人眼中依然非常神圣，是大家非常热爱的一个事情。只不过文学创作存在一种断层，上面的人特别不接地气，下面的人特别能写，中间不上不下的人没有人去报道他们，又发现不了，所以现在媒体有骑在中间的感觉。

我想说这两个观察。

秦兰珺：我其实不知道我究竟有没有"薅羊毛"，但是作为一个召集人，我觉得这场论坛很好，有真诚、有对话、有交锋、有质疑，贯彻着各种各样的反思。现在请鲁老师做一个论坛总结。

鲁太光：我今年活动很多，有很多压下来的课题，论坛委托给兰珺和崔柯做，有的我不参加，但是这期我必须参加，即使嗓子哑了也要来参加。为什么？因为计兵大哥和安嫣老弟的创作非常有意义。

我们先用掌声感谢这两位作者，在今天写出这么美好的作品，非常感谢。也希望计兵大哥和安嫣老弟你们再来北京的时候，如果时间宽裕，请联系我们，我们可以继续小聚。中国艺术研究院马克思主义文艺理论研究所欢迎你们，不管什么时候，来了后请联系我们，我不在北京的时候，兰珺、崔柯、燕娟我们所的所有人都可以接待你们。

非常感谢徐偲骕、孙萍、黄瑜三位老师，还有卢燕娟老师。这几位学者从不同角度切入，有的从文学，有的从社会学，徐偲骕非常高大上，他说自己讲的和我们今天的议题没关系，但我听了以后却觉得特别有关系，数字主权、数字赋权以后和房地产一样，和外卖小哥和我们每个人都非常有关系。数字主权以后肯定会在文学艺术里面成为一个重要的主题。几位老师从不同角度切入讨论，让我们深化了对快递小哥生命经验和美学表达的理解。对文学艺术进行不同维度、多元的理解才能有更丰富的收获。谢谢我们请来的各位嘉宾，对计兵大哥和安焘老弟的邀请，对你们也同样有效。欢迎来交流。

最后，非常感谢在座所有来听的人，不管我们院的还是外单位的老师、同学，我们为什么举行青年文艺论坛？我们论坛对文学艺术的热点与前沿问题进行聚焦，进行理论分析，推动相关议题进展。我们这个论坛光靠我们这几个人，累死也做不好。我们论坛之所以做得好，除了我们自己努力，也得益于外单位的老师和同学。以后再有相关的话题，大家感兴趣就来参加。论坛是一个学术平台，这个平台不是我们自己的，是大家的，我们只有严肃认真的讨论，学术才能往前推进。

巩淑云是《农民日报》的记者，是北京大学中文系文艺理论专业的博士，自己学问也做得很好。我接着她的话来说，文学在今天虽然某些时候不景气，或者我们做得不是很好，文学口碑不大好，但文学很重要，对我们很重要。为什么？我上周和同学交流的时候说过，马克思主义说人和动物的区别在于人会劳动，我想，人与动物在劳动上的区别是一个低端的区别，人和动物应该还有高端的区别，就是人有美的需求，有文学的需求，会按照美的规则认识世界、理解世界、改造世界，所以我们今天讨论了美的文学、美的学术。我们也希望在真、善、美的层次上推动我们的研究、我们的事业、我们的文学，让我们的研究、文学和生活变得更真、更善、更美，生生不息。

我就简单讲这么几句，谢谢大家。

秦兰珺：谢谢今天在座的各位，散会。

附录

青年文艺论坛各期主题

第一期：当代文艺批评的现状与前沿问题（2011 年 6 月 28 日）

第二期："底层叙事"与新型批评的可能性（2011 年 7 月 20 日）

第三期：新世纪中国电影的"繁荣"与忧思（2011 年 8 月 18 日）

第四期：流行音乐——我们的体验与反思（2011 年 9 月 22 日）

第五期：日常生活美学——理论、经验与反思（2011 年 10 月 27 日）

第六期：我们的时代及其文学表现——与著名作家座谈（2011 年 11 月 24 日）

第七期：艺术史：观念与方法（2011 年 12 月 28 日）

第八期：《金陵十三钗》——从小说到电影（2012 年 1 月 12 日）

第九期："春晚"30 年——我们的记忆与反思（2012 年 2 月 16 日）

第十期：消费文化时代的四大古典名著（2012 年 3 月 15 日）

第十一期：武侠——小说与电影中的传奇世界（2012 年 4 月 25 日）

第十二期：多重视野下的《甄嬛传》（2012 年 5 月 24 日）

第十三期：中国"新诗"的现状与前景（2012 年 6 月 21 日）

第十四期：当代文学的代际更迭与当下学术格局的反思（2012 年 7 月 12 日）

第十五期：红色题材影视剧的传承与新变（2012 年 8 月 30 日）

第十六期：《白鹿原》——如何讲述中国故事（2012 年 9 月 20 日）

第十七期：诺贝尔文学奖与当代中国文学（2012 年 10 月 18 日）

第十八期："中国风"向哪里吹——当代艺术文化中的中国元素（2012 年 11 月

21 日）

第十九期：《一九四二》——历史及其叙述方式（2012 年 12 月 13 日）

第二十期：当前文化语境中的文风问题（2013 年 1 月 24 日）

第二十一期：现代主义思潮再反思（2013 年 2 月 28 日）

第二十二期：《归来》——美学批评与历史批评（2013 年 3 月 21 日）

第二十三期：新工人艺术团：创作与实践（2013 年 4 月 25 日）

第二十四期：青年亚文化与当代社会思潮（2013 年 5 月 16 日）

第二十五期：当代大众文化中的美国想象（2013 年 6 月 20 日）

第二十六期：新视野中的世界与文学——青年作家座谈会（2013 年 7 月
　　　　　　4 日）

第二十七期："窃听故事"与意识形态的表述——以影视作品为中心（2013 年
　　　　　　8 月 22 日）

第二十八期：娱乐文化的形式变迁与时代内涵（2013 年 9 月 26 日）

第二十九期：当前文艺作品的价值观和评价标准问题（2013 年 10 月 17 日）

第三十期：第一届全国青年文艺论坛：转型年代、青年与中国故事（2013 年
　　　　　11 月 16 日、17 日）

第三十一期：左翼文艺研究——热点与前沿（2013 年 12 月 26 日）

第三十二期：中国梦与当代文艺前沿问题（2014 年 1 月 23 日）

第三十三期：春晚——新民俗与文化共同体（2014 年 2 月 27 日）

第三十四期：文艺与政治——意识形态去哪儿了？（2014 年 3 月 27 日）

第三十五期：移动互联网时代的文化形态（2014 年 4 月 17 日）

第三十六期：20 世纪历史与我们时代的文化——从李零《鸟儿歌唱》出发
　　　　　　（2014 年 5 月 21 日）

第三十七期：第二届全国青年文艺论坛：文艺评论——新的方向与可能性
　　　　　　（2014 年 6 月 26 日、27 日）

第三十八期：主旋律文艺生产的变迁（2014 年 7 月 17 日）

第三十九期：跨文化传播中的"韩流"现象（2014 年 8 月 29 日）

第四十期：文化新格局中的舞台艺术（2014 年 9 月 25 日）

第四十一期：新世纪的群众文艺与公共空间（2014 年 10 月 16 日）

第四十二期：第三届全国青年文艺论坛：全球文化视野中的电视剧（2014 年

11 月 27 日、28 日）

第四十三期：互联网时代的文化权利与数码乌托邦（2014 年 12 月 4 日）

第四十四期：《智取威虎山》——文本与历史的变迁（2015 年 1 月 8 日）

第四十五期：当代中国文学的前沿问题（2015 年 2 月 12 日）

第四十六期：《平凡的世界》——历史与现实（2015 年 3 月 26 日）

第四十七期：民族风格的实践及其困境——以中国动画为例（2015 年 4 月 23 日）

第四十八期：七十年后再回首——重读《白毛女》（2015 年 5 月 28 日）

第四十九期：市场化时代的劳动美学——新时期以来关于劳动的想象与书写（2015 年 6 月 29 日）

第五十期：综艺节目"爆发"背后的逻辑和困局（2015 年 7 月 16 日）

第五十一期：反法西斯文化再反思（2015 年 8 月 27 日）

第五十二期：中国科幻文艺的现状和前景（2015 年 9 月 24 日）

第五十三期："原创"的焦虑——当前文艺的困局（2015 年 10 月 22 日）

第五十四期：美剧的跨文化传播与消费（2015 年 11 月 26 日）

第五十五期：盘点新中国文艺（2015 年 12 月 17 日）

第五十六期：重建文学的社会属性——"非虚构"与我们的时代（2016 年 1 月 27 日）

第五十七期：小镇青年、粉丝文化——当下文化消费中的焦点问题（2016 年 2 月 25 日）

第五十八期：未完成的"叙事"——重释"80 年代文学"的可能与思路（2016 年 3 月 24 日）

第五十九期：弹幕——数码时代的文化消费与媒介使用（2016 年 4 月 27 日）

第六十期：数字资本时代的网络民族主义与文化政治（2016 年 5 月 19 日）

第六十一期：思想边界的开拓——重读张承志（2016 年 6 月 23 日）

第六十二期："新 / 老穷人"的文化表达（2016 年 7 月 7 日）

第六十三期：网红的缘起、逻辑与未来（2016 年 8 月 26 日）

第六十四期：博尔赫斯与中国当代文学的历史误读（2016 年 9 月 22 日）

第六十五期：再写"人境"重构"现实"——刘继明长篇小说《人境》研讨会

（2016 年 10 月 15 日）

第六十六期：返乡书写——事件、症候与反思（2016 年 11 月 21 日）

第六十七期：陈映真——文学与思想（2016 年 12 月 29 日）

第六十八期：我国当代文化走出去的现状与问题（2017 年 1 月 5 日）

第六十九期：打工春晚、乡村春晚——央视春晚之外的春晚类型及其启示
（2017 年 2 月 23 日）

第七十期：裸贷、苍井空——新媒体时代的另一面（2017 年 3 月 30 日）

第七十一期：第四届全国青年文艺论坛：左翼文艺批评：历史经验与现实处境
（2017 年 4 月 22 日、23 日）

第七十二期：《人民的名义》，反腐剧、涉案剧爆红背后的产业成因与传播逻辑
（2017 年 5 月 17 日）

第七十三期：从边缘到中心，网络文艺做对了什么？——从网综看网络文艺的
IP 机制（2017 年 6 月 28 日）

第七十四期：《西游记》："超级 IP"背后的中国故事（2017 年 7 月 27 日）

第七十五期：主旋律新变的蝴蝶效应（2017 年 8 月 31 日）

第七十六期：传统艺术的当代发展——以地方戏的困境为例（2017 年 9 月
29 日）

第七十七期：现实题材舞台艺术的当代路径——以国家艺术院团演出季实践
为中心（2017 年 12 月 13 日）

第七十八期：国外网络游戏研究、评论的现状与影响（2018 年 1 月 11 日）

第七十九期：《芳华》——七八十年代的情感结构及其当代呈现（2018 年
1 月 25 日）

第八十期："亚文化"正在"主流化"？——网络亚文化的当代形态和未来影响
（2018 年 6 月 21 日）

第八十一期："娘炮""泛娱乐"之争与主流文化治理的当代挑战（2018 年
9 月 21 日）

第八十二期：表达与呈现——社会底层如何通过移动互联网赋权、赋能
（2018 年 12 月 19 日）

第八十三期：中国科幻文艺爆发的缘起、路径和外部挑战（2019 年 3 月
4 日）

第八十四期：青年文化的现代生成、世纪变迁与中国经验（2019 年 5 月 9 日）

第八十五期：中国动漫如何塑造中国英雄？（2019 年 9 月 26 日）

第八十六期：从李佳琦到李子柒现象——直播、短视频背后的当代感性共同体及中国经验（2019 年 12 月 26 日）

第八十七期：现实主义游戏——游戏可以把握和改变世界吗？（2021 年 3 月 18 日）

第八十八期：互联网时代的文学生活（2021 年 4 月 22 日）

第八十九期："鸡娃"时代，我们该给孩子什么样的文艺作品？（2021 年 6 月 11 日）

第九十期：赛博时代的真实感——《编码新世界：游戏化向度的网络文学》新书发布暨主题论坛（2021 年 7 月 5 日）

第九十一期：数码资本主义和快感的治理术——对福柯中晚期权力技术思想的应用（2021 年 11 月 28 日）

第九十二期：主旋律文艺与文化强国（2021 年 12 月 9 日）

第九十三期：当代喜剧的"变"与"不变"（2022 年 3 月 23 日）

第九十四期：算法合成时代的艺术作品（2022 年 4 月 27 日）

第九十五期：数码时代的恐怖文学（2022 年 6 月 28 日）

第九十六期：细描"九十年代"——"80 后""90 后"学人的视角与问题（2022 年 7 月 30 日）

第九十七期：艺术何以乡建，乡建何以艺术（2022 年 9 月 16 日）

第九十八期：数码时代的亲密关系——《罗曼蒂克 2.0："女性向"网络文化中的亲密关系》新书发布暨主题论坛（2022 年 11 月 7 日）

第九十九期：科幻电影：工业标准和艺术星空（2023 年 3 月 10 日）

第一百期：石一枫的创作与新时代文学（2023 年 4 月 28 日）

第一百零一期：技术与艺术：数码媒介条件下的文艺新变（2023 年 5 月 20 日）

第一百零二期：剧本杀——从哪来，到哪去（2023 年 7 月 7 日）

第一百零三期：快递小哥：生命经验及其文化表达（2023 年 10 月 13 日）

第一百零四期：人文科学，位置何在——在"科玄论战"与"人文精神大讨论"的延长线上（2023 年 11 月 4 日）